之

隐形追踪

李 李/著

辽宁人民出版社

图书在版编目（CIP）数据

国家机密之隐形追踪 / 李李著. —沈阳：辽宁人民
出版社，2016.1
　　ISBN 978-7-205-08437-0

　　Ⅰ. ①国… Ⅱ. ①李… Ⅲ. ①长篇小说—中国—当
代 Ⅳ. ①I247.5

中国版本图书馆CIP数据核字（2015）第277353号

出版发行：辽宁人民出版社
　　　　　地址：沈阳市和平区十一纬路25号　邮编：110003
　　　　　电话：024-23284321（邮　购）　024-23284324（发行部）
　　　　　传真：024-23284191（发行部）　024-23284304（办公室）
　　　　　http://www.lnpph.com.cn
印　　刷：辽宁星海彩色印刷有限公司
幅面尺寸：170mm×240mm
印　　张：17.75
字　　数：335千字
出版时间：2016年1月第1版
印刷时间：2016年1月第1次印刷
责任编辑：时祥选　刘铁丹
封面设计：郝　强
版式设计：琥珀视觉
责任校对：姚飞天
书　　号：ISBN 978-7-205-08437-0

定　　价：36.00元

|内容提要|

　　中国某军事基地两个各装有24张绝密文件光盘的钛金属盒被盗，警卫部队在追捕过程中击毙五个持枪劫匪，追回一个钛金属盒，事后发现这是一个粗糙的复制品。在解剖尸体时，发现那五个劫匪并非因枪伤而死，他们事先都服了慢性剧毒药物。显然敌人是想用这五个替死鬼来迷惑军方的视线，从而使其他人带着真正的钛金属盒从别的途径逃走。我反间谍部门向全国发出紧急追捕命令，地处东津市的国家反间谍局第九处在处长冷峰的带领下立即行动，对一个恰在此时来到唐州市旅游的台湾特务"312"进行跟踪侦查。后来发现"312"来取的是一个装有微型胶卷的打火机，不是那两个钛金属盒，但在这个案件中发现了一些新的线索。

　　据台湾"军情局"潜伏间谍段世雄交代，他曾向一个代号为"秃鹰"的间谍提供过六支无声手枪。经军方证实，这种无声手枪的型号与他们在四川缴获的那五支无声手枪的型号完全一致，但是"秃鹰"是谁，无人知道。

　　冷峰的公开身份是运输公司的经理，在工作中认识了一家外资企业的女老板高雅兰。他经常与高雅兰见面，却不知她就是美国中央情报局的高级间谍，高雅兰也不知道冷峰的真实身份。冷峰的部下刘海山在执行任务时牺牲，冷峰收养了刘海山的双胞胎女儿雨儿和雪儿。东津市元兴区公安分局女局长唐静莹和反间谍九处的机要员温柔分别帮助冷峰扶养雨儿和雪儿。这两个女人都想当雨儿和雪儿的妈妈。

　　冷峰是个思想观念比较新的年轻干部，上级领导对他的一些工作方法产生了不同看法，温柔就是被上级派到九处来暗中考察他的。结果温柔不但没发现他有问题，反而很快与他的一些观点产生共鸣，并深深爱上了他。她从他的私人电脑里发现了他写的论文，就把论文拷贝出来，作为她写给上级的秘密报告的附件交了上去，本以为会得到上级的赏识，没想到反而给冷峰带来了停职审查的厄运。

高雅兰为了获取情报和把钛金属盒运出境的渠道，利用各种手段拉拢腐蚀有关人员。每当她发现自身安全受到威胁的时候，就毫不犹豫地把当事人杀掉。840研究所计划室主任和东津市一所贵族学校的音乐教师谢百灵先后被杀。某军事基地的贾干事、840研究所后勤处林处长和金禾联合速递公司的业务科长也先后被拉下水。

在冷峰被停职审查期间，钛金属盒失踪案件有了新的进展。敌人采取声东击西的方法，劫持了三辆载有幼儿园孩子的大客车，把警察吸引到东城，然后在西城将840研究所一辆运仪器的卡车抢走，取出混在其中的钛金属盒逃匿。在这种情况下，冷峰向上级请求复职，亲自指挥这次关系到国家重要机密的侦查行动，得到国家反间谍总部专案办公室的批准。他根据各种蛛丝马迹，在台湾特务、韩国特务和美国中央情报局间谍相互交错的复杂关系中理出头绪，最终把目标集中在高雅兰的身上，在她逃出国门之前，把那两个丢失的钛金属盒——绝密文件光盘追了回来。

|目录|CONTENTS

第1章 ☆ 黑豹出击

对于正常人来说，反抗意识最弱的时间是凌晨两点钟前后，但冷峰今天要杀的人当中没有一个是正常的，所以冷峰决定在人们通常感到最安全的白天动手。

6月的东津很少有这么热的天，火辣辣的太阳令那些并非一定要出门的人都待在了家里，大街上只有很少的行人。冷峰通过望远镜注视着对面的旅馆，虽然太阳与地面已接近垂直，但他还是刻意使望远镜与太阳保持一定的角度，以免镜片对阳光的折射引起对面旅馆内的人的警觉。

冷峰对毒贩们安排的这种防卫格局颇为欣赏。对面旅馆内的这两名毒贩与冷峰此刻脚下的公寓内藏匿的五名毒贩相向而处，进可以形成交叉火力，同攻同守；退可以相互警戒、相互支援，可以说是一种近乎完美的安排。

冷峰看了看腕上的手表，下午一点，应该是那些需要在夜间保持警觉的人最疲乏也最易松懈的时刻。

"开始行动！"冷峰通过微型通话器下达命令。

透过望远镜，冷峰看见对面旅馆中的一名毒贩起身去开门，突然间这名毒贩被门外一股巨大的力量掀翻在地，坐在窗边的家伙刚一愣神，脑浆已溅满了身后的墙，一根装着长长消音器的枪管缓缓地消失在门缝中，门轻轻地关上，一切又归于平静。

冷峰放下望远镜，把手一挥，他身边几个穿着"家政服务"工作服的小伙子无声无息地跃上窗台，做出擦玻璃的样子，接着有两个人跃出窗户，凭借腰间的绳索悬挂在下一层窗户的上方，迅速地将一段筷子粗细的窥管对准了各自负责的房间。

与此同时，在这套公寓的门外，冷峰的助手、"黑豹别动队"队长李石也将一段窥管由门缝中插入，显示器随着窥管的移动显示着屋内的情景，最后镜头锁定在两个正在客厅内看电视的毒贩身上。

李石按照毒贩们约定的暗号三长一短按响了门铃，一个毒贩起身朝门口走来，当显示器上只能容下毒贩的大腿时，李石将枪口轻轻地贴在公寓防盗门的门镜上。显示器上只剩下了脚，并且不再移动，李石稳稳地扣动了扳机，一串子弹穿透门镜，由毒贩的眼睛射入，从后脑射出，死尸重重地摔倒在地板上。

随着一声闷响，李石等人踩着倒下的铁门和毒贩的尸体，端着冲锋枪冲入屋内。

这时，悬在窗外的两名队员突然一个"倒挂金钩"，倒挂在窗口，用微声冲锋枪向屋内各自的目标扫射。

几秒钟后一切又都恢复了平静。

冷峰在李石的陪同下走进硝烟还未散尽、一片狼藉的公寓，环视了一下毒贩们的尸体。有队员从床下拖出成袋的毒品，李石挥手示意他们放回原处，这些东西公安人员自会处理，他们要做的就是杀尽这帮毒贩，为牺牲的战友刘海山报仇。

在墙角，有四名队员正用枪指着一个被气浪震晕后刚刚醒来、不知所措的毒贩。

"老板，这个怎么办？"

"行动要求？"冷峰反问。

"一个不留。"

冷峰没有再回答队员的问题，转身离开了房间。伴随着身后一阵微声冲锋枪沉闷的射击声，冷峰顺着狭小的楼梯下了楼，他的手中攥着五颗锈迹斑斑的弹头，那是当年从刘海山的身上取出来的。

顷刻间，那些"黑豹别动队"的队员们也像影子一样消失了。

刘海山的墓在陵园中一处很偏僻的地方，和那些豪华的阴宅比起来，显得有些寒酸，但死人是不会计较那么多的。墓，只是修给活人看的。在刘海山的墓前，冷峰向刘海山告知了两件事：一是杀害他的那伙毒贩今天已经被"抹"掉了；二是请他放心，只要他冷峰活着，他就一定将雨儿和雪儿养育成人。死去的人是什么也不会听到的，能够听到冷峰这番话的，只有冷峰身后的这些活着的人。冷峰是想让这些活着的人知道，如果有一天他们也像刘海山一样无畏地死去，那么他们的父母妻儿一定有人替他们照顾，他们的仇也一定会有人替他们报。崇高的理想可以凝聚人，有力的措施可以调动人，能够坦然受死的人必然是没有后顾之忧的人。这就是冷峰的哲学，也是他决定在反间谍情报九处成立这支全部由青年人组成的"黑豹别动队"的理论基础。别动队之所以命名为"黑豹"，乃取其敏捷勇猛之意。

从陵园中出来，李石立刻把汽车开到了冷峰的面前。冷峰一上车，他就风驰电掣地把汽车开上了公路。冷峰必须在两点半之前赶到幼儿园参加雨儿和雪儿的家长会。刘海山的妻子在两个孩子出生后便撒手归西，是刘海山一人辛辛苦苦把雨儿和雪儿带到四岁。两年前，刘海山在调查境外间谍组织利用贩毒团伙运送活动经费和器材情况时光荣牺牲，此后，冷峰就一直以雨儿和雪儿家长的身份参加幼儿园里所有的活动，并征得刘海山多病的老父亲的同意，承担起了抚养雨儿和雪儿的责任。李石一边看着手表，一边紧踩着油门，把一辆越野车开得飞快，遇大车超大车，遇小车超小车。他深知冷峰一向守时的作风，这也是他能够成为冷峰得力助手的一个重要原因。在得知刘海山牺牲消息的那一天，冷峰就积极谋划了一项旨在为刘海山复仇的计划。他在反间谍情报九处全体工作人员的面前发过誓：要将那伙杀害刘海山的毒贩赶尽杀绝！让所有的敌对组织得到一个清楚的信息——中国特工绝对不会容忍任何人杀害他们任何一个工作人员。冷峰的誓言极大地鼓舞了九处的全体同志，全处上下士气空前高涨。两年来，反间谍情报九处所有的人员都在千方百计地实施着这项复仇计划，并在今年早些时候终于成功地打进这伙杀害刘海山的毒贩内部。冷峰当即决定把这伙毒贩"调"到境内，全部杀掉，但遗憾的是这伙毒贩并没有全部入境，冷峰不得不为那几个侥幸活着的毒贩专门制订另一套追杀方案。

李石终于赶在两点半之前把车开到了幼儿园，冷峰刚下车就看见雨儿和雪儿一蹦一跳地从台阶上跑下来，一边跑还一边对冷峰招手。

"爸爸。"

"爸爸。"

雨儿和雪儿稚嫩、圆润的声音引来了不少孩子家长的注目。

"瞧，多漂亮的一对双胞胎！"

"是啊，真可爱。我要是有这么一对双胞胎就好啦。这个做爸爸的真有福气。"

一席话说得冷峰心里暖洋洋的，一股莫名的自豪感油然而生。

"都长成大姑娘了，还蹦蹦跳跳的。"冷峰怜爱地对两个小家伙说。

"爸爸，我才六岁呀。"雨儿小声抗议。

"是呀，爸爸，我比她还小呢。"雪儿更加不服。

冷峰想想，六岁也的确不能算是大姑娘。

雨儿和雪儿攀着车门爬进汽车里。

"石头叔叔好！"她们齐声叫道。

李石猛然从驾驶席上转过身在雨儿和雪儿的鼻子上重重刮了一下。

"石头叔叔坏！"雨儿和雪儿立刻去揪李石的耳朵，三个人扭作一团。

冷峰摇了摇头，转身走进幼儿园的大门。

第2章 ☆ 公司密室

家长会主要讨论所谓营养餐问题，除了变相要钱，再没有其他实质内容。冷峰开完家长会，就立刻赶回运输公司，他还有许多工作要做。他的脑海中一直浮现着今天早晨收到的那份密码电报的内容，他需要深入研究一下那份电报。

运输公司办公楼是栋五十年代建造的黑砖黑瓦的三层建筑，在当年建造的时候就不引人注意，如今它在一栋栋高楼大厦中间愈发显得不起眼了。大门口那块"东津市第三运输公司"的牌子已经挂了几十年了，但知道它是国家安全机关秘密办公地点的人却很少。这栋楼的内部和它的外表一样毫不引人注目，一楼二楼是各对外运输业务部门的办公室，各种闲杂人等都可以自由出入，有时甚至乱得如同自由市场。

"经理！"一名女调度见到冷峰，立刻从办公室里跑出来，"有位叫高雅兰的用户让你今晚九点半去丽都园接她，说是昨天已经约好的。"

冷峰点点头表示知道了。随着时代的发展，运输公司现在也经营小汽车租赁业务。昨天那位叫高雅兰的客人说她的私人轿车送去修理了，需要租一辆豪华轿车急用。当时调度室恰巧找不到空闲的司机，冷峰经过时就自告奋勇地客串了一回司机。他之所以愿意客串司机是因为他感觉这位年轻的女客人非常招人喜欢。她不但长得漂亮，而且气质极佳，是那种让男人一见就很想接近的女人，不过冷峰对她并没有太多的想法，他只是想多看她几眼而已。这位客人对冷峰的服务好像也很满意，约好今晚继续由冷峰为她开车。

冷峰走上二楼，在二楼的尽头是一道厚重的大铁门，上面挂着一块"仓库重地，闲人免进"的牌子，办公室内像职员一样打扮的警卫通过墙上的按钮为冷峰打开了厚重的铁门。冷峰拾级而上，在台阶的尽头有一堵墙，他将一把特殊的钥匙插入墙角，墙从中间分开，他拔出钥匙进入墙内。在他的身后，墙壁又缓缓地恢复了原状。冷峰沿着走廊进入电梯，这部电梯只有两个按钮，一是上，一是下，这也是由三楼通向地下室机要通信指挥中心的唯一通道。

机要室的门开着，新来的女机要秘书的办公桌上摆满了鲜花，冷峰认出这些花今天早晨还长在大门外的花园里。

冷峰开口向女秘书索要早晨发来的那份密码电报时，把正在专心致志插花的女秘书吓了一跳。她捂着胸口平静了一下，立刻跑入隔壁的档案室取出冷峰要的电报。这份电报乍一看与以往的密码电报并无两样，但仔细研究起来又会发现，它比以往任何一份电报都要"特别"，其中未阐明任何缘由，也未提供任何可追寻的线索，只是一味地要求"要不惜一切代价，竭尽全力"寻找一个长三十三厘米、宽十八厘米、高十二厘米的钛合金金属盒。冷峰接过机要秘书拿来的密码电报转身离去，他要再仔细研究一下这份电报，从它的字里行间找出一点可用的东西。

"处长。"女机要秘书突然在背后喊住他。

冷峰转过身。

"你……知道我叫什么名字吗？"女秘书调皮地眨着一双大眼睛问。

"温柔。"冷峰回答。

冷峰拿着电报回到自己位于三楼的办公室，一推门，一盆精致的插花赫然摆在他的办公桌上。这无疑是温柔的杰作。冷峰微微笑了笑，只有小女孩才有这种心思。冷峰坐在办公桌前又逐字逐句地读了几遍这份密码电报，然后提笔在电文的空白处写上："立即传阅。明日八时上报线索。"并签上姓名和日期，放下笔，按了两下桌角的按钮。

桌上的这盆插花手法堪称精湛，但温柔所营造的意境却依旧无法超越她小女孩的局限，清纯有余，而沉稳不足。冷峰将多余的花从盆中拔出丢到纸篓里，只留下了三枝最美丽的观赏月季。现代人通常都把这种观赏月季称为"玫瑰"，就如现代人通常搞不清什么是爱情一样。冷峰从抽屉里取出一把剪刀，将三枝玫瑰按比例剪好，第二枝相当于第一枝的四分之三长，第三枝相当于第二枝的四分之三长，然后将三枝花很随意，但又颇合章法地插回到花盆里。李石与温柔推门进来，冷峰把电报交给温柔：

"急传。"

按照保密守则的规定，绝密文件的传递必须由两人以上执行，温柔的职责就是保护好文件，而李石则必须保护好温柔。虽然李石只有二十四岁，也喜欢打球、蹦迪、唱卡拉OK，但他却领导着一支由年轻的秘密敢死队队员组成的"黑豹别动队"。他的枪法、武功和临危时超凡的冷静都颇得冷峰赏识，一直是冷峰最得力的助手。在温柔到来之前，这机要秘书的工作一直由李石兼任。温柔接过冷峰递过来的文件，两只大眼睛却紧紧地盯着冷峰桌上的那三支玫瑰，一副惊讶的神情，和冷峰意料中的一样。

"我在楼下没看见雨儿和雪儿。"冷峰对李石说。

"她们在拐角的冰淇淋店里。"

雨儿和雪儿是一对非常聪颖、非常惹人喜爱的双胞胎，但冷峰将女伴领回家的时候除外。冷峰本是个很有女人缘的男人，三十三岁的年龄，魁梧的身材，经理的头衔，对成熟女性来说是颇具吸引力的。但最令冷峰头痛的是，每当他将自己喜欢的女人带回家时，雨儿和雪儿这两个小家伙儿总是趁冷峰不注意的时候，热情而天真地对他的女伴说她要比昨晚的那位阿姨漂亮许多许多。肤浅而幼稚的离间计，却每每奏效，冷峰领回的女伴不是拂袖而去，便是临行前给他一句"骗子"的赠言，令他苦不堪言。

下班后，冷峰根据值班人员的指点，在院子里找到了正在同李石和温柔一起玩水的雨儿和雪儿。

"又得洗衣服了！"冷峰心中想。

看他们玩得那么兴高采烈，冷峰不忍心打断他们，就找了个树荫站到下面。四个人因为玩得太投入，以至于过了很久才看到站在一旁观战的冷峰，李石和温柔马上一个抱着雪儿，一个牵着雨儿跑到冷峰站的树荫下，把雨儿和雪儿交还给冷峰。四个人浑身上下都是湿漉漉的，一样的狼狈。

"我觉得你什么地方特别像我妹妹。"李石对温柔说。

"上次要追求我的那个男孩子也是这么说的。"言外之意就是告诉李石，这种追求女孩子的方法太古老了，下次最好别用。

"哎，我说的是真的。"李石为自己争辩，"不过，你比我妹妹更可爱。"

"上次那个男孩子也是这么说。"温柔见怪不怪地说。

冷峰从屋檐下推过来那辆由技术装备组专门为雨儿和雪儿改装的三轮自行车。这辆自行车的右侧有专门设置的挎斗，挎斗里有舒适的沙发，上面有能够遮风挡雨的电动折叠篷，前面装有钢化挡风玻璃，看上去非常豪华。这辆自行车第一次露面就得到过很多人的赞叹，但冷峰对这辆车最不满意的一点就是他从未感到骑着它比骑普通自行车省力。

冷峰带着雨儿和雪儿一起回到家，他把自行车锁进楼下的储藏室里，然后和雨儿、雪儿比赛跑上五楼。

冷峰走进厨房，系上围裙，一边做晚饭，一边催促雨儿和雪儿快些洗澡、换衣服。雨儿和雪儿刚洗完澡，冷峰立刻把她们拖出来换上干净的衣服，然后从厨房里端出他精心烹制的营养晚餐摆在她们面前。

"又是这些！"雨儿和雪儿一起皱起眉头。

冷峰详细地为她们讲解了这些食物的优点，告诉她们这是最科学的营养搭配，一可以提供她们生长所必需的养分，二不会使她们发胖。望着这一对瓷娃娃般的小家伙艰难地吃着营养晚餐，冷峰感觉颇为开心，虽然食物的口味差了点，但他并不担心她们吃不下去，当她们饥肠辘辘的时候，自然会体会到拥有一份可以充饥的食物是多么的幸福。

唐静莹打来电话的时候，冷峰正在洗盘子。

"是我。"唐静莹说，"干什么呢？"

"洗盘子。"

唐静莹在电话的另一端一阵轻笑，也不知是笑冷峰，还是笑那些盘子。

"谢谢你的礼物。"唐静莹说，"七具尸体，十五公斤海洛因，现在人们议论说，我破获了本市历史上最大的一宗贩毒案。"

"恭喜。"

"恭喜你个鬼头！"唐静莹笑骂，"每次都是你出力我立功，我现在都有点难为情了。"

冷峰笑笑。

唐静莹的父亲在任省公安厅厅长前曾在东津市公安局当过多年的局长，东津市公安局中的许多人都是他一手提拔起来的。虽然唐静莹的父亲已从厅长的位置上退下来多年，但唐静莹在她父亲那些老部下的庇护下，在东津市还是很吃得开。正因为唐静莹能够很好地收拾局面，并保守秘密，所以每次需要公开行动，又不便以国家安全机关名义出现的情况下，冷峰总是喜欢借用唐静莹所在的元兴区公安分局的名头。唐静莹就担任这个分局的局长。

沉默良久，冷峰听见唐静莹无奈地叹了口气。

"我离婚啦。"她说。

"你什么时候也学会开这种时髦的玩笑啦？"冷峰笑。

"是真的。昨天办的手续。"

"……"

"喂，你怎么不说话？"

"说什么？"

"你可以说些安慰我的话嘛。"唐静莹调侃道，"这是我第一次离婚，没有经验，心中的滋味……怪怪的。"

"那么……何不蒙头大睡一场？"冷峰说，"你会发现明天的太阳和今天的太阳并不一样。"

唐静莹在另一端沉默了片刻。

"好，听你的，睡觉！抽时间来安慰我一下。"唐静莹俏皮地笑。

"好。"

冷峰放下电话，把雨儿和雪儿安顿好，然后赶回公司开出一辆豪华轿车。九点半钟，他把车开到丽都园去接高雅兰。

丽都园是一家豪华夜总会，大厅内站着许多衣着考究的男男女女，冷峰在人群中一眼就看到了艳光四射的高雅兰，高雅兰也看到了冷峰。

"抱歉！"高雅兰雍容典雅地对包围着她的男人们说，"司机来接我了，就失陪了，今晚真是个愉快的夜晚。"高雅兰巧妙地推掉了男人们的各种邀请。

"你非常准时！"高雅兰向冷峰走来，并对冷峰朗朗一笑。冷峰感到自己如果再年轻几岁，一定会为高雅兰这迷人的笑容陶醉，不过他现在已经过了那个年龄。高雅兰走到冷峰跟前，手袋突然掉在地上。她和冷峰一起弯腰去拾，这时她的大半个乳房从领口处一览无余地暴露在冷峰的视线中，令人一见心动。高雅兰突然抬起头看看冷峰，冷峰忙把目光移开。高雅兰微微一笑，然后若无其事地向停车场走去。

冷峰在高雅兰的指引下开车把她送回了家。"到了。"高雅兰让冷峰在一栋楼前停下，下车前还递给冷峰一百元钱的小费。

"谢谢，我不收小费的。"冷峰笑着跟她告别。

冷峰早晨起来做的第一件事就是为雨儿和雪儿洗脸、梳头，第二件事就是逼着她们捏着鼻子喝下两杯牛奶。

把雨儿和雪儿收拾妥当送进幼儿园，冷峰又急忙赶往运输公司。距大门口还有一段距离，冷峰就看见了站在花坛里的温柔。温柔背着手，手里还拿着一把剪刀，仔细地"欣赏"每一朵鲜花。温柔不经意地回首，蓦然看见了冷峰，便毫不犹豫连蹦带跳地跑了过去，站在他面前，一脸阳光般灿烂的笑容。

"好看吗？"温柔举着手中还挂着露珠的鲜花。

温柔笑起来很好看，薄薄的红唇一扬，仿佛天下再烦恼的事也会因为她的笑容而消失。其实，她并不算很美，却十分惹人喜爱。她那对灵活而慧黠的大眼睛总是充满了单纯的坦诚，令人不自觉地对她产生无限的亲切和说不出的好感，再加上她那靓丽、甜美的笑容，让人很难拒绝接近她。

"我个人的看法是，"冷峰摸摸鼻子，"花，还是没被剪下来之前比较好看。"

"这就不对啦！"温柔晃着脑袋，"古人云：花开堪折直须折，莫待无花空折枝……"

温柔突然掩住了口，冷峰注意到她的面孔逐渐红起来，看来她也意识到自己引用的诗句有问题。她不好意思地吐了吐舌头，一副知道做错了事的神情，做了个鬼脸，留下一个甜美又顽皮的笑容，转身跑开了。

八点钟，冷峰准时走进会议室，与冷峰一起来到会议室的还有反间谍情报局的一名局长助理。原来，北京总部向全国发出"要不惜一切代价"追寻那个钛金属盒的密码电报后，又向各直属业务部门补发了一份电文，但这一补充电文只传达到总部直属业务部门中层以上干部。九处作为总部直属的精锐业务处，自然属于优先传达之列，这名局长助理到九处来就是为传达有关这钛金属盒的补充电文。温柔为会议室里的每个人倒了杯茶，然后悄然退了出去。对于这种严格限制知密范围的业务工作会议，温柔身为机要秘书，也只有倒倒茶水的资格。温柔回到自己的办公室，坐到自己的办公桌前，一边插花，一边想着关于冷峰的种种传说。

温柔从总部的机要室调到冷峰这里之前从未见过冷峰，她在接受这项利用机要秘书的身份对冷峰进行秘密调查的任务时，对冷峰的了解全部来自一份特殊的个人档案。能够接触到这一类档案的人，算她在内也不会超过五人，而且她还属于不可擅自阅读之列，她是偷偷阅读了有关冷峰的所有报告。

报告里说，冷峰一向鼓励自己的手下要敢于犯错误。冷峰曾公开说过，人只要活着就一定会犯错误，犯错误是必然的，不犯错误才是偶然的，干工作更是如此，只有不干活的人才永远不会出差错；如果只求平安，那么现在大街上跑的应该是牛车，而不是汽车。

冷峰还说，一个被束缚住手脚的人，就如同一只被关在笼子里的老虎，这样的老虎伤不了你，但也同样伤不了你的敌人。一只训练有素又没有束缚的老虎，可以帮助你有效地攻击你的敌人，但同时你也必须做好准备，防止它有一天兽性大发，回头咬你一口。冷峰主张在情报工作中以"心照不宣"的朋友关系取代必要的组织加入手续，专案专管，单线联系，将保证情报关系人的人身安全作为反间情报工作的立足点，这严重破坏了现行的情报工作制度和"特费"使用制度。

报告中指出，冷峰对于近些年领导层忽视了意识形态优势在反间情报工作中的作用颇有微词，他认为意识形态上的同盟者和同情者依旧是所有情报关系中最好、最稳定、最值得信赖的一种。冷峰说，领导层政治理论工作引导不力是造成反间情报人员政治理论水平低下、思想混乱的主要原因。

报告特别指出，冷峰在自己的部门里组织了中国社会主义理论学习班，并亲自为全体侦查干部讲课。

冷峰从不喜欢开长会，他习惯于用最简单的方法去解决最复杂的问题，这也是报告里说的。果然，还不到九点钟，冷峰就结束了会议，从会议室走了出来。温柔从后边赶上冷峰，将刚收到的密码电报交给他。冷峰接过电报，一边走一边阅读着。这是一份线索通报，冷峰拿出笔在电报上签了字，交给温柔。

"传阅。"他说。

第3章 ☆ 海外来客

"局长，我也要去！"温柔对着话筒说，"不嘛，我就要去！求求您啦，您就和他说一声嘛。我不小啦！下个月我就二十一岁啦。我会好好地、小心地照顾自己，不会出事的。我保证。"得到肯定的答复，温柔跳起来，笑逐颜开，"一定！行！谢谢干爹！"

对于非原则性问题，冷峰认为适当的妥协将更有利于保持人际关系的和谐，尤其是与上级的关系。所以他一接到顶头上司肖局长的电话，便毫不犹豫地同意让温柔也一起参加这次行动，他甚至没有问为什么。

冷峰接完肖局长的电话后，将高雅兰的事做了安排，他让调度室在他离开东津这段时间里记着每晚派人去"一二三"时装店接优雅的高雅兰下班。接着又给唐静莹拨了个电话。

"是我。"冷峰说，"今天感觉如何？"

"好多啦，天还是那块天，地还是这块地，"唐静莹笑道，"离婚的感觉远不如我估计得那么悲伤。"

"强作欢颜。"冷峰说。

"唉！"唐静莹夸张地叹了口气，"拜托，不要总那么深刻，偶尔装一次糊涂给我留点面子好不好？"

"我试试。"又闲聊了几句，冷峰说，"有事要你帮忙。"

"我就知道你不会这么好心专门打电话来问候我。"唐静莹笑，"说吧，什么事？"

"雨儿和雪儿今年秋天上小学，我想选个学校，要把户口动一动。"

"一句话。"唐静莹义气地说。

"还有，雨儿和雪儿上学的年龄还差几个月。"

“没问题。”

“还有，我要出差，从今天开始，雨儿和雪儿可以陪你几天。”

“真的？太棒啦！”

“别忘记五点钟去幼儿园接她们。”

“忘不了！”

“她们晚上要去少年宫学琴……”

“知道啦！”

“她们身上有钥匙……”

“你真啰唆！”

冷峰没想到温柔居然会带这么一个大皮箱！温柔自己拖起来也很吃力，冷峰有心帮她，可他的手里已经提了两只不是很大却很重的皮箱，李石的情形也是如此。

“她箱子里装的是什么？”李石对温柔拎这么大一个皮箱感到困惑，因为所有的枪械、器材、资料都在他和冷峰拎的这四只皮箱里。

“我想……是时装。”冷峰说。

“没这么夸张吧？她以为咱们是去赶庙会？”

走进火车站的时候，一个戴着袖标，检查易燃易爆物品的小胡子拦住温柔，要打开温柔的箱子看看。

“不能看！”温柔按住箱子。

小胡子愣了一下：“为什么？”

“不能看就是不能看！”温柔霸道地按着箱子，只有她自己才知道她在箱子里都装了些什么东西。

“我就是要看！”小胡子瞪起眼睛。

“我就不给你看！”温柔叉起腰，一副好斗的样子。

这时冷峰挤了过来。

“不好意思。”冷峰友善地掏出证件在小胡子面前打开，“特工。我们是一起的。”

“特工？”小胡子瞪了瞪冷峰的证件，“特工怎么样？特工也得检查。我不但查她的，我还要查你的，把箱子打开。”小胡子指着冷峰手里提的皮箱。

“我？”

“就是你！”

冷峰手中的皮箱是无论如何不能够让小胡子打开的，里面装的都是绝密资料和仪器装备。冷峰不解地看了看自己手中的证件，他确信并没有拿错证件。

“别磨蹭！快打开！”

突然，冷峰开心地笑起来，冷峰的笑使李石下意识地摸了摸腰间的手枪，因为他知道只有在两种情况下冷峰才会笑得如此开心：一是他要打人的时候，一是他要杀人的时候。冷峰微笑着把手中的皮箱放到了小胡子面前的长凳上，做了个"请检查"的手势，就在小胡子伸手要打开皮箱的时候，"哗啦！"冷峰和李石同时掏出手枪顶住小胡子的脑袋。

"你敢打开它，我就打烂你的头。"李石冷冰冰地说，冷得让人不寒而栗。

"我保证他说的是真的。"冷峰的表情也陡然由友善变为冷峻，"不信，你可以试试。"

这时，两个正在附近值勤的铁路警察推开骚动的人群挤了进来，面对眼前的情形也不禁一愣："什么事？"

冷峰把手中的证件递了过去："他一定要检查我们的行李。"

一位年长的警察接过冷峰的证件，对照着冷峰的照片反复仔细地查看了一番，确认无误后，把证件还给了冷峰："误会。不用查啦，你们进去吧。"

冷峰和李石这才同时收起了手枪。冷峰对脸色煞白、吓呆了的小胡子友好地笑笑，又向两位铁路警察道了谢，拎着箱子进了检票口。

"你们滥用职权！"温柔紧跟在李石和冷峰的后面说。

"《中华人民共和国国家安全法》规定，国家安全机关因国家安全工作的需要，可以提请海关、边防等检查机关对有关人员和资料、器材免检。有关检查机关应当予以协助。"李石说。

"可《国家安全法》里没有说在火车站可以免检啊。"

"笨蛋！我们过海关、边防都可以提请免检，在火车站当然更可以免检啦。"

李石转头时发觉温柔的鼻子非常小巧，还微微向上翘，很像他小妹的鼻子，这一发现令他感到亲切。在家时他最喜欢做的就是捏小妹的鼻子，然后看她生气时气呼呼的样子，非常有趣！想到这儿，便伸手捏了一下温柔的鼻子。

"你敢捏我的鼻子！"温柔对李石大声地抗议，同时不服气地狠狠跺着脚。

"我认你做妹妹吧？"李石说。

"妄想！"温柔赌气地使劲揉了揉自己的鼻子，"不过，做姐姐还可以考虑。"

雷震江的身子是圆的，脑袋也是圆的，而且没有脖子，远远望去，就如在一个大肉球上又放了一个小肉球，很是滑稽。每次看到他圆圆的眼镜片后面那双和气的笑眯眯的小眼睛，温柔总是忍不住有一种想笑的冲动，她觉得雷震江不像个国家安全局的局长，倒更像个肉铺的老板。

"他的确是卖过肉。"李石说。

雷震江还是侦查员的时候，为了打入敌特组织的内部，曾经乔装打扮和他所追踪的对象称兄道弟混在一起卖过几年肉，而就在这期间，他漂亮的女友竟然嫁给了他追踪的对象，只因为他追踪的对象一次能够扛起两头猪！

在专门为冷峰等人腾出的办公室内，雷震江将案件的进展情况向他们做了简要的介绍。冷峰等人这次唐州之行的目标是"312"，"312"已于昨天随旅游团到达唐州。"312"到达唐州的当天曾向宾馆的服务员打听过北湖公园的位置，并于今天早晨独自去过那里。根据侦查员报告，"312"在公园里只是散步，并无其他可疑，但北湖公园与"312"下榻的宾馆之间相隔十四条街，从那里去北湖公园散步显然是远了一些，所以雷震江已命令"外线"人员沿目标走过的路线布建了"侦控阵地"。

雷震江认为，北湖公园可能就是"312"这次要去接头的地方。冷峰微微点了点头，表示同意。根据他已掌握的情报，境外敌特机关对"312"的这次"交通"任务表现出异乎寻常的关切。因此，可以断定"312"这次要从唐州取走的东西绝不会是一份很普通的情报。从敌特机关动用的人力和物力的规模来看，这件东西一定包含着极为重大的秘密，会不会就是上边要求"要不惜一切代价"追回来的那个小盒子？这是冷峰心中的想法。总部下发的那个严格限制知密范围的有关钛金属盒的补充电文仍显得十分笼统，只提到盒子是从某军事基地被盗走的，失窃的钛金属盒总数为两个，只字未提这种钛金属盒的具体用途和金属盒丢失后的最大利害关系，而这些对于分析案情，确定追踪和堵截的方向都是至关重要的。这更坚定了冷峰对这钛金属盒的猜测：如果连他们这些人都不能被告知所有实情的话，那么这两个钛金属盒无疑是非常非常重要的东西。机会，并不是常常有，所以冷峰从不会轻易放过任何一次机会。虽然他已命令手下所有的别动队队员要全力追查这个钛金属盒的下落，但"在他的领导下"破的案子和"在他的直接指挥下"破的案子，分量是不同的。根据他目前所掌握的所有线索，他认为唐州的这条线索最有可能和钛金属盒有联系，所以决定亲自来唐州指挥这次行动。

冷峰拿起桌上"312"所在旅游团在唐州期间的游览日程表。按照日程安排，今天下午是旅游团的个人活动时间。

"你对旅游团的时间安排有什么看法？"冷峰问李石。

"个人活动时间一般应安排在游览的最后一天比较合适。"李石答。

冷峰满意地点点头。

"从种种迹象来看，接头的时间极有可能就在今天下午。"

"没错儿！"

这时值班人员进来报告，"312"正在向北湖公园靠近。

"说曹操，曹操到。我去看一下。"雷震江抓起桌上他那顶圆圆的礼帽。

"我去帮忙。"温柔自告奋勇。

"不必啦，坐了这么久的火车，你还是休息一下吧。"

"可我不累呀。"温柔天真地回答。

"那你还是休息一下的好。"雷震江委婉地说。

"为什么?"温柔不解地问。

"这里的街道你不是太熟悉,搞不好待会儿我们这伙人还得开着警车满大街找你。"雷震江在他圆圆的脑袋上戴上他圆圆的礼帽,对温柔诚实地笑笑。

望着雷震江一摇一晃地挺着肚子迈着八字脚走出办公室,温柔挠了挠头,很没信心地转过身问李石:

"我不会那么没用吧?"

李石不置可否地耸了耸肩。

下午一点四十五分,"外线"报告,目标在北湖公园内未与任何可疑人员接触,但从湖边老柳树右边第二个石凳下面取走了一个类似信件的东西。两点零三分,"外线"报告,目标正在返回宾馆的路上。两点二十分,目标到达宾馆。两点三十一分,宾馆内监控人员报告,目标回到宾馆后,把一封信放进其公文箱的伪装夹层里。征得冷峰的同意,雷震江立即安排今晚由海外旅行社出面,宴请这个旅游团。

"你说他会不会提着箱子去吃饭?"温柔问。

这也正是冷峰和雷震江所担心的,所以他们制订了两套方案。"312"要是还有点常识的话,应该是不会提着箱子去吃饭的。但水无常形,兵无常势,不能声东击西,就只能顺手牵羊啦。雷震江用他肥胖的手拍了拍冷峰的肩膀:

"接下来就看你的啦。"

冷峰自信地笑笑,回过头对温柔说:

"你协助我。"

"真的?"温柔高兴地跳了起来。

"行动暗号都记住了吗?"

"行动暗号?"温柔一脸的茫然。

"李石!"冷峰叫道。

李石急忙从口袋里翻出两张写满了代号、暗号、暗语的纸,交给温柔:

"对不起,我忘了。"

"你忘了?这种事你也敢忘!"冷峰发起火来,温柔第一次看见他发火,"如果不是我刚才多问一句,你知不知道你会造成多大的事故?!行动会因为你一句'我忘了'而彻底失败!温柔可能就因为你一句'我忘了'而丢了小命……"

温柔从未见李石如此乖巧过,刹那间,因为不满李石捏她的鼻子而引起的一丝报复的快感在她的心头徐徐地盘旋了几圈。但随即她又同情起李石来,她轻轻扯了扯冷峰的衣襟。

"处长。"

"什么事?"

"我还有多少时间背这些暗语?"

冷峰看看手表。

"十五分钟。"

"我能试试吗?"

冷峰考虑了一下,然后点点头。

"真是很对不起。"李石为自己的失误向温柔道歉。

"没关系,我聪明着呢。"温柔不谦虚地对李石眨了眨眼睛,"对于我这样的高手来说十五分钟已经太多啦。"

李石知道她是在安慰自己。因为这些毫无规律可言的暗语、暗号、代号非常抽象,十五分钟内是无论如何也难以全部记下来的,李石对她的好意只能报以苦笑。作为冷峰的助手,同时也为了证明自己并非经常失误,李石熟练地协助冷峰检查着这次行动需携带的所有装备。装备才检查完一半,就听见温柔问,这些暗语背下来后应如何处理这张纸。

"烧掉。"冷峰说。

温柔询问应在哪里烧文件。

"你全部背完啦?"李石怀疑地问。

"是啊。"温柔耸耸肩,一副"信不信由你"的神态。

李石看看表,她只用了五分钟!他难以置信地望着温柔在特制的小铁桶内将写有暗号的纸烧掉,又将纸灰捻碎,倒上水。

"你学过快速记忆?"

"不,"温柔潇洒地拍了拍手上的纸灰,"我教过快速记忆。"

冷峰暗自皱了皱眉头,关于这一点温柔的档案中为什么没有记载?

在李石整理装备的空当,温柔带着幸灾乐祸的笑容凑到李石跟前。"哎,"她用胳膊肘碰碰李石,"生不生气?"

"什么生不生气?"

"哎?刚让人骂完,这么快就忘啦?"

"啊,我常挨骂,习惯啦。何况……"李石不好意思地挠挠头,"这也的确是我的错,而且错得还挺严重。"

温柔点点头,报告上说李石是冷峰忠实的崇拜者,看来是真的。

"哎,别忘了,这回是我救了你,否则你一定被骂得更惨,记着你欠我一份情啊。"温柔说。

"刚刚才施恩,现在就图报。小人!"李石捏温柔的鼻子。

"你又捏我的鼻子!"温柔使劲地跺了跺脚。

海外旅行社的宴请对于旅游团来说可谓是意外的收获。四点五十分,旅游团的成员陆陆续续登上旅行社为他们准备的豪华旅行车，愉快地等待着去赴宴。旅行车刚刚离去，两辆小汽车就先后悄悄地停在"312"下榻的宾馆外面。目标刚才上旅行车的时候，手里并没有提箱子。有人把一叠报纸塞进冷峰和李石乘坐的小汽车里，冷峰打开报纸，里面是一个文件夹，文件夹里夹着一张照片，照片上是一只密码公文箱，这种箱子冷峰闭着眼睛都能打开，但他还是用了几秒钟仔细地确认了一下。

"该我们出场啦！"冷峰把报纸和文件夹交给李石。

李石推开车门，来到后面温柔和雷震江乘坐的小汽车跟前。温柔放下车窗，李石将报纸和文件夹交给她，同时对她眨眨眼睛，温柔也调皮地对他眨眨眼睛；李石伸出小手指打了个圈，这是"不到万不得已，不得使用无线通讯"的意思，温柔肯定地点点头。

看着冷峰和李石戴上耳机，提着里面装满了各种工具和仪器的公文箱，从容地走进了宾馆，雷震江掏出手帕擦了擦脸上的汗水，把他圆圆的身子在相对于他的体积显得有些狭小的座位上挪动了几下，又继续很不舒服地扭着脖子为温柔讲解各种通讯器材的性能。

冷峰和李石来到"312"住的房间门口，冷峰先在门上查看了一下，没有发现什么特殊的标志。他放下箱子，从口袋里掏出一个皮夹子，里面整齐地插着各种型号和形状的钢丝、钢片，他从中选出一段合适的钢丝，轻而易举地打开房门。李石从随身携带的皮箱里取出一架光学仪器，端着仪器，先检查了地毯又检查了电灯开关，没有发现任何荧光粉之类的可疑物质。冷峰和李石这才小心翼翼地来到沙发前，他们要找的公文箱就靠在沙发上，上面散放着一本杂志。冷峰拿出笔记本，杂志翻开的页数是第24页，并且第七行字上有一根头发。冷峰在笔记本上画着一些只有他自己才能看懂的符号，然后小心地挪开杂志，又仔细地检查皮箱的外部，没有发现其他附着物，这才放心地取出工具着手开启密码锁。一刻钟后，冷峰顺利地打开密码锁，他收起工具，拿出笔记本，小心地打开皮箱，一边在笔记本上做标记，一边一件一件地从箱子里把东西取出来。根据宾馆监控人员的报告，这皮箱的夹层是在底下。忽然，耳机中响起雷震江浓重的呼吸声：

"喂，我说，'312'回家啦。'312'回家啦。"

冷峰和李石不约而同地看了对方一眼，苦笑了一下，马上开始有条不紊地按照笔记本上的标记，把拿出来的东西又原样放进皮箱里。

"喂，他进大门啦！"

温柔紧张地望着目标进入宾馆，两只手下意识地紧紧抓着雷震江的手臂。

"紧张吗？"雷震江问温柔。

温柔毫不掩饰地点点头。

"那么我们商定的方案有没有紧张得忘记啦?"

温柔甜甜地笑了:"那倒没有。紧张归紧张,工作归工作。"

"那好,就按照咱们商定的办。"他鼓励地拍了拍温柔的手,"没事的。"

雷震江打开车门,拎起老板箱,费力地把他圆圆的身子从车里挤了出去,一摇一摆地跟在"312"的后面。温柔用手拍了拍胸口,然后跳下车紧跟在雷震江的后面,借着雷震江圆圆的身躯不留痕迹地隐蔽着自己。

"他进电梯啦。"温柔对着别在领子上的微型麦克风说。

雷震江跟着"312"进了电梯。房间里,冷峰轻轻地合上了皮箱的盖子。

"他马上就要出电梯啦。"温柔在电梯门口望着电梯的指示灯。

冷峰把杂志和头发恢复原状,收起工具,提着箱子迅速退到门口,关上门。这时目标出现在走廊的尽头,雷震江短粗的身影紧随其后。

"刘经理?"李石敲敲已经关上的房门。

目标在向他们走近。

"刘经理?"李石继续敲着门。

"哎呦,这不是王老板和于秘书吗?"雷震江晃着圆圆的身子快步越过目标向冷峰和李石走过来,"我等你们很久啦!"

雷震江同冷峰和李石一一握手,一边寒暄着,一边掏出钥匙开房门。

"咦,怎么打不开?我早晨走时还是好好的,锁坏啦?"雷震江自言自语。

这时,一直在一旁观察他们的"312"走过来,彬彬有礼地说:

"先生,这是我的房间。"

雷震江抬头看看门牌,一拍脑门,哈哈大笑:

"你瞧瞧,你瞧瞧,我真是胖糊涂了,我的房间是在这隔壁,对不起,不好意思。"

"没关系。"

雷震江领着冷峰和李石走向隔壁。

"你得先告诉我怎么才能把那个门弄开。"雷震江在冷峰身边小声嘀咕。

雷震江做出开门的样子,冷峰谈笑着将手中的一段钢丝插进门锁里,一拧,雷震江推开门,在"312"的注视下,说笑着进了房间,关上门。

"他妈的!"雷震江在自己圆圆的屁股上狠狠地拍了一巴掌,"一组都干什么去啦?"

他拿出装有加密扰频器的对讲机与唐州市的国家安全局取得联系:

"我是雷震江,通知一组马上停止行动,他们已经把目标跟丢啦,还跟什么!命令他们马上去四号地区待命,调二组去六号地区,三组去一号地区,完毕。"

冷峰也拿出对讲机:

"7902,听到了吗?"

"听到啦。"温柔回答。

"你现在立刻回到汽车里。"

"我已经在汽车里啦!"

"好,听着,打开那个黑色的皮箱,里面有一部手提电话。"

"我找到啦。"

"7902,现在缺少人手,如果'312'一会儿要离开宾馆,就由你来'送',清楚了吗?"

"清楚了。"

"用手提电话和指挥部联系。"

"知道。"

"7902,"冷峰顿了顿,"照顾好自己。"

温柔只感到有一股暖流蓦然由心底升起,紧接着荡漾开来,一直流遍了全身。侠肝义胆外加柔情的男人,总是最令女人心醉。

"目标走出房间,手里提着那个箱子。"

"明白。"

温柔抓过她的大背包背在肩上,钻出汽车,在路边的摊子上买了一支大雪糕。看见目标走出了宾馆,温柔连忙付了钱,叼着大雪糕不远不近地跟在他后面。温柔跟着目标拐过了街角。这时,李石飞一般从宾馆内冲了出来,他的任务就是要绝对保证温柔的人身安全。他左顾右盼不见温柔的踪影,眉目之间立刻流露出焦急的神情,连忙用手提电话拨通了温柔手中的电话。

"喂?"

是温柔的声音,李石暗自松了口气。

"我是李石,你的位置?"

"我怎么会知道?这座城市我是第一次来。"

"那么……方向?"

"我从小就分不清东南西北。"

李石在心中暗暗咒骂。

"那么行走路线呢?"

"出宾馆向左,第一条街向右,直走。"

李石撒开腿沿着温柔描述的路线追赶,一直追过了两条街,才远远地望见了温柔发梢那两只漂亮的蝴蝶结和她的大背包。

"我在你后面。"李石关掉电话。

温柔一会儿买一件小玩意儿,一会儿买一包小零食,一会儿在台阶上蹦上蹦下,一会儿对着街边的橱窗做鬼脸,一副无忧无虑的女学生的模样,若即若离地紧跟在"312"目标的后面。突然,目标在路口处叫住一辆出租车,温柔也连忙拦住一辆。李石见温柔上了出租车，他四下望望，身前身后居然一辆出租汽车也没有！他看见前方路旁停着一辆红色桑塔纳轿车，跑过去，司机仰着头靠在座位上，脸上还蒙了张报纸。

"我是特工。"李石掏出证件。

"躲开，别惹我，我烦着呢。"司机是个女的。

"我要借用你的车。"

"凭什么？"她掀掉头上的报纸，是个挺漂亮的女孩子。

李石把证件送到她面前，她看了看。

"喊！"她不屑地把头一扭，又靠到靠背上，把报纸盖到脸上。

温柔乘坐的出租车逐渐远去，如果拐过街角就很难再跟上了。李石打开车门一把将女司机从汽车里揪出来。

"喂，你要干什么？"女司机大叫着，"来人啊，有人抢劫啦。"她死死地抱住李石的胳膊，还不停地用高跟鞋踢李石的腿。

温柔乘坐的出租车马上就要到街的拐角啦，李石一拳击向女司机的腹部，女司机痛得大叫着松开了抓李石的手。李石顺手一个"平勾"，女司机重重地摔倒在人行道上，李石跳上车，加足马力奋力追赶温柔乘坐的出租车。

温柔在出租车上把她的大背包打开，把梳子、化妆盒、发胶、衬衫、长裤、皮凉鞋一样一样地从背包里掏出来，摆在座位上。她一抬头，发现出租车司机正好奇地从反光镜内偷看她。

"呜——"温柔对着镜子做了个鬼脸。

出租车司机慌忙把目光移开，温柔探起身子侧过头对出租车司机展示她甜美的微笑，同时使劲地将反光镜拧歪到一边。

"不许回头！"她说。

温柔解开蝴蝶结，用梳子把头发梳直，又拿起发胶定了型。她解开腰带，脱了鞋子。

"不许回头啊！"温柔强调。

她迅速脱掉短裙和宽袖衫，换上白衬衫和长裤，系好腰带，穿上皮凉鞋。她又把背包里的东西统统倒出来，由里向外把背包彻底地翻转过来，背包立刻变成了颜色、样式都与先前完全不同的挎兜。她将一只漂亮的金笔细致地别在胸口处，然后又一股脑儿地把换下的衣服和所有的东西都塞进了挎包里。她拿起化妆盒，一边盯着前面"312"乘坐的出租车，一边开始熟练地在自己纯净的脸上化着妆，她要使自己看上去更成熟些。

温柔下车时把出租车司机吓了一跳，他简直不敢相信上车的人和下车的这人会是同一个人！李石也是一愣，还以为是自己跟错了车子。他通过望远镜端详了好一会儿，才最后确认下车的这个漂亮姑娘的确就是温柔，立刻向指挥部做了报告：

"……长发飘飘，看上去既飘逸又洒脱，浑身上下洋溢着一股自然而充满活力的气质。脖子上挂着相机，一副职业记者的模样，完全不同于先前那种纯情少女的形象，棒极啦！我现在开始有点爱上她啦。"

"312"在商场里转了几圈，又在街上逛了一会儿，最后上了一辆公共汽车。温柔紧跟着上了后面的一辆公共汽车，上去之后她才发现她上的这辆公共汽车和前面的那辆不是同一路车！温柔对自己生气地跺了跺脚，挤到公共汽车的前边，挤到驾驶席旁，拍了拍司机的肩膀：

"喂，老大哥，还认得我吗？"

公共汽车司机回过头看了看她，笑道：

"你没认错人吧？"

温柔从口袋里掏出记者证，里面夹的是国家安全机关的证件，递到司机的面前展开，在司机耳边小声说：

"麻烦您跟着前面的那辆公共汽车。"

司机看看证件，又看看温柔；看看温柔，又看看证件。温柔明显地感觉到自己的心在乱跳，手心在冒汗。最后，司机晃了晃头，无奈地说：

"好，听你的！"

温柔一颗悬着的心这才落了下来。她暗暗松了口气，真不知道要是司机不听她的话她该怎么办。她拿出手提电话，拨通唐州市的国家安全局，冷峰一直等在那里。

"冷主编吗？"

"我是冷峰。"

"为了给报社省钱，我只好坐公共汽车去了。对，是33路。"

"命令一组、二组向33路沿线靠拢。"雷震江在国家安全局同步向"外线"人员下达命令。

"你的准确位置。"冷峰说。

温柔犹豫了一下，扭头问司机：

"我们现在在哪儿？"

"西桥。"

"冷主编，我现在在西桥……"她又扭头问司机，"下一站呢？"

"南关。"

"下一站是南关。距离吴教授家还很远吗？"

"明白了。"

"命令一组、二组向南关靠拢。"雷震江下达命令，"由南关向西'埋线'。"

唐州市国家安全局的"外线"人员在雷震江的调动下，由各个方向迅速向

33路公共汽车沿线移动。

"喂，33路怎么走这儿来啦？"终于有乘客发现这辆车离开了它规定的路线。

"是啊，怎么回事？"乘客沸腾起来。

"吵什么吵！"司机不悦地喊，"改革年代嘛，摸着石头过河，能把你们送回家不就得啦？吵什么吵？"

"对呀。"有人附和，"这33路车几十年都没改过路线，今天咱们也改革一把！但你得保证我们能回家才行。"

车上的乘客哄堂大笑，气氛也一下子缓和了下来。在公共汽车到达工人新村时，温柔看见目标从前边的公共汽车上下来，她也紧跟着下了车。

"谢谢你啦，老大哥。"温柔向公共汽车司机挥手。

司机也朝她摆了摆手，然后无比骄傲地驾驶着满载着乘客的公共汽车徐徐离去，他还要把这一车人一个个地都送到目的地。

温柔紧跟在目标的身后，同时拿出电话拨通指挥部。接电话的是冷峰。

"主编，吴教授家到底应该怎么走？"温柔说。

"报告你的位置。"

温柔抬头看看路牌："我现在在红霞街二段，这里距离吴教授家还有多远？"

"通知一组，目标在红霞街二段。"雷震江说。

"一组什么时候能赶到？"冷峰问雷震江。

"五分钟。"

冷峰回过身拿起话筒对温柔说："你现在马上退出行动，李石就在你后面。"

"知道了，我试试看能不能找到。"温柔关掉电话，转过身，掏出一块白色手帕擦了擦鼻子。

李石见温柔拿出白手帕擦鼻子，立刻从桑塔纳轿车里钻出来，把轿车丢在路旁，越过温柔，跟在"312"的后面。

温柔赶回唐州市国家安全局所用的时间要比正常应该用的时间晚了很多，虽然国家安全局的每一个人都听到了李石关于温柔乔装后形象的描述，但当温柔真正出现在国家安全局里的时候，那里所有的人还是为之震撼。这哪里还是那个简单、纯洁、活泼的温柔，活脱脱就是一个洒脱、干练的职业女性！温柔的变化不仅仅是服饰上的变化，而是整个人气质上的转变，简直就像换个人似的！国家安全局里的人都情不自禁地为温柔高超的化装术鼓起掌来。

温柔面对大家的鼓掌大方而自信地微笑着：

"乔装渗透是我的专长。"

关于这一点，温柔的档案中为什么也没有记载？冷峰在想。

"怎么回来这么晚？"李石为温柔泡了碗面。

温柔不好意思地搔了搔头，说："我迷路啦。"

雷震江用一副未卜先知的神态看了看冷峰，仿佛在说：瞧，我没说错吧。冷峰苦笑着摇了摇头，又把目光移回到唐州市的市区示意图上，思考着下一步的行动计划。二十分钟前，"外线"报告说，目标在经过多次"测梢""甩梢"后，在东亚路的公共广告栏上贴了一张"求租房屋"的广告，雷震江已经为此增派了人手。此刻，这个公共广告栏已处在两部摄像机二十四小时监控之下。

"我们的时间不多了。"冷峰在深思熟虑后，做出了决定，"今天晚上一定要上！有条件要上，没有条件创造条件也要上！"

雷震江也同意冷峰的意见。现在最紧迫的问题就是要搞清楚"312"今天拿到手的到底是什么东西，信封是装不下钛金属盒的，那么信封里会是什么呢？于是，为对"312""上手段"创造机会的几套方案陆续提到了桌面上，但都不够完美。李石揉着太阳穴继续苦思冥想着，突然，他转过头，问正在吃面的温柔：

"你会扮妓女吗？"

"很简单呀，"温柔潇洒地耸耸肩，"只要穿着性感点，眼神风骚点，举手投足间多几分挑逗就行啦。"

"没你说的这么轻松吧？说和做完全是两回事，实际操作起来一定很难。"

"不难，真的不难，非常简单。"

"你能扮来看看吗？"

"可以。"

温柔端起碗，喝光碗里的面汤，用手抹了抹嘴巴，背起挎包。

"十分钟。"她对李石说。

望着温柔飘然离开的背影，李石暗暗赞叹温柔举手投足间那股超凡的风采，直到温柔从视线中消失，他才回过身来把他的构思向冷峰和雷震江讲了一遍。

"我们可以这样，"李石说，"由温柔假扮妓女去宾馆引诱'312'，然后由公安局的人出面查房……"

"噗——"正在喝茶的冷峰一口茶水全都喷在地上，他抬起头看看李石。

李石摆摆手，他知道冷峰想说什么。

"馊主意！"他与冷峰异口同声。

"我就知道你会这么说。"

"这种主意也亏你想得出来！"

接下来又有几个方案被推翻，在晚上能够找到的借口毕竟太少，而且动作还不能太大，必须要用简单又不容易引起怀疑的办法才行。

第4章 ☆ 多姿温柔

"啵呦——"李石打了个华丽的口哨。

随着李石的目光，屋内所有人都望向了门口。温柔穿着一袭黑色的长裙，一头乌黑的长发随意披散在肩上，高高开起的裙衩，随着温柔轻盈的步伐，时隐时现地暴露出两条健美得令人眩惑的大腿。一颗泪状的玉坠低垂在浅浅的乳沟处，随着脚步的起伏，在乳沟中一颤一颤，令人浮想联翩。温柔缓缓地坐到李石的身边，含情脉脉地将双腿交叠在一起，眼睛半睁半闭，朱唇微启，似有情似无意地在李石的耳垂旁呵了口气，一只手轻轻地摩挲着从高高的裙衩处暴露出来的修长的大腿，用略带沙哑、充满了磁性和诱惑的声音轻柔地问李石：

"我穿的衣服漂亮吗？"

"漂亮！"李石点头。

温柔朦胧的双眼，如苍海中两颗缥缈的星，似娓娓诉说，又似无声的呼唤。她抚摸着自己圆润的肩头："其实，你在想，如果我不穿衣服更好看，对不对？"

李石深深地吸了口气："'312'死定啦！"

冷峰也有着相同的想法。对于正常的男人来说，最具诱惑力的女人，莫过于像温柔这种有着天使般的脸蛋，同时又拥有魔鬼般身材的女人。即使像"312"这种经过严格训练的"交通特勤"，恐怕也很难经受住温柔这般迷人的诱惑。冷峰决定采用李石提出的这个"馊主意"，雷震江点头表示赞许。

温柔逐渐感觉到气氛有些异样，李石一副扬扬自得的模样，雷震江那双原本就不大的小眼睛，此刻笑得只剩下了一条细细的肉缝儿，冷峰沉稳的目光还是那么高深莫测，屋里的其他人也都像在肯定什么似的，眼睛在她身上转来转去。温柔上下打量了一下自己，并不觉得自己有什么不妥。她看看周围的人，又看看自己身上的装扮，突然紧张起来，她终于弄明白了他们此刻都在想些什么！

"你们不会真的这么做吧？"她小心翼翼地问。

雷震江笑容可掬地答："在目前的情况下，这也不失为一个好主意。"

"喂，你们可要记清楚，"温柔提醒他们，"我们的工作纪律规定我们是不准搞'美人计'的。"

"是'原则上'不准搞'美人计'，"李石为她纠正，"实际工作中可以灵活嘛。活人总不能让尿憋死吧？"

"就没有别的更好的办法了吗？"温柔楚楚可怜地看着冷峰。

冷峰摇摇头，简短地说："这是首选方案。"

虽然雷震江派出了他手下最精干的一组人员负责温柔的安全，但冷峰还是不放心，他把李石也派了去，即使是这样，冷峰心中依然觉得还是有什么地方欠稳妥。冷峰反复琢磨着，思考着。终于，冷峰终于想到了，是时间！是查房的时间！以他对女人多年研究的经验，他可以断定温柔还是个黄花闺女，如果查房的时间掌握不好，那么这次行动……就赔大啦！他立刻通过无线电告知李石无论发生什么情况，行动时也不准耽搁一分钟！

跟踪"312"的"外线"人员随时向指挥部报告他的行踪。

"目标吃完晚饭啦，正在剔牙。"

"目标离开红玫瑰餐厅。"

"目标正在回宾馆的路上。"

"目标被两个女人缠住。我们在接近。"

"目标好像是在谈'生意'。"

"目标领着两个女人进宾馆啦。"

"呃……"指挥部所有的人都为温柔不必再去冒险而情不自禁地欢呼起来，只有冷峰淡淡地笑了笑，虽然他也认为不冒险总是比冒险安全，但他还是按捺住了心中的兴奋，平静地拿起话筒：

"通知'7902'，立刻终止行动。"

"老板，现在不行啊，她让一个戴眼镜的小胡子给勾上啦，脱不了身。"

"什么？"

"一个戴眼镜的小胡子要带她去开房，'7902'要价一万！"

"一万？"

"是一万，而且那家伙居然答应啦！现在很麻烦。"

冷峰沉默片刻。

"让'7902'跟他去，找个适当的借口，你们处理一下那家伙。"

"明白。"

雷震江从冷峰手中拿过话筒:

"给我狠狠地修理他!"

"是!"雷震江的手下领命。

雷震江找公安局的孙局长安排下一个步骤的行动。"312"既然自己找了女人,那么下一步的工作就简单多了。看来对方并不如他们所估计的那么谨慎,或者是过于谨慎,以至于精神过分紧张,而迫切需要女人来放松一下。雷震江和公安局的孙局长经过一番沟通后,商定了配合的形式和必须注意的事项。

放下电话,雷震江拿起桌子上那顶圆圆的帽子扣到头上,晃着他圆圆的脑袋走出办公室,下一步和公安部门的配合行动,需要他亲自去协调才行。

李石通过汽车里的监视仪注视着戴眼镜的小胡子把温柔带上路旁停的那辆豪华奔驰车,他通过无线通话器隐约听见小胡子吩咐司机把车开到他的别墅去。奔驰车开动后,李石立刻对人员重新进行了调配。

"你们留在这里,你们两个跟我来。"李石领着两个彪形大汉上了一辆印有出租车标志的汽车,远远地跟在奔驰车的后面。

也许是温柔本身就具有能够诱发男人欲望的气质,上车后不久小胡子的手就开始活动起来,他掀起温柔的裙子,开始抚摸她的大腿,随后又慢慢移向她的臀部、两腿间。

"别,别这样,这里还有别人。"温柔羞怯地不断扭动身子躲避小胡子的抚摸。

"没关系,我的司机这个时候都是瞎子。"小胡子的大手大胆地向温柔大腿的内侧伸了进去。

"不,不行!"温柔猛地推开小胡子的手,夹紧了双腿。

小胡子愣了一下,旋即醒悟过来,转身拿出一沓钱,在温柔面前晃了晃,让她看清楚。

"一万块。"小胡子把钱塞进温柔的手袋内,然后一把将温柔搂在怀里,在温柔的耳边亲吻着,"其实,我看见你第一眼就喜欢上你了……"突然,奔驰车一个急刹车,小胡子的身子离开了座位,头重重地撞到了前排的靠背上,"你是怎么开车的?"小胡子捂着脑袋训斥司机。

"老板,不怪我……"司机辩解。

温柔抬起头,看见一辆出租车正横在奔驰车的前面,她暗暗松了口气。李石和两个彪形大汉从出租车上跳下来,这时小胡子的司机也从奔驰车里钻出来:

"你们会不会开车?"

李石"啪、啪"给他两个耳光,抓住他的脖子向怀里一带,抬起膝盖重重击向他的胃,司机立刻瘫倒在地上,蜷缩成一团,完全丧失了反抗的能力。两个彪形大汉上前打开车门,把小胡子从奔驰车里揪了出来,李石上去就给了小胡子一记耳光：

"你胆子不小哇！连我妹妹你也敢碰！"

"兄弟，你，你误会啦……"小胡子的腿在瑟瑟发抖，"她，她是自愿的，我，我是付了钱的。"

这时，温柔从车里钻出来："哥，我的事不用你管！"

"不用我管？我是你哥呀！"李石走到温柔面前，"爸妈死得早，我当哥哥的不管你，谁管你？"

"你什么时候真正管过我？你每天不是打架，就是和那些贱女人鬼混，你什么时候真正关心过我？"温柔的泪水涌了出来，"我每天做什么你从来不管不问，你对那些妓女都比对我好，你还当我是你妹妹吗？"

"我当然把你当妹妹，你是我在这个世上唯一的亲人，我能不关心你吗？"李石一把将温柔拥入怀里，"妹妹，我以后一定多关心你。"

"哥哥！"温柔在李石的怀中呜咽着，她在李石耳边小声说，"喂！你用这么大力干什么？我快透不过气啦，快放开呀！"

李石不情愿地放开了温柔，回过头，又给了正被两名彪形大汉架着的小胡子一记耳光。

"我妹妹你都敢碰？够胆量！"他竖着大拇指，然后一摆手，"给我扁他！"

两个大汉就等这句话了，他们把小胡子摁倒在地上就是一顿狠揍，因为雷震江吩咐过"给我狠狠地修理他"。温柔不忍地扭过头去，小胡子的惨叫声一声比一声凄厉，她心软地扯了扯李石的衣襟：

"别再打了。"

李石虽然是那种对坏人铁石心肠的人，但他知道善良永远是女人最喜爱的优点；他识趣地看了温柔一眼，对正打得起劲的两个大汉做了个手势，两人这才不情愿地放开已被打得鼻青脸肿的小胡子，临走还意犹未尽地每人踢了小胡子一脚，恶狠狠地扔下句：

"别让我们再看到你！"

唐州市国家安全局。一名值班人员跑到冷峰面前，把刚刚收到的信息交到冷峰手里。冷峰扫了一眼，"腾"地从椅子上站起来，快步来到通讯指挥台前：

"马上联络李石。"

联络上李石后，值班人员把话筒交给冷峰，冷峰接过话筒：

"你听着，计划有变，刚刚收到消息，'312'和女人的'生意'没有谈成，那两个女人现在已经离开了'312'的房间，原计划仍需执行，注意，原计划需要立刻执行。"

"明白。"从耳机中听起来李石好像很开心，同时冷峰也听到温柔在一旁叫苦连天。

十五分钟后，一辆面包车缓缓地停在了宾馆的附近，温柔在钻出面包车前，又回过头用鼻子重重"哼"了一声，对李石说：

"以后再跟你算账！"

在宾馆附近招揽"生意"的女人很多，但温柔的出现还是引起了不少人的侧目。温柔站在那些画着深蓝色眼影，抹着血红的唇膏，嘴巴总是半开半闭故作娇态的女人中间，宛如鹤立鸡群，这使得李石对他想出的这个方案更加充满了信心，他坚信"312"一定会上钩！

温柔迈着舒展的步伐走进宾馆，在宾馆的门口，温柔停住脚步回头向李石所在的方向望了望，李石伸出手臂朝温柔做个"保重"的手势，温柔则对他妩媚地吐了吐舌头，用手捂着胸口平静了一下紧张的心情，然后义无反顾地走进了宾馆。

这时，宾馆内的监控人员通知李石："'312'有准备离开房间的迹象。"李石"咚"的一拳重重击向面包车座椅靠背。

"妈的！"李石咬牙切齿地咒骂道。

为了避免引起"312"的怀疑，温柔的身上根本就没有携带任何通讯装置！现在已经无法及时将新情况通知温柔。

温柔穿的是一件黑色的紧身长裙，长裙一侧有一条一直延伸到大腿上边的开衩，随着长裙下摆不时飘荡，一双被精致的黑色丝袜包裹着的修长的大腿，不时若隐若现地从开衩处暴露出来，吸引着每一个从她身边经过的男人的目光。即使在电梯里，温柔也能强烈地感觉到，和她同乘电梯的那几个男人的眼睛就一直没有离开过她的裙子开衩处。温柔走出电梯，一抬头，吓了她一大跳！她看见"312"正迎面朝她走过来！

"糟啦！"温柔心中暗暗着急，"计划里也没有这种情形啊。"温柔的脑子飞速地运转着。

就在她和"312"擦肩而过的时候，温柔突然开口叫住了他。

"对不起，先生！"温柔轻声说，"能够请你帮个忙吗？"

"愿意为您效劳。"对方转回身很绅士地说。

温柔发现，他的眼睛一直在她的裙子开衩处扫来扫去。

"是这样的，"温柔说，"我的朋友给我出了一道智力题，可我不知道该怎么回答。"

"哦？什么样的题？"

"是说，有一个男人下班回家的时候，看见他老婆正趴在地上擦地板，这个男人就从背后悄悄接近他老婆，撩起她的裙子搞起了'那档子事'。但办完事之后，这个男人立刻就开始揍他老婆。他老婆发火了，说：'你想死了！人家一声不响地让你欺负，你却揍起人家来，这是什么意思嘛?！'问题是：这个男人为什么在搞完之后还要揍他老婆？"

"312"想了想，他现在已经猜到了温柔的"职业"，说：

"这个问题很简单，因为他老婆在搞那档子事的时候，根本就没有回头看是在和谁搞。"

"对呀！"温柔拍手雀跃，"先生，你真聪明！"温柔走近对方，靠近他的身体，小腹在他的下体轻轻地摩擦，羞怯地低头摆弄着他的领带，"那么……先生，你想不想……也在我后面……"温柔的脸通红通红的。

温柔明显感觉到对方的呼吸在加快，体温在急剧地上升，她知道她就要成功了。经过一番讨价还价，最后温柔羞答答地跟随着"312"来到他的房间。

"脱衣服吧。"他说。

据说，一个姑娘最能刺激男人的不是她的身材，而是她的羞耻感，那种在男人面前一边脱衣服，一边会臊得面红耳赤的纯情的姑娘，往往最能刺激男人的征服欲，现在温柔只希望这个理论不是错的。温柔缓缓地拉开长裙的拉链，她从心里祈祷着这一切能快点结束。但事情并不像温柔希望的那么顺利，对方竟提出要温柔表演自渎！温柔的脸更红了，她暗自攥着小拳头，真想一拳打掉他的下巴！她有些踌躇，垂下头……最后，她小声说："那是要加钱的。"

"312"毫不犹豫地从口袋里掏出了钱包。

"快！动作要快！"李石一面盯着监视器，一面拿着对讲机焦急地催促着正奔向"312"房间的那个小组，"要快！快！快！"

在这次全市大规模的、突袭式的"扫黄"行动中，唐州市公安局方面取得了前所未有的辉煌成果。为了让"312"确确实实地相信他的被抓只是因为他的运气不好，正好撞到了"扫黄"行动的浪尖上，新闻单位也被动员起来对这次行动进行广泛采访，并准备在第二天进行大规模的报道，以确保"312"能看到有关这方面的信息。李石避开记者，从公安分局的后门把温柔接了出来，温柔一出来就开始抹眼泪，李石紧跟在她身后，一边走，一边追问：

"喂，怎么样？你有没有被……"李石一时不知该怎么措辞。

温柔也不说话，只是低着头一边哭，一边急走。

"喂，你有没有感觉有什么不妥的地方？"李石终于想到了这个婉转的问法，但温柔还只是哭，不说话，"唉，你倒是说话呀！"李石有些急了。

温柔忽然停住脚步，双手捂着脸站在那里号啕大哭。李石顿时软了下来，走上前去关怀地把温柔揽在怀里。

"好啦，别哭啦，坚强的姑娘是不哭的。"他安慰她。

可温柔哭得声音更大了。

"喂，小心啊，哭多了会变丑的呀。"他逗她。

但仍然没用。李石最后索性不说也不动，站在那里由温柔靠在肩膀上哭了个够。温柔慢慢哭累了，最后终于止住了哭声。

"好啦，哭够啦。"温柔离开李石的肩头，接过李石递来的纸巾重重地擤着鼻涕，她看看李石湿漉漉的肩头，十分不好意思，"对不起，把你的衬衫都弄湿了。"

"没关系，我是自愿的。"李石大度地，"你以后只要需要，我坚实的臂膀随时欢迎你停靠。"

"去你的。"温柔重重地捶了李石一拳。

李石夸张地捂着痛处，但他很高兴又能看到温柔笑得如此阳光灿烂，虽然她的泪痕依旧挂在脸上。

"喂，怎么样?"李石一边走，一边问。

"哭出来感觉好多啦。"

"我不是问这个。"

"那你问什么?"

"我是问……"

"你是问什么?"

"……"

李石最后觉得还是不问好些。

冷峰看到李石和那些参加行动的人都陆陆续续地回到了局里，可唯独不见温柔。

"温柔呢?"冷峰问。

"是啊，温柔呢? 她是第一个跑上楼的。"这时人们也才发现不见了温柔。

温柔既然已经回到了局里，就说明她很安全，冷峰也就没有再继续问，他只是趁别人不注意的时候把李石拉到了一旁。

"有没有什么意外……计划外的损失?"他小声问。

李石当然知道冷峰指的是什么，他把事情的经过一五一十地向冷峰做了汇报。

"到底最后有没有'损失'，我也不是很清楚。"李石说。

冷峰沉吟了半晌:

"你做得对。这件事以后谁也不准再提，就当什么事也没发生过。"

李石肯定地点头。不一会儿，换掉了妖艳时装的温柔穿着一条牛仔裤、一件文化衫，头发简单地束在脑后，一副女大学生的打扮出现在办公室里。她径直来到李石面前，向李石展示出世界上最甜美的笑容，以至于她那双漂亮的大眼睛也眯成了甜甜的一条缝。李石无奈地叹了口气，不情愿地把温柔路上央求他为她买的牛肉干、炒青豆、梅花糖统统放到了温柔伸出的小手里。

"别那么小气嘛！我只是偶尔没带钱而已，大不了下次我请你喽！"温柔大方地说。

"一言为定?"

"一言为定!"温柔和李石击掌，"不过要等下个月发了薪水才行。"

第5章 ☆ "事先约定"

一小时后，雷震江在众多特工的护卫下，手里提着"312"的手提箱，大摇大摆地走进国家安全局的办公大楼，他把皮箱交给一直处于备战状态等在那里的技术侦查科科长。身材瘦小，头发蓬乱，戴着高度近视镜，看上去有些神经兮兮的技侦科长给温柔的第一印象就是：这个人如果不是个天才，那一定是个白痴！但既然能够当上技术侦查科的科长，在他的身上恐怕还是天才的成分居多。冷峰和雷震江沟通了情况后，也戴上白手套跟着来到技术侦查科的工作室。他在工作室内巡视了一圈，见一名技术人员正在翻弄一本某位当红女作家所著的流行小说。

"是'312'的?"他问。

"不，是那两个妓女的。"技术人员轻蔑地说。

也不知他是轻蔑那妓女，还是轻蔑那位女作家。在专门为冷峰准备的工作台上，冷峰小心地将皮箱打开，然后仔细地处理箱内的每一件物品，最后从皮箱底部的夹层里取出一个信封和一个小瓶。

"化验。"冷峰把两样东西交给技术人员。

冷峰回到指挥部不久，"外线"人员就送来了刚刚洗印出来的照片。冷峰拿起一张特写照片：

"这就是'312'在广告栏里贴的东西?"

"是。"

这是一张黄纸黑字的求租房屋的广告。

"这东西不像是密函，"雷震江手中拿着同样的一张照片，"内容当中没有'情报字'，可能有密写。"

"也可能是'事先约定'。但我总觉得这事还没完。"冷峰说，"我刚才看过那封信，里面只有一张信笺，就算信笺、信封都写满了密写，也根本写不了多少内容，而且我在'312'皮箱的夹层里还发现了一个小瓶，如果我没猜错的话，那应该是瓶显影液，也就是说这封信根本就不是他这次要带走的东西。"

"那么会是什么东西呢？"

"……"

温柔看看四周并没有人特别注意她，便扯了扯李石的衣襟，小声问："什么叫……'事先约定'？"

李石扭过头以诧异的目光望着她，仿佛在说：你居然连这种最简单的常识也不懂？

"你要知道，我一直在机关里工作，很少接触实际业务……"温柔低头咳了咳嗓子说，"古人云：闻道有先后，术业有专攻。师不必贤于弟子，弟子不必不如师……"

李石做了个"停"的手势，一副"我怕你啦"的表情。他对温柔解释说，这里说的"事先约定"，就是双方事先就已经商定好的，只要一贴出这张求租房屋的广告就表示他已经把东西拿到手了，或者别的什么。

温柔理解地点点头，但旋即又皱起了眉头："如果真是那样，我们岂不是要把这两天在广告栏前出现过的人都调查一遍？"

"迫不得已的时候，我们也只能这样做。"

这时，被温柔认可为"天才"的技术侦查科的科长拿着化验报告走了进来。

"这么快？"

"他用的方法非常简陋，"瘦瘦的技侦科长兴趣索然地打开文件夹，"而且小瓶里装的就是密写显影液。在信笺左上角共有四组密写密码，密码底本就是明文中提到的《红楼梦》精装本，我们手边碰巧备有这本书，密文内容是：见二号点。"

"312"被从派出所里放出来已是夜里十一点多钟，派出所还毫不客气地罚了他三千块钱。宾馆内的监控人员报告说，"312"回到宾馆后仔细地检查了房间和皮箱，但未见有其他异常举动。

第二天清晨，宾馆内的监控人员报告"312"很早就起床了。冷峰倒非常理解他此刻的心情，身负重大使命的人睡眠通常都比较少，唐州市国家安全局所有的人，昨晚也都是和衣在办公室里过的夜。上午八点三十分，宾馆内的监控人员报告说，"312"自称身体不舒服将不参加今天的游览。九点四十四分，"外线"人员报告说目标在书店买了一本精装《红楼梦》。十一点十分，宾馆内监控人员报告，目标毁掉了一个信封和一个小瓶。

"你猜他下一步会做什么？"温柔问李石。

"鬼知道!"

下午一点五十分,监控人员报告,目标在东亚路公共广告栏前出现,逗留约一分钟后离开。

"就是它!"雷震江突然一拍桌子,"就是这个广告栏!这就是'二号点'。"

冷峰微微点了点头。半小时后,一辆市政工程处的大卡车开到东亚路公共广告栏前,从车上跳下来一群小伙子,七手八脚地很快就把广告栏肢解了,说是有碍市容,要在这里重新建一个新的漂亮的广告栏。时间不长,广告栏上那几块贴着各种各样广告的大铁板就原样架在了唐州市国家安全局的走廊里。雷震江叫人搬来两把椅子,他和冷峰就坐在广告板前望着这各色的广告等着侦查部门的调查结果。按照目前统计的数字,"312"在东亚路的公共广告栏上贴出"求租房屋"的广告之后,又有二十六人在广告栏里贴过广告。而"312"再次出现在东亚路广告栏前的目的,也绝不会是为了看看他昨天贴的广告今天是否还牢固,他一定是想从广告栏上看到别的什么东西。从理论上说,只要是一个神志清醒的间谍,他就绝不会愚蠢到在自己用于间谍联络的公开广告中留下自己真实地址和姓名的地步,因此侦查部门侦查工作的第一步就是调查这个广告栏中所有广告所留联系地址和姓名的真实性。与此同时,技术侦查部门也对后贴上去的二十六张广告的文字进行笔迹分析鉴定。不久,侦查部门核实,十四号"寻人启事"是假的!随后,技术侦查部门在进一步的工作中也证实十四号"寻人启事"在文字书写上虽然有伪装,但仍可以认定与"312"所携带的"密写"为同一笔迹。十四号"寻人启事"应该就是"312"第二次出现在广告栏前所要看的东西。

"放十四号。"雷震江对放映人员说。

巨大的屏幕上出现了一个二十几岁、中等身材、民工模样的男子,他正在往广告栏上贴一张寻人启事。

"你觉得会是他吗?"雷震江问冷峰。

"不是。"

"妈的!我说也不是,这个肯定是假的,是被人利用的!"雷震江骂道。

雷震江吩咐身边的人把几个侦查科长找来。不一会儿,几个侦查科长都被雷震江召集到了走廊里的广告板前。雷震江一手摇着蒲扇,一手轻轻拍着他圆圆的肚子,就在走廊里和几个科长开起了案情分析会。

"你怎么看?"雷震江不失时机地征询冷峰的意见。

这是一份用钢笔在一张普通的信纸上书写的"寻人启事",从外观上看,它并没有什么特别之处。冷峰想了一下,站起身,他用一直托着下巴的手指在"寻人启事"上划了一下:

"你们看,信笺上没有折痕,说明他家或工作单位,距离广告栏不会超过两公里。"他简短地说。

书写这种见不得人的用于间谍联络的"寻人启事",从心理学角度说,书写人一定会选择一个他感觉最安全的地方书写,而感觉最安全的地方往往只会是自己最熟悉的地方,自己最熟悉的地方通常只有两个,一是家,一是办公室。如果是长途携带这种见不得人的东西,因为做贼心虚,携带人一定会尽量缩小它的体积以便于隐藏,这势必会留下折痕。只有近距离携带,携带人才有可能从容不迫地带在身边,也才可能不在信笺上留下任何折痕。冷峰又指着信笺底边的一组数字说:

"这里这个'0'印成了横的'0',说明这不是商店里公开出售的信纸,也不会是单位通过外加工定做的单位自用信纸,否则这个错排的'0'一定会被纠正过来,所以这张信纸极有可能是自己拥有印刷厂的单位,在没有经过严格的质量检验的情况下印刷的自用信纸。"

冷峰用手指在"寻人启事"中的几个繁体字上圈点了几下:

"从文字整体的书写水平和这几个繁体字的书写熟练程度来看,书写人的年龄在五十岁至五十五岁之间,因为这个年龄段的人读书期间正好是我国实行文字改革的前后,他们在学校期间既学了繁体字又学了简体字,所以对繁简体的书写都比较熟练。"

冷峰又指着由一个宝字盖,下面一个"下"字组成的字说:

"这是一个'家'字的地区性写法,广东、广西、湖南、湖北一带使用很普遍,因此可以推测书写人可能是两广和两湖一带的人或在那一带长期居住过。"

在冷峰对案情分析的基础上,经过一番短暂的补充性讨论,会议最后决定分三路追查这个书写"寻人启事"的人,暂编代号"315"。第一路,从查找张贴十四号"寻人启事"的民工的下落入手。第二路,以东亚路广告栏为中心,以两公里为半径划范围,重点审查五十至五十五岁之间,在"两湖""两广"地区长期生活过的人。第三路,以信纸为线索,首先从有印刷厂的单位入手。

半小时后,第三路侦查小组首先传来报告,发现"315"书写"寻人启事"使用的信纸是唐州市城市供销合作社下属的一个印刷厂为其印制的自用信纸,唐州市城市供销合作社距东亚路的公共广告栏约六公里。

"让第二组马上调派人手过去。"雷震江命令。

纸张的切割方法并非人们想象中的那么完美,而是存在一定角度,每一刀纸的最上面一张纸和最下面一张纸的对角线总会相差三至四毫米,这也就是第三侦查小组侦查工作的突破点。第三侦查小组通过对"315"书写"寻人启事"使用的信纸的测量,和对城市供销合作社各部门现存自用信纸的测量数据的比较,把侦查范围缩小到了两个部门。四十分钟后,这两个部门所有成员的档案和能找到的所有文字材料,都摆到了唐州市国家安全局技术侦查部门的工作台上。一切都在保密状态下有条不紊地进行着，在城市供销合作社中，也只有党委书记一人知道国家安全局侦查人员的真实身份，侦查人员在城市供销合作社开展工作，对外称"市委保密办公室例行保密检查"。技术侦查部门在经过紧张的分析鉴定后，得出初步结论：送检材料与"315"笔迹非同一人所书，复核工作仍在进行中。

第二侦查小组的调查工作与第三组的工作同步进行。此刻第二组也已将情况查明，唐州市城市供销合作社所属职工及其亲属籍贯为"两湖""两广"地区的共有六人，但在"两湖""两广"地区长期居住过的只有一人，名叫陆元福。陆元福，男，五十二岁，籍贯湖南湘潭，系城市供销合作社职工张桂兰之夫，唐州市星光车辆厂档案室主任，家住永诚居民小区四号楼527室（距东亚路广告栏约一公里）。二十分钟后，陆元福的档案文字材料送进了唐州市国家安全局，技术侦查部门立刻对档案文字材料进行检验，经过反复对比，最后得出结论：

"就是他！"

至二十点二十六分，"315"也就是陆元福，已完全处于唐州市国家安全局各种手段的监控之下。

温柔替被她认可为"天才"的技术侦查科长向局长请了一小时的假，然后她拖着、拉着、催促着这个"天才"和她一起奔下了楼。

"我来开车。"温柔打开车门。

在"天才"的指引下，温柔鸣着警笛，驾车向市第一人民医院飞快地驶去。

"不着急，你可以开慢些。"

"放心吧，我的车技一流。"温柔自信地说。

"天才"科长眨了眨高度近视的小眼睛，张口想说什么，但最终还是没有说出来，只是把抓着车门的两只手抓得更紧些，直到温柔把车开到医院的大门口停下，他一颗悬着的心才又回到肚子里。如果不是亲身经历，他绝对难以相信一个纤弱的女孩子竟会把车子开到如此吓人的地步，就如同他难以相信温柔小小年纪居然会对"禅"有那么深的造诣一样。

温柔是偶然中得知有关"天才"女儿的事的。"天才"的女儿发烧四十度，但"天才"依然坚持工作在第一线，当邻居打来电话说他女儿高烧不退，已经按照医生的意见住进了医院时，他放下电话，也只是拢了拢蓬乱的头发，又一头扎进了工作里。听到这件事后，温柔感动得热泪直流，工作一有间隙，马上就替他向局长请假，催他去医院看女儿。"天才"在温柔的陪同下匆匆地赶到女儿的病房，当他站在女儿的床前，望着女儿正在打吊针的小手时，眼泪止不住从厚厚的镜片后面流了下来。女儿无力地睁开眼睛：

"爸爸，你怎么哭了？你怎么不早来看我呢？"

女儿的话深深地刺痛了做父亲的心，"天才"蹲在女儿的病床前，握着女儿纤弱的小手，含着泪水喃喃地说：

"对不起，孩子，原谅爸爸吧，原谅爸爸吧……"

温柔的泪水夺眶而出，连忙捂着鼻子跑出了病房。她实在见不得这种场面，父爱和母爱永远是最令人感动的主题。温柔站在走廊里用手背擦着眼角的泪水。这时有人从后面拍了拍她的肩头，温柔一扭头，看见李石正把一块手帕递到她面前，她接过来，问：

"你怎么来了？"

"来搭你的便车。怎么，让人抛弃啦？"李石逗温柔。

"你才让人抛弃了呢。"

温柔把"天才"感人的故事充满感情地向李石讲述了一遍，可她在李石的脸上居然没有找到一丝感动的迹象，李石依旧是那副吊儿郎当的模样。

"喂，你这人怎么这样？"温柔愤怒了，"一点同情心都没有。"

"舐犊之情人皆有之，这有什么可同情的，我还为小孩子流过泪呢。"

"你？"温柔瞪大了眼睛。据她所知，李石是有名的冷血铁汉式的人物，"心肠硬如铁，意志坚如钢"，远不如看上去那么善良。

"你不信？说实话，有时候我自己都不相信自己会流泪。那次是咱们老板外出工作，他临走时把雨儿和雪儿托付给我照顾，可有一天就在快下班的时候突然来了紧急任务。我们这工作你也知道，情况比较特殊，只有人等事，不能事等人，所谓机不可失。当时我一咬牙就出发了，等我们完成任务已是晚上九点多钟，我急忙赶到幼儿园，人家早就下班了，雨儿和雪儿被孤零零地放在值班室里。当我看见雨儿和雪儿那满脸委屈的泪水时，我觉得自己真的很对不起咱们的老板和死去的刘海山大哥，心头一酸，眼泪就自己流出来了。"

李石无奈的神情令温柔忍不住大笑起来，她实在想象不出李石哭起来会是个什么样子。

"很好笑吗？"李石问温柔。

温柔忍着笑，颤动着腰肢点点头。

"大惊小怪。要知道，无情未必真豪杰，怜子如何不丈夫。咱们老板那么高深的人都有动情的时候，又何况我这初出茅庐的小虾米呢？"

"咱们老板也有感情用事的时候？"一提到冷峰，温柔的眼睛又格外亮了许多。

就在温柔想让李石多给她讲讲冷峰的故事时，她忽然看见李石身后有一束鲜花。温柔问他到底来看谁，他说来看那个红色桑塔纳轿车的主人孟青。

此刻，孟青正愤愤地坐在病床上生着闷气。孟青的哥哥望着他这刁蛮的妹妹气呼呼的样子，想象着她如小鸡般被人从汽车里拎出来的情景，忍不住偷偷笑起来。

"你还笑?"孟青抓起枕头朝哥哥扔去，"你妹妹的车被人抢了，头被打破了，你还笑? 我要告他!"孟青把一腔怨气都发向哥哥。

"好，好，好，告他! 告他!"哥哥连忙举手告饶，把头转向公司聘任的常年法律顾问杨律师，"杨律师，你看这件事该怎么办?"

稳重的杨律师推了推鼻梁上厚重的眼镜，踌躇了一下："我看，咱们还是别告了吧?"

"为什么?"

"说实话，"杨律师顿了顿，"要是国家安全部门的人不来告咱们，咱们还是别去惹人家的好。"

"什么?"孟青从病床上跳起来，"是他抢我的车呀，他们还告我?! 这个年头还有没有公理啦?"

孟青的哥哥连忙拉住激动的孟青，拍拍她的肩头，让她保持冷静，又示意杨律师继续说下去。

"你能肯定他是国家安全部门的人吗?"杨律师问孟青。

"能，他给我看了他的证件。"

"你看清了?"

"看清了。"孟青说，"那个人好像姓……"

"唉!"杨律师暗暗叹了口气，"他姓什么并不重要，重要的是，他是国家安全部门的人。根据《国家安全法》，国家安全部门的人有权优先使用任何机关、团体、个人的交通工具和通讯工具。人家既然已经出示了证件，你把车给他就是啦，用坏了他们是要赔偿的。再者说，你也应该知道，阻碍国家安全机关执行公务是触犯刑法，要负法律责任的，人家特工自己就可以拘留你。"

"他们真有这么多特权?"

杨律师肯定地点点头。

"那，那他打我总是不对的吧?"孟青摸摸还裹着纱布的额头。

"唉!"孟青的哥哥对他这个妹妹真是又气又爱，"大小姐，那也是你先动手打人家的呀!"

"哼!"孟青好斗地昂起脖子，"谁叫他把我从车里揪出来啦!"

"唉!"孟青的哥哥无可奈何地叹口气，转过身问杨律师，"你看他们会不会告小青?"

"这很难说。"杨律师反问孟青的哥哥，"如果你是他们，如果你在执行任务时没能完成任务，而这中间又碰巧有个人妨碍了你执行公务，上头追查下来，你会不会找个替罪羊?"

"会。"孟青的哥哥肯定地点点头，"杨律师，你看怎么办好？"孟青毕竟是他唯一的妹妹。

根据杨律师的建议，他们最后商定，如果以后国家安全部门的人果真追查起此事，孟青就一口咬定当时没有看清证件。

孟青的哥哥和杨律师刚离开，李石就捧着一束盛开的百合花出现在孟青病房的门口。

"这一定是间费用昂贵的病房。"李石想。因为房间里居然还有冰箱！

迎着孟青不太友好的目光，李石还是对她友好地笑了笑。孟青哼了一声，然后把脸扭到了一边，和李石估计的差不多。李石原本就不是个能忍气吞声的人，脸上的微笑立刻变成了冷峻。他走到孟青的床头，把花插到花瓶里，把汽车钥匙重重地放在床头柜上。

"车，在楼下。你的全部医疗费用将由唐州市国家安全局负担。"李石冷冰冰地对孟青说，然后转身走出病房。

"他居然敢这么对我说话！"孟青抓起床头的百合花朝着李石的背影就要扔过去，手却在空中停住了。她缓缓放下手臂，把花捧在胸前，一边嗅着百合花醉人的清香，一边暗想："他怎么会知道我喜欢百合花？"

第6章 ☆ 教堂秘藏

6月26日，为庆祝党的生日，唐州市星光车辆厂的舞狮队和花车在厂内进行紧张的排练，围观的人很多，为监控陆元福增加了许多困难，"外线"人员也显得格外的小心。九点三十分，唐州市星光车辆厂内的监控人员报告，陆元福离开了工厂。十点二十二分，"外线"人员报告，陆元福进入青龙街天主教堂。

冷峰站在唐州市的街道示意图前久久地凝视着地图。

"'315'什么时候开始信教的?"冷峰问。

"档案中没有记载。"温柔答。

对于温柔的记忆力冷峰已毫不怀疑。

"你怎么看?"冷峰问温柔。

"我?"温柔很意外。

"对，你。"

温柔连忙放下手中的笔记本，受宠若惊地清了清喉咙:

"首先，我觉得'315'去教堂的时间不对，今天是星期四，他去教堂干什么? 如果他是想去接头，那教堂可不是个好地方，因为今天人太少，不利于隐蔽自己。但我们如果换个角度看，如果教堂里设有'秘藏点'，那就没有比今天去教堂更合适的啦，既方便又安全，还十分隐蔽。"

"分析得好!"雷震江赞赏地点着圆圆的脑袋，"我完全同意小温的分析，很有道理嘛! 从现有的情况来看，'312'活动的时间大多是在下午，如果在教堂里有'秘藏点'的话，那么现在也该是往里面放东西的时间啦。"

在权衡了各方面的得失后，冷峰和雷震江共同做出决定:秘密抓捕陆元福!

陆元福离开教堂的时候正是人们下班的时间，街上的行人一下子多了起来，这为秘密抓捕陆元福带来了诸多不便，而时间又非常紧迫，因此冷峰决定，就在大街上密捕他。

陆元福在众多"外线"人员的尾随下平安地穿过了两条街道，当他走到第三条街的拐角处时，一辆印有"唐州市精神病医院"字样的救护车突然停在他身旁，几个穿着医院白大褂的小伙子迅速从救护车上跳下来，还没等他弄清是怎么回事，他的脑袋就被一个布袋罩得严严实实，他刚要喊，嘴巴马上被封住。

温柔穿着一身护士服，拿出注射器熟练地为"315"注射了一针强力镇静剂，使他很快就停止了挣扎。

"怎么回事？"

"发生什么事啦？"

"……"

很多行人驻足围观。

"这个人是我们医院的病人。"温柔甜甜地微笑着向众人解释说，"一小时前趁我们工作人员不注意跑了出来。他特别喜欢咬人，我们怀疑他患有狂犬病，要马上带他回去检查。"温柔的一席话使得围观的人群不自觉地向后退去。

陆元福被架上救护车后，李石立刻驾车驶出围观的人群，鸣着长笛直奔唐州市国家安全局。在对陆元福进行突击审讯的同时，"外线"人员把他放入教堂"秘藏点"的打火机取出，以最快的速度送回了唐州市国家安全局。经过技术部门反复研究，认定此打火机内设有自毁装置，只要一打火或者拆装不当，打火机整体就会燃烧爆炸，并能在半秒钟内完全销毁隐藏在打火机内的微型胶片。

时间紧迫，"312"随时都有动身去青龙街教堂"取货"的可能，而唐州市国家安全局的技术人员面对这一复杂的装置却一筹莫展，束手无策。最后，还是被温柔认可为"天才"的技术侦查科长想出了一个非常冒险的方案。经冷峰和雷震江批准后，"天才"领着几个人经过近一小时的努力，最后终于成功地从打火机内取出了胶片。胶片上记载的是我东南沿海参加演习的兵力配备情况、我海上导弹试射的各项参数以及我新型海岸火炮的主要性能等绝密军事情报。面对并没有被先进的"打火机"毁掉的胶片，陆元福终于垮掉了，开始供认同伙，争取宽大处理。

"外线"人员报告，"312"正在向青龙街教堂方向移动。

"一定要拖住他。"雷震江命令，"不惜一切代价！"

"外线"人员收到命令时犹豫了一下，随即果断地驾车撞向"312"乘坐的驶向青龙街教堂的出租汽车，然后拉着"312"做证人，等着交通大队来处理。

"这主意也亏他们想得出来！"雷震江笑骂。

技术侦查部门的复原工作在快速而紧张地进行着，拍有绝密情报的胶片是绝对不会让"312"拿到的，但按照上级的指示精神又必须要稳住他，所以技术部门为"312"赶制了另一份胶片。因为时间仓促，技术部门采用了在拍摄假情报时对成像进行模糊干扰的方法，最终使胶片上的图像难以辨认，而看起来又完全像是由于拍摄技术不精造成的。

技术部门将专门为"312"赶制的胶片装进打火机送回"秘藏点"不久，"312"就如散步般悠闲地出现在青龙街教堂外。他在教堂附近做了长时间观察才走进教堂虔诚地忏悔，然后不留痕迹地带走了"秘藏点"里的打火机。

"312"所在的旅游团预订的是6月26日晚十九点五十三分的火车票。十八点，"312"带着"打火机"随旅游团一起离开宾馆前往火车站。十八点二十八分，"外线"人员发现"目标"在临上火车之前，向火车站旁的邮筒内投了一封信，"外线"人员马上紧随其后向邮筒内投了一个烟盒。在"312"乘坐的火车离开唐州后，"外线"人员立刻与邮政部门取得联系，打开了火车站旁的邮筒，将压在烟盒下面的那封信以最快的速度送回唐州市国家安全局。

这是一封寄给"东津市580信箱12分箱谢功勋"的平信，从明文内容看，这只是一封朋友间互致问候的信件。经过技术侦查部门的反复检验，在信笺和信封上均未发现有密写。

"这极可能是一封组织联络信。"冷峰推测。

十分钟后，反间谍情报九处设在东津市的总部就收到了唐州市国家安全局发来的要求协助调查"东津市580信箱12分箱谢功勋"的密码电报，并附有冷峰签署的责成一科承办此案的工作意见。与此同时，工作中截获的记录有我绝密军事情报的胶片，也在警卫的保护下连夜送往北京总部。

很明显，"312"此行的目的与那两个钛金属盒毫无关系，这一结果多少让冷峰感到有些失望。

"那么那两个盒子会在哪儿呢？"冷峰陷入沉思。

夜，已经深了，唐州市国家安全局内却灯火通明。根据"315"陆元福的交代，针对潜伏间谍"330"的侦查监控工作已全方位展开。

奉上级指示，刚刚成立了以冷峰、雷震江为首的"特别领导小组"。有关"330"的各种资料从各个方向不断传回唐州市国家安全局。冷峰一边喝茶，一边翻阅有关"330"的所有报告。

潜伏间谍"330"，名叫段世雄，男，三十八岁，私营企业主，拥有三家工厂、一家公司，个人资产价值累计约三千万元……冷峰从第一份报告翻到刚刚送来的最后一份报告，又从最后一份翻到第一份，反复分析报告中的每一个细节。

温柔伏在办公桌上，双手托着下巴，眨着一双漂亮的大眼睛，目不转睛地望着坐在对面角落里沉思的冷峰，还不时对着冷峰的背影偷偷微笑。李石莫名其妙地顺着温柔的目光看看冷峰，又回头看看温柔。

"咱们老板有什么事儿吗?"李石问。

"没,没有。"温柔连忙坐直了身子,"我,我只是在练习'读心术'而已。"温柔甜甜地笑,"我在猜咱们老板心里在想什么。"

"这还用猜?"李石不屑地说,"当然是在想'330'的案子啦。"

"错!"温柔说。

"哦?"李石饶有兴趣地问,"那你说说看,咱们老板在想什么?"

"嗯——"温柔思考了一下,"咱们老板现在正在想:'那个金属盒子到底会在哪里呢?'还在想:'出来这么久了,该给家里打个电话了。'"

"真的?"

温柔认真地点了点头。

"那么你知不知道我现在想什么?"

"知道。你在想:'温柔说假话时的表情居然和歌颂真理时一样的虔诚。'对不对?"

"中心意思差不多。"

"那么要不要打赌?"

"赌什么?"

"赌咱们老板十分钟内一定会打电话。"

李石先计算了一下胜负的概率。

"赌注是什么?"李石问。

"肉粽子。"

"同意。"李石与温柔击掌定约。

李石搬过一把椅子坐到温柔旁边,和温柔一起趴在桌上望着冷峰。

"输了不准耍赖皮啊!"温柔转过头来强调。

"谁耍赖皮谁就是……"

李石话音未落,只见冷峰站起身,把桌上的电话线拉长,然后把电话拉进了隔壁一个没人的办公室里。他把电话拉到隔壁是为了防止他在打电话时办公室的谈话内容会通过电话线传出去。李石痛苦地拍向自己的脑门。

"你输了!"温柔站起身。

雨儿和雪儿的声音要比她们的外表更相像,所以冷峰每次打电话的时候总是分不清到底接电话的是雨儿,还是雪儿。

"是雨儿吗?"冷峰凭着感觉猜。

"不,爸爸,我是雪儿。"

"爸爸,我才是雨儿。"冷峰听见电话旁另一个相同的声音在说,"您又弄错啦!"

"这么晚还没睡？"

"我们马上就去睡觉，爸爸。"雪儿说。

"爸爸，我们没有玩电脑，妈妈刚给我们洗完澡。"雨儿在一旁补充。

"妈妈？"冷峰微微一愣，怎么又多出个妈妈？

"是谁的电话？"冷峰听见唐静莹问。

"是爸爸。"

"等等，我马上就洗完澡啦。"唐静莹手忙脚乱地弄出很多声响，"快，快去睡觉，迟了爸爸又要骂了，不要忘记喝牛奶！"冷峰从电话里听见唐静莹在嘱咐雨儿和雪儿。

"有两位女士打电话找过你。"唐静莹对冷峰说，"一位姓蓝，她让我转告你，她就要结婚啦，不会再来烦你啦。另一位是从美国打来的，没说姓什么，她说告诉你你就知道了。"

"知道了。"冷峰干咳了几声。

两人刚闲聊了几句，冷峰便听到雷震江在办公室里放开喉咙在喊他，他立即意识到又有新情况出现了。

"好啦，我得挂电话啦。"冷峰说。

"喂，等等，你的衬衫放在哪一格？"唐静莹问。

"左边第二格。"

冷峰在电话里听到唐静莹打开衣橱的声音和翻腾衣服的声音。

"好啦，找到了。"唐静莹说。

第7章 ☆ 以毒攻毒

6月27日，陆元福如往常一样准时出现在唐州市星光车辆厂的大门口，也如往常一样打开水，拿报纸，就像什么都没有发生过。九点钟，陆元福按照事先约定好的给"330"段世雄打了个电话，告知他"一切顺利"。

九点四十五分，监听人员监听到段世雄与一不明身份人员在电话中提到"要做一件有轰动效应的事"，"时间以7月1日最为合适"。

"紧急！立即报告局长。"

五分钟后，段世雄与不明身份人员之间的通话记录便摆在了冷峰和雷震江的面前。

"妈的！这还了得！"雷震江圆圆的身子从椅子上一弹而起，挥着肥胖的拳头破口大骂，"这群王八蛋！要在7月1日搞轰动？7月1日是什么日子？是党的生日，是香港回归的庆典日，举国欢庆，中国人扬眉吐气的日子。全世界都在看着中国。他们要在这天搞轰动？要是让他们搞成了，我们怎么向党和人民交代！这群狗娘养的！"

"我建议立即上报总部。"冷峰说。

"对，得立即上报总部。"雷震江同意。

冷峰把文件夹交给温柔："形成材料，立刻上报总部。"

温柔接过文件夹，一路小跑着奔向机要通讯室，并以最快的速度向总部发出了电报。

自电报发出后，冷峰和雷震江就一直寸步不离地待在办公室里，等待总部随时可能发回的指示。雷震江不停地在办公室内转来转去，不时摘下他圆圆的眼镜擦擦他圆圆的面孔上的汗水。冷峰则静静地坐在那里，一边喝着茶水，一边翻阅着报纸。温柔伏在办公桌上，双手托着下巴，一会儿看看冷峰，一会儿又看看雷震江，觉得很是有趣。

"你觉得总部会来什么样的指示？"温柔听见雷震江问冷峰。

"十有八九是'敲掉，防患于未然'。"冷峰又翻过一页报纸。

对呀！温柔使劲敲了敲自己的脑袋。当前还有什么比确保七一期间社会的绝对稳定更重要呢？温柔完全赞成冷峰的推测。

"真笨！"她对自己说。

等待是最恼人的，也是最令温柔感到头痛的事情，她常常觉得等待就如同是在用自己的双手扼杀自己的生命一般。直至下午一点四十分，唐州市国家安全局才收到总部发来的指示，内容与冷峰的推测相同，并强调对段世雄一定要抓活的。

"总部的工作效率也太差劲啦！"温柔对总部迟迟才发来指示很是不满。

"你以为做出一个决定都像你吃粽子那么容易？"李石故意气温柔。

"可相同的结论咱们老板三个小时前就得出了。"

"所以他是老板，而你我不是。"李石看到温柔的鼻子离他很近。

"你又捏我的鼻子！"温柔跺着脚抗议。

在极短的时间里，一切人员和装备都已准备就绪，子弹已经上膛，步话机也被调到一个少有人用的频道，并加装了扰频器。按照计划，雷震江将带人秘密抓捕段世雄，冷峰、李石、温柔的任务是秘密取出段家大院里隐藏的快速发报机、密码底本和其他间谍器材以及毒品。

温柔一动不动地趴在草丛里，端着望远镜，透过夜幕仔细地观察段家大院里那八条大狼狗的反应，两盆子拌了麻醉药的牛肉已经被这八条狗吃得一干二净，但温柔从它们身上却没有看出一点儿已被麻醉的迹象。

"那种麻药到底好不好用啊？"温柔不放心地问趴在她身边正端着狙击步枪透过瞄准镜往段家大院里望的李石。

"我又没吃过，我怎么知道？"李石白了温柔一眼。

"你不是药物专家吗？何况……"

"倒啦。"冷峰说。

温柔和李石转头又向段家大院望去。果然，有两条狗已经倒在地上，另外几条也如喝醉了酒一般摇摇晃晃，先后无声地倒在地上。

"该我们上了。"冷峰说。

"嗯。"温柔点头。

从温柔的声音中，冷峰听出她有些紧张。

"紧张吗？"

"嗯。"温柔毫不掩饰地说。

温柔的面孔也因为紧张而显得格外俊俏。李石看她一眼，惬意地笑着。

"不许笑！"温柔低声警告他。

"不要担心，"冷峰拍拍温柔的手，"紧张是正常的，只有紧张才能激发出自己的潜能，你以后习惯了就明白啦。行动！"冷峰把望远镜交给李石，温柔也把手中的望远镜交给李石，还对他做了个鬼脸。

李石戴上步话机的耳机，端起狙击步枪，通过狙击步枪的瞄准镜密切注视着冷峰和温柔将要通过区域的一草一木。他的责任就是扫除冷峰和温柔行动中可能遇到的一切危险。

冷峰和温柔迅速接近段家大院。冷峰先协助温柔翻过高大的围墙，随后自己也麻利地翻了进去。冷峰从口袋里掏出一张草图，用手臂上的小手电筒照了照，然后迅速向左侧移动，在车库旁的一扇小门前停住，又看看图。

"没错，'315'说发报机和密码底本就埋在这间屋子的大缸下面，不过，这是四个月前的事了。"冷峰靠在门上，掏出工具。

冷峰轻而易举地打开了门上的锁，他们潜入屋内，并在屋子的角落里找到了图上标记的那口大缸。冷峰示意温柔合力把缸移开，但两个人使出全力也没能移动，只好把缸内的杂物一件件取出，小心地摆放在地上。这一切都是在无声无息中进行的。

"哇——"温柔从缸里抱出一块大石头，"这个鬼！"她小声咒骂道。

他们移开缸，扒开浮土，掀开木板。

"还在这儿。"冷峰从地洞里掏出微型快速发报机和用油纸包裹着的密码底本，放进温柔背后的大背袋里。

就在这时，冷峰和温柔的耳机里传来李石的声音："有两个家伙正走近你们。"

冷峰和温柔对望了一眼，冷峰打开腕上的对讲机："距离。"

"二十米。"

"这两个你不要管，我们处理。"冷峰说，"如果有第三个家伙出现，就是你的。"

"明白。"

冷峰关掉对讲机，和温柔迅速移动到门口。冷峰用左手的食指压住右手的中指，意思是："你对付左边那个，我收拾右边的。"温柔点点头。就在两个打手出现在门前的一刹那，温柔和冷峰突然冲出门口，同时挥掌砍向各自负责的打手的颈动脉。

温柔蹲下来拍了拍倒在地上的打手的脸，确信他的确被砍晕了，她立刻龇牙咧嘴地跳起来，使劲地甩动着自己刚才用来砍人的那只手："好痛啊！"

冷峰一边好气又好笑地摇了摇头，一边把两个打手拖进屋里，解开他们的腰带，用腰带捆住他们的手脚，又用胶布粘住他们的嘴巴，把门重新锁好，然后摸向段世雄居住的主楼。这是一幢三层的小洋楼，冷峰从身上取下绳索，并一次成功地搭住了楼顶的栏杆。他紧了紧绳索，踏着墙敏捷地攀上楼顶。冷峰拔出手枪，伏下身机警地观察了片刻，证实四周无人后，才转身把温柔也提到了楼顶。

"下去。"冷峰说。

冷峰拨开楼顶的门，和温柔一起顺着楼梯悄悄摸到二楼。根据陆元福的交代，段世雄的卧室是在右侧，冷峰和温柔悄悄摸向右侧。冷峰从皮夹子里挑出一段适用的钢条，小心地打开门上的锁。他把耳朵贴在门上仔细听了一会儿，然后轻轻推开门，紧接着又趴在地上静静地观察了片刻，确认屋内无人后，才和温柔蹑手蹑脚地进入屋内。冷峰回手把门轻轻关上，来到段世雄的床前，把床头台灯放到地上，提起保险箱上把其伪装成床头柜的木头罩子，放到一旁，蹲下来把保险箱向前挪了挪。温柔打开随身携带的手提箱，从里面取出一套X光仪交给冷峰，又取出一张感光胶片覆盖在保险箱的密码盘上。冷峰用X光仪从保险箱的背面为这个密码盘拍了张X光片，然后迅速对感光片进行了显定影处理，使感光片在冷光灯下清楚地显示出密码盘各个齿轮的位置。冷峰戴上眼镜，擎着冷光灯，仔细研究底片，把齿轮的位置熟记在心，然后打开背包，取出开保险箱所需的工具。

这时，耳机中又传来李石的声音："呼叫'7900'。"

冷峰打开腕上的对讲机："收到。"

"刚刚收到指挥部的消息，'330'没有去他情妇那里，'密捕计划'流产。他现在正在回家的路上，约十分钟后到达。中心请求指示。"

冷峰望着手中的感光片沉思了片刻，然后简短地对着对讲机说："四十一，四十四。"

"明白!"李石答。

在温柔听来，李石好像很兴奋。

"我们继续。"冷峰说。

"嗯。"温柔点头。不知为什么，只要有冷峰在身边，温柔就感到特别的安全。她平静地为冷峰传递工具，在她的心目中，冷峰就像一座大山一样可靠。

冷峰活动了一下手指和脖子，沉稳地蹲在保险箱前，戴上助听器，把助听器贴在保险箱的密码盘旁。他放慢呼吸，眼睛紧盯着冷光灯下的X光片，手指开始缓缓地拨动密码盘……五分钟后，冷峰顺利地打开了保险箱，保险箱里面放着包括毒品、微型照相机在内的各种东西。时间已不允许冷峰仔细辨认，他拿过温柔的大背袋把所有的东西都塞了进去。

"'330'的汽车已进入视线。"李石通知冷峰。

冷峰从手提箱里取出一支微型冲锋枪，装上子弹夹。按照图上的标记，段世雄妻子和女儿的房间是在这层楼的另一端。冷峰来到窗前，小心地从窗口向外看，段世雄和他保镖的汽车已经开到了大门口。根据目前掌握的情况，段世雄的身边共有四名保镖，并且身上全部藏有枪械。

"让他们进屋。"冷峰对着腕上的对讲机小声说。

冷峰和温柔迅速地离开房间，转移到走廊的楼梯口处。温柔听到有很多人进入楼内，想从冷峰的背后探出脑袋看看到底有多少人，却被冷峰紧紧地挡在了背后，冷峰宽阔的背就如一面墙挡在她面前，令她感到无比的安全和温馨。温柔听见几个人在四处喊"二子，黑子"，想来可能是在找那两个被捆在屋子里的家伙。

"都给我闭嘴！"一个雄浑的声音叫道，"谁要是吵醒了娇娇，我就敲烂他的头！"

冷峰猜测这个人一定就是段世雄，因为他话音刚落，那几个大呼小叫的家伙就一下子都安静了下来。

"你们等着，我上去看看娇娇。"接着传来上楼梯的声音。

冷峰把微型冲锋枪交给温柔，示意温柔不要乱动。他从腰间拔出手枪，拨开保险。楼梯共有二十一阶，当段世雄走到第十七阶的时候，冷峰按了一下腕上的按钮，这是给李石的信号。就在段世雄刚踏上二楼的一刹那，冷峰用手枪紧紧抵住他的头：

"最好别动。"

与此同时，李石也如一只离弦的箭一般破门冲进楼下的大厅。

"都不许动！"他用两支枪指着四个保镖。四个保镖听话地呆立在那里没有动。

温柔麻利地从冷峰身后蹿出来，细致地搜遍了段世雄的全身，没有发现武器。她掏出证件在他面前展开："我们是特工，你被逮捕啦。"

"逮捕证过一会儿给你看。"冷峰补充说。

"凭什么逮捕我？"段世雄故作镇静地问。

"你会知道的。"温柔调皮地对他笑笑。

冷峰押着段世雄走下楼梯。四个保镖依旧僵直地站在那里。

"爸爸，是你吗？"楼上传来一个小女孩儿的声音。

李石警觉地一转头，将手中的一支枪指向楼上。这时，段世雄的四个保镖趁李石分神之际从腰里掏出手枪，但还没等他们开枪，李石猛一转身，一个空翻，身子一矮，手中的两支枪同时吼起来："砰、砰、砰、砰。"

小女孩惊惧地尖叫，段世雄的身体一颤，温柔立刻丢下手里的东西跑到楼上，一把将小女孩搂在怀里，用身体挡住她的视线，不让她看到这种血肉横飞的场面。这时，雷震江也带领着手下冲了进来，如临大敌地举枪察看着横七竖八躺在地上的保镖们。

"不用看了。"冷峰说，"他们不会再站起来啦。"

在李石的枪口下，冷峰就从来没有见过还有能活着的，他对李石的枪法一向很有信心。冷峰把段世雄交给两名特工，转身来到楼上，从手忙脚乱的温柔怀里接过挣扎着的小女孩，用上衣蒙住小女孩的头。他不想让她看见那血腥的场面，否则这一幕必定成为她终生的噩梦。

冷峰把小女孩夹在腋下走下楼，温柔紧跟在他后面，来到院子里。冷峰把小女孩交给一名特工，安排她坐进一辆汽车，温柔则快速跑到远处呕吐起来。李石一边擦拭着手枪，一边幸灾乐祸地望着剧烈呕吐的温柔，啧啧有声地称赞道：

"真不简单！她居然能忍到现在才吐！"

雷震江腆着圆圆的肚子踱到冷峰身边，说段世雄的老婆躲在床底下，已经被他的手下抓到了，然后问道："你看这场戏该怎么收场才好？"

"放把火。"冷峰简短地说。

雷震江抚摸着他圆圆的下巴点点头："嗯，你和我想的一样。"

他立刻指挥侦查人员准备放火。为了避免引起周围群众的怀疑，部分人员已开始分散撤离。温柔用李石递给她的水漱了漱口，然后用手揉了揉自己的胃，她又能笑了。

"我现在知道'330'为什么要把别墅盖到这么偏僻的地方啦。"温柔说。

"为什么？"

"因为他怕我们来抓他时会吵醒邻居。"

温柔的话虽有些刻薄，但也是事实，大家都偷偷地笑。

"你看什么时候点火比较好？"雷震江问冷峰。

"人们都睡熟了的时候。"

于是雷震江命令留守的特工在凌晨开始点火烧房子。

雷震江和冷峰撤离段家大院后，迅速赶回唐州市国家安全局。雷震江立刻与公安和消防部门的领导进行沟通，共同研拟了散布段家大院意外失火消息的各种途径，并命令手下即刻着手准备宣布"330"等人生命垂危、正在抢救所需的假象。就在一系列补救工作紧张运作的同时，对段世雄的审讯工作也在紧张地进行着。时间一分一秒地过去，关于段世雄不开口的报告一遍又一遍地传来。段家大院的火都点起来了，可段世雄还是不开口！

"逼急了老子一枪毙了他！"雷震江拍着桌子。

冷峰则不温不火地一遍又一遍翻阅着有关段世雄的所有材料。

"人总是有弱点的。"这是冷峰一贯的观点。

冷峰认为段世雄最大的弱点就在他女儿娇娇身上。从材料中可以看出段世雄十分疼爱他的这个独生女儿，娇娇也的确是个可爱的女孩，但她却异常的敏感和脆弱，非常需要一个父亲的爱护。冷峰想，关于这一点段世雄应该比谁都清楚。对于一个将死的人或一个已经死过一回的人来说，信念大多已经不再重要，如果再给他们一次在友情和亲情之间做出选择的机会，他们中的大多数人将会毫不犹豫地选择亲情，尤其是在发现友情并不像想象中的那么可靠的时候，这是冷峰读《情感研究》时得出的结论。如果在段世雄最无助、最失望的时候以他女儿今后的生活做威胁，以保证他的生活完全不变，他的企业仍属于他为诱饵，段世雄很难不为我所用，老老实实地替我们工作。这，就是冷峰的计划。

"从监听报告上看，'330'在公安机关里好像有个姓于的关系人。"冷峰对雷震江说。

"是有一个，公安机关里姓于的共有117个，可我们还没抽出人手去仔细查。"

"我们可以利用这一点。"冷峰又转过头问李石，"你身边都带了些什么毒药？有没有让人死前很不舒服的那种？"

按照计划，一直不肯开口的段世雄被临时关进了公安局的拘留所，说是明天再继续审讯，让他好好想想。

6月28日，段世雄的胃口非常好，他早饭喝了一碗粥，还吃了一个馒头。但时间不长，段世雄突然感到腹中一阵剧痛，痛得他捂着肚子在地上打滚。他拼命地喊看守叫医生，但过了很长时间才有两个看守赶来，极不耐烦地把他送进了医院。在被送进医院前，他已经昏了过去。送到医院后，不得不立刻组织抢救。

"再迟一会儿他就没命啦。"医生说。

段世雄逐渐从昏迷中醒过来，听到屋内有两个人在说话，偷偷地看去，是两名佩枪看管他的特工，他们显然并不知道他已经苏醒过来。

"你说是谁想让他死？"

"咱们局长怀疑是公安里面有人下的毒。"

"为什么？"

"可能是灭口，现在正在调查。"

"有结果了吗？谁嫌疑最大？"

一名特工先警惕地四下望了望，然后伏在另一名特工的耳边小声说：

"听说是于……"名字段世雄听不太清楚，但他觉得就是他认识的那个人的名字，"就他下毒的机会最多，最可疑。"

"真的？"听者非常吃惊，同时叹了口气，怜悯地看了看躺在床上一动不动的段世雄，"唉——真难为他还要为这种人守口如瓶。"

十分钟后，审讯人员来到病房，带来了段世雄的女儿哭着闹着想见父亲的消息，并告诉段世雄，如果他肯与国家安全部门合作，那么他现在所有的生活都将会保持不变。

在唐州市国家安全局，雷震江心不在焉地和温柔对弈。他心中一直惦记着医院方面的进展情况，温柔要不时地纠正他走出的错棋，否则此时他早已被温柔杀得片甲不留了。这时，审讯人员从医院传来消息，段世雄供出公安局内部那个关系人的姓名，并表示愿意"立功赎罪"。雷震江激动地一拍桌子，把棋盘一推，站了起来。

"局长，我们还没下完呢。"温柔说。

"算你赢了！"雷震江抑制不住内心的兴奋，兴高采烈地走出办公室，他要亲自去把这个消息告诉正在另一间办公室里做计划的冷峰。

"算我赢了？本来就是我赢了嘛！"温柔一边整理着棋子，一边小声嘟嚷着。

雷震江和冷峰商量，是把公安内部那个姓于的家伙抓起来，还是先养起来。冷峰想了想说：

"还是养起来比较好。"

第8章 ☆ 钛金属盒

在唐州市国家安全局的小会议室内，连夜乘专机从北京赶到唐州的总部于副部长和军队的一位将军正专心地看着审讯段世雄的实况录像。

段世雄虚弱地躺在病床上，用微弱的声音回答审讯人员的提问。

段世雄交代，他们要做的"具有轰动效应的事情"就是准备7月1日北京天安门广场举行庆典的时候，在天安门广场上空利用航空模型散发一批反动传单，并象征性地在空中引爆一枚小型炸弹。

温柔从后面凑到于副部长的耳边小声说："刚才收到北京总部发来的电报，北京市国家安全局根据'330'的交代，一小时前已经在地坛附近的一个小旅馆里查获了用于这次行动的全部航空模型、传单和爆炸物，三名嫌疑人已全部被抓获，架设在天安门广场附近一高层建筑上的大功率遥控天线也已被拆除。冷峰是不是真的很能干？"

于副部长微微地点了点头，同时也感觉到温柔的态度好像有些问题，听她的口气……于副部长忍不住回过头看了温柔一眼。

温柔立刻意识到自己说话时的倾向性过于明显，便乖巧地对于副部长吐了吐舌头，识趣地把她的小脑袋从于副部长的耳边移开了。

于副部长摇了摇头，他对温柔真是一点法子也没有。

荧屏上的段世雄交代说，他四月份曾根据台湾"军情局"的指示，向东津市一个代号"秃鹰"的人提供了六支无声手枪。

"你和'秃鹰'是怎么联系的？"审讯人员问。

"台湾方面给了我一个传呼机号码，号码是99920591，"段世雄答，"他们让我把枪带到东津后就打这个传呼机号码找'秃鹰'，对方从'1'数到'10'，就证明对方是'秃鹰'，然后把枪放到对方指定的位置就离开。"

"你没有见到'秃鹰'？"

"没有，我把枪放到'秃鹰'指定的一辆出租车的后备厢里就走了。"

"从声音上判断，'秃鹰'是男的还是女的？"

"听不出来，他在话筒上加了电子变音器。"

"你讲一下那辆出租车……"

冷峰示意李石关掉录像机。一名中校军官站起来向将军和于副部长展示了一支套着塑料袋的手枪：

"我们已经证实，段世雄向'秃鹰'提供的正是这种型号的无声手枪。"

于副部长和将军耳语了片刻，对大家说："冷峰留下，其他人出去。注意警卫，不准任何人进来。"

在座的人意识到下面要讨论的事情将是自己不应该知道的，纷纷起身离开，片刻间小会议室内只剩下于副部长、将军、中校和冷峰四个人。

"我想你已经猜到些眉目。"于副部长看了看冷峰，"我们丢失了两个钛金属盒子，知道吧？"

冷峰点点头。

"有什么看法？"

"事关高度机密。"

"对！这件事关系到国家的最高机密，必须尽可能地缩小知密范围，因为我们目前还不清楚敌人是否知道他们拿到的是什么。王处长，你把案情给冷峰介绍一下。"于副部长对中校说。

中校从皮包里拿出一个文件夹递给冷峰："这就是我们丢失的那两个钛金属盒。"

冷峰打开文件夹，是两个金属盒子的全景彩色照片。盒子很精致，看上去很牢固。

"这是两只光盘保护盒，"中校介绍说，"保护盒的制成材料为坚固型钛合金，打开方式为磁力场开启。保护盒内共装有四十八张记录有我国绝密军事资料的光盘，内容包括代号为'12号工程'的我国最新研制的隐形战斗机设计方案、我军刚刚装备的可以使美军间谍卫星传感器失灵的激光雷达数据，以及我军即将建立的可以把导弹的误差控制在十米以内的军用全球卫星定位系统资料，此外还包括一份将来在台湾海峡范围内与美国航母编队作战时，可能使用的对其进行毁灭性打击的武器系统配置清单。"

"如果让美国人得到这两个盒子，那么今后至少在二十年内，我们在台湾海峡将处于绝对的军事劣势。"将军补充说。

"这两只光盘保护盒于6月6日凌晨分别被盗走。"中校继续介绍说，"警卫部队在追捕过程中，共击毙五名歹徒，缴获这种型号的无声手枪五支，追回光盘保护盒一个，但事后发现这是一个粗糙的复制品。在解剖尸体过程中，我们发现这五个人的枪伤并不是导致他们死亡的真正原因，真正致命的是他们都中了毒。从化验结果分析，这是一种慢性的剧毒药物，极可能是混合在食物中使这些人在不知情的情况下吃下去的，也就是说，即使我们不追捕他们，他们也必死无疑。我们认为敌人是在利用这些替死鬼迷惑我们的视线，从而使其他人带着真正的光盘保护盒从别的途径逃脱追捕。另外，从这些替死鬼身上我们没有发现任何可以确定死者身份的线索，这次你们发现的枪支来源是目前唯一可供追查的线索。"

"您刚才说，两个盒子是分别被盗的?"冷峰问。

"是的，这两个盒子分开存放在不同地点。这也是保密措施之一，因为这两个盒子内的光盘只有按照特定的顺序输入同一台计算机内，才能解读它的全部信息，缺其中任何一张光盘，其他光盘都只是废物。"

"他们是怎么打开保险箱的?"

"他们使用了塑胶炸药。"

"同时炸的?"

"同时。"

"两个保险箱相隔多远?"

"一公里。"

"有多少人能够接触到这两个盒子?"

"三个人，但都在那天夜里牺牲了。"

"有多少人知道这盒子里的内容?"

"包括你在内，现在全国有六十三个人知道这盒子里的真实内容，其他人只知道它属于重要军事机密。"

"……"

在小会议室的外面，温柔叉着腰，怒视着小会议室门口负责警卫的那两个凶神恶煞般的军人。他们居然敢不让她进去倒茶水！但这两个警卫对温柔的愤怒根本就是视而不见，只是一丝不苟地履行着他们的职责。经过一分钟的对峙，温柔终于气馁了。

"呜——哇！"温柔对两段木头一样站在那里的军人做了个鬼脸，然后悻悻地走开了。

李石看到温柔气鼓鼓地回到办公室，连忙殷勤地端起茶杯递到温柔的面前："来，先压压火。谁惹我们温大小姐生气啦?"

"两块木头！"温柔赌气地坐到李石的对面，端起李石递过来的茶杯"咕咚咕咚"地喝下了大半杯，用手抹了抹嘴巴，又拍了拍自己装满了水的肚子。

"好啦,不生气啦,否则又有人在一旁幸灾乐祸啦!"温柔有所指地看了李石一眼。

李石一副被人看穿了心思的表情。实际上他也真的很羡慕温柔的这种豁达性格。

"喂,他们人都到哪里去啦?"温柔才注意到偌大的办公室里只有她和李石两个人。

"抓人去了。"

温柔点了点头。一会儿,她像突然想起了什么,在身上左右摸索着,最后从口袋里掏出一个小录音机。她诡异地把录音机递给李石,示意他戴上耳机。李石莫名其妙,温柔干脆站起来亲自把耳机塞进李石的耳朵,按下放音键,然后趴在桌上,托着下巴,注视着李石的表情变化。这是一段李石与指挥部间的通话录音,是指挥部的几个工作人员特意为她摘录的。李石听到了自己的声音:

"喂,我看到温柔啦!我差点就认不出她了,长发飘飘,看上去既飘逸又洒脱,浑身上下洋溢着一股自然而充满活力的气质。脖子上挂着相机,一副职业记者的模样,完全不同于先前那种纯情少女的形象,棒极啦!我现在开始有点爱上她啦。"

温柔趴在桌上不眨眼地注视着李石,但她有些失望,李石并不像她想象中那样不知所措。李石看了看不怀好意的温柔。

"我说的是我喜欢你所扮演的那个角色,并非你本人,你可千万不要误会啊。"李石一边摘下耳机,一边解释说。

"形象是我塑造的,我是主体,归根到底你喜欢的还是我这个人。没有什么可不好意思的,这里又没有别人,你就承认了吧!"温柔恶作剧般笑着说道。

对于女人来说,没有什么事情比被男人追求更能令她感到满足的了。只要有男人追求,无论追求她的这个男人是如何的丑陋不堪,无论她是否喜欢,这个女人都一样会感到异常的自豪。这一点李石很清楚。要讨好一个女人,最简单的方法就是要表现出为她的魅力所倾倒。李石决定满足温柔一次。

"那么我就不再隐藏我这心中的秘密了,请你答应做我女朋友吧?"李石一脸的诚恳。

温柔微微怔了一下。

"好啊!"她高兴地答,"但定义范围是:'朋友,女性'。"

"喂,别那么小气嘛,其实你仔细看看,我这人还是蛮英俊的。"

"是吗?"温柔煞有介事地打量起李石,她摸着下巴仔细地端详着李石的面孔,"嗯,外表看起来还算有型。不过,看你眉细唇薄,面泛桃花,花言巧语,目光不定,一看你就是一个朝三暮四、用情不专、自命不凡的情场浪子!我才不上你的当呢!"温柔蹦跳着开心地跑开了。

李石笑着摇了摇头，凭他的直觉，像温柔这样聪明的女人他是绝不敢招惹的。

雷震江在唐州市国家安全局的食堂里摆下宴席，说一是犒劳在这次案件侦查过程中表现出敬业精神的全体工作人员，二是为于副部长和军队保卫部门的同仁接风洗尘。但温柔认为雷震江只有一个目的：给领导留下个深刻的好印象。因为自从于副部长、冷峰、将军和中校从小会议室里走出来，雷震江就在于副部长的身前身后忙个不停，汗水顺着他胖胖的脸颊直往下淌也顾不上擦一下。温柔在心里暗暗埋怨他，因为他的殷勤使得温柔一直难以找到机会单独和于副部长说句话。不过温柔还是很喜欢看雷震江赔笑脸时的样子，由满脸的肥肉堆砌起来的笑容，使他那双原本就不大的眼睛只剩下了一条细细的缝儿，温柔觉得特别有趣，就有种想笑的感觉。

直到一直陪在于副部长身旁的雷震江起身致祝酒词的时候，温柔才找到了一个和于副部长单独说话的机会。她拉着于副部长的胳膊把他引到一个僻静处，摊开可爱的小手："爸，我又把薪水花光啦。"

第9章 ☆ 漂亮姑娘

七一庆典之后的第三天，也就是 7 月 3 日傍晚，东津市的五月花宾馆来了两位神秘的客人。他们是我国某军事研究部门的保卫人员，奉上级之命，要把那只装有内部资料的大密码箱送到 840 研究所去。

840 研究所位于东津市市郊山区，走夜路不安全，所以他们需要在东津市内住一宿，第二天才能驱车赶到 840 研究所。此项任务的负责人是贾干事，他平时担任部门的内勤工作，整日坐在办公室里，很少有出差的机会，这次是因为原定要出差的那两位同事突然病倒了，领导才临时指派他和另一位同事担此重任的。他非常高兴能有这种机会出来看一看。

吃过晚饭，贾干事把同事留在房间内看守箱子，自己溜出宾馆，在宾馆的四周转悠起来。他听别人说东津这地方三陪女很多，尤其是在五月花宾馆附近。他也想开开眼界，看看三陪女到底是什么样子。当然，他是不会和三陪女干那种事的，他只是想见见真正的三陪女，希望能和她们搭搭腔，说几句话。

贾干事找了个石凳坐下，一边吸着烟，一边搜寻着三陪女的踪迹，但他始终没有发现这里有三陪女。虽然偶尔也有三两对男女经过，但从举止和神态上看，他们都不像是三陪女和她们的客人，而更像是亲昵的情侣。贾干事非常失望，就在他准备起身回宾馆的时候，忽然身后飘来一个甜甜的声音，那声音像梦一样轻柔而又朦胧。

"先生，你一个人坐着不闷吗？"

贾干事猛回头，见身后站着一位姑娘，二十三四岁的年纪，穿一件淡雅的连衣裙，大眼睛，脸上不施脂粉，头发简单地束在一起，脚上穿一双白色凉鞋，没穿袜子，看上去相当朴实，全然没有那种浓妆艳抹的轻浮感。她是个讨人喜欢的漂亮姑娘。

"你是出差的？"她那细长的眉毛往上一挑，很是好看。

"嗯。"贾干事口上应着，心中却在飞速地思考，"这个姑娘是干什么的？会不会是三陪女？"但他马上又否定了自己的推测，因为这个姑娘朴实无华，看样子倒也像是一个出差在外的人。

果然，对方笑着说："我也是出差的，一个人在宾馆里闷得慌，就出来走走。"

"你是哪里人？"

"我呀？你猜猜看。"姑娘一歪头，俏皮地说。

"听口音，你像是四川人。"

"正确，加十分！"

"你是一个人出差？"

"不，两个人。那个胖丫头是个大瞌睡虫，现在已经躺在床上睡大觉啦。能给我支香烟吗？"

"你……吸烟？"

"怎么？只准你们男人吸烟，就不准我们女人吸烟？你是大男子主义呢，还是不舍得你的烟？"

"不，不。"贾干事连忙为姑娘递上香烟，点燃。

"你出来多久啦？"姑娘一边吸着香烟，一边和贾干事聊着天。

"三天了。"

"想家吗？"

"有一点儿。"

"想家里谁？孩子？妻子？还是父母？"

"都有了。"

"算了吧，恐怕还是想老婆吧？！"姑娘一边笑着，一边伸出小手轻轻点了一下他的额头，"你们男人那点儿心思我们女人还不知道？"

贾干事感到她笑得很美，很有感染力。

"光是坐在这儿也挺闷的，大哥你讲个故事吧。"姑娘说，"我们轮流每人讲一个故事，你看怎么样？男士先讲。"

贾干事平时也喜欢写些小文章，讲故事可难不倒他，他绘声绘色地讲了一个"土财主娶媳妇"的笑话，把姑娘笑得上气不接下气，笑得直擦眼泪。贾干事也觉得自己讲得很精彩，他感到这是自己讲故事以来最成功的一次。

"好啦，现在该轮到你讲了。"贾干事对姑娘说。

"那么我给你讲个故事吧。"姑娘说。

"好啊。"

于是姑娘绘声绘色地讲起来——

从前，有这么一家人，有个年轻的寡妇，觉得很寂寞，很孤单，她想再找个男人，可族人不同意。但她毕竟是个过来人，每当白天看到一个如意的男人，夜里就翻来覆去睡不着，做梦都梦到这个男人抱着她睡觉，可到头来都是一场空欢喜……

姑娘讲的故事比较黄，是寡妇和小叔子偷情的故事。贾干事早已听得心旌飘摇了，又听姑娘附在他的耳边道："你说这个小叔子是不是很傻？啊？哈，哈……"姑娘腰肢乱颤地笑起来，还故意用肩膀撞了他一下。

贾干事身子一颤，感到身上一阵燥热，心里一个劲儿地翻腾。他看了姑娘一眼，正好和她的目光相遇。他从她的目光中读懂了她的渴望，但并没有马上丧失理智。他在心里猜测，这姑娘不像三陪女，那么一定是个婚后性欲得不到满足的怨妇。如果真是这样，那倒是可以帮她做一回好事。但他还不能确定，于是用探询的口吻问道："小姐，请问……你结婚了吗？"

"你看呢？"

"这个可看不出来。"

"傻瓜！"姑娘用纤细的玉指轻轻戳了一下贾干事的脑门，"没结婚我能给你讲这样的故事吗？只是……"姑娘幽怨地叹了口气，"只是我丈夫那东西一到关键时刻就不行，老是弄得不痛不痒的，他现在还在吃药。"

"所以，你早已是'久旱盼甘露'了？"贾干事心里已经有了底。

"去你的！"她轻轻打了他一下。

贾干事终于忍不住一把将她搂进怀里，劈头盖脸地吻着她的唇，她的颈，她的胸。她在他的怀里扭动着身子，不住地呻吟着，这更使得贾干事热血沸腾，欲火中烧。他把大手伸进她的裙子底下，她也把小手伸进了他的裤裆……

"走，去你的房间乐一回吧！"她娇喘着说。

"去我房间？"贾干事想起还在房间里看着箱子的同事，"不行啊，我也是两个人出差……"他清楚地看到了她眼底掠过的失望，于是他又说，"不过，我可以支走他，让他晚些回来。"

"太好啦！"她非常高兴。

"我住612房，你过十分钟再上去。"

"好！"她看上去很急切。贾干事决心过一会儿一定要好好地"安慰"她。

贾干事买了一些"老虎机"的币子回到房间里，对同事谎称是自己赢来的。他把币子交给同事，声称自己有些累了，想休息一会儿，让同事继续去玩，由他留在房间里看箱子。

"多玩一会儿，不要急着回来。"他对同事说。

同事兴高采烈地拿着币子下楼了。贾干事快速整理了一下有些凌乱的房间，又把床单抚平，然后站在房门口，一边兴奋地搓着手，一边紧张地等待着姑娘的到来，仅仅是想象着"偷情"的这份紧张和兴奋就已经使他有些不能自己了。终于盼到了有人敲门，贾干事连忙把姑娘拉进房间，反锁上房门，急不可耐地抱着姑娘就是一阵狂吻。他刚要进一步行动，姑娘却轻轻推开了他。

"要先洗个澡。"她的脸红扑扑的。

"哦，好！那我去放水。"贾干事异常兴奋地跑进了卫生间。

看见贾干事进了卫生间，姑娘脸上的媚笑也渐渐变成了冷淡，她低头仔细看了看桌子下面的那个大密码箱。这时，贾干事又从卫生间里走了出来，姑娘立刻微笑着，春风荡漾地迎了上去。

"脱衣服呀。"她的语调中充满了挑逗。

她为贾干事脱衣服，贾干事也脱她的衣服，不一会儿，两个人就都脱得干干净净了。

两个人进了卫生间，姑娘嬉戏着把贾干事推进浴盆，在他浑身上下都洒了水，又为他身上涂满了浴液，挑逗地抚摸他。贾干事再也忍受不住了，可姑娘却一把推开了他。

"等一下，我还没吃避孕药。"

"快点，我都等不及了。"

"猴急样儿！"姑娘轻戳他的额头，"还差这几分钟？你先忍一下吧，等一会儿，我马上回来让你享受个够！"

姑娘走出浴室，关好浴室的门，又趴在门上听了听里面的声音，然后径直走向那个大密码箱。

"快点。"贾干事在浴室里喊。

"马上。"她拎起大密码箱走到门口，"暖水瓶里的水太烫了，没法喝。"

她悄悄打开房门，拎着箱子，光着身子穿过走廊，来到612斜对面的一个房间。房间内的地毯上居然摆放着一只和她手中的箱子一模一样的箱子！她迅速将两只箱子调包，又悄悄地退回到612房间。她把箱子原样摆好，这才又回到卫生间。

"我刚才好像听到了关门声，是你出去了吗？"贾干事问。

"你想死呀！"姑娘戳他的头，"我就是再大胆也不能不穿衣服就往外跑哇，可能是隔壁关门吧？"

"也可能是我听错了。来，快来。"早已是心猿意马的贾干事此刻更是顾不了许多了，急切地把姑娘拉向他的怀中……

大约过了一个小时，姑娘拖着从贾干事的房间里调换出来的箱子走出宾馆，举手拦了一辆出租车，径直来到位于东津市国贸宾馆第十二层的汉光通商会社。姑娘拖着箱子走出电梯，正好看见她的老板高雅兰。

"兰姐，你怎么知道我回来啦？"姑娘吃惊地问。

"我会算哪！小慧。"高雅兰半开玩笑地说，"顺利吗？"

"还好，只是那家伙太强悍……"被称作小慧的姑娘说。

"那你岂不是赚大了。"高雅兰暧昧地笑笑，顺势接过箱子。

"赚什么呀？都快累死啦！"

"是想加酬金吧？"

"如果兰姐肯加的话，那是最好不过啦。"小慧虽被看穿了心思，却没有丝毫的难为情，"哎，对啦，兰姐，明天那傻瓜发现箱子被调了包，会不会去报警啊？"

"不会。"高雅兰肯定地说。

她们走进汉光通商会社的办公室。高雅兰让小慧把门关上，她自己则把箱子放在办公桌上，开始拨动密码锁。

兰姐怎么会知道密码？小慧在心里问。

高雅兰打开箱子看了一眼，又马上关上了箱子。

"你等着，我去给你拿钱。"高雅兰走进另一间办公室。

箱子里装的到底是什么东西这么值钱？小慧心里想。唉，真笨！看看不就知道了。于是，小慧把箱子打开一条缝，往里看了一眼，她看到了一些《邓小平文选》和一只非常别致的、亮晶晶的金属盒。

小慧此刻当然不会知道，这只金属盒，就是一个月前我国军事研究部门丢失的那两个钛金属盒子中的一个。

第10章 ☆ 特别使命

冷峰从唐州回到东津后,立刻下达命令:"动用所有关系,全力追查那两个盒子!"

命令一发出,温柔就听到有很多工作人员在相互打听:

"喂,出什么事啦?"

从他们的对话中可以听出,冷峰只有在非常时刻才会下达这样的命令。冷峰上一次下达类似的命令是在刘海山牺牲的时候。

国家安全机关中有一条铁的纪律,那就是"不该说的不说,不该问的不问"。所以工作人员之间的相互询问只是某种正常心理的条件反射,实际上他们并不期望会有人告知他们答案,如果是他们应该知道的,那么自然会有人告诉他们。自从冷峰"全力追查"的命令发出后,温柔明显感觉到反间谍情报九处的工作节奏仿佛一下子加快了一倍。虽然几天下来,以"99920591"号传呼机为侦查线索的侦查工作没有明显的进展,但整个侦查机器却依旧在高效地运转着,情报研究部门在夜以继日地研究分析从各个方面汇总来的情报信息。从调查的结果看,有关传呼机的一切手续都是假的,而且假得很完美,没有留下丝毫的破绽,可谓是天衣无缝。

"看来我们这次是遇到真正的高手啦!"冷峰的一个部下说。

"如果这反间谍工作是那么容易做的,那么还要你我干什么?"冷峰继续翻阅着报告。

只有业余级的选手才会留下蛛丝马迹,而冷峰他们此刻面对的都是些职业间谍高手,所以冷峰根本就没有指望他的对手会在联络手段上留下什么可供追查的线索。他认为,这件案子的突破口应该是在对方的交通环节上。那么大的两个盒子要在中国国家安全机关的重重堵截下运输出境并不是件很容易的事,对方一定会等待最佳的运输时机，利用最保险的交通途径，而这并不是一个人就能够完成的。这将是一个复杂的系统工程，参与的人越多，露出破绽的概率就越大，就越容易失败。

温柔忙里偷闲，趁着冷峰和几个科长开会的空当，躲到她自己的办公室里，开始起草她来到冷峰身边后的第一份秘密报告。这次唐州之行她收获颇丰，特别是与李石之间建立起来的融洽的人际关系，使她从李石的口中了解到很多有关冷峰的情况，其中一些是她以前从未听说过的。她准备把她听到和看到的情况全部记录下来。一想起从唐州市国家安全局听到的冷峰为该局制定的宣传《国家安全法》的"普法计划"，她就忍俊不禁。

国家反间谍工作的性质比较特殊，许多工作都必须在机密的状态下进行。因为其中有太多的东西不便公开，这就给宣传和普及《国家安全法》带来了困难。只能依靠宣读一下干巴巴的法律条文了事，使得《国家安全法》的宣传很抽象，人民群众头脑中的概念也很模糊。在实际工作中，有很多群众因为不清楚国家为了维护国家的安全，都赋予了国家特工哪些特殊的权利，在不知法的情形下危及了国家安全工作，触犯了《国家安全法》而受到处罚。有些人从来就不知道国家特工人员在追踪侦查对象时，经出示相应证件，可以进入限制进入的地区，可以优先乘坐公共交通工具，遇交通阻碍时有优先通行的权利，以及优先使用交通、通信工具和场地、建筑物的权利；也不知道国家特工人员经出示相应证件，有权查验中国公民或境外人员的身份证明，有权查验任何组织和个人的通信设备；不知道《中华人民共和国刑法》第二百七十七条明文规定：阻碍国家安全机关执行国家安全任务，造成严重后果，即使未使用暴力、威胁方法，也将以妨害公务罪定罪判刑……很多人就是因为不知道国家安全机关拥有的这些特殊的权利和自己应尽的维护国家安全的义务而被国家安全机关送进牢房。

冷峰上次去唐州时就遇到了这样的问题。"外线"人员跟踪一名侦查对象来到火车站，当时的情况需要"外线"人员从火车站的职工通勤通道进入车站内，可是看守通道的一个六十多岁的老头儿就是不让他们通过，"外线"人员给他看特工的工作证件，可他说他只认铁路部门的工作证，死活就是不让"外线"人员进去。结果被他这样一耽搁，"外线"人员就丢掉了侦查对象踪迹，使得侦查对象完全脱离了我侦控视线。此事报告到雷震江那里，雷震江顿时火冒三丈，立刻签了一张拘留单，派"外线"人员去火车站把老头儿抓了回来，并最终把这个清清白白一辈子，从不招惹是非的六十多岁的老头儿推上了法庭，关进了监狱。然而，为了确保国家安全工作的隐蔽性，避免泄密和惊扰敌人，对妨碍了国家安全工作的人的处罚大多都是在秘密状态下进行的，不能进行公开宣传，不能向社会公布这些人是因为什么事而受的处罚，使国家安全机关失去了以生动鲜明的案例警示世人的机会，相同的错误不断地在不同的人身上重复出现。雷震江对冷峰说，以前也曾发生过多起类似的事件，而且这些人都有一个共同的特点——那就是都不知道妨碍国家安全机关执行任务是犯法。

就是这件事促使冷峰在工作之余为唐州市国家安全局制订了一个宣传《国家安全法》的"普法计划"，他称之为"虚拟实战普法计划"。这个"虚拟实战普法计划"的具体做法是：将国家赋予国家安全机关的各项特殊权利，分解在一个个能够使国家特工人员充分行使这些权利的虚构案件里。在演习中，特工人员根据指挥部虚构的案情迅速做出反应，恰当地行使自己的特殊权利。如，特工人员出示证件，可以进入任何收取门票或入场券的公共场所，任何人不得阻拦。特工人员在执行任务时，可以不按常规程序购票，优先乘坐车、船、飞机，并要尽量满足特工人员的班次、上下地点、乘坐位置等特殊要求。执行任务时，特工人员可以不按交通规则行驶，不受交通标志的限制，不受关卡检查，不缴纳过路或过桥费，等等。

在冷峰策划的这次模拟实战演习中，唐州市国家安全局先后拘留了三十多名在实战演习中严重阻碍了特工人员行使权利的"法盲"，通过新闻媒体在唐州市频频曝光，并结合案情请律师和当事人在电视上现身说法，使人民群众进一步认清国家特工人员拥有的特权是由国家安全工作特殊的需要决定的。危害国家安全的犯罪分子不同于一般的刑事犯罪分子，其背后依托的是国家和政治集团，他们采用包括使用现代化科学技术手段在内的各种方法进行活动，牵涉范围广，查证难度大，时效要求高，特工人员如果没有一定的特权，就无法保证国家安全工作的顺利进行。

经过一个星期的"虚拟实战普法"宣传，《国家安全法》的普法宣传深入人心，取得了良好的宣传效果。温柔认为冷峰发明的这种宣传《国家安全法》的方法很有创造性，可供很多地方的领导借鉴，所以她在秘密报告中详细地记录下了"虚拟实战普法"的全过程，她相信她爸爸一定会看到并欣赏这份报告的。但她没有想到的是，正是她的这份秘密报告使冷峰在两个月后被停职审查，而"虚拟实战普法"就是冷峰所犯的主要错误之一。

"嗨，女朋友。"李石闯了进来。

温柔将正在书写的秘密报告不着痕迹地放进了抽屉里。

"你还是不太习惯先敲一下门吗？"温柔对李石展示她甜美的笑容。

"不好意思，女朋友，下次一定注意。"

"就这么说定啦，男朋友。"

"你在写什么呢？"

温柔神秘地眨眨眼睛：

"情书！"

"是写给我的?"

温柔肯定地点点头。李石立刻做出幸福陶醉状:"虽然我知道你说的是假话,但我还是感到好幸福,好幸福……"

"饶了我吧,"温柔痛苦地捂着耳朵,"肉麻死啦。"

"谁叫你先肉麻的。"李石递给温柔一张纸,"签字。"

"做什么?"温柔一边问着,一边签上自己的名字。

李石从怀里的牛皮纸袋里掏出两沓钱摆在温柔的面前:

"这是你在唐州'赚'的一万二,老板说由你自己支配。这两万五是你下半年的活动经费,你数数。"

"这么多!"温柔惊讶地抓着钱,"都是给我的?"

"对,都是你的。"

"随便由我花?"

"是,理论上是这样的。不过,在实际工作中你还必须得做出成绩才行。"

"也就是说,只要我做出成绩,这些钱我就是都装进了自己的口袋里也没人管,是吗?"

"是,咱们老板向来只看结果,从不注重过程。他只看到年终你取得了多少成绩,才不管你业务经费是怎么花掉的。不过,如果你业绩平平,那你就要注意了;要是你的解释再不能令他满意,那么你就死定了,他会取消你下一年的活动经费,让你待在办公室里喝茶,很没面子的。"

"没关系,我脸皮厚着呢。"温柔俏皮地说。

对于冷峰创造的这套"情报人员等级制度",温柔也早有耳闻。这套制度本来也没有什么太多新颖的地方,只是它关于情报人员可以不受限制地完全自主地支配业务经费的规定引起了人们广泛的争议,冷峰也才又一次成为人们议论的焦点。赞成冷峰这套做法的人说,这样做可以充分调动情报人员的主观能动性和情报搜集的自觉性,使情报人员在反间谍情报活动中能够拥有更多的自主权和应变灵活性,能够适时地利用最佳的进攻时间和角度。反对的人说,冷峰这种只在年终根据每个情报人员的工作成绩进行打分的做法是典型的简单粗暴的急功近利行为,对业务经费的使用情况不管不问的做法会削弱情报人员的组织纪律性和组织向心力,同时还不可避免地要滋生许多腐败现象。

温柔猜想,那些批评冷峰急功近利的人,一定是因为看到反间谍情报九处这几年的工作成绩一直名列第一才会那么说,以便给别人留下一种他们目前没有做出什么成绩好像是因为他们在作长期打算的假象。至于上面一直还能容忍冷峰总做这些离经叛道的事情,与冷峰这几年领导反间谍情报九处成绩斐然是分不开的,每个领导多少总需要能干活儿的手下。温柔知道,每个人都认为冷峰很有才华,但同时也认为他是个很难让领导放心的干部。没有人知道冷峰的脑子里到底还有多少稀奇古怪的念头，所以她猜想这就是领导要对冷峰进行秘密考察的主要原因。

温柔抬起头，看见李石站在那里好像在琢磨什么。

"怎么了，男朋友?"温柔问。

李石犹豫了一下。他想问温柔的问题是，她在唐州到底有没有被"312"占到便宜。虽然冷峰已经吩咐过今后谁都不准再提温柔"色诱""312"的那次行动，可李石总觉得像是偷了别人的东西似的，心中有些不安。那次行动毕竟是由他策划的，但他又不知该怎么向温柔去问才好。

"没什么，我在想什么时候向你求婚比较合适。"李石说。

"嗯……"温柔想了想，"再过两年比较好。"

"那好，一言为定!"李石夹着纸袋离开了温柔的办公室。

第11章 ☆ 特殊外商

　　高雅兰被美国中央情报局（CIA）派到中国来已经有两年多了。她的公开身份是"一二三"时装店的老板，暗中还操纵着一家日本公司驻中国的代表处汉光通商会社。她对别人说她是日籍华人，因为她的中国话说得好，所以从来就没人怀疑过她不是华人。实际上她身上没有丝毫华人血统。她是韩国人和日本人的后裔，她的母语是日本语。考虑到女人在分娩和性高潮到来时往往会下意识地用母语进行叫喊，CIA就为她伪造了"旅日华侨"的身世，以便在必要的时候能够合理地解释这一现象。

　　高雅兰来中国所肩负的使命有两个：一是查清被那个中国神秘情报组织窃取的美国高科技军事情报在中国国防上的应用情况；二是设法搞到该神秘情报组织的内部机构情况。CIA之所以为她选择了东津作为落脚的据点，是因为从CIA目前掌握的情报看，中国国家安全部门的那个神秘情报组织的总部就设在东津。可以说，到目前为止，CIA对该神秘情报组织的内部情况还一无所知。美国人知道它的存在是在三年以前，为此也付出了高昂的代价。

　　美国人威廉·贝尔是美国休斯公司的军用雷达专家，休斯公司是美国研究最先进技术的公司之一，主要是为美国军事部门生产现代化武器。后来，贝尔曾赴日本执行休斯公司在日本安排的重要计划，并拥有公司授予的极大权力。在这期间，贝尔的家庭生活出现了裂痕，他不得不同妻子分手。由于离婚，他失去了积攒多年的财产，并且每月还得支付八百美元的子女抚养费。待五年后回到洛杉矶休斯公司，贝尔很快就发现公司里那些比较年轻的专家已经逐渐把他排挤到次要的地位，他在事业上继续发展的理想破灭了。这一年他五十八岁。与此同时，税务部门也来找他的麻烦，查出他在国外期间没有缴所得税，向他追讨欠税，这样一来使他负了一身的债务。也就在这个时候，贝尔最疼爱的小儿子在火灾中被烧成重伤，不治而亡。为了摆脱困境和重新开始生活，贝尔同一个年轻的比利时空姐结了婚。不久，他同年轻的妻子和妻子与前夫生的一个孩子一起迁到了加利福尼亚州雷伊诺海滩的罗斯克里克村，并在那里结识了一个新邻居——山田一郎。

山田一郎自称是日本某公司驻美国西海岸的地区经理，当他得知贝尔是在休斯公司从事导弹雷达控制系统研究工作的时候，对贝尔就愈发热情了。山田一郎当时二十六岁，按年龄说，他与贝尔儿子的年龄相近。山田一郎面目和善，受过良好的教育，显得精明强干，而且很会讨人喜欢。他每天都邀请贝尔去打网球，并时常送一些不太贵重却令人喜爱的礼物给他。起初贝尔还有些不好意思接受，山田一郎解释说这些礼物都是每个月公司分配给他的礼节性支出，无须他来花钱，贝尔这才勉强接受。随着时间的推移，贝尔渐渐觉得和山田一郎非常投缘，山田一郎热情、慷慨，是个难得的好人。贝尔和山田一郎渐渐到了无话不谈的地步，他们在一起谈日本、谈美国、谈生活，当然也经常讨论工作和事业上的事。根据山田一郎的请求，贝尔也向山田一郎提供一些非机密性的资料，其中大部分是休斯公司印刷的商业广告。

一天晚上，山田一郎请贝尔喝酒的时候，提出希望贝尔帮他拉些关系，为他所在的日本公司打开些销路。贝尔觉得这是很简单的事，于是就给他开列了一些公司的地址和电话号码。几天后的一个晚上，山田一郎兴冲冲地来到贝尔家，把一个纸袋放到贝尔的面前，说："非常感谢您帮我安排的那些有益的关系。您的生活太清苦了，送点钱给您，就算是谢礼吧。"贝尔打开纸袋一看，大吃一惊：一万美元！他只不过开了几个地址和电话号码，哪能收这么多报酬？贝尔不好意思地推辞着，但山田一郎坚持让他收下，说这几个地址和电话号码对于他可能不算什么，但对于日本公司却意味着一大笔的生意，一万美元的酬劳并不算多。贝尔看着那厚厚的一叠钞票，又环顾了一下自己房间简陋的装饰和妻子身上那不太时髦的衣服，犹豫了一会儿之后，终于签了收条交给这位雪中送炭的年轻朋友。

几个星期以后，山田一郎又建议贝尔退休以后到他所在的日本公司去当技术顾问。这一建议使贝尔很受鼓舞，它可能使贝尔在事业上重新开启灿烂的前程，彻底结束缺钱花的窘迫状况。正巧这时他刚为休斯公司完成了一项秘密研究，这项成果是能够防止电子侦察的全天候导弹导向系统。为了给山田一郎留下自己工作能力强的印象，贝尔主动把自己的设计方案和标有"机密"字样的相关材料拿给山田一郎看。山田一郎说自己感到有些不舒服，想把材料拿回家看。贝尔心里明白，这样做是绝对不允许的，但想到山田一郎对他那样友好，他找到了安慰自己的理由：也没有什么大不了的，这只不过是一个工程师应一个未来合作者的要求，分享一下商业秘密而已。

几个月后，在贝尔租的那栋房子准备拍卖的时候，山田一郎问贝尔想不想买下它。贝尔说，他没有那么多钱买房子。山田一郎说，他所在的日本公司能够帮助未来的职员。几天后的一个晚上，山田一郎笑容满面地出现在贝尔的面前，不声不响地送给贝尔一个装得满满的大信封，里面装有三万美元。一个星期后，山田一郎又为他送来两万美元。这种意外的收获很快把贝尔从缺钱的困境中解脱出来，他不仅还清了债务，还分期付款买下了那栋房子。

一年秋天，山田一郎送给贝尔一个新礼物：一架能够拍摄各种文件资料的日本"佳能"微型照相机，并说希望看看休斯公司研制的最新式的用于美国"隐形"战斗机的"无噪声"雷达技术说明书和"F–15"战斗机的俯视雷达系统资料，不知贝尔能不能帮忙把它拍照下来。为了报答这位慷慨的朋友，也是为了能够继续拿到钱，贝尔毫不犹豫地答应下来。在以后的几个月里，贝尔每天下班时都从办公室带回一包文件和图纸，拍照后第二天早晨再送回办公室。当贝尔把全部微型胶卷交给山田一郎的时候，他不但满足了山田一郎的要求，还额外为他拍摄了一套经过改良的全天候雷达系统的图纸。贝尔为此陆续从山本一郎那里得到六万美元的酬劳。

第二年春天，山田一郎要求贝尔去香港与日本公司人事经理进行一次会谈，讨论贝尔为日本公司当顾问的条件和待遇问题。贝尔兴高采烈地如约前往。在香港酒店的豪华套房里，日本公司的人事经理对贝尔工作的特点和窃取休斯公司机密材料的可能性进行了详细的盘问，并直截了当地告诉贝尔，日本公司方面感兴趣的休斯公司机密材料的题目，其中包括美国防空导弹、军用直升机、反导弹系统激光雷达的设计方案和使用指南。使贝尔感到吃惊的是，日本公司甚至连休斯公司编印的机密文件上的暗码和编号都一清二楚！

"为了给我们公司服务，您准备要多少报酬？"人事经理坦白地问贝尔。

贝尔想了一会儿，说："一年十二万美元。"

人事经理付给贝尔十二万美元，并额外支付了贝尔从美国到香港的往返飞机票。在送贝尔回美国的时候，人事经理从口袋里掏出一张照片，贝尔意外地发现原来照片上照的是他的妻子和小孩。这张照片是在加利福尼亚贝尔家的房前拍的。

"您有一个美满的家庭，"人事经理说，"我们雇佣您的事只有很少几个人知道。从安全的概念上来说，您和我们是互相依赖的。"人事经理把相片收进口袋里，"如果我们的人中有谁出了事，我们会照顾您的家庭。"

这种明确无误的威胁把贝尔吓得目瞪口呆，也打破了他计划与日本人进行有限合作的如意算盘。回到美国后，贝尔开始心有余悸地卖力去完成他新接受的任务。同时贝尔也认为，他与日本公司之间的合作和他当初代表休斯公司与日本公司合作开发导弹防御系统时的工作，并没有什么区别，日本是美国的军事盟国，他把休斯公司的军事技术资料卖给日本的公司，这并不能危及美国的国家安全，他现在所做的只不过是向休斯公司讨回他应得的补偿。直到贝尔被美国联邦调查局（FBI）逮捕时，他仍然坚信他是在为一家日本公司工作，而不是像FBI所说，他窃取的美国休斯公司的资料都落到了中国人的手中。

高雅兰由衷地佩服中国情报组织这一高超的谍报活动技巧。

后来的两年里，贝尔陆续拍摄了一系列极为重要的文件资料交给山田一郎，其中包括巡航导弹的导航仪设计图、经过改良的反坦克导弹瞄准系统、飞机电子瞄准仪、"爱国者"地对空导弹的全天候雷达系统等。山田一郎告诉贝尔，公司从贝尔那里得到的资料价值远远超过贝尔所要求的报酬。

"您对公司的技术开发做出了巨大的贡献，公司董事会决定把您的报酬增加到年薪二十万美元。"

于是，贝尔带着拍摄了一系列最新雷达和导弹系统情报的微型胶片再次来到香港，并从香港带回了二十万美元。也就是这次香港之行，贝尔发觉自己被监视了。

FBI怀疑休斯公司的内部有人把休斯公司的尖端武器系统资料卖给了中国。在休斯公司的协助下，FBI一共列出了三十几名嫌疑人，其中就有贝尔，但FBI尚未掌握能够起诉的证据。随着调查的展开，贝尔的嫌疑越来越大，FBI便决定把他监视起来，并要求CIA跟踪调查他在香港的行踪，但由于FBI和CIA特工在这次行动中的失误，他们的监视行动引起了贝尔和中国这个神秘情报组织的警觉。山田一郎要贝尔中止活动，但FBI还是抓住了贝尔的把柄，秘密逮捕了贝尔，并施加压力逼迫贝尔同意和FBI合作诱捕山田一郎。贝尔很合作，但山田一郎好像消失了一样，再也没有出现过。

联邦调查局只知道山田一郎的中文名字叫田一山，日本籍华人，其他情况一无所知。他们只知道这个神秘的情报组织隶属中国的情报机构，贝尔窃取的休斯公司研制的尖端武器资料已经全部落入中国人的手中。

关于田一山和贝尔给美国造成的损失，CIA在写给美国参议院的综合报告中说："下述被窃取并转交给敌方的机密材料对西方国家的防御有着重大的意义。其中包括，可以有效地发现和消灭低空飞行目标的F-15战斗机俯视雷达系统、B-1轰炸机和巡航导弹的无噪声雷达系统、坦克上的全天候雷达系统、美国海军雷达系统、'凤凰'空对空导弹、'爱国者'地对空导弹、拖曳式系列潜艇声呐系统、北约国家联合研制的防空系统，这些技术文件被窃，将给美国现有的和未来的武器系统带来不可弥补的损失。中国获得这些情报后，不仅在研制同类型武器时可以节省几十亿美元的研究和实验经费，而且还可以加速研制成对抗美国最新式武器的相应设施。"

认识到事态的严重性，CIA决定采取一切可能的措施，把中国这个神秘情报组织给美国造成的损失降到最低点，于是高雅兰便被派到了中国。

根据CIA得到的情报，位于东津郊区的840研究所是个国防尖端科技研究机构。东津市一所贵族学校的音乐老师谢百灵小姐值得利用。她的父亲叫谢功勋，是840研究所的副所长。高雅兰在来中国之前，已在CIA总部读到了有关谢百灵的资料，那是一个名叫乔伊娜的美国中央情报局外围组织人员写的一份报告，她曾以外籍教师的身份在东津市那所贵族学校工作过，和谢百灵接触较多。她认为谢百灵这个人有很高的情报价值：她有一个在中国军事科研部门担任高级职务的父亲，她向往美国式的生活，并且非常渴望能够到美国留学和定居。CIA十分重视谢百灵这个具有潜在情报价值的"关系"，命令乔伊娜在回到美国后继续与谢百灵保持联系，同时不断从侧面试探谢百灵的思想状况。他们发现谢百灵和很多中国人一样，头脑中缺乏保守国家秘密的意识，她认为美国至少要比中国先进五十年，美国的火箭比中国的好，美国的飞机飞得比中国的高，美国人根本就不稀罕中国这些落后的技术；何况美国的间谍卫星满天飞，中国人在美国人面前根本就无密可保，中国人平时把很多东西搞得神秘又神秘，纯粹是在自欺欺人。

像谢百灵这种保守国家秘密意识差又具备很好的接触机密条件的人，CIA是绝不会轻易放过的。中国的洲际导弹虽不是很精确，但中国毕竟是除俄罗斯外唯一能把导弹射到美国的国家，因此CIA就把谢百灵这个具有巨大潜在情报价值的"关系"交给了高雅兰去发展。

为了防止万一出现状况危及高雅兰的自身安全，CIA让高雅兰以一个帮助谢百灵和乔伊娜相互传递物品和口信的热心人的面目出现，并告诉谢百灵，乔伊娜已进入一家高技术咨询公司，让高雅兰以乔伊娜的名义从谢百灵那里套取情报，使谢百灵始终以为她是在和乔伊娜进行联系交流。CIA要求高雅兰自始至终扮演一个热心的局外人的角色，以便谢百灵一旦陷入麻烦，不至于引起中国国家安全机构对高雅兰太大的怀疑。

高雅兰在东津落脚之后，迅速与谢百灵取得联系，投其所好，先是用所谓乔伊娜送她的小礼品与她联络感情，继而以帮她在国外找人作经济担保为诱饵，从她那里获得了许多重要情报。

在谢百灵的圈子里，有关中国军事科研方面的信息很多，特别是一些动态性的信息。尽管谢百灵远离那些掌握着众多核心机密的机关，能够接触到的文字材料十分有限，但她毕竟有个当副所长的父亲，偶尔抓到点什么，都将是非常有价值的。迄今为止，高雅兰获取的最重要的一份情报——"中国军事科技研究纲要"就是从谢百灵那里得到的！

美国中央情报局根据这份"纲要"分析出，840研究所参与了中国军方将那个神秘的情报小组从美国窃取的高科技军事情报应用于中国国防建设的计划。

CIA指示高雅兰密切注视中国军方的研究进展情况，同时加紧对那个神秘情报小组情况的搜集。CIA认为，这个神秘情报小组的存在，对美国的安全是个严重的威胁。

高雅兰在接到CIA的指示后，根据"中国军事科技研究纲要"里提到的线索，选择了840研究所作为主要工作目标。在对840研究所所有中层以上干部的弱点进行了系统的研究后，她成功地将840研究所的计划室主任马千里拉下了水，并从他那里了解到两个钛金属盒的存在——盒里的光盘记录了神秘情报小组从美国窃取的高科技军事情报，并将由中国军方将其转变为成熟战斗力进行使用。CIA和美国军方都急于知道这一庞大军事计划将对美国造成的影响。CIA启用了所有的情报关系，了解到这两个钛金属盒具体的保存地点是在四川的一个军事基地内，并计划动用多年来一直潜伏在四川这个军事基地内的间谍网窃取这两个钛金属盒，以便对盒内储存的资料进行详细的研究，使美国军队能够在战场上确保对中国军队的绝对优势。高雅兰为了实施此项计划曾亲自到四川与这个情报网的负责人接头。她肩负的任务是保证在这个潜伏组织取得钛金属盒后，顺利地将其运往美国。也就是那次四川之行，高雅兰认识了四川姑娘小慧，并把她带回东津，训练她用色相引诱男人。

高雅兰相信，和她肩负同样使命来到中国的CIA特工绝对不会只有她这一组，但现在看来只有她这组最接近成功。中国人利用那个神秘情报组织窃取的美国高科技军事技术改造武器系统和建立针对性防御设施的资料，她已经拿到了一部分，她现在要设法把记录有另一部分资料的钛金属盒也拿到手。只要拿到这些资料，美国和日本就能很快改变被动局面，在这些领域重新保持对中国的压倒性优势，她也就可以离开中国了。对于她肩负的第二项使命——调查那个神秘情报组织的情况，她已经完全丧失了信心。对那个组织她至今也没有查到丝毫的线索，她从心里佩服中国情报部门的保密措施到位。

第12章 ☆ 女公安局长

　　唐静莹风尘仆仆地驾车赶到枪战现场——一座加油站。一小时前，一个持枪拒捕的杀人嫌疑人被追捕的干警围困在这个加油站里，杀人嫌疑人扬言如果有人靠近，他就要引爆整个加油站，吓得围在加油站外面的干警没有一个敢靠上前去。唐静莹跳下越野车，一个警长立刻上前向她报告情况。

　　"这个人很危险，只要我们靠上去，他随时都有引爆加油站的可能。"报告者强调道。

　　唐静莹听完情况介绍，站在那里凝视了加油站片刻。

　　"他要用什么引爆加油站？"唐静莹问警长。

　　"他手里有一支手枪，还有打火机。"警长答。

　　简直是在开玩笑！他凭这两样东西就想引爆这个储油罐埋在地下的加油站?！如果真想用手枪和打火机引爆这个加油站，至少也要把一部分油先放出来才行。空气中没有汽油味，说明他并没有把油放出来。唐静莹看她手下这十几个追捕杀人嫌疑人的警察居然连这最起码的常识都没有，一个个龟缩在围墙和汽车后面怕死的样子，哪里还像个警察？唐静莹指着他们说："你们也叫男人?！"

　　唐静莹拔出手枪，推子弹上膛，做出冲锋的样子，喊了句："是男人的就跟我上！"然后在十几双眼睛的注视下一马当先地向加油站冲去。

　　男人可以忍受很多事情，但最不能忍受的就是被女人看扁！所以还没等唐静莹冲进加油站，那个持枪拒捕的杀人嫌疑人就已经被冲到她前面的"男人们"射成了马蜂窝。一场生死悬于一发的枪战就这样收了场，许多警察提着手枪站在被击毙的杀人嫌疑人的尸体旁，望着他手里未来得及点燃的汽油瓶，心里直为自己刚才的勇敢行为感到后怕。

"明天上午把报告交给我。"唐静莹对一名负责人说，然后跳上越野车驾车飞驰离去。

唐静莹一边开车，一边看手表，估计自己是来不及赶到幼儿园接雨儿和雪儿放学了。她拿起步话机，联络上同事，让他们去接雨儿和雪儿放学。

"直接送到食堂，我在那里等她们。"唐静莹对着步话机说。

"明白了，局长。"

唐静莹回到公安局，下了车，习惯性地掸了掸身上的尘土，然后径直来到食堂门口等着雨儿和雪儿。唐静莹站在食堂门口不一会儿，一辆车在她面前停下，雨儿和雪儿打开车门欢快地跳了下来。

"谢谢胖叔叔！"她们向开车的胖子摆着小手。

胖子也向她们摇着他的胖手。

"今天在学校还乖吗？"唐静莹一边与身边经过的干警打着招呼，一边牵着雨儿和雪儿的小手走进食堂，"今天有没有被老师批评？"

"才没有呢，老师还表扬我们呢。"

"是吗？老师是怎么表扬的？"

"……"

这个食堂原先是元兴公安分局的一个小礼堂，唐静莹上任伊始就把这个小礼堂改建成了食堂。因为她在这个男性占压倒多数的警察王国里的工作经历告诉她，如果一个女人要在这个男人占统治地位的世界里发挥她的领导权威，她首先就要设法把男人们骨子里天生的性别优越感和对女人强烈的保护欲都激发出来，所以她一开始为自己设计的形象就是"首先是女人，然后才是局长"。在男人眼中，女人永远是水做的，所以女人就该有柔情似水、体贴、柔弱、温情的一面，否则就不像个女人，不但无法激发出男人们最强烈的保护欲，还会令他们反感，所以女人一定要做些婆婆妈妈的事。而从历史上看，一个当权者最忠实的拥护者必定是那些既得利益者，因此唐静莹上任后做的第一件事就是把小礼堂改建成了食堂，分局里所有的干警每餐只需交五角钱就可以在这里吃到一顿可口的饭菜。这样的食堂是注定要亏损的，但令人们百思不得其解的是唐静莹不但能够从容地维持食堂日常的收支平衡，而且还把食堂办得红红火火。唐静莹在布置食堂的过程中，还特意在食堂的一角摆了几排小书桌，以便使当天值勤的干警可以把不方便留在家里的小孩子带到局里来。她还在那里安排了专人督促这些小孩子吃饭、做作业。这一系列充满了女人味的举措，使她一上任就赢得了全局干警的拥护，成功地塑造了一个亲切、务实的女局长形象。之后，她又通过一系列正确、果敢的决断证明了她的领导能力和魄力，最终赢得了她手下这些男人真心的尊敬和爱戴。

唐静莹安顿好雨儿和雪儿后，还要立刻赶去主持一个紧急会议。

"妈妈一会儿就回来。"她对孩子们说。

"妈妈，再见！"雨儿和雪儿说。

"哎，局长，没想到你女儿都这么大啦！"一个年轻干警端着饭碗故作不知地问。

"你不知道的事情还多着呢！"唐静莹笑着在他脑袋上敲了一下。

会议时间比唐静莹预计的要长。

在会上，持不同观点的人互不相让，争论得十分激烈。争论的核心是关于应该如何看待东津市棉织一厂的退休工人计划明天去市政府请愿，要求补发拖欠了近一年的退休金的问题。

"如果他们把市政府门前的交通干线堵住了，就由交警负责疏通交通。"主管治安的负责人说。

"唉，老王，这就不对啦，这属于治安事件，又不是交通事故，应该你们治安大队负责才对。"主管交通的负责人说。

"与其扬汤止沸，不如给他们来个釜底抽薪。我看应该把组织者先抓起来才是治本的良方。"有人建议。

"你说得轻巧！"立刻有人反驳，"我都查过了，组织这次请愿的那些人不是老革命，就是老劳模，年纪比我爸都大，你让我抓谁呀？要不然，你去抓？"

"没有申请就示威、游行是违反《条例》的，聚众阻塞交通就触犯《刑法》。"

"那么拖欠工资犯不犯法？也犯法，违反《劳动法》。那么有没有人管呢？没有人管！这些老工人年轻时，为我们国家的建设做出了巨大的牺牲和贡献，现在他们老了，却拿不到法律规定应该拿到的退休金，他们不去找政府还能找谁？"

"……"

会议最后一致同意了唐静莹提出的方案：一、要避免与请愿的退休工人发生冲突。二、保证市政府不受冲击。具体怎么操作由治安大队自行制订计划，其他部门负责协助。

开完会已是晚上九点多钟，唐静莹马上赶到食堂。

"困了没有？"她收拾起雨儿和雪儿的画笔和纸。

"没有。"

"走，我们今天回家看爸爸去。"唐静莹拉着雨儿和雪儿的手走出食堂，坐上等在门口的车。

这些天唐静莹一直带着雨儿和雪儿住在她家里，冷峰回到东津后马上给她打电话，要接雨儿和雪儿回家，她在电话里央求了半天，冷峰才勉强同意让雨儿和雪儿再陪她住两天，但要求她在今天无论如何要把雨儿和雪儿送还给他，她答应了。

下了车，唐静莹拉着雨儿和雪儿一路跑上楼，进了屋才发现冷峰还没有回来。她先为雨儿和雪儿洗了澡，又给她们讲了会儿故事才把她们都哄上床。

一天的奔忙，唐静莹浑身都被汗水浸得油腻腻的，到卫生间冲了个凉，感觉身上清爽了许多。这些天来，因为在生活中突然多出了这么两个瓷娃娃般的小东西，使她感到生活突然忙碌了许多，同时也多了一份愉快，可现在又要把这两个小东西还给冷峰了，她感到心里有些怪怪的。

唐静莹冲完凉，擦干了身子，打开冷峰的衣橱，从里面拿出一件冷峰的衬衫，突然发觉这件衬衫与她几天前穿过的那件有些不同，想必是冷峰回来后换洗下来的。一想到这件衬衫几天前还穿在冷峰的身上，她不自觉地把衬衫拿到鼻下嗅了嗅，除了洗衣皂的清香气外，并没有嗅到她期望中的冷峰的味道。

她穿上衬衫，扣上纽扣，然后又蹑手蹑脚地来到雨儿和雪儿的房间，仔细地为她们检查蚊帐，看是否有蚊子溜了进去。她发觉双胞胎真的是很奇妙，雨儿和雪儿不但长得一样，居然连睡觉姿势都一模一样，非常可爱！

检查妥当，她又蹑手蹑脚地回到冷峰的房间，从皮包里拿出一本卷宗，跳上冷峰的床，掠了掠还有些湿的短发，然后盘腿坐在床上，她要等冷峰回来。

冷峰一边驾驶着汽车，一边惦记着唐静莹此刻是否已经把雨儿和雪儿送回了家。汽车拐弯的时候，冷峰突然发现前面有人正在摇摇晃晃地横穿马路，他急踩刹车，"嘎——"汽车终于在距那人还有五厘米的地方停了下来，惊出了他一身的冷汗。他伸出头去想骂娘，等看清站在车前的那人的状况后，他又打消了这个念头。这个差点被他撞到的女人不但没有丝毫的惊慌，反而靠在车头上，用手掌支撑住自己的身体，对着马路尽情地呕吐。

"原来碰到个酒鬼！"冷峰心想。

冷峰坐在汽车里等待这个女人呕吐过后把路让开，并暗暗祈祷，她千万不要把脏东西吐到车上。路灯很亮，站在车前面的女人偶尔一侧脸，冷峰忽然感到有些面熟。这个女人虽狼狈，面孔却仍不失娇美。他打开车门，走近一看，这女人居然就是那个曾向他们公司租过车的"一二三"时装店的女老板高雅兰！

冷峰曾因为喜欢欣赏高雅兰独特的气质而为她客串过司机，不过冷峰所欣赏的绝不是她此刻的这副德行。冷峰把高雅兰扶上车，发现她的舌头发硬、目光涣散，这说明她已经醉得非常厉害了。

在送高雅兰回家的途中，她又呕吐了几次。来到高雅兰住的那栋楼下，冷峰把已经不省人事的高雅兰从车上抱下来驮到背上，将她送到她的家。敲了几下门，没有人应答。他从她的手袋中翻出钥匙，打开房门，摸索着打开灯。

"有人在吗？"冷峰高声喊道。仍没有人回答。这个漂亮的女人很可能是独身，他想。

冷峰把高雅兰放到床上，叉腰站在床边喘息。这时他才有时间仔细打量这个醉美人。高雅兰今天穿的是一套十分合体的黑色衣裙，黑衣使她的手臂和小腿显得愈发白嫩，使人看了有忍不住想要去轻轻抚摸一下的冲动，可是她衣裙上沾的那些脏东西却让人倒胃。冷峰打开衣柜，从里面找出一件时髦的睡衣，想帮她换上。当给她脱掉上衣时，发现她没有戴胸罩；脱下裙子时，他惊讶地发现她裙子下面居然没有穿内裤！

"够新潮！"冷峰淡淡一笑。他无法理解这个平时看上去气质高贵的女人竟会变得如此狼狈。他还是第一次面对一个烂醉如泥的美丽的玉体，有心多看几眼，但又怕她突然醒来。本来他做了一件好事，却有些做贼心虚的感觉。他匆匆为她套上睡衣，将她安放在床上，然后匆匆离开她的房间。他必须尽快赶回家。

冷峰站在楼下看了看自家的窗户，就知道唐静莹已经把雨儿和雪儿送回来了，只是他此刻依旧不能确定自己当初决定将雨儿和雪儿托付给唐静莹照顾是否真的明智。冷峰曾经有过两次把雨儿和雪儿交给别人照顾的教训，一次是交给李石，另一次是交给了爆破组那几个自告奋勇的家伙。李石那次照顾雨儿和雪儿的时间也不算太长，前后有一个多月，可当冷峰从云南回到东津的时候，他恼火地发现李石居然教会了雨儿和雪儿拿着砖头来为他表演"单掌开砖"！

"我像她们这么大的时候已经能够劈三块砖啦！"李石解释说。

按照李石的逻辑，把雨儿和雪儿交给他这个出身武术世家的人照看，他就要教她们砸砖头，那么爆破组的那几个人教雨儿和雪儿用改装过的遥控引信放烟花就更是理所当然了——他们说是怕雨儿和雪儿放烟花时烧了手。这两件事使冷峰大为光火，从此以后，冷峰发誓绝不让那些有特殊技能的人有长时间接触雨儿和雪儿的机会，特别是爆破组的那几个。他相信如果刘海山还活着，也会赞成他这样做的。他从未想过要把雨儿和雪儿培养成什么旷世奇才，只想让雨儿和雪儿能够有个快快乐乐的童年，能够在平静和平常中长大成人，能够过上一种平凡、平淡的生活。

"唐静莹总不会比他们几个更糟吧？"冷峰在心里这样安慰自己。

虽然唐静莹有时也会如男人般豪爽，但她终究还是个女人，至少她不会教雨儿和雪儿怎么去用手掌劈砖头，这也是冷峰这次决定把两个小家伙交给唐静莹照顾的一个主要原因。

冷峰打开房门。

"你回来了。"唐静莹手里拿着卷宗从卧室里跑出来。

冷峰有些意外地上下打量着她。

"有什么不妥吗?"唐静莹也不自觉地看了看自己。

"你……穿的是我的衬衫?"冷峰指着她身上的衬衫说。

"只是有点肥大,但凑合着穿还可以。"

"那衬衫可是我准备结婚时穿的。"冷峰换上唐静莹拿过来的拖鞋。

"小气鬼!"唐静莹笑骂着,接过冷峰的衣服挂好,"怎么这么晚才回来?"

"路上遇到一个熟人喝醉了酒,我把她送回家了。"

"是女性熟人吧?"

冷峰有些意外地看了看唐静莹,点点头:"对,你怎么知道?"

"你这人我还不知道?"她一副洞察一切的样子,"不是女人你才不会那么殷勤呢!"

"我没那么无耻吧?"冷峰自嘲地笑笑。

"每个人都看不到自己脸上的麻子。"唐静莹把手里的卷宗放到冷峰的怀里,"这儿有个案子要你帮忙。你还记得那起绑架儿童勒索案吗?勒索未遂,孩子被杀了。上个月我们抓到了犯罪嫌疑人,经'文检'鉴定,这个人的笔迹与勒索信的笔迹完全一样,他自己也承认了。可最近他又翻供,说这件案子根本就不是他做的,是警察殴打他,逼他认罪的。我有些拿不准,你帮我看看到底是不是他干的。"

冷峰看过睡着的雨儿和雪儿,拿着卷宗来到沙发前,盘腿坐在沙发上,袖子卷到手臂,然后又取出一副黑框眼镜戴上。唐静莹发现冷峰戴上眼镜竟显得分外英俊。冷峰聚精会神地翻阅着卷宗,唐静莹则蜷着腿坐在一旁拄着下巴看着冷峰,一直看了十几分钟。

"我自信很了解男人,但我却发现我并不十分了解你。"唐静莹自言自语地说。

冷峰抬起头看了看她,然后举起右手,做发誓状:"我保证我是百分之一百的男人。"

"我当然知道你是男人,"唐静莹笑着拍下冷峰举起的手,妩媚地斜了他一眼,"谁说你不是男人啦?我只是猜测你不喜欢女人或是警察。"

冷峰叹了口气,无奈地指了指膝头的卷宗。

"好,好,好。"唐静莹举起双手做投降状,示意自己再不打扰他。

冷峰继续认真地翻阅卷宗,时而翻到前面,时而又翻到后面,时而把前面和后面仔细地比对着,这样一直过了一个多小时。

"不是他。"冷峰肯定地把卷宗交给唐静莹。

"但笔迹很相像,他也没有不在现场的证据,而且他做生意刚刚破产,很需要钱。在我们的侦查视线内，就属他的嫌疑最大。"

"他的笔迹和勒索信的笔迹的确很相像，但这也不是绝对的，他这种笔迹的相像概率大约为一百万分之一，也就是说每一百万人中就有一个人和他的笔迹完全相似。在中国，至少有上千人在写类似这种字体的字。另外，从这个人的经历看，他几年前就已经买了一辆汽车跑运输，并发了点小财，近两年又到南方做生意，虽然生意失败了，但他这种人绝不会为了区区一万块钱就铤而走险的。信上是勒索一万块钱吧？"

"对，是一万。"

"另外，这个人是土生土长的东津人，勒索信中有一处称'放在钉了三颗钉子的树底下'，在东津数钉子是叫'枚'吧？不是'颗'。"

"对。"

"据我所知，在湖北、湖南个别地区数钉子是论'颗'的，所以我建议你从外地，特别是湖南、湖北来东津打工的民工方面着手调查。"

唐静莹沉思了片刻，然后果断地站起身，收拾好卷宗："好，我明天就安排人去查。"

唐静莹做出准备换衣服的样子，冷峰坐在那里却丝毫没有要回避的意思。

"先生，我要换衣服啦。"唐静莹温柔地说。

冷峰这才意识到自己应该回避了，站起身准备离开。

"不必了，"唐静莹说，"你只要把头转一下就行了。"

冷峰转过身去，盘着腿，背对着唐静莹。

"对啦，孩子们喊你'妈妈'是怎么回事？"冷峰突然想起来问。

"没什么呀，"冷峰听出唐静莹在忍住不让自己笑出来，"我只是觉得如果小孩子没有母爱，对身心健康是很不利的。"

"所以你打算贡献些母爱？"

"是。"

"这么说，雨儿和雪儿这几天还算听话？"

"何止是听话？她们简直乖得不得了！前几天我下班回来，只说自己有点头痛，你猜怎么样？雨儿立刻去为我拿来了止痛药，雪儿紧跟在后面给我端来了一杯水，感动得我差点流出泪来。我已经很久没有被人这般体贴过啦！"

"然后，你请她们大吃了一顿冰激凌，付款的时候才发现那东西很贵，对吗？"

"你怎么知道？"

冷峰笑，不语，半晌才说："我，也曾上过她们类似的当。"

"你是说……"唐静莹想了一下，旋即开怀大笑，"这两个小人精！"她扣好制服的纽扣，"你可以转过来啦。"

冷峰转回身子。

唐静莹剪的是一头齐耳的短发，穿上警服，戴上帽子，从后面看就像个男人，不过她总是文文静静的，文静中又包含着一种超乎常人的镇定。唐静莹对着穿衣镜仔细地端详着镜子里的自己。今年刚好三十岁的她依旧面容姣好，看上去要比她的实际年龄年轻许多，但毕竟三十岁是女人心理上的一个槛儿，她摸着自己依旧光滑的面颊，想到自己今年已经三十岁这个不争的事实，忍不住叹了口气："真的老啦！"

"不，你一点也不显老。"冷峰坐在那里一本正经地说。

"真的？"唐静莹备受鼓舞。虽然有很多人赞她长得年轻，但毕竟他们不是冷峰。

"真的，你看上去顶多也就四十岁。"

唐静莹恶狠狠地望着冷峰，如果目光能够杀人的话，冷峰早已被唐静莹杀死数回了。

"我生气了，要走了。"唐静莹穿上鞋。

"我送你。"冷峰从沙发上跳起来。

"算了，我会折寿的。"

"现在已经很晚了，我不是批评你们公安工作不努力，可现在的治安状况实在是很差。"

"没关系，我有这个。"唐静莹从皮包里掏出一支七七式手枪，"好啦，我走了。"她推开门，"对了，"她又转回身，"忘记告诉你啦，户口的事已经办好了。还有，雨儿和雪儿下周一放暑假就去我那里住，我们已经说定了。"

"既然已经说定了还告诉我干什么？"

"照会你一声是出于礼貌，纯属例行公事。"唐静莹对他嫣然一笑，笑得既端庄又不失女人特有的妩媚，冷峰相信会有不少男人愿意为这迷人的微笑痴迷，但不包括他冷峰，他和她仅仅是朋友。

第13章 ☆ 走向深渊

　　高雅兰一向认为，偷窃和奸淫能够成为人类历史上最古老的两种犯罪是因为人性中最本质的东西就是贪财和好色，因此钱财诱惑、色情勾引，以及在此基础上进行的讹诈就成了高雅兰在情报活动中最得心应手的三件"法宝"。

　　840研究所后勤处的林处长是一个铁面无私的人，不贪钱财，高雅兰曾对他动了不少的脑筋，多次行贿，均遭到他的严词拒绝。从高雅兰掌握的情况看，林处长是一个知识分子出身的干部，为人比较清高，由于历史的原因，结婚比较晚，妻子条件也很一般。根据弗洛伊德的理论，这种人的潜意识里都比较好色，特别是对失落了的青春、爱情有一种急于补偿的渴求。于是，高雅兰就为林处长设计了一个精巧的柔情陷阱，而诱饵依旧是火热、大胆的四川姑娘小慧。

　　东津市火车站。离开车大约十分钟的时间，林处长从容地登上了由东津开往北京的特快列车，去北京参加一个会议。林处长迈着稳重的步伐走向三号软卧包厢，拉开门，包厢里已经坐了一个打扮入时、亭亭玉立的妙龄女郎。姑娘见他走进来，向他笑笑，点头示意。这个姑娘落落大方、端庄美丽，给林处长留下了很好的印象。长途旅行中能有这样一个妙龄女郎相伴是不会寂寞的。不过，不知另两位旅伴会是什么样的人。林处长望着另两个空空如也的上铺，心想，最好那两个铺没卖出去。直到列车开动，那两个上铺还没有人来。林处长心中居然产生了一种窃喜的感觉，包厢里只有他和姑娘，无疑这将是一次愉快的旅行。

　　姑娘十分殷勤地拿起摆在桌上的一堆新鲜果品请林处长吃，林处长客气地婉言谢绝。姑娘也不勉强，自顾自地享用起来。

　　不用说，这位姑娘便是小慧了，而那两张空铺也早已被高雅兰买下来特意空着的，目的就是为林处长和小慧安排这么一个微妙的环境。林处长做梦也没想到，有人暗中为他精心设计了圈套，一种久违的浪漫气息开始在他胸中慢慢发酵。

小慧姑娘自称姓殷，很快就和林处长天南地北地聊起来。她说自己是一个按摩女郎，在东津市一家按摩院工作。"我是自费去旅游的，赚了钱就要花。我们年轻人和你们不同，我们就是要拼命地赚钱，然后拼命地花，不像你们清教徒似的……"小慧突然住口，对林处长吐了吐舌头，"对不起呀……"

姑娘纯洁的憨态在林处长的心中煽起了一阵阵骚动。林处长在东津工作多年，自然听过不少关于按摩院的传闻，而这些传闻每每都会带些色情的色彩，他却从来没去过那种地方。是啊，一个正派的国家工作人员怎么能到那些风月场所去呢？再说，经济上也不允许。

火车在不停地向前飞驰，小慧的身影不断地在林处长眼前晃动……当她转身之时，林处长发现，那不算长的白色绸裙下面，竟然是一条小巧玲珑、只有巴掌大的三角裤，刚好能遮住女人最神秘的那个部位。再仔细看，才发现姑娘的服装好像十分素雅，但领口开得低低的，正好隐隐约约露出一点点诱人遐想的乳沟；两边的袖口开到了腰际，用几条带子拴着，露出腋窝里的一绺乌黑的腋毛。

小慧忽然转头，林处长赶快扭转脸，并掩饰地做出痛苦状。

"怎么，老同志，你不舒服？"耳边传来小慧莺啼般的声音。

"哦，我有点头痛。"

"那，我给你按摩一下。"

"不不，姑娘，这样不方便。"

"想不到老同志这么封建，没关系的。按摩是一种医学健身和治疗的方法，我给你按摩一下，保证就舒服了。"

是啊，她给很多人都按摩过，为什么就不能给我按摩呢？林处长心中暗忖，便不再推辞了。

小慧从提包里取出一点油膏擦在手上，这是高雅兰交给她的一种能够刺激性欲的外用春药。她坐到林处长身边，手指压在他的太阳穴上，开始按摩。手指在林处长脸颊上轻柔地揉动，所到之处，林处长都感到如一缕春风吹拂。小慧的手反复地从他的耳根揉向嘴唇，每次经过嘴唇那儿，林处长都会感受到一种吹兰吐麝的异香。他的脸开始慢慢地涨得通红……

小慧请他躺到卧铺上，解开他的衬衣扣子，双手自上而下进一步按摩。林处长浑身好像散了架似的瘫软了，感觉自己犹如进入一个奇妙的仙境，浑身说不出来的舒服。他突然想到，难怪有那么多人迷恋按摩，原来人生竟还有如此这般的妙趣。

小慧的手慢慢地向下移动，一直按摩到林处长的大腿内侧。林处长忽然有了一种天旋地转、顶天立地的感觉，他不好意思地屈起了双腿，想借以掩饰自己不合时宜的挺拔。

姑娘大方地笑笑："不用害羞，这属于正常的生理反应，我们这些按摩师已经习以为常了。你穿着裤子不好按摩，再说旅途中揉搓皱了也没地方熨烫，还是脱下来吧。"说着她就动手解开了林处长的皮带。

"不要。"林处长惊慌地止住她的手。

"老同志，思想不要那么守旧嘛，来嘛——"小慧那略带四川口音、韵味十足的嗲声，令林处长感到全身都酥了。小慧帮他脱裤子，他想阻止，可是他的身体好像不再听大脑的指挥……

小慧见林处长已成顺水推舟之势，便嫣然一笑，转身将包厢门上的拉栓扣下，然后飞快地脱掉衣服……

狂暴的激情过后，林处长累得气喘吁吁。他从来没有体会过男女间的这种销魂的滋味，从来没有这样疯狂过。他紧紧搂着赤裸裸的小慧问："你是谁？为什么要这样委身于我？是不是有什么要我帮忙？"

"你不要想那么多嘛！"小慧小鸟依人地偎在他怀里说，"我不会让你感到为难的。我只是喜欢你，你使我想起了我死去的爸爸。没听说过吗？女孩子都有恋父情结。"

林处长动情地说："不管你是谁，不管你说的是真是假，也不管你要我办什么事，只要我做得到，我都会答应你。因为，你使我感受到了我这一辈子还没有真正享受过的人生快乐。"

"那你还要不要呢？"姑娘害羞地用手指轻拂他的胸膛。

"要，当然要。"

林处长振作精神，又一次翻身把姑娘压在身体下面……

"兰姐，兰姐，我收到了，我收到通知书啦！"谢百灵的手里握着一张美国伯格力大学的录取通知书，风一样飘进高雅兰的办公室。

高雅兰拿过通知书装模作样地看了看。实际上她早已经知道了，这一切本来就是她一手安排的。"别高兴得太早啦，有了通知书并不意味着你就能够去美国，你没有奖学金，也没有资助，能不能拿到签证，到美国后如何生活，这些都是问题。"

谢百灵如同当头被浇了一盆冷水，垂着头说："但我还是很感激你的。"

"别谢我呀，要谢就谢乔伊娜吧。"高雅兰轻点谢百灵的小鼻子，"别灰心，乔伊娜正在为你想办法呢。你上次给她的那几份资料，她说很有参考价值，她说如果能再多一些资料，他们会考虑资助你的，还可以安排你在他们的公司里打工赚些零花钱。"

"真的？太好啦！"谢百灵又兴奋起来。

这时，一名职员提进来两只厂家刚刚送来的皮箱样品。这款皮箱是深灰色的，真皮的外观显得既精致，又高贵。职员告知高雅兰生产这批旅行箱的厂家还需要两周的时间才能完成合同。

高雅兰点点头，职员退了出去。两周的时间是高雅兰早已计划好的。

"好漂亮啊！"谢百灵走过去轻轻抚摸着皮箱上的真皮，目光中流露出喜爱的神情。

"喜欢吗？"高雅兰问，"那就送你一只好了。"

"不，这多不好意思……"

"不要紧的，这东西也不贵，就算是兰姐送给你去美国的小礼物吧。"

谢百灵没有再推辞，她真的很喜欢这皮箱，就说："谢谢兰姐。"

"不用谢，到了美国以后只要不把兰姐忘了，兰姐就知足啦。"

"我怎么会忘记兰姐呢？"百灵亲昵地抱着高雅兰的胳膊，头靠在高雅兰的肩上，"我永远都不会忘记兰姐对我的好处，兰姐以后有什么需要我帮忙的，我赴汤蹈火也在所不辞！"

"真的？那兰姐就记住你这句话啦！"

第14章 ☆ 非常档案

　　温柔站在凳子上把所有的档案柜逐个地核对了一遍，最后才在档案室最不显眼的角落里找到了那个她一直在寻找的档案柜。这是一只在检索目录上根本不存在的档案柜。她从柜子里取出档案，抱在怀里，这些应该就是报告里提到的"秘密档案"。她这次以机要秘书的身份来到反间谍情报九处的一个主要目的就是为了这些档案。

　　温柔把档案搬到自己的办公桌上，戴上白手套，然后开始坐在那里一件件地仔细查阅。果然是传说中的冷峰麾下那个神秘情报单位的档案！

　　档案中使用的全部都是化名，没有照片，没有地址，甚至没有指纹和本人书写的字迹，只记录了他们与总部联系时使用的代号和身份确认密码。这些档案完全是从为当事人绝对保密的角度编制的。看来报告中说得没错，只有冷峰一人知道这些人真实的身份，如果冷峰不在了，而这些人又不主动与总部联系的话，那么总部将永远也无法与这些人取得联系。

　　温柔认真地看着，希望能从这些档案中找到一点线索。现在她已经能确定那个化名"齐真理"的人就是这个神秘情报组织的负责人。

　　她还发现了一份冷峰亲自为这个"齐真理"编写的材料。材料中记载了许多世界秘密情报战中的著名案例，如1942年6月，日军由于在密码使用上的麻痹，导致在中途岛海战中，共被击沉航空母舰四艘，海军航空队的精英几乎被全歼的案例，并分析其原因是：一、在战役发动前夕，日本海军第一联合特别陆战队的一名副官用一种低级密码发了一个电文，说本部队的邮件请寄到中途岛。二、日军一个军港的后勤部门使用简易密码与担任中途岛进攻任务的部队联系淡水补给问题。这两份电报均被美军破译机构译解，造成日军严重泄密，日军进攻中途岛的日期和兵力情况被美军掌握，遂使日军在中途岛海战中遭到惨败，中途岛海战成为太平洋战争中日美较量的转折点。

材料中还有第二次世界大战期间因为通信泄密使法国炮兵遭到跟踪射击的案例。材料中引述说，法国炮兵排长腓力，在前方每天给妻子去一封信，并一再告诉妻子千万不能将他的驻地告诉任何人，免得被德国间谍获悉。哪知其妻的"女友"以搜集邮票为名，将腓力每次来信所贴的盖有发信地址的邮票取走。共计有两周的时间，腓力的来信即告中断，而该"女友"也不明去向。腓力的妻子正焦急地盼望着腓力的来信之际，忽然接到腓力的来信，信里说："德国间谍情报做得太准确、太迅速了，你知道，半月之间我们已经五次转移阵地，可德国炮兵总是如影随形地跟踪射击，因此，我们的部队已伤亡殆尽，而我自己也身负重伤，奄奄一息了……"

在阅读材料的过程中，温柔发觉材料中涉及产业间谍的案例比较多：有苏联克格勃通过日本和光交易公司与东芝机械公司拉上关系，搞到能够大幅度减低苏军潜艇噪音的大型数控机床，给美国和西方在军事上带来了极大威胁的"东芝机械事件"；有苏联在新式飞机的研制中，因为获取了英法两国花费近二十年的心血、投资数十亿美元才研制出来的超音速"协和"式客机的资料，赶在英法的前面将世界上第一架超音速客机"图-144"送上了天的"协和事件"。据说，"图-144"飞机与"协和"飞机不但外形完全一样，就连某些特种螺丝安装的方向都完全一样。

此外，材料中对日本的产业间谍活动情况也做了比较详细的介绍。材料中说，在日本，为数众多的私立商业学校的课程设置与培养海外谍报工作所需的专门人才紧密结合，被公司派出国的人员可以担当推销员、技师、工程师或从事学术方面的工作，同时又能兼顾搜集情报的任务，所以在获取情报方面的成本十分低廉。每当出现一个新问题，日本人都会毫不犹豫地四处活动，努力搜集有关资料。对于特别有能力的外国专家，日本人总是通过朋友或私人关系向他们索取资料，或者建议出版他们的书籍，请他们到日本访问等。可以说，正是日本人有这种把产业谍报工作看作是报效祖国的正当行为，看作是同战时军事谍报工作一样生死攸关的大事的精神，才有日本高速发展起来的今天。

美国政府的一份报告中写道："日本间谍正在用公开的、隐蔽的手段肆无忌惮地搜集情报，他们以参加会议、听课、访问计算机公司等方式直接了解当地的科技活动，获取想要的资料。在美国国内一般要历时一年，通过耗资巨大的研究才能发现的东西，日本人在硅谷往往只要谈一次话就到手了。"20世纪70年代中期，硅谷一家半导体公司用来制造半导体硅集成电路块的光电蔽光框从硅谷不翼而飞，后来听说这东西到了东京，虽经广泛调查，也没有查出个结果，最后只得不了了之，而日本的半导体工业却从此突飞猛进，在高级半导体记忆元件上取得了重大突破。在不到两年的时间里，日本人就趁美国制造厂家由于生产问题裹足不前的机会，向那些在元件生产方面已经落在后面的美国半导体公司出售了大量的日本产的硅集成电路块。

温柔一字一句地看完了这份由冷峰亲自编写的材料，感到有些费解。

"他是什么意思呢？"温柔托着下巴，皱着眉头。这份材料中的所有资料都是公开的，如果有时间，在公共图书馆都可以找到，冷峰为什么把它放入绝密档案中呢？如果资料来源不保密，那么一定是资料的使用目的保密。

"对啦，一定是这样的！"温柔高兴得跳起来。

这份材料的前半部分是强调保守秘密的重要性，后半部分是阐述商业间谍情报对国民经济发展、生产力提高的重大贡献，温柔猜测这份材料一定是冷峰交给"齐真理"用于教育这个神秘情报单位外围组织的一份简易教材。无论是从这份材料的资料来源和内容看，还是从资料的使用目的看，温柔都认为自己的猜测是合乎逻辑的，这样既不泄漏国家安全机关的机密，又能起到警示和教育作用，可谓两全其美。如果真是这样，那么这个情报单位的外围组织和外部掩护机构一定是一个商业公司。

"终于让我找到漏洞啦！"温柔兴奋地攥着小拳头。

但随即她又泄了气。东津市有这么多的公司，想要查清这其中哪一个才是那个神秘的情报单位，无异于大海捞针。况且，从这个神秘情报单位的装备清单上看，他们的配备十分齐全：有能够装在火柴盒里的微型无线电发报机；有装在自来水笔和打火机内的录音机；有能安装在大衣领子后面的超微型传声器等常规装备；有可以利用红外线照明拍摄到密封在信封里面信件的照相机；有能够以一小时八百四十页打字稿速度进行翻拍的特种光学仪；有可以插进密封的文件袋中，使有经验的专家很快就能了解文件内容的微型针状灯；有可以在一百米以外拍摄到在普通打字机上打出的文字的远角镜等高科技装备。所有这些都说明这是一支受过严格训练、具有高度专业知识的队伍，而这些装备大多又都是可以单兵操作的，也就是说这个神秘的情报单位可以进行大规模的协同作战，也可以轻而易举地分解成多个独立的站组。可分可合，可大可小，这个神秘的情报单位平时完全可以经常使用不同的掩护形式。由此看来，冷峰在档案中留下的这个漏洞也还不算太大。

"真是只狡猾的狐狸！"温柔在心里赌气地骂冷峰。

第15章 ☆ "三轮情结"

冷峰下班后去幼儿园接雨儿和雪儿，幼儿园的老师告诉他说，雨儿和雪儿已经被她们的妈妈接走了。冷峰回到家中立刻给唐静莹打电话，果然是她接走了雨儿和雪儿。她拉着她们吃了一顿免费的晚餐，然后又把她们送到少年宫去学琴。

"晚上我去接她们回家好啦。"冷峰在电话里说。

"怕我把她们抢走啊?"

"是怕你太辛苦。"

"你真这么关心我?"

"那当然。还有，再次谢谢你。"

"你真啰唆!"

放下电话，冷峰开始草草地为自己做了一顿晚饭，八点钟他还要去少年宫接雨儿和雪儿回家。吃过晚饭，冷峰没有想出有什么事可做，于是下楼从储藏室里把装备组专门为雨儿和雪儿改装的那辆别致的三轮车推出来擦洗了一遍。小时候冷峰最羡慕的一种职业就是蹬三轮车，他喜欢三轮车夫顶着严寒，冒着酷暑，一面累得气喘吁吁、汗流浃背，一面还能爽朗大笑的那种感觉，仿佛天底下只有他们才是最快乐的人。甚至有一段时间冷峰还立志长大后要当一名健壮的三轮车夫。后来的情况虽然有很大变化，但这一儿时的志向却一直没有忘记，所以他喜欢用这辆三轮车接送雨儿和雪儿，也算为自己了却一桩简单而纯洁的儿时心愿。唯一的麻烦就是当他把这辆车骑到街上的时候，总会有人把他当作三轮车夫来招呼。他的思想境界早已达到了"去留无意，宠辱不惊"的高度，并不介意别人误把他当成蹬三轮的，所以每当有人向他招手叫车的时候，只要不忙，他也愿意载别人一程，只是每个客人到达目的地后要给他车钱，令他有些难堪，不知道该不该收这钱。最后还是决定收下，他觉得这很有趣，这也算是按劳取酬吧。

时间久了，他甚至还交了几位蹬三轮的朋友。这些朋友向他传授经营之道，告诉他晚上蹬三轮的时候最好选择在恋人们经常出没的沿江一带，因为恋爱中的男人出手总是异常的大方。

冷峰想，这可能是因为恋爱中的男人智商大多为零的缘故，本来只需几元钱的车资，在女人面前，男人总要多给一些，以便让女人知道男人是何等潇洒和慷慨。当然，冷峰去那里不是为了赚钱，只是因为少年宫刚好在江边附近，所以像今天这样无事可做的时候，他就早早地骑着三轮去江边等雨儿和雪儿下课啦。有时他这段时间还会在江边载上几对情侣，过过蹬三轮的瘾。另一方面，他希望通过这种方式来贴近劳动人民的生活，了解他们的思想，因为劳动人民的语言和智慧常常会使他产生灵感。

在江边，和三轮车夫们一样把眼睛盯在恋爱男人口袋上的，还有那一排排的精品屋、鲜花店、咖啡屋，它们主要的收入也大都是来自这些热恋中智商为零的男人。

"一二三"时装店对面的那块小小的开阔地是三轮车夫们等候生意和休息的地方，冷峰在离这块空地还有一段距离的时候，就听到了三轮车夫们阵阵爽朗的笑声。他在开阔地边上停好自己的三轮车，一边用系在脖子上的毛巾擦了擦额头上的汗，一边和熟识的三轮车夫们点头打招呼。

"喂，冷师傅！"那个叫小慧的姑娘站在"一二三"时装店门口冲着车夫们大声喊。

三轮车夫们面面相觑，不知是喊谁。

"大妹子，是喊我吗？"一个叫二顺子的车夫色迷迷地问。

"呸！谁是你大妹子？"小慧叉起腰，"你也不撒泡尿照照自己，还没有三块豆腐高，也想捡好事儿？喂，喊你呢，你！"

冷峰向四周看了看。

"看什么看，就是你。"

冷峰询问地指了指自己的鼻子。

"对，就是你。"

确定了的确是在喊他后，冷峰用毛巾掸了掸身上的尘土，然后在车夫们的起哄声中朝小慧走去。

"喂，大妹子，"二顺子继续向小慧讨着嘴皮子上的便宜，"冷师傅中看不中用，比我差远了，回头他喂不饱你，出来喊大哥一声儿，大哥我不嫌你。"

"呸！我还嫌你呢！"小慧泼辣地叉起腰，"看你那副短胳膊短腿儿的蠢样儿，就知道你没什么长处，不是阳痿，就是早泄。"

"哎，我可是人小鬼大，你要不要试一试？"

"试你妈妈个头咧，你也配！"小慧淡淡的四川口音使她骂起人来都显得那么动听。

车夫们肆无忌惮地大笑起来。

"进来。"小慧指着一张凳子，"坐呀。"然后为冷峰端来一碗汤圆。

冷峰踌躇了一下。他一直没搞清自己为什么会受此款待。

"怎么？怕我下毒？"她捞起一个汤圆塞进自己嘴里，"放心啦？吃呀！"

冷峰只得把汤圆接了过来。汤圆是黑芝麻馅的。

这时，"一二三"时装店的女老板高雅兰带着甜美而恬静的微笑，从屏风后面现身，款款地坐到他的对面。她掠了掠额前并不碍事的头发，同时把一个信封推到冷峰面前，亲切地微笑着说："这是一千块钱。那天晚上的事……能帮我保密吗？"

冷峰现在才弄清到底是怎么回事，原来是感谢他那晚把喝醉了酒的她送回了家。冷峰放下手中的碗，站起身："你太客气了。要是没有别的事，我就先走啦。"

"哎，你的钱。"高雅兰抓起桌上的信封递给他。

冷峰回头看看信封，又看看高雅兰，淡淡地笑了笑。

"我这人记性很差，"他说，"就是没有这个信封，那天晚上的事情我也一样会忘记的。"

在高雅兰诧异的目光中，冷峰不紧不慢地走出了"一二三"时装店。天刚刚黑下来，这正是情侣们纷纷出来活动的时刻，也是一天中三轮车生意最红火的时候，开阔地上的三轮车大多也都散开去做生意啦，只有零星的几辆还在歇脚。

"喂，冷师傅！等一等！"小慧扭动着腰肢跑了过来，"我们老板说，每天就用你的车，晚上十点钟来接她。"

"我不能保证每天都来。"

"你以为我们老板非要坐你的车不可？她只不过是想照顾你的生意罢了，你不来她不会自己叫车？傻帽儿！就这么说定了。"不待冷峰回答，她又扭动着腰肢跑了回去。

八点钟，冷峰准时来到少年宫的大门口接雨儿和雪儿，她俩一边一个搂着冷峰的脖子在他的脸上亲了一口，才蹦跳着攀上三轮车。她们一路上给冷峰讲唐静莹这些天都领着她俩吃了什么、玩了什么，看得出来，她们都很喜欢唐静莹。讲完了唐静莹，她们又你一句我一句，一刻不停地给冷峰讲起课堂上的趣事和一些冷峰根本就听不懂的音乐名词。冷峰一边回应，一边在心里盘算着明天是否该去弄本音乐词典看看，他不想让雨儿和雪儿有一天发现她们崇拜的爸爸对音乐竟是一窍不通。

将两个小家伙收拾妥当，逼上床，已将近九点半钟。冷峰锁好门，跑下楼。十点钟，冷峰准时把车开到"一二三"时装店的门口。他从来没有迟到的习惯。

"兰姐，冷师傅来了。"小慧首先看见了冷峰。

高雅兰拿着一个精致的小皮包从店里走出来，对冷峰说："请你把那个纸箱搬上车。"

一路上冷峰和高雅兰之间再没有说话。高雅兰静静地吹着晚风，冷峰默默地开着车子。到了高雅兰住的楼下，冷峰把高雅兰的纸箱搬上楼，放在门口，见她打开公寓的房门，开了灯，便转过身准备下楼。

"喂，等一等。"高雅兰说。

冷峰转回身。

高雅兰一时又有些犹豫，但最终还是问道："那晚我是不是醉得很厉害？"

冷峰点点头。

"那么……你是……怎么把我弄上楼的？"

"背的。"

高雅兰顿了顿，然后小心翼翼地问：

"我身上的脏衣服是你帮我换下来的？"

冷峰点点头。

"睡衣……是你……帮我穿上的？"

冷峰又点了点头。

"那么……你有没有看到……"

"没有，我是闭着眼睛的。"

"真的？"

"假的！"

高雅兰愣了一下，随即忍不住为自己的天真和冷峰的诚实笑了起来。高雅兰的笑真是千娇百媚，冷峰相信她的这一笑容一定曾经迷倒过很多男人。

"这件事你真的能替我保密吗？我怕我的朋友知道了……"高雅兰止住笑，认真地说。

"我会的。"冷峰转身要下楼。

"哎！"她又叫住了他，"我喝醉酒的样子是不是很丑？"

"你见过很优雅的醉鬼吗？"冷峰淡淡地说。

第16章 ☆ "复仇计划"

"黑豹别动队"第一次对参与杀害刘海山的毒贩进行报复时，有两名毒贩漏网。冷峰制定的以这两名漏网毒贩为攻击目标的"第二阶段复仇计划"，原本是安排在下个月进行，由我方关系人将这俩人一起"调入"境内，然后杀掉。不知道什么原因，这两名毒贩突然带了几个杀手提前秘密入境，并且顺利到达位于东津西郊的五龙镇，在那里与他们在东津的关系人取得联系。但他们不知道的是，他们在东津市的关系人早就在拒捕时被冷峰的手下击毙了，后来和毒贩们保持联系的人实际上是另外一个人，他们进了冷峰精心为他们设计的一个圈套。

五分钟前，毒贩主动与"圈套"联络。半分钟后冷峰就收到了毒贩已经入境的消息。毒贩阿威约"关系人"一小时后在五龙镇的迎宾饭店见面，冷峰经过再三权衡，决定立刻动手实施"第二阶段复仇计划"，干掉他们！这伙毒贩的行动已不在我方的控制之中，没有人知道他们下一步还会干些什么，让他们活的时间越长，危险性就越大。况且他们也是为"复仇"而来的，复仇目标就是女公安局长唐静莹。现在毒贩们和唐静莹近在咫尺，毒贩们多活一分钟，唐静莹就多一分钟的危险，所以冷峰决定尽快除掉这伙毒贩。

温柔闯进冷峰办公室的时候，冷峰正缓缓地将一把二十五厘米长、薄而锋利的钢刀插进自己的衬衣领子，实际上他的衬衣领子是一个伪装的刀鞘，但从外表看它和普通的衬衣领子没有两样。

"你不能去！"温柔劈头就说。

冷峰有些意外。他一边系着领带，一边转过身饶有兴趣地看看温柔："有原因吗？"

"有！"温柔有些激动，"首先因为你的决定太不理智，太感情用事。如果现在仓促发动攻击，对方虽然会措手不及，但对我们也同样不利。我们不知道对方的详细情况，不知道对方的人员、火力是如何分布的，你这样贸然出击就是在拿自己的性命碰运气！"温柔越说越激动，"再者，你要清楚自己的位置，你是指挥员，而不单纯是战斗员，你的岗位是在指挥室里统筹大局，而不是去打打杀杀；你要清楚，你的生命不是你自己的，是党、国家和人民的，你没有权利因为感情用事，图一时快活，就拿自己的生命去冒险，你没有这个权利！你明白吗?！"温柔使劲地挥舞着拳头。

冷峰看着她，她也倔强地看着冷峰。相持了片刻，冷峰点点头："不错，你说得有道理。"

"那么你决定不亲自去啦?"温柔松了口气。

"不，我还是要去。"冷峰坚定地说。

这时，李石冒冒失失地跑了进来。

"已经准备好了。"他看看温柔，又看看冷峰，"黑豹一小队已经到达预定位置。外面有两名毒贩警戒，一个在饭店门口，一个在饭店左侧歌舞酒楼的平台上，他的身旁放着一个长盒子，估计里面装的可能是狙击步枪。饭店里面的情况不明。"

冷峰看看表："我们走!"

李石立刻转身出去通知相关人员。冷峰刚要动身，突然有一双小手紧紧地拉住了他的胳膊。冷峰搞不懂温柔到底想干些什么，转过身刚要发作，马上又迟疑了。他意外地从温柔真挚的目光中读到了一颗关爱他的心，他的心为之一颤。

冷峰轻轻地拍了拍温柔紧紧抓着他的小手："放心，我没事的。你说得对，这次行动是很危险，也正因为如此，我才必须要亲自去完成这个任务。如果连我自己都对我制订的计划没有信心的话，那么我还有什么资格去要求我的部下为这个计划而冒险？嗯?"

温柔清楚地知道她此刻面对的是怎样一个男人，这是一个胆大妄为、敢想敢做的真正的男人！冷峰的坚定、果敢和义无反顾的决心强烈地震撼着温柔，使她感到安全、有信心。她默默地、不大情愿地松开了抓着冷峰胳膊的手。

走到门口，冷峰停住脚步回过头对温柔笑了笑："我会活着回来的。"

五龙镇位于东津市西郊的五龙山脚下，镇子虽然不大，却是几条交通干线的交会处，后退有高山，逃跑有大路，是个很理想的藏身之处，可见这批毒贩对东津还是很熟悉的。迎宾饭店位于五龙镇最繁华的地段，紧挨着交通干线，饭店的一楼是餐厅，二楼、三楼是旅店，毒贩们住在二楼。楼层不高，又邻近繁华区，遇事很容易脱身。

冷峰和李石乘坐一辆出租汽车来到迎宾饭店。下了车，他们环视了一下四周的地形，看到"黑豹别动队"第一小队已经进入指定位置。冷峰和李石走进饭店。一楼餐厅内还有很多人正在就餐，如果一会儿在这里发生了枪战，那么势必会伤及很多无辜群众。这一点冷峰已估计到了，所以他给部下的命令是"不能让一个毒贩活着下楼"。

冷峰和李石交换了一下眼神，然后毅然穿过餐厅，踏上了通向二楼的楼梯。站在211房门前，冷峰按照约定的三急一慢的方式敲了敲房门。

门，打开一条缝，里边一个人问："外面下雨吗？"

冷峰说出暗语："快下了，天气预报是中雨。"

"空手来的？"

"只有半片树叶。"冷峰说着，拿出半截钞票，门里的人接过钞票，与手中的半截钞票接在一起，丝毫不差。

他干咳了一声，立刻有两个人从211房间对面的房间里冒出来，在冷峰和李石的背后用裹在衣服里的手枪抵住他俩的腰。

"不许出声！"

这时站在房间里的人打开房门，李石和冷峰被推了进去。房间里的窗户上都拉着窗帘，屋内的光线很暗，冷峰过了一会儿才适应了屋内的光线。这是一个套房，在沙发上坐着的那个方头方脑很壮实的家伙首先引起了冷峰的警觉，如果没有错，这个家伙应该就是这次行动的主要目标之一。

"靠墙站好！两腿分开！"毒贩端着枪说。

冷峰和李石乖乖照着他的话去做。冷峰穿了一件衬衫、一条西裤，李石也仅是一件T恤、一条牛仔裤，明眼人一看就知道他们身上根本无处可以藏枪，但毒贩还是小心地把他们浑身上下仔细地搜了一遍，最后只是在李石的裤兜里找到一串钥匙和两枚钉子，毒贩拿在手里看了看，然后又毫不在意地把这些东西放回李石的口袋，转过身向坐在沙发上的那个方头方脑的家伙示意，他们二人的身上没有带武器。

"你们这群王八蛋，都是猪脑子！自己人你们都不信任，你们还信任谁？"方头方脑的家伙立刻装腔作势地训斥那几个搜身的手下，"都给我滚到一边去！"又客气地为冷峰和李石让座，"来，来，来，兄弟，坐。"

冷峰坐到方头方脑家伙的对面，李石则抱着双臂站在一旁。

"不好意思，兄弟，得罪了！"

"没关系，还是小心点好。是威哥吧？"冷峰说。他见过对方的照片。

"怎么，阿仔跟你提起过我？"阿仔就是两年前被冷峰的手下击毙的那个人。

"是啊，他常跟我提到威哥和龙哥，说威哥和龙哥最够朋友，也是最讲义气的。"冷峰竖起大拇指。

"哈，哈，哈……"威哥得意地大笑。

"这里哪位是龙哥呀？"冷峰四下望望。

"阿龙，出来见见兄弟。"威哥冲着里间喊。

一个不高不矮、不胖不瘦的身影从套房的里间慢慢走出来，后面还跟了一个人。他摆摆手，跟在后面的人又悄悄退回到里间。冷峰认出这个不高不矮、不胖不瘦的人就是阿龙。

"你是怎么认识阿威的？"阿龙阴阴地问冷峰。

"是啊，你怎么认识我？"阿威也警觉起来。

"阿仔跟我说过威哥的样子。"冷峰从容地说，"而且威哥也比较好认。"

"是啊，我比较好认，哈，哈。"阿威打着哈哈。

"阿仔自己怎么没来？"阿龙继续问。

"他让我们先来，他晚上来。"

冷峰答的和阿龙掌握的情况完全一样。只不过阿龙还不知道他们现在所掌握的情况实际上都是冷峰一个人刻意为他们编造的。

阿龙坐在冷峰的左侧，阿威坐在冷峰的对面。这两个人是参与杀害刘海山的那伙人中侥幸活下来的最后两个，也是冷峰今天决心要杀的人。冷峰一边和阿威、阿龙聊天，一边不经意地观察着身边一切可以利用的物件。屋里站着三个毒贩，套间里有一个，再加上阿龙和阿威。

"威哥，你们这次来了几个兄弟？"冷峰问。

"八个。"阿威不假思索地说，"还有两个在外头放哨。"看来他说的是真话，与得到的情报相符，只是不知他们为什么要提前入境。

"以前我听阿仔说，威哥和龙哥下个月才进来，怎么突然又……"冷峰打住话头。

阿威刚要开口，阿龙却先抢在前头："我们两个报仇心切，一想到唐静莹那个臭婊子还活得好好的，我们哥俩就吃不香、睡不好，我们不能让她再多活这一个月了，我们要提早对死去的兄弟有个交代！"

解释得也算合情理。唐静莹就是冷峰这第二阶段计划中的圈套兼诱饵。

"听说这个娘们儿长得还有几分姿色？"阿威问冷峰。

"嗯。"冷峰点头。他承认，唐静莹虽然不是很漂亮，但几分姿色还是有的。

"那好！"阿威高兴地一拍大腿，"我们就给她个先奸后杀！哈，哈……"

听到阿威的提议，一直躲在套房里间的毒贩也探出头来。这下子人就全齐了。事情比冷峰预计的要简单许多。他随手整理了一下并不凌乱的领带，这是准备行动的暗号。

"咦？"冷峰抬头聚精会神地凝视着天花板，好像发现了新大陆一般，其他人也情不自禁地随着冷峰的视线仰起头来。

阿威的头很方，脖子也很粗。就在他仰起头看天花板，把自己的脖子毫无遮挡地暴露在冷峰面前的时候，冷峰整理领带的手突然从衬衫的领子里拔出一把锋利的钢刀，纵身以迅雷不及掩耳之势飞快地斩向阿威一览无遗的颈动脉。血柱在空中划出一道美丽的弧线，阿威难以置信地顿了顿，然后一头栽倒在地上。冷峰顺着刀势，翻转手腕，降低重心，手臂向前一推一送，锋利的钢刀自下而上，从阿龙的肋骨缝隙中间飞快地刺入他的肺，又狠又准，手法干净利落，阿龙只是轻轻地咳了一声，嘴角吐出一缕血丝，便一命归西了。

就在冷峰动手的同时，李石挥臂将扣在手中的一枚铁钉射向离他最远、站在套房里间门口的那个毒贩，铁钉从毒贩的耳根一直射进他的大脑。就在里间的毒贩摇摇欲坠的那一瞬，李石已经挥掌击向离自己最近的毒贩胸口，可以清楚地听到他的肋骨折断和折断的肋骨刺进肺腔的声音，他已没有反抗的能力，并会在一分钟内死亡。

另一个毒贩刚拔出手枪，李石回身飞出的铁钉准确地击中了他的腕部，他的手一软，手枪掉在地上。李石腾空扑上前去，在手枪即将落地的那一瞬间，一把将手枪抓在手里，对着正在举枪向他瞄准的毒贩扣动了扳机，"砰！砰！砰！砰！"两支枪同时开火，毒贩被子弹强大的推力撞击到墙上，又扑倒在地上，李石身后的花瓶也被毒贩射得四分五裂。李石站起身，手腕受伤的毒贩正欲夺门而逃，李石抬手对着他的后脑就是一枪……

枪声传到饭店外面，那个一直蹲在饭店大门对面树荫下吃西瓜的毒贩闻声警觉地四下望了望。就在他把手伸进腰间准备站起身的时候，一个一直躺在他身旁的汽车底下修车的司机突然从车下伸出一支装有消音器的无声手枪，对准他的眉心开了一枪，鲜血混合着脑浆溅满了他身后的树干。

正在饭店左侧一个歌舞酒楼的平台上大块吃肉、大碗喝酒的毒贩听到枪声，立刻在自己的大腿上蹭了蹭油腻腻的手，伸手去抓藏在盒子里的自动步枪，但他的手还没有碰到盒子，就被从对面楼房的窗户里伸出的一支狙击步枪结果了性命。

冷峰走出迎宾饭店，从迎上来的部下手中拿过步话机，平静地说："你可以收拾残局啦。"

"好，我马上到。"唐静莹指挥着一支一直停在镇子外面树林里的警车车队，浩浩荡荡地开进了镇子，直奔迎宾饭店。

反间谍情报九处的通讯中心一直是禁地中的禁地，即使是本处的人员也只有很少一部分人可以进入。但自从行动小组出发去五龙镇以后，这一规定就被人们暂时遗忘了，全处上下所有的工作人员全都汇集到了通讯中心，房间内和走廊里都站满了人，通讯中心的工作人员甚至在设备上安装了一个扬声器，以便让所有的人都能听到行动组与中心的每一句对话。每个人都在静静地听着，特别是在开始行动后通讯中断的那几分钟，时间仿佛突然凝固了，人们都屏住了呼吸，通讯中心内外鸦雀无声。时间一秒，一秒，一秒……此刻走得特别慢，直到扬声器传来冷峰低沉的声音："一切正常。"

通讯中心内外顿时一片欢呼。"一切正常"的含义就是：任务完成，无伤亡！

李石从五龙镇回来，听说温柔在听到"一切正常"消息后激动得号啕大哭，立刻跑到温柔的办公室去看她。

"喂，女朋友，听说你哭了？是为我担心吗？"李石嬉皮笑脸。

温柔低头整理着文件，不答。

"那么是默认啦？"李石得寸进尺。

温柔在拿着文件经过李石身边时对他说："你想得美！"

"这么说是我自作多情了？"李石挠了挠头。

"正确！"温柔肯定地点头，"你知道总部的女孩子给你起的日本名字叫什么吗？朝三暮四郎！"

"这是诽谤！"

"也可能是嫉妒。俗话说，狐狸吃不着葡萄就说葡萄是酸的。"温柔帮着李石找借口。

"对，很有可能。"李石同意。

"我相信你是纯洁的、无辜的。"温柔故作诚恳地拍拍李石的肩头，"但你却不合我的胃口，我更喜欢成熟、睿智的男人。"

"哦——对啦！我记起来了，你是说过。"李石夸张地一拍大腿，"既然不是我，那么一定是……"

"不是！"温柔急忙阻止。

"我还没说出来你就知道……"

"知道！不是！不是！就不是！"温柔这种抵赖式的否认就连她自己也觉得有越描越黑的嫌疑。现在她才明白李石是在故意套她。

把李石赶出办公室，温柔一个人坐在办公桌前，托着下巴，望着天花板幸福地笑了。自己今天的表现真是太差劲啦！她从未想到过自己的情绪会像今天这样失控，她一直认为自己是聪明、理智的女人，现在看来女人终究还是女人。她今天最高兴的就是，通过这件事她终于明白了自己当初为什么那么积极地要求到九处来，原来在自己的下意识里是想借此机会接近冷峰。难道是自己真的爱上他了？不会吧？她和冷峰接触的时间并不长，除了秘密档案中记载的那些内容，她对冷峰还不是很了解，不知道他喜欢吃什么，不知道他喜欢做什么，更不知道他喜欢哪种类型的女人。

"爱不会这么盲目吧?"温柔在心中问自己。她没能给自己一个答案,只知道她现在最关心的问题就是,怎样才能把自己从冷峰心目中那个无忧无虑的"女孩"形象,转变成一个善解人意的"女人"形象。温柔平时并不很在意别人的目光,她很难解释清楚自己为什么突然在意起自己在冷峰心目中的形象了。"或许自己真的爱上他啦?"温柔说不清楚,她只知道自己现在真的很想走进冷峰的生活。

"只有这样才能写出更深入的报告。"温柔在心里对自己这样解释。

但是要接近冷峰的生活并不是一件很容易的事,温柔此刻已经清楚地认识到,自己清纯的形象虽然和当初设想的一样能够有效地消除冷峰的部分戒心,但却无法引起冷峰太多的注意。在冷峰的眼里,像她这种年龄的女孩子当然是淡而寡味的,充其量也只能算得上是一颗青涩的果子。如果让冷峰对她这种年龄的女孩子只是站在远处欣赏、品评一下,或许他还有得商量,但若让他亲自去品尝一下,那么他一定是万万不肯的。所以温柔认为有必要把自己和冷峰的生活拉得更近些,因为只有这样才能够让冷峰有机会嗅出她那青涩的外表下蕴藏着的成熟的味道。她要让冷峰知道,她的外表虽然是青涩的,内容却是甜美的。

下午,在刘海山的墓前,温柔第一次见到了"复仇计划"的具体执行人、反间谍情报九处的副处长朱文强。朱文强面孔白净,戴了一副金丝边眼镜,看上去文质彬彬,更像是一个做学问的书生,只是此刻头发有些零乱,皮鞋上也满是灰尘,两眼布满了血丝,一看就知道他已经有很多天没有好好休息过了。温柔对朱文强的情况了解不多,只知道他是刘海山当初用自己的生命挽救的六名特工中的一个,而且和冷峰的关系也不是很和谐。

整个祭奠仪式很简朴,几束鲜花,一包刘海山生前最喜欢抽的"黑猫"牌香烟。冷峰蹲在刘海山的墓前,将手中五颗锈迹斑斑的弹头默默地、一粒一粒地碾进刘海山墓前的土里,这就是当年从刘海山的身体中取出的弹头,这些年来冷峰一直带在身边,现在他可以把它们埋掉,告慰刘海山的在天之灵了。

"来,给爸爸鞠躬。"温柔把雨儿和雪儿牵到刘海山的墓前。

雨儿和雪儿乖巧地向刘海山的墓深深地鞠了三个躬。站在后面的人也跟着恭敬地鞠躬。

就在鞠躬的时候,温柔的脑海中突然灵光一闪:"我以前怎么没有想到呢?"她终于找到了接近冷峰的最佳途径——要接近冷峰,雨儿和雪儿不是最好的借口吗?

第17章 ☆ 江畔风情

晚上，冷峰为雨儿和雪儿选好练琴的曲目，规定了上床的时间，就又一个人蹬上三轮车来到了江边。每次杀人之后他都习惯来到这里吹吹江风，顺便看看天上的星星是不是真的少了几颗。

三轮车夫的笑声依旧爽朗，情侣间仍然进行着千年不变的海誓山盟，世界并没有因为今天又死了几个毒贩而有任何的改变。只是那群常年在老槐树底下切磋棋艺的退休老人好像显得有些激动，他们一个个如好斗的公鸡，慷慨激昂，指点江山，时而列举社会上的种种腐败现象，时而大骂几句腐败分子，当今社会的言论自由程度由此可见一斑。同时也可以看出，中国老百姓对社会存在的种种不公和贪污腐败现象已到了深恶痛绝的地步。

冷峰正在顺着退休老人的话题胡思乱想的时候，发现唐静莹从他的身后走来。

"你怎么来了？"冷峰头也没回地问。

"你怎么知道我来了？"悄悄走到冷峰身后的唐静莹惊讶地反问。

"你身上的香水味。"

"瞎扯！我从来不洒香水。"

"那么一定是你的体香。"冷峰站起身。

"啊！你在拐弯抹角讨我便宜！"唐静莹指着冷峰的鼻子。

"你不会只是来让我讨便宜的吧？"他们顺着江边没人的地方走。

"当然不是……哎，怎么听起来好像我挺喜欢你讨我便宜似的？"

"难道不是？"

"当然……算了，不和你计较。我是想把白天的事情跟你说说。"

"就这么简单？工作上的事明天讲也不迟呀。"

"唉！"唐静莹叹口气，"拜托！你能不能就装一次糊涂，让我要一次小聪明好吗？"

"好，好，好。"冷峰举手认错，"随你便。"

唐静莹无可奈何地叹了口气，欲说又止，摆了摆手。

"算了，不和你说了，我走了！"唐静莹转身要走。

"你如果不是很心烦也不会跑到这儿来找我。"冷峰也没拦她。

唐静莹停住脚步，犹豫了一下，然后又走了回来。

"反正回去也睡不着。"她说。

唐静莹双手插在警服的裤袋里，眼睛默默地望着江水。她不说话，冷峰也不说话，只是静静地站在那里，最后还是唐静莹先开口："我刚刚离婚的丈夫又回来向我提出复婚啦。"

"他觉得离婚很有趣？"

"他说离婚是为我们以前的种种不如意画个句号，他想我们能重新开始。从办理离婚手续的那天起，他就每天一个电话，每天都送花来，不过今天倒是没有花也没有电话。"

冷峰笑了。女人就是这么古怪的动物。有时她们就如同一只小鹿，当男人追逐她时，她会拼命地奔跑，不让男人追上；可当男人追累了，心灰意懒了，准备放弃的时候，她又会停下来，站在那里等你，回头问：喂，你怎么不追啦？

冷峰揉了揉鼻子，他估计唐静莹是希望能够从他这里得到些鼓励。

"你可以给他打个电话，询问一下他是否病了，或者其他什么的……"

"我不是……"唐静莹想辩解，但随即又打消了这个念头。她叹了口气，看来这次她用的心思又是白费了！"喂，考你道智力题。"

唐静莹决定用第二套方案，"题目是：如果你爱上一个人，你也知道对方并不讨厌你，但你却不知道她是否爱你，是否愿意和你结婚，你会怎么办？"

"我爱她，她不一定爱我，但还不讨厌我，想知道她是不是愿意和我结婚？"冷峰重复着唐静莹的命题。

"对。"唐静莹点头。

"这简单，"冷峰说，"找个机会把她强奸了，然后给她两个选择，要么结婚，要么把我送进监狱。"

唐静莹抬起头吃惊地望着冷峰，足足有半分钟。

"你以前……这么干过？"她小心翼翼地问。

"嗯……想过。"冷峰惋惜地说，"只是一直没有机会。"

唐静莹暗自松了口气。

"很恶心？"冷峰征求唐静莹的意见。

"还好，只是一般的恶心。"

"但安全系数比较高，进监狱的可能性基本为零，同意与我结婚和最终愤怒地给我个耳光不再理我的概率各占一半。"

唐静莹想象着冷峰被打了耳光的模样忍不住高兴地笑了出来。但她并不认为冷峰的这个提议是个好主意，至少她是不敢对冷峰这么做的，再说她怎么能够强奸冷峰呢……

唐静莹幽幽地叹了口气，冷峰这个人总是让人捉摸不透。

"啊，对啦，"唐静莹突然想起来，"今天白天在毒贩的房间里我们还找到一个活人，白天忙，忘记告诉你了。"

虽然这次的行动已经超出了唐静莹的管辖区域，但为了行动保密，唐静莹事先也没和当地的公安部门打招呼，所以在冷峰他们完成任务后，唐静莹一下午都在忙着做当地公安机关的安抚工作，最后允诺改天专门设宴谢罪，并将这次打击毒贩的功劳也算上他们一笔，这才使事情有了个皆大欢喜的结局。忙了一下午，却忘记了把在现场还发现一个活人的事通知冷峰。

"还有活的?"冷峰皱起眉头。

"是个女的，挺性感的。"

"女的?"冷峰眉头皱得更紧了。根据得到的情报，只有八名毒贩进入境内，其中并没有女的!

"别紧张，"唐静莹笑着拍了冷峰一下，"这个女人不是你们要杀的人，可能是被挟持的。我们发现她的时候，她嘴被胶布封着，双手被一副手铐拴在床头的横木上，裙子被掀到背部，三角裤被撕烂了丢在地板上，好像刚被强奸过。"

"她自己怎么说?"

"她只是一个劲儿地哭，一个字也不说，问她叫什么，住哪里，她就说：'让亲戚朋友知道了我以后还怎么见人?'好像怕这事儿从我们这儿传了出去，她难做人似的，我们是有纪律的，她对我们也太没有信心了。"

"可以理解，你们公安的形象是不大好，不少人执法犯法，凌驾于百姓之上。"

"谁说的? 只是一小部分人比较差而已。"唐静莹为自己的部门争辩，"你们国家安全机关在老百姓心目中没有留下什么恶劣的印象，是因为老百姓对你们根本就没有印象! 这要归功于你们的工作性质，一是你们权力虽大，但一般老百姓的事儿你们却管不着，老百姓不用求你们自然就不用看你们的脸色了。间谍特务倒是用得着你们，可他们又不能告诉你们'我是间谍，今后还请多多关照'，那不是自投罗网吗? 也就是说你们国家安全机关就是想腐败都没有这个机会! 二是国家安全机关的工作动辄涉及国家、民族，属于'大义'的范畴，而我们的公安工作相比之下就属于'小节'的范围。在'大义'面前人们当然比较容易明辨是非，知道自己到底该做些什么，但在'小节'面前，人们相对来说比较容易迷失自己，做出些'不拘小节'的事情。所以说，你们国家安全机关虽然形式上比我们公安廉洁，但这并不意味着你们的人员素质就比我们公安高多少……"

冷峰刚要开口反驳唐静莹的论点，唐静莹马上抓住时机举起双手做了一个"止住"的手势："停！公安部不是我家的，国家安全部也不是你办的，咱俩没必要为这事儿争个面红耳赤吧？我给雨儿和雪儿报名参加夏令营了。"

"你不是已经给她们报名学游泳了吗？"

"游泳是游泳，夏令营是夏令营。重要的是让雨儿和雪儿玩得开心，你以为我这个妈妈是白当的？好啦，我要走了。"唐静莹戴好警帽。她今晚的良苦用心看来又被冷峰的东拉西扯搅泡汤了。用强奸的方法求婚？也亏他想得出来！

"强奸？"唐静莹突然站住。

"怎么啦？"冷峰问。

唐静莹没有回答，只是站在原地飞速地思索着。

"如果你要强奸一个女人，"唐静莹若有所思地问冷峰，"如果条件很从容，时间充裕，你会从正面强奸她，还是从背后强奸？"

冷峰看得出唐静莹是认真的，想了想，肯定地回答："正面。这个世界上没有什么比只能看到女人赤裸的后背，而看不到正面更让男人难受的事情啦。"

唐静莹缓缓地点了点头，她一边用手比画着，一边自言自语："后背朝上，双手是被手铐铐在床头的横梁上，手根本就无法支撑。如果是从后面施暴，就只能把她平压在床上，这时手是吊起来的，重心应该是向下，这样强奸时就一定会弄伤手腕！"

"你怀疑那个女人有问题？"经唐静莹一说，冷峰也认为在现场出现的这个女人很可疑。按道理说，这几个毒贩是有目的而来，他们应该不会冒着暴露行踪的危险去强奸一个女人才对。

"我去公安医院，一会儿我呼你！"唐静莹快步走向她停在不远处的警车。

是情报有误？望着唐静莹驾车疾驰离去，冷峰也若有所思。

冷峰早已知道小慧一直站在树后，所以小慧突然从背后跳出来并没有吓着他，这倒使小慧多少有些意外。

"你认识她？"小慧望着唐静莹离去的背影问。

"嗯。"冷峰心不在焉地点点头，

"是朋友？"

"啊。"

小慧吐了吐舌头，她认为冷峰很会吹牛。她当然知道唐静莹是什么身份，唐静莹这种身份的人又怎么会和一个开出租车的做朋友？

"那么……"小慧恶作剧地看着冷峰，"你有没有上过她？"

"想都没敢想过。"

小慧更笑了，她觉得冷峰这人挺有趣儿。她从口袋里掏出一沓钱递给冷峰：
"这是兰姐给你的车钱。"

"太多了，不用这么多。"

"嫌多？你怕钱多咬着你？"小慧叉起小细腰，"你和钱有仇？呆鸟儿！大家这么辛苦地活着哪一个不是为了钱？"小慧不由分说把钱硬塞到冷峰的手里，"真不知道你是怎么想的！想学雷锋？等会儿免费送我回家行不行啊？"

第18章 ☆ 神秘女人

冷峰刚把小慧送到她住的地方就收到唐静莹的传呼。

"那个女人走掉了!"唐静莹在电话里说。

"你在哪儿?"冷峰问,"我马上过去。"

"这里太远,我去你家吧,到你家再说。"

冷峰放下电话,立刻骑上三轮车匆匆赶回家。他到家里的时候唐静莹已经在楼下等他了。两个人都没说话,上了楼,进了屋,唐静莹才从口袋里掏出一张纸递给冷峰:"这是那个女人留下的。"

冷峰接过来。这是一份留言,说是她让歹徒糟蹋的事不想让任何认识自己的人知道,所以不辞而别,希望公安局能理解。

"我分析这个女人不是什么受害者,"唐静莹说,"她应该和那伙毒贩是一路的。我问过医生,她的腕部根本就没有淤血!我分析她极有可能是在听到枪声后知道自己已经被包围了,就用胶带把自己的嘴封住,脱了内裤扔到地板上,又用手铐把自己铐在床上,伪装成受害者,然后等待时机不留痕迹地逃走。当时情况紧急,要快速把自己铐在床上只能面对着床头,所以才会造成她是趴在床上被人强奸的假象……"唐静莹发现冷峰并没有在听她分析案情,而是在聚精会神查看她给他的那张字条,便问:"有问题?"

冷峰抬起头:"我要重新勘查现场,把你们搜到的东西立刻全部移交给我们。"

"没问题!"唐静莹说,接着她又试探地问,"事态严重吗?"

冷峰长长出了口气:"这个女人在书写上有多处不很明显的海外汉字书写特征,也就是说她不是在国内受的教育,却在极力掩饰。"

唐静莹拿过那张字条看了看,并没有看出有什么不妥,但她也知道冷峰的话意味着什么，他在怀疑这个女人是间谍，因为只有那种人才会刻意掩饰自己的真实字体。

冷峰拿起电话，拨出一组组的传呼号码，这是紧急联络号码，接收人看到这组号码后就会立即紧急呼叫他下一级的联络人，所有的人都会在一小时内赶到指定的位置。

"我们走。"冷峰拨完紧急传呼号码后对唐静莹说。但他回过身却没有看见唐静莹的影子，原来唐静莹趁着冷峰打电话的空当，蹑手蹑脚地溜进了雨儿和雪儿的房间。

冷峰来到房间门口，看见唐静莹正慈爱地端详着熟睡的雨儿和雪儿，脸上自然地流露出女性那种天生的母爱。他在心中为唐静莹轻叹了口气。他不该在这个时候打扰她，但情况紧急，他还是朝她招了招手。唐静莹看见了冷峰，知道该走了，这才满眼怜爱地从雨儿和雪儿的房间里蹑手蹑脚地走了出来。下楼的时候，冷峰对她说："自己也生个孩子吧。"

"跟谁生？"唐静莹反问。

"找个看着顺眼的。"

"人老珠黄，哪里还有人肯要！"

"年纪虽大，不过风韵犹存。如果实在没有人要，吃点亏，我倒是乐于帮这个忙。"冷峰讨着口头上的便宜。

"去你的！"唐静莹在冷峰的身上捶了一拳。

五龙镇的现场被重新勘查，唐静莹掌握的物品也全部移交给九处。温柔去上班的时候才得知，九处的各个部门已经高负荷地工作一个通宵了。

"怎么没有叫我？"温柔问。

"是老板特别交代不要呼你的，他说深更半夜的一个女孩子行动不方便。"李石说。

一种暖暖的、甜甜的感觉从温柔的心底升起，然后又流遍了全身，萦绕在心头久久不肯散去。

"我去陪雨儿和雪儿吧。"温柔跑到冷峰的办公室为自己请求工作，"反正这里有这么多人，侦查工作我懂得又不多。昨晚我都不在了，现在少我一个也不算少，我还是去照顾雨儿和雪儿比较合适，我负责后方工作！"温柔看到了自己的机会。

冷峰想了想，雨儿和雪儿正好从今天开始放暑假，把两个小家伙单独扔在家里他也有些不放心，再说自己忙了一整夜，雨儿和雪儿的早餐还没有着落呢，于是掏出家里的门钥匙交给温柔。

"让李石送你去。"他说。

李石把温柔送去后，又急急忙忙地赶回情报处，他还有很多事情要做。李石经过技术部门时，看见技术人员正把一只箱子拎进实验室，这是一只很精致的真皮旅行箱，结构美观大方，深灰色的色泽显得高贵气派，李石不自觉地多看了几眼。他已经走过去了，又禁不住回过身问技术人员：

"从哪里能买到这种箱子？"

"这是从现场抄来的，可能是毒贩从境外带进来的，怎么，想买一只？"

李石有些失望，这只箱子实在太漂亮，但只是为买只箱子出趟国就不太划算了。

冷峰面前的桌面上放着一张一百美元的钞票，经过鉴定，这张美钞是真的，也没有从中化验出密写成分。实际上这张钞票除了右下角有两组用铅笔书写的数字外，并没有什么特别的地方，但就是这两组数字已经耗去了冷峰几个小时的时间。这张美钞是在一个女式钱包的夹层里发现的，这说明这张钞票对钱包的主人一定有着特殊的意义，因为担心自己会不小心把它混在其他钱币里花掉，所以才把它与其他钱币分开放。那么这两组数字又代表什么呢？冷峰百思不得其解。这张钞票的影印件已经发到所有相关人员手中研究，但均没有进展。这个女士钱包是在那个深灰色的真皮旅行箱内找到的。真皮旅行箱里面装有易容乔装用的各种道具和各式男女服装，此外技术人员还在其中找到了一瓶口服避孕药和半包卫生巾，这说明皮箱是属于那个神秘女人的，而这张写有数字的美钞也自然应该和她有关。这两组数字是"11142713"和"3516828365"。

"老板！"李石异常兴奋地从门外冲进来叫道，"有人传呼'99920591'啦！"

"99920591"是台湾"军情局"潜伏特务段世雄奉命向东津市一潜伏间谍提供六支无声手枪时使用的传呼机号码，这种型号的手枪曾在劫持钛金属盒子的现场出现过，说明这个传呼机号与"金属盒"案有着直接的关联，而这个传呼机号又是目前掌握的"金属盒"案中唯一的线索。冷峰听到李石的报告，"腾"地从椅子上跳了起来，快步走向电讯侦控室。

侦控室内气氛异常凝重，工作人员的每一步操作都非常小心谨慎，生怕由于自己的失误而失掉这一宝贵的线索。

"电话查到了吗？"冷峰问。

"是一部公用电话。"

和冷峰预料的一样。

"马上派人去调查。"

"我们已经通知二科，他们的人已经出发了。"

时间一分一秒地过去，没有人向这个电话复机，冷峰估计打传呼的人已经离开了。果然，派去调查的人报告说，看管公用电话的老太太证实，二十分钟前有一个女人在那个公用电话亭打了一个传呼，等了几分钟见没有复机就走了。从老太太描绘的特征看，打传呼的女人极有可能就是昨晚失踪的那个神秘女人。

冷峰抱着手臂站在那里沉思。这个女人一定还会和"99920591"传呼机的主人联络，但冷峰他们已经尝试过，打这个传呼机号码是根本就不会有人复机的。据此冷峰推测，这个"99920591"传呼机已经不存在了。一个传呼机只使用一次，不留下任何线索，这是行家的做法。这个女人肯定还有其他的渠道可以和传呼机的主人联络，她现在仍使用"99920591"这个号码，说明她还不知道这个号码已经作废。如果有作废这一说法，那么就一定有备用号码。当一个号码因作废而无法取得联系时就启用备用号码联系，这是最常规的做法。那么这个备用号码又是什么呢？她一定不会记在纸上，按照惯例这种东西只能记在脑子里……突然冷峰脑子里一闪——记在纸上！

冷峰匆匆赶回办公室，拿出笔和纸，拿过那张写有数字的美钞，美钞上的第一组数字是"11142713"。冷峰在纸上用 11142713 减 99920591，按照世界通用的密码加减作业不借位、不进位方法，得出的数字为 22222222，这说明这个神秘女人采用的加密方法是在原始码的每个数字下面加"2"且不进位，冷峰用美钞下角的 35168283365 减 22222222，得出的数字为"1294606143"——这就是另一个传呼机号码！这个女人可能是为了防止自己万一忘记了号码，才违反了最起码的特工常识，用简易密码的形式把号码记了下来，但她没有想到的是中国的侦查人员已经掌握了其中的一个传呼机号码！

冷峰拿起电话："马上着手侦控'1294606143'号传呼机。"

不出冷峰所料，一小时后电讯侦控室发现有人利用公用电话呼叫"1294606143"，并很快有人复机。

"追查电话来源！"

"追查电话来源。"

"是移动电话！"

"移动电话。"

"查找方位和号码！"

"……"

电讯侦控室内机器和人员都在高速地运转着。

"电话断了，没有查到方位！"

"查电话号码！"

冷峰来到侦控室，工作人员把电话录音重播给他听，可以听出使用移动电话的一方使用了电子变音装置，与段世雄交代的情况吻合。

女人：请帮我买本书。

移动电话：《三国演义》还是《红楼梦》？

女人：《西游记》。

这是在核对暗号。

移动电话：在哪里见面？

女人：十点钟，名人商厦室内喷水池。

移动电话：十点钟，名人商厦室内喷水池。

女人：左手拿报纸，右手拿红玫瑰。

移动电话：左手拿报纸，右手拿红玫瑰。

女人：再见。

移动电话：再见。

电话挂断了。

"调装备去名人商厦！"冷峰果断地下达命令，"请东津市国家安全局准备支援我们！"

冷峰与东津市国家安全局朱局长的个人关系很差，朱局长不喜欢冷峰就和冷峰不喜欢他一样，但个人恩怨归个人恩怨，党的事业是党的事业，涉及到工作上的事情，冷峰相信局长大人这点觉悟还是有的。为了保险起见，冷峰还是让朱文强与东津市国家安全局联系支援和协调工作，因为东津市国家安全局的朱局长是朱文强的二叔。

九点四十分，反间谍情报九处的特工以元兴公安分局的名义接管了名人商厦的闭路监视系统，室内喷水池的四周更是架起了多部隐藏式摄像机。

九点五十四分，监控人员报告有一名戴太阳镜、手持报纸和玫瑰的女人进入商厦。

九点五十八分，这个持玫瑰的女人在喷水池附近出现，站在冷峰身边的唐静莹认出她就是昨晚失踪的那个神秘女人，几部隐藏式摄像机的镜头全部对准了她。

十点钟，另外那一枝玫瑰没有出现。

十点零五分，另一枝玫瑰还没有出现！站在喷水池旁的女人不安地看着手表。

十点零九分，仍不见另一枝玫瑰的踪影！

冷峰感到事情有些不妙，刚要发出"选择适当时机密捕这个女人"的命令，突然，只见喷水池旁的女人晃了几晃，然后一头栽倒在地上，四周的顾客一片哗然。

"立刻送她去医院！"冷峰好像预感到有什么不妙。

距离喷水池最近的两名特工收到冷峰的指示后立刻挤上前，不露声色地背起这个女人做救护状快速地往外跑，在商厦门口拦住一辆本就是为他们准备的小汽车飞驰而去。冷峰随后也赶去医院，但他还没有赶到那里，那个女人就已经咽气了。

"你安排人解剖。"冷峰对唐静莹说。

解剖工作很不顺利，经过了整整一下午的剖析，这个女人的死因仍旧没有查出来，只查出在她的大腿后侧有一小块灼伤。法医虽没有查出死因，但也排除了她是自然死亡的可能。

"他们也叫专家？"唐静莹在背后指着那几个一筹莫展的法医不屑地对冷峰说。

"你有没有告诉他们这是一起间谍案？"

"没有，"唐静莹摇头，"你不是要尽量缩小知情面吗？"

"对他们不能保密。你去告诉他们，这可能是间谍谋杀案，不要让他们把思维只局限在一般的刑事谋杀案里，我们会利用东津市国家安全局做掩护联合办这件案子。"

"那么我不是抢不到功了？"唐静莹和冷峰开着玩笑。

在解剖工作进行的同时，追查移动电话和审查现场拍摄录像带的工作也在紧张地进行。

"查找重点要放在那些戴帽子、戴眼镜、留胡子、面部有明显特征和总是低着头的人身上，把这些人的照片全部复制下来。"反间谍情报九处的副处长朱文强说。他负责查找可疑人员的工作。暗杀者总会想方设法地掩饰自己的真实面目，这是正常的心理反应。

夜幕降临的时候，负责解剖尸体的法医终于得出了一致的结论——死者死于芥子气严重灼伤。

"芥子气？"冷峰皱了皱眉头。他知道这是一种化学毒剂，弄到身上起初只会有一点点潮湿感，并不引人注意，当感到不舒服时就会很快处于半昏迷状态，抢救不及时就会死掉，是在公共场所实施近距离暗杀的理想工具，杀手可以不留痕迹地从容离开。看来他们是算准了很少有医生精通这东西。

负责追查移动电话这条线索的侦查工作进展不利。移动电话所有的登记资料和传呼机一样都是假的，不同的是移动电话每个月都要交电话费。朱文强认为这是一条很不错的线索，命令电讯侦控室要进行二十四小时不间断侦听，希望能在这部移动电话再次使用的时候抓住它。实际上现在做的这一切都是建立在对方可能会有疏漏这一假想前提下的，所谓老虎还有打盹儿的时候。冷峰认为他们面对的是一伙职业级的高手，对方留下线索的概率基本为零。但这种寻找漏洞的基础工作又不能不去做，就像人生，有些事情明知道做了也没用，但又不得不去做一样。至少有几百种方法可以不留线索地交上电话费，而且从目前掌握的资料看，这部移动电话从来就没有使用过，每月交的都是基础话费，可见对手非常小心，冷峰相信以后也不会有人再使用这部电话了。

第19章 ☆ 钛盒线索

冷峰被紧急召回北京总部。他刚刚到达，就立刻被等候在那里的特工开车送到了北京郊区的某军事基地。

冷峰走下汽车，立刻又有两名军官走上前引导他穿过一道道戒备森严的警戒线，步入一个由荷枪实弹的士兵三步一岗五步一哨严密把守的地下隐蔽掩体内。走过一条长长的地下长廊，他们来到一部电梯前，从那里他们又乘电梯来到几十米深的地下。出了电梯，穿过纵横交错的地下通道，两名军官把冷峰带到一间小会议室门前，示意他进去，然后两个人又顺着原路悄然退了回去。冷峰习惯性地环视了一下四周的环境，猜测这可能是一个核隐蔽所。站在门外的警卫为他打开了会议室的门，他注意到这门是隔音的。

开会前，于副部长和将军首先把与会的十几位隶属于国家安全机关和军队的情报与反间谍专家依次做了介绍，冷峰自然也属于被介绍的反间谍情报专家之列。

于副部长宣布：从即日起成立"60109专案组"，专案组的成员就由今天参加会议的全体人员组成，各成员领导下的各部门对案件的侦查进展情况，由各成员直接向设在北京的专案组办公室报告。会议开始后，各个侦查单位分别就追查那两个钛金属盒所取得的最新进展做了汇报，冷峰也汇报了东津方面的情况。

当会议进入研讨阶段时，军队保卫部门的一位丁中校在得到将军和于副部长的首肯后悄悄找到冷峰，希望能够得到东津方面的帮助。冷峰抬头望向于副部长，于副部长点了点头，表示他知道了。

"乐于为解放军老大哥尽点力。"冷峰说。

"事情是这样的，"丁中校对冷峰说，"我负责调查军队中知道这两个盒子的知情人员情况，目前除了这六十三个人明确地知道这两个盒子里面的真实内容以外，我们在调查过程中还发现，参与这项研究计划的科研单位中，有一部分管理人员或多或少地猜测到了部分实情。有几个人的疑点比较大，东津840研究所计划室主任马千里就是其中的一个。就在我们准备详细审查他的时候，他却突然死了。"

"怎么死的?"

"按照公安局报告上的说法，他是由于晚上喝醉了酒，摔倒在路边的一条深不足二十厘米的水沟里淹死的。公安部门认为是'意外事件'。"

冷峰已经弄懂了丁中校的意图，他怀疑这个马千里是被谋杀的。

"死亡时间?"冷峰问。

"两周前。"

"他死在哪里?"

"前阳大街一段。"

前阳大街是在唐静莹的管辖区内，这样事情就好办多啦。

"这样吧，"冷峰爽快地说，"我三天内给你调查结果。"

"一言为定!"丁中校还半开玩笑地提醒冷峰，"一定要兑现自己的承诺啊!"

冷峰笑了笑，这个丁中校太不了解他冷峰了。大丈夫一言九鼎，到今天为止，他冷峰说过的话还从来没有不兑现的。况且，反间谍部门的领导班子正处在将有重大变动的节骨眼上，于副部长就在眼前，冷峰还期望通过这件事能够给于副部长留下个工作认真扎实、雷厉风行的好印象呢。在选拔干部的关键时刻，能够给领导留下个深刻的印象，使领导在考虑干部人选时能记起有他这么个人是非常重要的。

开完会，冷峰当天夜里就踏上了开往东津的火车，与会的其他人也连夜赶回自己的工作岗位。令冷峰感到意外的是，于副部长竟然提出要亲自送他去火车站! 冷峰受宠若惊。在去车站的路上，冷峰详细地向于副部长阐述了九处方面对于"60109专案"工作的下一步打算。

"……我认为敌人是非常狡猾的，"冷峰说，"当前，间谍在使用移动电话进行秘密联系时，较多是盗用他人的移动电话号码，并时常更换盗码，这样即使被发现也无法找到任何可追查的线索。但是在目前这件案子中，敌人使用的是一部用虚假身份登记的以前从未使用过的移动电话。如果敌人只是单纯地想用它来往外打电话，那么这种方法不但要比使用盗码手机麻烦，而且非常危险。两种方法的利弊是非常明显的，我们的敌人也应该非常清楚这一点。所以我们怀疑，敌人用虚假身份登记的这部移动电话，真正用途是用来在紧急情况下接听电话的。"

"有没有查一查还有哪些手机从登记后就从未使用过?"一直没有说话的于

副部长问。

"查过了，还有一部电话从登记后就从未使用过，我们已经把它列为重点对象进行二十四小时监控了。"

于副部长微微点了点头：

"这是一条不错的线索，要控制好。"

"是。"

"温柔还好吗？"于副部长突然改变了话题。

于副部长的提问使冷峰微微怔了一下。

"她人很聪明，也很机灵，做事也很有条理，每天都开开心心的，就像一只从不知道什么是忧愁的百灵鸟。就是胆子小些，怕见血，从来不肯佩枪。"冷峰说。

"这丫头从小就这样，怕见血，怕老鼠，还怕虫子！拿她一点法子也没有。"

冷峰的大脑在飞速地运转着，温柔到底是什么人？听于副部长的口气……

于副部长仿佛看穿了冷峰的心思："温柔是我看着长大的，她妈妈和我住在同一个地方。"于副部长拿出一个盒子，"这是她妈妈给她做的她最爱吃的绿豆糕，你带给她，顺便告诉她，她已经有很久没有给她妈妈打电话了，让她打个电话安慰安慰她妈妈。"

冷峰接过绿豆糕，对于副部长所说的"他和温柔的妈妈住在同一个地方"，只理解为他们是住在同一个大院或同一栋楼里，丝毫没有意识到温柔和于副部长到底是怎样的一种关系，冷峰对温柔并不是太在意，温柔毕竟还只是他的同事，而不是他的对手。

冷峰回到东津，下了火车后没有回家，直接回到办公室，第一件事就是给唐静莹打电话。

"这么快就回来啦？"唐静莹很意外。

"刚下火车。"冷峰说。

"刚下车就给我打电话，是想我了吧？"

"是想问你件事情。"冷峰把有关马千里主任醉酒后倒在路边水沟里被淹死的情况说了一遍。

"这件事我知道，"唐静莹说，"现场没有搏斗痕迹，死者身上没有伤，尸体解剖也没有发现什么问题，结论是意外死亡，早已经结案了。"唐静莹顿了顿，"这件事……和你们有关？"

冷峰轻轻应了一声。

"这样吧，我先找一下卷宗，晚上我带去你那里，到时候我们再说。"

"好，我们晚上见。"

"对啦，晚上你不要做饭，由我来做。"

"需要我买什么菜？"

"不用，菜由我来买。"

"那是再好不过了。"

"我就知道你会这么说！"

放下电话，冷峰从桌子上拿起唐州市国家安全局刚刚发来的密码电报，雷局长称，唐州方面已经证实，那封由台湾"军情局"交通"312"从唐州市寄给"东津市580信箱12分箱谢功勋"信件中的笔迹系台湾"军情局"老牌特务陆一夫的笔迹。

"让一科科长到我这里来一下。"冷峰拿起电话说。

谢功勋的这件案子是由一科负责调查的。"东津市580信箱"实际上就是军方设在东津的840研究所，而谢功勋则是该所的副所长，高级工程师。

一科科长敲门进来，冷峰问："谢功勋的案子进展怎么样啦？"

"谢功勋一直在西昌卫星发射中心做火箭发射前的准备工作，到目前为止还没有看到那封信。"

冷峰把密码电报递给一科长，一科长看完后又还给冷峰。

"你什么意见？"冷峰问。

"直接接近谢功勋有一定难度，不过他有一个女儿，是个小学教师，未婚，据说还没有固定的男朋友，他们父女相依为命，如果通过他女儿来接近谢功勋能更容易些。"

冷峰略微思考了一下，说："你拟订个方案。另外，把谢功勋的材料整理一份报部里转给军队保卫部门，谢功勋是他们军队的人，应该让他们多了解些情况。"

"好的，我现在就去准备。"

下了班，冷峰前脚刚到家，后脚唐静莹也领着雨儿和雪儿提着大包小包稀里哗啦地上了楼。

"游泳好玩吗？"冷峰从她们手里接过东西。

"好玩！"雨儿和雪儿异口同声地回答。

唐静莹为她们报名参加的游泳学习班令她们如鱼得水。

"我帮你洗菜。"冷峰主动提出来。

"算了，你笨手笨脚的，还是我自己来吧。给，这是你的。"唐静莹一边换拖鞋，一边把一个文件袋递给冷峰，"我要把制服换下来。"她说着，走进冷峰的房间。

冷峰打开文件袋，对雨儿和雪儿说："先去冲个凉。"

"爸爸，我们已经在水里泡了半天啦。"

冷峰想想也对，也就没有再坚持。

"来，帮妈妈做饭。"唐静莹换下警服从屋里走出来。她很会调动雨儿和雪儿的积极性，雨儿和雪儿高高兴兴地跟着唐静莹进了厨房。冷峰发现唐静莹身上穿的是他的一件旧衬衫。

"帮我挽一下袖子。"唐静莹喊冷峰。

冷峰走过去帮她把袖子挽高。衬衫的质地很薄，唐静莹的胸脯很丰满。

"非礼勿视！"冷峰在心中暗暗告诫自己。他把目光从唐静莹的胸部移开，又回到沙发上继续看她拿回来的卷宗。把卷宗装回文件袋里的时候，他发现袋子里还有一封信，是一封寄给唐静莹的信。

"喂，这儿有你一封信。"冷峰对着厨房喊。

"我知道。"唐静莹探头答，"那是我前任老公寄的，我懒得看，免得让他误以为他还有机会。明天我就让邮局'查无此人，退回'。"

"不想看看他都写了些什么？"冷峰逗她。

"不想！"

"真的不想？"

"真不想，我不想让他心存幻想。"

"这容易，看完了再退给他，让他以为你没看过不就行了？"

"不打开就看了？你们安全部门有这仪器，我们公安可没有。要不你明天把信拿到你们那机器上照照，回头告诉我里面写些什么就行啦！"唐静莹打趣地说。

目前国家安全机关用于检查这种密封文件的方法有两种：一种是利用红外线照明，使用仪器拍摄和解读信封里的信件；另一种是使用一种微型针状灯插进信封，有经验的专家很快就能了解信件的内容。但对于这封信，冷峰觉得就没有必要这么麻烦了。他不清楚女人为什么总是这么奇怪，唐静莹心里明明很想知道这信的内容，嘴上偏偏要说不想看。女人真是难以琢磨！冷峰决定今天做一次好人，帮她个忙。

冷峰从抽屉里找出一支干净的毛笔，把毛笔蘸上一点点清水，用笔均匀地把信封的封口处涂湿，然后把信封拿到负离子空气加湿器上熏蒸了一会儿，又来到厨房，从碗橱里拿出一把吃西餐用的餐刀。

"你做什么？"唐静莹困惑地看着冷峰。

"为您服务！来，让一下。"

唐静莹从灶前向后退，侧开身，为冷峰让出空间。冷峰向煤气灶前挪动的时候，手臂无意中碰到了唐静莹的胸，他感觉到唐静莹的胸很柔软，也很结实。冷峰赶紧收敛自己的杂念，伸手打开在炉火上的高压锅的气阀，高压锅内的高压气体立刻冲了出来。

"小心烫着！"唐静莹关切地警告。

冷峰左手拿着信件，右手拿着餐刀，小心翼翼地把信封的封口在喷出的高压热气上均匀地冲了一下，用手中的餐刀在信封和封舌的黏合处轻轻一划，信封的封口就被完好无损地打开了。

"给你。"冷峰从信封里面拿出信笺交给唐静莹。信笺还挺厚，至少有五六页。

"不看！"唐静莹依旧很坚决。

"怕自己回心转意？"冷峰激她。

"我是怕把菜烧焦了！"唐静莹连忙翻着炒勺，"你先把信放桌上，我等会儿再看。"

冷峰依言把信笺放到客厅的桌子上，又把稍微有些潮湿的信封拿到电风扇下面吹干。

"开饭喽——"唐静莹擦净桌子，摆好碗筷，先把一个砂锅端上了餐桌。她沉稳熟练地忙碌着，动作里透着女性特有的麻利和灵巧。

唐静莹烧菜的手艺比冷峰想象的要好，雨儿和雪儿更是乖巧地大肆宣扬"妈妈做的菜比爸爸做的好吃"。

"那就多吃点。"雨儿和雪儿的恭维已经使唐静莹感到有些飘飘然了。她的菜烧得还算可以，但雨儿和雪儿的表现绝对夸张。

"多吃青菜。"唐静莹为雨儿和雪儿夹菜，语气中饱含着母性的柔情和慈祥。

"你也吃呀。"冷峰对唐静莹说。

唐静莹摇了摇头："我已经够了。"

"怎么吃这么少？"

唐静莹小声在冷峰耳边说："怕胖！"

她为冷峰夹菜、添饭，吃完饭又收拾桌子、洗碗、削水果，那么平常、自然，仿佛这一切原本就是她分内的事。但她在漫不经心之中对冷峰表现出来的亲昵的态度，却令他多少感到有些不安。

雨儿和雪儿可能是白天玩水玩得太疲乏了，吃过晚饭不久就没有了精神，说是困了。唐静莹立刻去为她们整理好床铺，并为她们准备好换洗的衣裳和小睡衣。令人不可思议的是，她居然能够毫不费力地分清哪一件睡衣是雨儿的，哪一件是雪儿的，而冷峰时常还会弄混，这不能不说是个奇迹。把雨儿和雪儿安顿睡下，唐静莹又把她们换下的衣裳拿到卫生间去洗。

"你放那儿吧，我来洗。"

"算了吧，这根本就不是男人干的活儿。知道我为什么和我前夫离婚吗？就是因为他总婆婆妈妈的！"唐静莹笑着说。

冷峰也不知道她说的是真是假，但说到她前夫，冷峰想起了那封信。

"喂，那封信你忘记看了。"

"你帮我看吧。"唐静莹在卫生间里说。

"你还是饶了我吧。我们这些人平时上班就是专门研究别人的隐私，现在是下班时间，你还是让我过点正常人的生活吧。"冷峰又从文件袋里拿出马千里死亡案的卷宗继续研究起来。

唐静莹洗完衣服，一边擦干手，一边从卫生间里走出来，俏皮地白了冷峰一眼，然后示威似的拿起放在桌子上的信笺，展开。

冷峰晃晃头：这个世上真是好人难做！

看完那册卷宗抬起头的时候，冷峰发现唐静莹正坐在那里抹眼泪。冷峰觉得此刻的唐静莹特别有女人味，他以一种欣赏的眼光望着她。

"怎么，以前没有见过女人哭啊？"唐静莹把手里的信笺折上，递给冷峰。

"还是要退回去？"

"当然。"

冷峰困惑了。女人的心实在让人捉摸不透！他站起身拿过已经被吹干的信封，把信笺按照原来的样子放回信封，用电熨斗把信封的封舌熨平，又用毛笔稀释了一点胶水薄薄地涂在封舌上，把信封照原痕迹封好，递给唐静莹。

"如果你真的把信退回去，他会很伤心的。"冷峰提醒她。

"一个人伤心总比两个人一起伤心好。"唐静莹接过信，"其实当初我也有不对的地方，既然都已经过去了，就让它成为过去好了，大家又都可以有个新的开始。"她仔细端详着手中的信，如果不是亲眼所见，她绝对想不到这封信曾被打开过。"喂，手艺不错嘛！"

"那是，我们靠这个吃饭呢。"

"真不知道你们这些人怎么会有这么多稀奇古怪的本事！"唐静莹把信放进文件袋里，"其实我刚才不是在为他掉泪，我只是觉得命运实在很会捉弄人。"她解释说，"我在想，如果我们再早认识几年，如果我是和你结婚……"

"那么现在离婚的人就是你和我！"冷峰接口说。

唐静莹想了想，然后捧腹大笑，"你也太悲观啦！没准儿我们还能白头偕老呢！"她俏皮地白了冷峰一眼，"你对我们俩也太没有信心啦。"她揉了揉自己的脖子。

"怎么，老毛病又犯了？"冷峰知道唐静莹的颈部时常会酸痛。

"已经有好长一段时间没有犯啦。"

"来，我帮你推拿一下。"

"那太好啦，谢谢。"唐静莹转过身背对着冷峰，"对啦，你从那案子里面有没有找到什么漏洞？"

"没有大的漏洞，不过有一点，结案报告里没有提到死者是在哪里喝的酒，和谁一起喝的酒。"冷峰把手放在唐静莹的肩上。

"这案子我也不太清楚，明天我去给你问问。"

"好，现在慢慢吸气……呼气……再吸气……"冷峰的手开始缓慢地按摩她的肩膀。

"真舒服！"唐静莹闭着眼睛享受着冷峰那有力而自信的手指带来的快感。

冷峰变换了一下手法，用手指推拿她的头部、颈椎，并逐渐向下。

"太棒啦！"唐静莹在半昏睡状态下喃喃自语，"别停下。"

冷峰把手慢慢伸进她的衣服里，继续推拿她的脊椎骨。

唐静莹不是做化妆品生意的人喜欢的那种女人，她不施脂粉，也从来不用香水，身上却有一种天然的浓郁的体香，只是她自己并不知道罢了。实际上她对所有的香味都反应迟钝，更不知道自己身上那股浓郁的体香对男人某根神经具有强烈的刺激作用。

冷峰在努力使自己的心绪平静下来。他的手在唐静莹的衣服下面滑动，按摩她的肩胛，推拿她的脊椎，轻揉她柔软的背。指尖在唐静莹的皮肤上轻轻掠过的时候，他感到她背部的肌肉为之一颤。他知道自己必须停止了，但是他似乎已经难以停止。是继续，还是任其自然？冷峰的内心在激烈地斗争着。他一咬牙，闭上眼睛，深深地吸了一口气，终于把手从唐静莹的衣服里抽了出来。他擦了擦额头的汗，发誓以后再也不做类似的事情了，同时他也吃惊地发觉，原来自己真的是个君子！

唐静莹非常失望，她本以为冷峰不会把手抽出来的……

第20章 ☆ 为聚而分

循规蹈矩的人，大多都是庸才，这是温柔的观点。冷峰就从来不守规矩，但他不守规矩的程度远没有温柔估计得那么糟糕。按照规定，只有经过特别的批准程序，九处和东津市国家安全局这两班人马才可以被允许相互交流情报，联合办案。按照规定的批准程序去办理审批手续至少要用去三天的时间，这将使朱文强负责的九处与东津市国家安全局联合查找名人商厦杀手线索的工作在这三天时间里基本上处于停滞状态。

"能不能一边办案，一边请示？"冷峰在工作会议上提议道。

"不行，这不符合规定。"朱文强说，"有制度就一定要遵守，否则还要制度做什么？"

冷峰也没有再说什么，因为朱文强的理由是冠冕堂皇的。工作效率虽然低下，理由却无懈可击。何况朱文强还是九处的副处长，既然任务已经交给朱文强负责，冷峰也不便干预太多。

"下面我们研究谢功勋的案子。"冷峰说。

当一科科长提出通过谢功勋女儿这条途径来接近谢功勋的方案时，朱文强又立刻提出不同意见。

"这与我们的政策相悖，如果决定执行这一方案，我保留意见，我要求在会议记录中注明。"

温柔抬起头看冷峰，冷峰对她点点头，温柔在会议记录中注明朱文强对这一方案的保留意见。

"还有其他问题吗？"冷峰环视四周，"没有？散会！"

冷峰不喜欢开会，尤其不喜欢开长会，他给部下开会的目的只有一个：告诉他们现在要干些什么和下一步应该干些什么。很多事情并不是坐在会议室里瞎聊就能研究出来的。

冷峰回到办公室，温柔跟着拿来几份文件让他签字。他翻了翻，然后签上名字。

"给家里打电话了吗？"冷峰问。

"打了。"

"以后要常打，'儿行千里母担忧'，趁双亲还健在，多尽点孝道。"

"我知道了。"温柔脸有些发烫。

"还有，谢谢你的绿豆糕。"冷峰把签好的文件递给她，"雨儿说，你的绿豆糕被她们两个吃掉了一大半。"

"也不是啦，我吃得也很多，我们三个比赛看谁吃得多。"温柔不好意思地笑笑，"结果我输啦。"

冷峰提醒她："不要太宠她们啦，小孩子会被宠坏的。"

"没有啊，她们都很乖。"

从冷峰的办公室里出来，温柔高兴地跳起来。温柔从四天前就开始央求肖局长把她重新调回局机要室，因为她认为像冷峰这样的人是永远都不会和属下谈情说爱的，这也是她要求重新调回总局的唯一原因。自从局里的调令下来以后，温柔发觉冷峰对她的态度明显地一下子亲近了许多，事实证明她的判断是完全正确的！

"你真的要回去？"李石休息时蹿到温柔的办公室问。

温柔点点头。

"你是不是被咱们老板拒绝啦？"李石猜测。

"谁说我被老板拒绝啦？"温柔惊慌得犹如一个被抓住了手腕的小偷，"我，我说过喜欢他吗？"

"没有，那么你是不喜欢咱们老板啦？"

"你又怎么知道我不喜欢？"

"那就还是喜欢！"

"是啊，喜欢。但我也同样很喜欢你呀。"温柔终于稳住了心绪，又可以侃侃而谈了，"你对我这么好，总像大哥哥一样照顾我，除了我的鼻子长得像你妹妹，还因为我不算讨厌。你也喜欢我，对不对？喜欢本身并没有什么见不得人的，是很正常的一种感情，我喜欢肉粽子、桂花糖、绿豆糕、牛肉干……你总不能说我爱它们，就让我也嫁给它们吧？"

女人的道理往往夹缠不清，有时偏偏又令人难以反驳。李石几次想和温柔辩论，最后还是放弃了这种想法。他记起一位哲人说过，只有白痴才会和女人论理。

温柔好不容易才把李石攆出了办公室，靠在门上如释重负地长长出了口气。其实李石这人还不坏，就是笨了一点点，因为一个真正聪明的人绝对不会表现出自己很聪明，可以洞察一切。温柔平静了片刻，然后开始整理自己的东西，为交接工作做准备。她在整理抽屉的时候，从抽屉里翻出了她两周前根据李石无意中透露的情况写成的一份秘密报告，内容是有关九处那个神秘情报组织的。

据李石说，法国的一家公司研制成功一种新型去污剂，这种去污剂的配方具有极高的商业价值，很多国家的化工企业都对它很感兴趣。于是在半年前，九处的这个情报组就以一个香港公司的名义，在巴黎的报纸上刊登了一则"为成立欧洲子公司，特招聘八名高级专家"的广告。由于条件极其优厚，报酬令人垂涎，以至于求职者甚众，有几名竟是参加过这项新产品设计工作的化学专家。情报组通过与这几个人分别交谈，根据他们在谈话时无意中透露的部分制造工艺，轻而易举地拼凑出了这种新型去污剂的配方。

从李石口中得到的这个消息，进一步证明了温柔关于"这个神秘的情报组织是以经商为掩护"的判断。温柔权衡之后，觉得明天去局里报到时还是把这份报告交上去比较好，这好歹也可以证明，她在九处这段时间还是做了些工作的。

清晨，冷峰走进办公室，一眼就看到了摆在办公桌上的那盆插花，不用问，这又是温柔的杰作。这盆插花构图简单，意蕴丰富，颇有几分"明月松间照，清泉石上流"的意境。由此可见，温柔在插花方面的功力又有了长足的进步，这标志着她的修为达到了一个新的境界。

温柔拎着暖水瓶走进冷峰的办公室。她今天穿一件蓝色的连衣裙，亭亭玉立，眉宇间却多了一分伤感，仿佛一夜间成熟了许多。

"还没有回局里报到？"冷峰和温柔打着招呼。

"我为你倒了这杯水就走。"温柔幽幽地说。为冷峰沏茶是温柔每天必定要做的一件事情。温柔沏好茶，把杯子放到冷峰面前。

"不要搞得那么伤感嘛。"冷峰颇感有趣地看着温柔。女人的情感有时真的是很奇妙！"大家离得又不是很远，以后你还可以常来看看大家嘛。"冷峰安慰温柔。

"我真的还可以来？"温柔的眼睛亮了。

"当然。你又不是外人。"冷峰明知道这不符合纪律。

"我也可以常去看雨儿和雪儿吗？"温柔小心地问。

"当然，求之不得，有空的时候还要请你多指导雨儿和雪儿练琴啊。"

"其实我的琴弹得很差，"温柔说，"不过比起少年宫教弹琴的那个女老师还是要好些。"

其实冷峰也是几天前偶然看到温柔指导雨儿和雪儿练琴，才知道她会弹钢琴的。听着悦耳的音符由温柔那纤细的指尖潺潺流淌出来，冷峰感觉温柔弹得很专业。

"如果把雨儿和雪儿交给我，至少我会教得比少年宫的那个女老师好！"温柔自信地说，"那个教雨儿和雪儿弹琴的女老师纯粹是在误人子弟！"

"那么，以后就把雨儿和雪儿托付给你啦。"

"好哇，一言为定！我一定会把雨儿和雪儿教好的。"温柔高兴得差点跳起来。冷峰并不知道温柔一直在等的就是这种机会，因为只有这样她才可以更名正言顺地接近冷峰的生活。

冷峰把李石叫到办公室："你开车送温柔。"

"可以走了吗？"李石问温柔。

"当然，我们走吧！"温柔兴高采烈地说。

温柔走到门口时俏皮地对冷峰摆了摆小手，样子很是娇憨可爱，冷峰不由得晃头笑了笑。他刚低下头准备看文件，温柔突然又从门外探进头来："我明天早晨去教雨儿和雪儿练琴。"

"你不上班？"

"我经常翘班的，你不知道吗？"温柔对冷峰淘气地眨了眨眼睛。

"噢？有这种事？"冷峰还真不知道温柔是经常旷工的，"早知道我就扣你的奖金啦。"冷峰和她开着玩笑。

"所以我今天才告诉你真相啊。"

温柔用了半宿的时间专门为雨儿和雪儿选择了教材和曲目，并编写了一套教学计划，一切准备妥当之后，长长地伸了个懒腰。她对自己编写的这套教学计划非常满意。

"或许我真的很适合当老师。"上床前，温柔对自己说。

第二天，温柔到局里转了一圈就开始准备翘班啦，她走之前先跑到肖局长的办公室，甜甜地叫道："干爹！"

正在低头批阅文件的肖局长抬起头从老花镜的上方看了看温柔。按照以往的经验，每当温柔叫"干爹"叫得特别甜的时候，就一定是又有什么事情需要求他了。果然不出所料。

"干爹，如果有人找我，你就说你让我出去为你办事了啊。"

"我让你办什么事？"

"随便你说好啦，我走啦！"

温柔不但带去了教雨儿和雪儿练琴的教材，还带去了很多蔬菜和零食。零食是为雨儿和雪儿准备的，菜则是为冷峰准备的。小时候温柔常听妈妈说，男人都是很嘴馋的，一个女人要抓住男人的心，首先就应该抓住这个男人的胃。

温柔不知道爸爸是否就是这样被妈妈抓到的，她现在只希望妈妈说的是真的。温柔自信她烧菜要比弹钢琴更得心应手。

雨儿和雪儿练琴的时候，温柔坐在那里，无所事事，无意中打开了冷峰的个人电脑，并意外地发现了冷峰存在电脑中的一些文章。偷看冷峰的文章使温柔感到自己像是在做贼，而通过这些文章可以进一步了解冷峰内心世界的诱惑又使温柔兴奋不已。一路读下来，温柔不禁有些瞠目结舌。冷峰文章观点之独特，立意之深远，实在超出了她想象的范围。

"原来冷峰的脑子里竟有这么多与众不同的东西！"温柔对自己说。

考虑再三，温柔最后还是将冷峰的这些文章拷贝一份带回局里放入那个秘密档案中。她的本意是希望上面的那些人读了冷峰的这些文章后，能够像她一样被冷峰文章中透出的那份坚定和沉稳所打动，这样一来对冷峰今后的发展就极为有利了。

但温柔没有想到的是，正是她所提供的冷峰的这些文章，让反对他的人抓住了把柄，最终导致冷峰被停职审查。这是后话。

123

第**20**章

☆

为聚而分

第21章 ☆ 重点渗透

高雅兰得知840研究所计划室主任马千里的那件案子又被唐静莹责令重新调查，着实紧张了一段日子。

高雅兰在中国做的每一件事都非常小心谨慎，她始终信奉中国的一句古话："小心能驶万年船。"她要杀马千里是因为他知道的事情太多，并且很有可能会被中国国家安全机构在最近全国范围追查钛金属盒的行动中抓住把柄，如果他被盯住，那么就势必要威胁到她的安全。

为了让马千里能死得最大限度地接近自然、合理，高雅兰很是费了一番脑筋。她为他设计的死法是：与情人幽会，喝醉了酒，走路摔倒，在水沟里淹死。为达到逼真的效果，高雅兰决定不使用任何药物，单纯用酒精来麻醉他的神经，令他丧失反抗能力，并在他回家的必经之处布置了杀手，要求他们尽可能做到使人看起来像是意外死亡。她故意在他衬衣的领口蹭上口红的印记，但她注意到不能留下自己的唇印，便选择了一种她平时从来不用的口红。她陪他喝酒，和他发生性关系。马千里的酒量大大超出了她的估计，所以她不得不陪他喝了很多的酒才彻底把他灌醉，同时她自己也醉得很厉害，是冷峰好心地把她送回了家。

这几天她一直在极力回忆自己在这件事情的处理上是否有什么漏洞，是否留下什么疑点。她能够清晰地记起在包房里喝酒、发生关系的细节，以及她和他分手时的情景。依稀记得当晚好像吐得很厉害，把自己的衣服都弄脏了，然后在路上遇到了冷峰。但在此后她都做了些什么，说了些什么，就完全不记得了。

冷峰无意中的介入无疑使问题变得复杂了。尽管她相信冷峰并不知道那晚她醉酒的实情，可是冷峰的出现毕竟还是间接地危及她的人身安全和她所肩负的使命。是不是要杀掉冷峰，她一时还拿不定主意。

直到从公安局内部的关系人那里得知，这次重新调查只是那个能干的女局长做出的决定，没有安全部门插手，高雅兰这才稍稍松了口气。她在马千里衬衣领子上留下的口红印和他死前曾射精的事实，会让调查的人联想到情人幽会。而这种事查不到幽会地点，找不到当事人，或找到当事人也不承认都是很自然的事情。如果没有意外，时间久了，这件事也就不了了之啦。

"兰姐你找我?"小慧从门缝里问高雅兰。

高雅兰向她招手，示意她进来。

"这是给你的，昨晚你表现得很不错。"高雅兰从办公桌的抽屉里拿出厚厚的一沓钱递给小慧。

"谢谢兰姐!"小慧开心地接过钱，并习惯性地粗略点了一下。

"怎么? 怕我克扣你的工钱?"高雅兰笑着说。

"不是啦，"小慧把钱收起来，"兰姐向来都只会多给我钱，才不会让我亏本呢，对吧? 兰姐。"

"不用'兰姐、兰姐'叫得这么亲热，用心去把我交给你的事情办好才是真的。要让我赚到钱，你才会有钱赚，知道吗?"

"知道啦——"小慧亲昵地搂着高雅兰的脖子，"你是我的衣食父母嘛。"

"知道就好!"高雅兰轻戳小慧的额头，又从抽屉里拿出三千元钱交给她，"看你嘴这么甜，这是额外给你的。"

"谢谢兰姐!"小慧高兴得手舞足蹈。钱是她在这个世界上最喜爱的东西。

"记住，想要赚大钱就得多卖些力气。今晚你一定要给我把那个林处长摆平，有把握吗?"

"应该没问题。昨晚还跟他搞得天翻地覆，他亲口说有事情尽管去找他，总不能提上裤子就不认账了吧?"

"那就看你的啦，至少你得让我把给你的钱双倍地赚回来才行吧?"

"放心好啦，我什么时候让你亏过本?"小慧自信地说。

实际上高雅兰一直都对小慧很有信心。小慧是个既机灵又能让男人在床上着魔的女人，这也是高雅兰高薪把小慧从四川带到东津的原因，而小慧也的确从未让她失望过。

那个林处长对高雅兰来说非常重要，昨晚她故意安排小慧带林处长到她的公寓里去风流快活。林处长很谨慎，进入卧室后，不仅反锁上卧室的门，还在门的下面顶上一把椅子。为了防止有人从阳台上窃照，他还拉上了厚厚的窗帘，又关掉屋内所有的灯。从技术上讲，目前还没有任何照相机的感光胶卷能够对黑暗中的男欢女爱进行偷拍，所以即使有人故意设置圈套讹诈也将是徒劳的。

但林处长不知道的是，早在几年前，英国就在光度透镜的研究方面取得了突破性进展，美国也为此花费了上亿美元的研制经费。这些透镜用电子的方法能够将现场的微弱光线增强一千倍。利用这种增强光度的装置，可以在一支香烟头的光亮下进行拍照；用相当于一个一百瓦家用灯泡的光度，能够把两公里以外的目标拍摄下来。

高雅兰在公寓的卧室里安装的就是这种照相机，镜头从不同的角度对准整个房间，能够把小慧和林处长最亲密的动作一览无遗地全部拍摄下来。如果今晚林处长不答应小慧的条件，那么这些照片就是高雅兰对付林处长的撒手锏。

高雅兰很了解林处长这种人，他们贪婪、好色，同时又把名誉、地位和权力看得比什么都重要。那个马千里就是被高雅兰利用这种弱点拖下水的。对他这种男人色诱的成功率基本上是百分之百。

不过这种方法也不是没有危险。高雅兰在把马千里主任拉下水的时候，所犯的最大的错误就是她不该亲自出马。马千里很贪婪，也很好色，胆子却很小，很警惕。令高雅兰感到担心的是，他似乎已经开始对她的商人身份有些怀疑。马千里接触机密的条件很明显，高雅兰估计她的计划实施后，军队保卫部门和国家安全机构一定会对马千里进行审查。安全起见，她才决定在军队保卫部门和国家安全机构对他进行审查前先除掉他。

高雅兰从这个事件中汲取了教训，认识到由自己亲自出马危险性很大，所以她选择雇用了小慧这样一个职员。小慧人够漂亮，够机灵，也够风骚，懂得如何取悦男人，更重要的是小慧这个人只认得钱，对其他的事情则从不关心，而这一切正是高雅兰所需要的。

冷峰主持召开的业务会议决定，利用谢功勋的女儿去接近谢功勋，具体实施办法是：为李石创造一个接近谢功勋的女儿谢百灵的机会，在取得谢百灵的好感后，再通过她去接近谢功勋，最终对谢功勋实施"内线侦查"。

"为什么让我去?"李石问一科科长。

"因为现在的女孩子，品位越来越低啦。"科长开玩笑说。

他们为李石设计的身份是一个自由职业者，一个自己有一家小公司的老板。李石对自己的这个身份还算满意，但对一科为他准备的有关谢百灵的资料却不是很满意，资料里甚至没有一张她的照片。

"兄弟，人都快是你的啦，你还要照片干什么?"一科派来给李石当助手的特工不无嫉妒地答复。

李石随助手来到一个街角，那里围着一大群人。助手示意他靠过去。李石挤进人群，看见一群小学生在表演为"希望工程"募捐的文艺节目。李石一眼就看到了和小孩子们站在一起唱歌的谢百灵，这时他还不知道她就是自己要接近的人，但看到她第一眼的时候，他就决心要认识这个年轻漂亮的女老师啦。

助手告诉他，这个漂亮的女老师就是谢百灵。他马上乐了，知道一科的那几个小子为什么总是用嫉妒的目光望着他了。

李石发现周围看的人很多，但大玻璃柜中的捐款却很少。而且他敢断言，玻璃柜中仅有的那几块钱，十有八九都是冲着漂亮的谢百灵才捐的。这个谢百灵实在太美啦！李石真不知道该怎么形容她才好，唯一能想出来的只有"冰清玉洁"四个字。

李石走到大玻璃柜前，随手从口袋里掏出七百元钱，人们的目光"刷"一下都望向了他。李石感觉到漂亮的谢百灵也在看他，伸手又从后屁股兜里掏出五百元钱，然后一并扔进了大玻璃柜里。

人群中发出一片惊呼声。李石对着众人笑了笑，感觉还没过足瘾，顺手把刚买的那枚金戒指从手上撸了下来。这枚戒指有十几克重，价值近两千元钱呢。李石拿在手里犹豫了一下，然后看了看大家，又把它套回了手指，人群中爆发出一片友好又理解的笑声。李石向着人们摆了摆手，他相信那个谢百灵一定也记住他了，于是潇洒地离去，只给身后留下了一片乱糟糟的议论声。他已经看清大玻璃柜上写的是——"十字街小学三年级五班"。

"你刚才真是帅呆啦！"李石的助手由衷地说。

"但是钱遭罪啦！"花钱让李石心痛。潇洒终归是要付出代价的。

正当谢百灵还在为刚才的那一幕感到惊讶的时候，高雅兰也无声无息地穿过人群来到大玻璃柜前，优雅地从手袋里拿出一千元钱丢了进去，人群中又一次爆发出一片惊呼声。

"兰姐！"谢百灵兴奋地跑过去抱住高雅兰的胳膊。

"我刚巧路过，看见你在这里，就过来给你捧捧场啦。"高雅兰轻点谢百灵的小鼻头，"好啦，我要走了，车还在等我，再不走，警察就该来拖喽。"抬眼望去，高雅兰的豪华轿车就停在路边。

谢百灵恋恋不舍地放开了高雅兰的胳膊："兰姐，你看我什么时候去办签证比较好？"

"等条件成熟了，有把握的时候，争取一次签成功，否则很麻烦的。"

说到"条件成熟"，谢百灵想起高雅兰要她为乔伊娜的那家公司找材料的事。

"我叫人去找材料了，但不知道对乔伊娜的公司有没有用……"

"嘘——"高雅兰示意谢百灵小点声。

谢百灵知错地吐了吐舌头，然后压低了声音说："等我拿到了材料，拿去给你看看好不好？"

"还是我去你那里看吧。"高雅兰说。这样对她更安全些。她优雅地向谢百灵摆摆手，"再见——"

第22章 ☆ 血迹风衣

孟青不知道她上辈子是不是和这条大黄狗有仇，她只不过是多看了它几眼，它就发疯似的向她扑过来，没命地追着她咬。这条大黄狗个头儿如一头小牛，牙齿又十分锋利，最要命的是孟青怎么端详它怎么像条疯狗，一想到被疯狗咬伤的种种后果，孟青就吓得憋足了劲撒腿猛跑。

李石远远看到一个姑娘在拼命地跑，她后面有四五个男人在没命地追，并没有看到和人比起来相对矮些的狗。李石想，到底是这个姑娘偷了那些男人东西，还是这些男人准备抢劫这个姑娘？这时他终于看见了夹在姑娘和男人中间的那条发了疯一般的大黄狗。

狗越追越近，孟青猛然看见了前面的李石，仿佛见到了救星一般没命地跑向李石，毫不犹豫地一头扑进了他的怀里，并迅速藏到了他的背后。大黄狗紧跟着也追到李石面前。

说也奇怪，大黄狗在李石面前突然住了脚，昂起头，露出锋利的牙齿，朝着岿然不动的李石狂怒地吼了几声。接触到李石那犀利的目光，它的狂吼声逐渐变成了微弱的低吟，并逐渐地往后退却，最后干脆夹着尾巴调头跑掉了。也许这位"黑豹别动队"队长的目光中真的有黑豹的威严吧。

孟青看到大黄狗跑远了，这才放心地从李石身后钻出来，仔细地端详起这个刚才被她用来做挡箭牌的男人。他有一头浓密的头发，一个挺直的鼻子，一个刚毅的下巴，还有紧闭着的非常有个性的嘴唇，尤其是那双像鹰隼一样锐利的眼睛，没有点胆识的人是绝不敢直视他的，难怪那大黄狗一到他面前就弱了声势。孟青觉得这个人有点面熟，一时又想不起在哪里见过。就在她要向救命恩人道谢的时候，她突然想起来——他就是上次在唐州打破了她的头，还去医院看过她的那个人！

"喂，怎么是你呀?!"孟青颇感意外地指着李石，"上次被你打破了头，这次是你救了我，我们算是扯平啦。"孟青毫无芥蒂地说。

李石这时也认出眼前这位就是在唐州被他"借"走了桑塔纳轿车的姑娘。

"对不起，您认错人啦。"李石冷冷地说。在东津李石是不可以公开自己特工身份的。为了避免麻烦，他说完转身离去，只留下孟青一个人站在那里发愣。

"青青，有没有伤着?"气喘吁吁的二秃子追上来，关切地问。

孟青望着李石离去的背影，"应该是他呀!"她自言自语。

"谁呀?"二秃子问。

"那个打过我的人。"孟青随口答。

"打你? 他不承认?"

"嗯。"

"他当然不敢承认啦!"二秃子想当然地说，对后面的四个人一摆手，"去给我扁他!"

后面的四个人立刻又去追赶李石。

"喂，你干什么?"孟青质问二秃子，"我还不能肯定是不是他呢!"

"管他是不是，先揍他一顿再说。"

"你浑!"孟青跺着脚，"你快让他们给我住手!"

二秃子见孟青真的发火了，赶紧去追赶那四个打手。孟青也跟在后面追了上去，人家刚刚帮了她，现在她的人又去找人家的麻烦，让她怎么跟人家解释嘛! 在拐过街角的地方，孟青追上了那四个打手，只见他们抱着腿，捂着肚子，趴在地上呻吟，却不见李石的踪影。孟青望着地上的四个人，笑了，她现在可以百分之百地肯定，刚才那个人就是在唐州打破她头的那个特工。

孟青瞟了一眼地上的打手，问二秃子："这些就是你给我找的保镖?"

谢百灵掀开琴盖，然后坐下来等着给学生上音乐课。学校马上就要放暑假了，她正盘算着利用假期的时间去美国领事馆办签证的事。

谢百灵要去美国留学的事在学校里还一直处于保密状态，她害怕自己把话说得太满，搞得满城风雨，最后又没有办成，那以后还怎么出去见人哪! 这时一个小学生跑进来告诉她，那个捐了很多很多钱的叔叔就站在校门口，谢百灵马上放下手里的课本和学生一起跑了出去。

李石靠在树上静静地看着那个小男孩领着谢百灵往这边跑，和他计划的完全一样。这时谢百灵也看见了李石，便放慢了脚步。她想叫住那个小男孩和她在一起，但那个小男孩已经跑开去玩啦。她犹豫了一下，最终还是迎着李石的目光走了过去。

"谢谢你为孩子们捐了那么多钱。"

"谢谢你还记得我。"李石说。

谢百灵的脸"刷"一下红了。李石非常意外，他已经很久没有见过会脸红的女孩子了。李石告诉她，"希望工程"到底是怎么回事，他到现在也没弄明白，他捐钱只是希望能给她留个好印象，现在说明他做得没错，至少她还认得他。谢百灵的脸更红啦。

"顺便问一句，"李石挺直腰，"晚上一起吃饭怎么样？"

对于这突如其来的邀请，谢百灵显得有些不知所措，显然她还没经历过这种场面。恰好这时上课的铃声响了，谢百灵如遇救星。

"我要上课了，再见。"她匆匆转过身。

"喂，香格里拉酒店你知不知道？"

谢百灵不自觉地停下来点了点头。

"晚上七点我在那儿等你。"

"我不会去的。"谢百灵说得很坚决。

"我会一直等你的。"李石说。

他知道她一定会来。她即使真的不想来，最终也一定会看看他是不是真的在等她。李石从不怀疑自己的判断力。

谢百灵来到香格里拉的时候是六点五十五，比约定的时间提前了五分钟，但她在那里却没有看到李石。

"他不在。"她想。一下轻松了许多，心中却或多或少又有点失望，还有点委屈。"他说他会一直等的。"她撇了撇嘴。

谢百灵从香格里拉出来时，李石正与绰号"小钢炮"和"小肥猪"的两名特工坐在街边烤蚬子吃。

"喂，她出来啦。"李石对两名助手小声说。

在李石的指点下，他俩跟上了谢百灵，等走到一条人少的偏街时，他俩追过去拦住了她。

"喂，小姐，交个朋友怎么样？""小钢炮"嬉皮笑脸地往跟前凑。

"哎，别走啊，大家交个朋友嘛。""小肥猪"和"小钢炮"一前一后夹住谢百灵。

李石站在远处嚼着口香糖，漫不经心地看着这一切，等他觉得"小钢炮"和"小肥猪"闹得火候差不多了，就冲了过去，然后三拳两脚把他们打跑了，而李石的鼻子也让这两个小子给打出了血。

"你没事吧？"谢百灵慌忙掏出手绢帮他擦鼻血。

李石告诉她，原本和那俩小子说好下手轻点，可没想到他们说话不算数，下手居然这么重，回去非找他们算账不可。谢百灵听了愣了一下，但马上就明白了是怎么回事。看着李石的狼狈相，她捂着嘴巴笑得前仰后合，最后还是帮助李石止住了血。

"下次注意安排得周密些。"她笑着说。

"是，下次我一定注意。"李石回答得很中肯。

李石要请谢百灵吃饭，她说她吃过了，她就是好奇，想看看他说的是不是真话。李石说他也让那两个小子搞得没心情吃饭了，那就改日吧。谢百灵要回家，李石一直把她送到了她家楼下。

"再见。"她说。

"哎，等等。"李石叫住她，"还有点事。"

"什么事？"谢百灵转过身。

李石一把将她抱进怀里，对着她的唇就吻了下去。她一开始似乎想拒绝，但很快便半推半就地让他吻了。她刚有些心动，想回应他，他却突然松开她，说："好啦，没事了。"然后潇洒地挥挥手，扬长而去，只留下姑娘一个人呆呆地愣在那里。

第二天上午，刚下第一堂课，一个小学生拿了一束花和一个包装精致的礼品盒放到谢百灵的讲桌上，说是一个叔叔送的。

"人在哪儿？"谢百灵拍了拍手上的粉笔屑问。

"在校门口。"

谢百灵跑出去，校门口一个人影也没有。她回到教室，拿起花嗅了嗅，好香啊！她打开礼品盒，里面是一双高档女式皮鞋，还塞了一张用钢笔画的漫画，上面有一行字：

"请脱鞋（妥协）。晚八点，情人咖啡厅见。"

在右下角画着一只鼻子正在流血的小绵羊，这只小绵羊画得太像李石啦。谢百灵手里拿着这张漫画，脑子里想着李石昨天晚上的狼狈相，禁不住笑了，可一想起他在楼下鲁莽地抱住她接吻，然后扬长而去的情景，就生气地拿起盒子扔到了桌子下面。

"流氓。不理他了！"她在心里说。可过了一会儿，她又忍不住把鞋拿了上来。

"他怎么会知道我穿37码的鞋？"她疑惑不解。

咖啡厅里的情调很不错，李石给谢百灵讲了许多有趣的事，笑得她肚子痛。李石告诉她，他现在穷得只剩下钱了。谢百灵眼中闪过一抹同情的眼光。

"你该当作家。"谢百灵建议。

"你知道现在街上为什么流氓少了吗？就是因为，已经有不少流氓改行去当作家了。"

谢百灵想了想，接着又是笑个不停。

"不是我说的，是一个作家说的。"

"我看你就像个作家。"

"愿意交我这个像作家但不是作家的朋友吗？"李石觉得时机已经成熟。

谢百灵没有作声。

"我实在要求得太多啦。"李石伤感地摇了摇头，他知道女人是最富有同情心的，"其实今晚你肯陪我聊天，我已经很开心了……"

"我们现在不已经是朋友了吗？"谢百灵抬起头调皮地眨眨大眼睛。

"那么你愿意接受一个朋友送给你的礼物吗？"李石递过去一个包装精致的纸盒，"相信你穿上它会更漂亮！"

她打开看了一眼，喜不自禁地说："真是太漂亮了！可是……"

"如果你不想让我伤心，最好不要说'可是'之类的话。"

"那么，我只好收下了。"她有些难为情地收起礼品盒。她并不知道这套时装价值一千八百元。

"来，为我们纯洁的友谊干一杯。"李石端起咖啡一饮而尽，其实他从不相信男女间会有什么纯洁的友谊。

这天夜里，孟青又开始做噩梦了，是那个曾经做过多少次的噩梦。她挣扎、哭泣、呼喊、无助地哀求……精疲力竭，最后用尽全身的力气绝望地一推，然后就醒了。

孟青从床上坐起来，无力地靠在床头，大汗淋漓地喘息了许久才渐渐平静下来。她用睡衣的袖子擦了擦额头的冷汗，抹去眼角的泪水，吸了吸鼻子，猛地掀开被单跳下床，从床下拖出那只昂贵的皮箱，轻轻地平放在地毯上，打开。里面只有一件风衣，一件带有泥土和血迹的风衣，这是她在凤凰山上被救时，她的救命恩人留下的唯一线索。

两年前的夏天，孟青和她的男朋友，一个风流倜傥的才子，相约一同去凤凰山郊游。一个女人如果肯和一个男人单独旅行，那么这个女人就肯为这个男人做任何事。就是这样一个被孟青看作可以托付终身的男人，当他们在凤凰山上遭到持刀歹徒抢劫时，竟毫不犹豫地丢下她，独自一人跑下了山！歹徒撕烂了她身上的衣服，她叫天天不应，叫地地不灵，就在她已经绝望之时，突然一团黑影从天而降，转瞬间那三个凌辱她的男人就横尸在地。血，溅在她的身上，溅在她的脸上，惊恐中的她甚至没有看清那人的容貌，他就像风一样地消失了。当她醒悟过来时，只看到这件披在她身上的风衣……

孟青将风衣近似虔诚地抱在怀里，回到床上，将头埋在那泥土和血迹里，就这样又平静地进入了梦乡。这次她梦见了这件风衣，还梦见了李石。直到清晨醒来她还能够清晰地记起这个梦……

孟青决定寻找这个能进到她梦里的特工。

孟青找到唐州市国家安全局，按照李石的模样描绘了半天，询问有没有这样一个人，可对方告诉她，他们那里根本就没有这样的人，并告诫她，不可再对任何人提起她的汽车曾被特工"借用"这件事。孟青觉得这些人说话自相矛盾，既然连这个人都没有，又何必担心别人提起这件事？但唐州市国家安全局的人好像并不在乎他们说的谎言是否完美，只是一再警告孟青，要对她的那段经历绝对保密。他们还拿出一个法律小册子威胁她说，如果她向别人泄漏了她所经历的那件事，就要对可能造成的一切严重后果负责，很可能因此被送进监狱。孟青不信，后来问了他哥哥的律师，律师证实特工并不是在吓唬她，他们的确有把她送进监狱的能力，因为国家有一部《国家安全法》，那上面规定：每个公民都有保守自己知晓的国家安全活动秘密的义务。

随着时间的推移，孟青渴望再一次见到那个特工的愿望不但没有减弱，反而越来越强烈。一周来，那个孟青只见过两次面——一次打破了她的头，一次把她从恶狗口中救出来的特工，总是不断地出现在她的梦里、她心灵的最深处。孟青隐隐约约地感觉到，这个人和她之间好像有着某种难以割断的联系，但到底是怎样的一种联系，一时很难说清楚。她从来不是一个轻易气馁的人，一定要再次见到那个特工，哪怕只有几分钟也好。她的心中有太多的疑问需要他来证实，或许他就是她的答案？

在夜里，可怕的噩梦依旧不时困扰着孟青：血，从那三个禽兽般的男人被切开的动脉血管中喷射出来，如一阵灿烂的红雨，带着浓重的血腥气，飞溅在她赤裸的身体上……

孟青从噩梦中醒来，会不自觉地想到那个特工。她总感觉他就是把她从三个禽兽般男人的手中救出来，为她披上风衣，转眼间又消失了的那个人，她多么希望他真的就是那个人！

孟青发过誓，要用她一生的时间来报答这个人。他不但救了她的生命，也挽救了她作为女人的尊严，他甚至还为她杀掉了三个人。他像一阵风一样出现，又像风一样消失，她从他的身上感受到一股令人难以描述的感觉，既冰冷，又让人安心。现在她仿佛又有了这种感觉，就是在东津被狗追咬躲在那人背后时的那种感觉，她一定要再见到那个人。

怎么样才能再见到他呢？

这一天，孟青在报纸上读到一则消息：一个军人为救一位女青年与一伙歹徒进行了一场殊死的搏斗，结果女青年得救了，这位军人却留下了终身的残疾。在军人住院期间，姑娘长伴病床前，两人渐渐产生了感情，后来两人结了婚。是一篇非常感人的浪漫爱情故事。

孟青想，如果是她，她也一定会嫁给这个军人，侍候他一辈子。在这则消息的旁边是一篇关于当今社会众多女青年未婚先孕的批评文章。孟青读着读着，一个绝妙的计划蓦然出现在她的脑海中。

"奇怪，我以前怎么就没有想到这个法子呢?"孟青喃喃自语，仰头一笑，为自己的计划而得意。

第22章

☆ 血迹风衣

第23章 ☆ 密码皮箱

　　东津市国家安全局的一名侦查员在办公时，无意中把一张照片与名人商厦杀人案中的五张嫌疑人照片混到了一起，这张照片是唐州市国家安全局向全国发出的要求"协查"的嫌疑人照片，结果被朱文强偶然看到了。朱文强注意到这张照片与名人商厦杀人案中的一个嫌疑人面部轮廓非常相似，立刻组织人员对这两张照片进行比对，最后认定：这两张照片是同一个人！

　　朱文强指挥的侦查组所取得的突破性进展，为追查名人商厦杀手的工作带来了一道曙光。冷峰立刻命人与唐州市国家安全局联络，希望他们能够提供更进一步的资料，但唐州方面的答复却令人失望。

　　雷震江告诉冷峰，唐州市国家安全局向全国发出的要求"协查"的那张嫌疑人照片，是他们在经营"501"专案时拍摄到的。他们的专案对象"501"名叫金正阳，男，四十二岁，在担任唐州市进出口公司驻汉城代表期间被韩国情报机关安企部策反。后来，由韩国安企部出资，在唐州市成立了韩国独资的"三江贸易公司"，金正阳出任总经理，主要从事针对朝鲜民主主义人民共和国的情报搜集活动。他们对金正阳进行侦控已有三年多的时间，东津名人商厦出现的那个杀手，就是在唐州与金正阳接触时被拍照取证的。但当时为了避免引起金正阳的警觉，负责跟踪的人员对他们不能跟得太紧，结果没能盯住照片上的那个人——也就是名人商厦出现的那个杀手嫌疑人，让他溜掉了。关于这个人，唐州市国家安全局也没有更进一步的线索。他是首次在唐州市与金正阳接触，并且他们之间是单向联系，只能他与金正阳联系，金正阳不知如何和他联系，所以唐州市国家安全局才向全国发出了要求协助查这个人线索的通报。

　　对唐州方面提供的所有情况综合分析后，已经基本可以认定，这个杀手是男性，他既然与韩国安企部有联系，那么极有可能是个韩国人或是朝鲜族人。

"既然认定杀手是个男的，就可以把所有的女人排除在外了。侦查范围一下子缩小了百分之五十，这也算不小的收获啦。"冷峰这样安慰沮丧的朱文强。

就在大家按照常规都把注意力集中在追查名人商厦出现的那个杀手身上时，冷峰还注意到了另一些十分可疑的现象。在帮助丁中校调查马千里主任突然死亡事件的过程中，他发现在这几周的时间里，840研究所共发生了两件令人啼笑皆非的事情：一是他们的计划室主任因醉酒淹死在路边的浅水沟里；二是从四川基地专人送来的机密资料居然变成了《邓小平文选》。冷峰很自然地把这两个事件联系在了一起。

冷峰通过电话向丁中校了解840研究所机密资料变成《邓小平文选》的事件。丁中校的解释是：一个月以前，四川基地办公室的一名干事在清理档案柜的时候，从档案柜里清理出一些下发部队后剩下的《邓小平文选》，当时因为找不到地方放这些《文选》，就临时用一只专用的密码箱把这些《文选》装了起来。凑巧的是，当天另两个干事正在准备第二天带给840研究所的技术资料，而用来装这些技术资料的密码箱与那只装《文选》的密码箱完全一样。更凑巧的是，那两个准备第二天出差的干事，在当天晚上突然同时得了急病，领导不得不临时指派另外两名干事送资料。这两名被临时指派的干事在奉命从办公室取走箱子的时候，并没有注意到办公室里有两只完全相同的密码箱，结果他们就把装有《文选》的那只密码箱送到了840研究所，而那只装资料的密码箱则自始至终都放在基地的办公室里，连密封条都完好无损。

"会有这么巧的事情？"冷峰有些怀疑，直觉告诉他，这件事可能不像表面看上去那么简单。

冷峰一直都很相信自己的直觉，他认为一个人在受过众多的理性教育之后，即使他最直接的感受中也或多或少要带有理性分析的色彩。在他看来直觉就是存在于人的下意识中的感觉和印象的积累，是在万分之一秒的时间里，把新的情况同旧的印象和感觉联系起来做出的判断，所以他认为一个受过良好训练的人必须要相信自己的直觉。

冷峰从来就不是一个很守规矩的人。

冷峰经常教育自己的部下：要成功完成任务，就一定不能完全循规蹈矩。

问题是840研究所属于军队科研单位，要想对840研究所进行调查还必须有军队高层保卫部门的配合才行，所以冷峰现在需要一些足以使军方对840研究所产生兴趣的线索，而该所那个"意外"淹死在水沟里的计划室主任马千里则无疑是很好的引子。这件案子是军方首先提出来要深入调查的，案子本身的确有很多疑点，如果此案有所突破，那么军方办案人员自然是首功，因此他们在协助对840研究所进行调查时也会更积极一些。

冷峰给唐静莹拨了个电话，他需要知道那个马千里主任当天晚上到底是在哪里喝的酒，和谁在一起喝的酒，怎么醉倒在路边的小水沟里就能淹死？

"大哥，多给我点时间好不好？"唐静莹在电话里向冷峰告饶，"我知道你的事情急，可我也没闲着呀。我总得一个个来吧？从明天开始我亲自去查，您满意了吧？"冷峰听出唐静莹的声音有些不耐烦。

本来就是在求人家唐静莹帮忙，实际上她也的确毫无怨言地帮过他很多的忙。帮他是情谊，不帮他是本分，这一点冷峰自己也很清楚，但唐静莹那种不耐烦的口气却让他有种被侮辱的感觉。冷峰感到血往上涌，对着电话冷冰冰地说了句"抱歉"，就挂上了电话。

还没有半分钟，唐静莹就又打了过来。

"是我。"她说，"怎么，生气啦？对不起，我刚才态度不好，刚才我正和一个属下斗气呢，不要和我计较好吗？"她顿了顿，又说，"我真的不愿意失去你这样一个知心朋友。"

唐静莹诚挚的话语令冷峰有些感动。

"别傻啦！"他笑了笑。他听见唐静莹在电话的那一端长长地出了口气。

这两天，冷峰一直在试图根据自己的直觉，把全国有关"60109专案"的情况同东津方面发生的这些情况联系在一起。

军方根据对案件的最新分析，怀疑在四川军事基地内部有一个隐藏很深的敌方间谍网。军方最新的判断是：那两个钛金属盒并不是被歹徒盗走的。因为那个追缴到的假钛金属盒虽然制作粗糙，外形却与真的十分相似。要制作这样一个外形如此相似的假盒，没有多张近距离拍摄的照片是根本无法做到的，而这种钛金属盒的存在本身就是军事机密，要拍摄并复制这样一个假的钛金属盒是要冒很大风险的。如果敌人只是想在逃跑时用它来迷惑追捕的部队，以便使携带真盒的人能够从其他方向侥幸逃脱的话，那么，他们也没有必要冒那么大风险把赝品做得那么逼真。因此军方怀疑那两个保存绝密军事资料光盘的钛金属盒，很可能在被盗之前，就已经被人用假钛金属盒调了包，而那五个被派去明目张胆地抢金属盒的人，实际上抢的是已经被调了包的赝品，目的是为了制造假象，真钛金属盒已经被侥幸逃脱的人带走了，误导军队保卫部门和国家安全机构的侦查方向，以保护那个隐藏很深、具有很高利用价值的间谍网。于是才会有那五个劫匪被事先下毒的事情发生。这五个人明摆着就是去送死的。

种种迹象表明，军方对案件的分析是正确的。实际上军方承认在侦查初期的确险些落入敌人的圈套，他们也只是在近期才彻底推翻了以前做出的假设，确定了以寻找内奸为主的侦查方向。

但冷峰认为，敌人既然能够接触到如此高级的绝密资料，说明敌人一直伪装得很好，深受组织上的信任；要从自己的内部挖出隐藏如此之深的敌人，并不是一件容易的事，也不是三天两天就能够做到的。从军队保卫部门介绍的情况来看，四川军事基地采取的安全保卫措施相当严密，接触机密人员的行动都被严格限制，禁止与外界接触，即使是非直接接触机密人员，在进出基地时也都要经过严格的检查。也就是说，敌人即使得到了那两个钛金属盒，也很难把它们带出基地。但敌人如果真的得到了那两个盒子，那么他们一定会想方设法把金属盒带出基地的。基地安全防卫森严，他们会从哪里带出来呢？

冷峰通过专线电话向丁中校询问：在进出四川军事基地的物品中有哪些是不受检查的？

丁中校的答复是：进出四川军事基地的所有物品中没有不接受严格检查的。

"那么基地里安全保卫措施的漏洞会出在哪里呢？"冷峰绞尽脑汁也没有想出答案来。

下午一上班，冷峰就接到唐静莹打来的电话，说已经查到那个马千里的有关情况。据"夜来香"夜总会一名男服务生回忆，7月2日晚，马千里是在六号包房里和一个很漂亮的女人一起喝的酒。

"他们喝了很多酒，所以服务员的印象比较深。"唐静莹说。

"他记不记得那个女人的样子？"

"身高有一米七左右，身材很好，穿长裙，戴一顶淑女帽，面部遮了一层面纱，他没有看清她的脸。"

"他没有看清她的脸还说她很漂亮？"

"他是隔着面纱看的。"

"隔着面纱看，百分之九十九的女人都很漂亮。"冷峰不以为然地说。

"你知道烛光晚餐为什么很美、很浪漫吗？那是因为在烛光里大家都看不清对方脸上的麻子。"唐静莹在电话里笑，接着又回到了正题，"服务生说他们很亲密，你看这个女人会不会是马千里的秘密情人？"

"你有没有注意到，验尸报告里说马千里死前曾有过性行为？"

"这我倒没有注意，不过这就更说明他可能是在和情人约会啦。如果真是这样，那就难查啦。现在人都死了，查到谁头上谁都不会承认。在这种死无对证的情况下，没有哪个女人会站出来承认是他的情人。一个女人和一个男人在一起，又不想和他结婚，那么这个女人想要的只是两个人在一起的那种浪漫，而这种浪漫一定是要安全第一，所以要查这个女人还是有一定难度的。不过我会先从这个主任身边的女人查起，先查那些个子高、身材好、隔着面纱看还很漂亮的女人。"唐静莹笑问，"您看我这么安排还妥当吗？"

"嗯，有进步。"冷峰故意老气横秋地答。电话的那一端唐静莹开朗地笑。

晚上，冷峰把雨儿和雪儿送到少年宫以后，闲着没事，就骑着三轮来到江边散心。吹着清凉的江风，脑子里还在想白天的工作。对于这件案子，他隐约感到自己好像已经抓住了什么，又好像什么也没有抓住，千头万绪，给人一种无从下手的感觉。

冷峰伏在江边的铁栏杆上，不经意地一回头，忽然眼前一亮，看见小慧和高雅兰正靠在远处江边低声说话。过了一会儿，小慧走开了，高雅兰一个人还站在那里独自望着江水。清风徐徐，柳枝依依，江水与佳人构成了一幅非常美丽的图画。冷峰认为高雅兰有一种高雅而沉静的美：如果说小慧的回眸一笑对男人是某种挑逗的话，那么高雅兰的矜持则是对男人更具挑战性的诱惑。冷峰喜欢从侧面欣赏高雅兰的身影，她是那么高雅、脱俗、自然，全身都散发出一种迷人的性感。

高雅兰偶尔一转脸，与冷峰的目光相遇。她对他笑笑，他也对她笑笑。她想了想，然后径直向冷峰走来。

"现在可以送我回家吗？"她用一种迷离的眼神望着冷峰。

"我没有把车开来……"

"就坐这个。"高雅兰指着给雨儿和雪儿用的三轮车，"它很别致！"

"这个……不好吧？"

"不瞒你说，我以前从未坐过三轮车。"高雅兰的眼神中写满童真。

冷峰看看表，觉得送她回家再来接孩子还来得及，就做了一个"请"的手势。

高雅兰今天的心情似乎格外的好，一路上和冷峰唠了许多家常。

"听小慧说，你有一对非常可爱的双胞胎女儿？"

"嗯。"

"做爸爸的感觉一定很幸福吧？"

"也很辛苦。"

"女儿快上学了吧？"

"嗯。"

"听小慧说，你经常要加班？"

"啊。"

"公司的效益不好吗？"

"……"

冷峰把高雅兰送到家门口，高雅兰从手袋里拿出些钱对冷峰说：

"孩子上学花钱的地方多，这些钱你拿着，给孩子买些文具什么的。"

冷峰看看钱，摇了摇头："谢谢，我自己目前还可以应付。"

冷峰的拒绝又一次令高雅兰感到非常意外，她开始觉得面前这个结实的男人的确有些与众不同。望着冷峰离去的背影，她感到这个男人很有趣，可以看出他受过良好的教育，猜想他一定是个优秀的父亲。"我要有对双胞胎女儿多好。"她美滋滋地想。

冷峰把雨儿和雪儿接回家，洗漱完毕，正准备上床，突然接到唐静莹的电话。

"是我。"唐静莹说，"睡了吗？"

"知道你会打电话来，正在等你的电话呢。"冷峰和她贫嘴。

"你晚上吃什么，是蜂蜜吧？嘴真甜！你是不是对每个女人都这么嘴甜？老实交代，最近又骗了几个女人上床？"

"我最近比较忙，还没抽出时间去骗呢。"

"哦——"唐静莹拖着长音说，"比较忙，没有时间去'骗'，所以就去'买'喽？"

"什么？"冷峰没听明白。

"没有时间去骗女人，所以就去招妓女！"唐静莹气哼哼地说。

"我？招妓女？我会花钱去招妓女？"冷峰仿佛听到了天底下最可笑的笑话，"哈哈！我就是有那份闲心，也没那份闲钱啊。"

"是吗？我们'扫黄'扫进来的一个'三陪女'，她说她和你很熟哎——"唐静莹的语调中有一股酸味。

"你确定她没有搞错？"

"她对我的手下说她认识我。见了我她又说她认识你。她曾经在江边看见你和我在一起说话。"唐静莹解释道。

"她叫什么名字？"

"叫什么……小慧。"

"我认识她，不过……仅仅是认识而已。"

"你和她真的仅仅是认识？"

"是真的！"

电话那边唐静莹仿佛一下轻松了许多："暂且相信你一次！"她顿了顿，"那么，你想让我怎么处理她呢？"

"随你的便，那是你的事。如果没什么大事，能放她一马就放她一马吧，她们那种圈子里听到的消息比较多，对你破案或许能有些帮助。"

唐静莹想了想，说："你以前怎么不告诉我？"

后来，唐静莹把小慧放了，但把一起抓进来的那个姓林的老家伙罚了一万元，原因是他不肯说出他的单位。现在各地的公安部门对这种风化案件的处理，大都是交了罚款就放人，唐静莹他们也基本采取这种方法。

第24章 ☆ 浅浅压痕

唐州市国家安全局截获了一份由东津市发给唐州市专案对象金正阳的传真文件，唐州方面怀疑发传真的人就是唐州和东津方面都一直在找的那个名人商厦的杀手。经雷震江批示，唐州市国家安全局立刻将传真文件向反间谍情报九处和东津市国家安全局进行了"转材"。

冷峰接到唐州转来的传真文件，以及后面所附的已经被唐州市国家安全局破译的密文，立刻对这份密文进行仔细研究。这是一份以商务内容为掩护的"漏格"密函。金正阳使用的是"按行数字定位漏格密函"，作业方法是：称呼除外，从明文的第三行始，在每行的第三个字的位置编入一个"情报字"，这份密函的密文内容为：

"速来提货。"

工作人员告知冷峰，唐州市国家安全局又传来消息，金正阳已经指使一个两年前被他发展成为间谍的个体饭店老板赶往东津，这个间谍的名字叫魏琦，在唐州市国家安全局的编号为"502"。

"让朱处长和东津市国家安全局协调一下。"冷峰说。

朱文强和东津市国家安全局协调后立刻进行了部署，张网等待魏琦到达东津。魏琦一出现，立刻就被反间谍情报九处和东津市国家安全局两队人马严密地侦控起来。魏琦先从火车站附近一栋居民楼楼下的信箱中取走一张单据，又凭这张单据从东津市火车站的寄存处取走了一只箱子，并立刻购买了返回唐州的火车票。

经查，魏琦取走单据的那个信箱是一个无主信箱，他既然有这个信箱的钥匙，说明这个无主信箱已经成为潜伏间谍的无人联络点。魏琦还在返回唐州的途中，唐州方面就已经知道了他在东津的所有活动。

冷峰把李石叫了进来："你带一组人立刻乘汽车出发去唐州，你们抄近路，大约可以和'502'同时到达。"

李石转身刚走，又被冷峰叫住："等等。谢功勋女儿那边情况怎样？"

"一切顺利，她目前正在办理赴美留学的签证，近期有可能赴美。"

"停止接近谢功勋的女儿。"冷峰说。

"停止？"

"停止！"

冷峰告诉他，总部反馈回来的信息说，谢功勋的情况军队方面完全掌握。谢功勋是印尼华侨，曾留学英国，60年代印尼反华的时候回国。当时台湾国民党特务机关在归国的印尼华侨中物色、发展了许多潜伏人员，谢功勋也是他们物色的人选之一。当时谢功勋为了能够顺利回到祖国大陆，假装同意加入特务组织。回国后他立刻向组织坦白了这一情况，组织上也进行过必要的调查，认为这个人政治上可靠，没有问题，所以多年来一直安排他在军事科研部门工作。谢功勋是军队保卫部门早已掌握的人，在他身上是做不出什么文章啦，再对谢功勋进行调查显然已毫无必要。

"善后工作你自己处理一下。"冷峰对李石说。

"明白。"

"听说姓谢的那个小丫头蛮漂亮的？"冷峰别有意味地看了看李石。

"模样还说得过去，但腿不是很直。"李石说。

"工作归工作，不要太过分！"冷峰警告他。

李石刚走不久，冷峰又接到唐州市国家安全局雷局长的一个电话。

"她没有搞错？"冷峰皱起眉头，"……他是喜欢玩，但还不至于玩到这种地步……好，我会让他尽快把这件事摆平的。"

放下电话，冷峰立刻把正准备出发的李石叫进办公室。

"还记得唐州那个被你打破头的女孩子吗？"

李石想了想，然后点了点头，他上周在东津大街上还碰见过她。

"她说，她怀孕了。"冷峰说。

"嗯。"李石不明白冷峰为什么要告诉他这个，但还是点了点头，表示他在听。

冷峰看着李石，李石的面部没有任何惊讶或不安的表情，这使他放心了许多。他相信这件事不是李石干的，但还是加重语气重复了一遍："那个女孩儿说她怀孕了！"

李石有些莫名其妙。他看了看冷峰，听冷峰的口气好像是在等他的回答似的，他耸了耸肩："怀孕好啊，不过她怀孕关咱们什么事……"李石突然警觉地瞪大眼睛望着冷峰，有些诧异地指了指自己的鼻子，"她不会说……是我帮的忙吧?!"

冷峰肯定地点了点头。

李石心中这个气呀,这算什么事?如果孟青此刻就在他面前,他非一拳打掉她的下巴不可!

李石决定一到唐州就去找孟青算账。

但到达唐州后,他已经没有心情去找孟青算账了。他们一行人到达唐州市国家安全局的时候,雷震江正站在办公室里挥舞着拳头骂娘呢。原来魏琦乘坐的火车已经在十分钟前到达唐州,由于唐州市国家安全局在人员布置上有偏差,工作没有协调好,致使魏琦在出了火车站不久就从跟踪人员的鼻子底下走掉了,目前还没有找到他的踪迹,这是一起很严重的"事故"。

"要是出了娄子我就撤你的职!"雷震江指着五处处长的鼻子暴跳如雷。

这时,一名工作人员进来报告说,外线人员已经重新将"502"纳入视线,但他手中少了那只他从东津取回的箱子。

"这下糟啦!"雷震江用他胖胖的手掌拍着自己圆圆的头。

接下来就是一连串的研究、请示、汇报工作。李石在唐州一直通过专网电话随时与冷峰保持联系。在下一步工作应该如何进行的问题上,冷峰和雷震江之间存在重大分歧。冷峰提出当机立断,立刻采取行动,而雷震江则想从更长远的角度对待这个问题。经过大半天的协商、沟通,在冷峰的坚持下,雷震江最终还是同意了冷峰立刻"动"魏琦的提议,并得到上级主管部门批准。这是很危险的一步棋,稍有不慎就会打草惊蛇,从而引起金正阳的警觉,最终可能会断送掉他这条"线"。冷峰对雷震江说,如果能找到那个杀手的线索,即使断掉一百个金正阳这样的"线"也值得。冷峰虽然没有告诉雷震江具体的理由,但雷震江可以感觉出冷峰绝不是在危言耸听,这也是他最终同意"动"魏琦的唯一原因。

夜里十一点钟,埋伏在魏琦那个小饭店附近的"外线"人员接到雷震江实施秘密逮捕魏琦行动的命令,一拥而上,把魏琦和一个正在同他鬼混的女服务员一起秘密地抓到了唐州市国家安全局。雷震江立刻布置人对魏琦进行突击审讯。

李石坐在另一个房间里,通过闭路电视,一边注视着审讯现场,一边通过专网电话,随时将审讯的进展情况向冷峰汇报。

魏琦非常狡猾,满口胡言,什么情况也不肯说。时间在一分一秒地过去,已经是凌晨两点钟了,雷震江有些焦急,不时擦着他脸上的汗水。他清楚地知道他们必须在天亮之前完全控制住魏琦,否则他的异常失踪极有可能引起金正阳的警觉。

李石和冷峰讨论了片刻,放下电话。

"把那个箱子给我。"李石对自己的一个属下说。

李石提着手提箱走进预审室，二话没说，就"啪"地给了魏琦一记耳光。魏琦被打得一愣，当他看到李石手里的箱子，身上突然开始哆嗦起来。李石把手提箱放在桌子上，魏琦的两只眼睛直勾勾地盯着箱子。李石坐在桌边，用屁股遮住了大半个手提箱。

"说吧，你是想说还是不想说？"李石有些不耐烦，"我们的政策是'坦白从宽，抗拒从严'，这一点我想你已经清楚啦。"

魏琦的眼睛不时向李石身后的箱子上瞄，由于李石用屁股挡着，他看得不是很清楚。

"我看这件案子就这么结了吧？"李石征询似的环视了一下预审人员，手指有意无意地敲了敲身后的手提箱，"反正证据确凿，他的口供并不那么重要。"

预审人员点头表示同意。李石按一下桌角的电钮，两名侦查员推门进来。

"带走。"李石一挥手，转过身一边摆弄着那个手提箱，一边像是自言自语地说，"别说我没有给过你机会，你死了可不能怨我呀。"

魏琦被架着就要走出门口的一瞬间，突然回过头伸着脖子喊："我说，我说，我全都说！"两名侦查员放开了他，他转过身"扑通"一声就跪在李石和预审人员的面前。

"犯贱！"李石在心里嘀咕，走过去把魏琦扶起来。

魏琦要了根烟，然后规规矩矩地坐在小板凳上，开始从头到尾如实交代他和金正阳之间的所有事情，李石他们耐心地听着。魏琦交代的东西中有许多是唐州市国家安全局已经掌握了的。为了引导他交代出藏匿那个手提箱的地点，预审人员不时用已掌握的一些情况半遮半掩地提示他一下，使他确信唐州市国家安全局已经掌握了他的全部犯罪证据。他交代，金正阳派他到东津火车站附近一栋居民楼的信箱中取一张寄存单，然后拿着寄存单从东津火车站的寄存处取出一个手提箱。从唐州下了火车后就把手提箱寄存在火车站附近的一个小旅馆里。他向桌上指了指，意思是"就是这个箱子"。

一直坐在闭路电视前擦汗的雷震江这才稍稍松了口气，立刻指派一队特工按照魏琦交代的地址直扑那个小旅店，并于凌晨四点钟顺利将他隐藏起来的那个手提箱带回唐州市国家安全局。

在技术人员忙着对箱子进行检查的时候，李石给一直等在专网电话前的冷峰打了个电话，把主要情况向他通报了一下，然后把话筒交给雷震江。

"那小子你怎么处理了？"冷峰问雷震江。

"我告诉他，如果他下半辈子不想在监狱里过日子的话，那么最好还是和我合作。"雷震江眯着他的小眼睛在笑。到目前为止一切还算顺利，接下来就看在这个箱子上能不能有所突破了。

经过一夜的忙碌，技术人员终于在手提箱一角的夹层中发现了四个微型胶卷，经检查，四个微型胶卷中记录的，绝大部分是关于我国通过铁路向朝鲜运送物资的种类和数量的情报。核查情报来源的工作在紧张地进行中。

"那个杀手会是隐藏在铁路部门中？"冷峰和雷震江通过电话讨论案情。

"不像。"雷震江一边摘下他圆圆的眼镜揉着他布满血丝的双眼，一边对着电话说，"我看了一下那些胶卷，情报中所反映的内容不像是从东津市可以得到的情况……"

恰好在这时，核查情报来源的工作已经有了结果。

果然，经调查核实，微型胶卷中记录的内容来自我国与朝鲜接壤的边境城市锦山市，也就是说，锦山市的铁路系统中有人暗中向韩国安企部潜伏在中国的特工提供情报。

"东津方面的这个人很可能只是起传递的作用。"雷震江分析，并布置唐州市国家安全局的工作人员立刻将这一情况向锦山市国家安全局通报。但冷峰关心的不是这个，他让李石组织人手对手提箱再进行彻底地检查。

"老板，没有新发现。"李石向冷峰报告。

"继续查！"冷峰斩钉截铁地说。

李石放下电话，他的一个手下把预审室里那个审讯魏琦时作为道具用的手提箱拿进了办公室，并和那只"正宗"的手提箱摆在了一起。在灯光下看这两个箱子差别很大，这也是李石在审讯时总是用屁股挡着魏琦的视线，不让他看清楚的原因。

"你拿它做什么？"李石问。

"我想比较一下它俩是不是真的差别很大。"

"你还有脸说！"一提起这茬儿李石就来了气，"我是让你去找一个相同的箱子来，你却找来这么个伪劣产品糊弄我，害得我又遮又掩的，屁股坐麻了都不敢动一下。"

"队长，这不能怪我呀！"李石的属下委屈地争辩说，"他们给我的照片就不是很清楚，再说，深更半夜的你让我上哪儿去找一模一样的箱子啊？"

突然，李石的脑海中一道光亮闪过。

"对呀，这个世上根本就没有一模一样的东西！"李石立刻吩咐每个侦查员拿一件手提箱中装的物品，让他们仔细地检查自己手里的物品与其他同类物品有什么不同的地方。

功夫不负有心人。终于，一个侦查员从手提箱中的一本消遣杂志上发现了几个浅浅的压痕。

"用静电处理一下。"李石说。

经过静电处理，显示出几个毫无意义、有些残缺但依稀可辨的朝鲜文字。

因为朝鲜文是拼音文字，所以简单、零散的几个字是根本猜不出具体意思的。

"拍照取证。"李石一边布置工作，一边给冷峰打电话报告情况。

"带回来研究。"冷峰在电话里说。

处理好皮箱，把魏琦送回饭店，并对那个和他一起被抓的女服务员采取了保全措施，天已经快亮了，按照李石的意思现在就驾车赶回东津。

"先安排两辆车把东西送回来，你去处理一下孟青那档子事。"冷峰在电话里说。冷峰的另一层意思是，要他在唐州方面确定已经能够完全控制住魏琦，不至于惊敌后再离开。李石只得听命。

李石下面要做的事情只有等待，等待天亮，等待魏琦不出意外，等待孟青心情好的时候，去和她讨论一下关于她的肚子到底是谁弄大了的问题。等待时最理想的方式就是睡觉，李石却被孟青的那件事搅得心神不安，躺在床上翻来覆去地睡不着觉。他想现在就去找孟青谈，可孟青肯定还没有起床，他只有等。没有事情可做的时候，李石总感到自己就像个死人似的。

"我真有点受不了啦。"李石躺在床上，心里挣扎着喊。

李石的个性偏好进攻，进攻能够使他感到生命的活力；一旦失去了进攻目标，心中就会产生一种手足无措的感觉。冷峰曾给李石指出过，李石最大的弱点就是缺乏耐心。虽然近年来他也一直都在努力克服这个毛病，但是直到今天，等待对他来说依旧是一种莫大的折磨。冷峰曾不厌其烦地引用情报史上的经典案例来论证等待与进攻、等待与机遇的辩证关系，告诉他，反间谍情报工作要胆大心细，在摸不清对方意图的情况下，要学会以不变应万变，要学会忍耐，还向他推荐了几本书，他这次来唐州就带来了其中的一本。

李石从床上爬起来，从箱子里找出这本书，失眠的时候只要一拿起书来读，他就一定会睡着。

冷峰给他推荐的这本书，讲的是在中国共产党情报史上被称为"龙潭三杰"的李克农、钱壮飞、胡底的故事。他们在国民党特务首脑机关内部，建立起了中共中央特科成立以来最重要的一个情报小组。中共中央特科是在中央军委特务工作处的基础上，在周恩来的亲自筹划和领导下，于1927年11月在上海建立的，为保卫共产党组织的安全、刺探情报、肃清内奸做出了巨大的贡献，陈赓、陈云都曾是它的成员。中央特科麾下的"龙潭三杰"更是作为中国共产党情报史上最杰出的三人情报小组而名垂中共情报史。他们曾数次挽救处于危难之中的党中央和党的主要领导人，为中国共产党的生存、成长和发展立下了不可磨灭的功勋。而作为这个三人情报小组主要情报员的钱壮飞却是在无意中进入国民党的最高特务机关的。

那是1928年的夏天，钱壮飞因为生活窘迫，决定报考在上海开办的一个无线电训练班。最初他只是想找一份掩护职业，谋一个能够糊口的差事，当时他并不知道这个所谓的无线电训练班实际上是国民党的一个特务机构，后来才知道这个训练班原来是由国民党"CC"系统头子陈立夫的亲信徐恩曾主办的。钱壮飞因为是徐恩曾的浙江湖州同乡，做事稳妥，又才华出众，所以很快就得到徐恩曾的赏识并成为他的私人秘书。中共中央抓住钱壮飞无意中进入国民党最高特务机构这一千载难逢的机会，及时安排了李克农、胡底打入敌人内部，同钱壮飞一起组成三人情报小组与敌人周旋。这个在无意中有意成立起来的情报小组，在工作中获取了蒋介石对江西苏区进行第一次"围剿"时将采取"长驱直入、分进合击"的战术，谋求在三至六个月内一举消灭江西红军的绝密计划，和第二次"围剿"的时间、兵力部署等重要情报，为中央苏区的反"围剿"做出了杰出的贡献。

1931年4月下旬，中共中央政治局候补委员、中央特委成员顾顺章被捕叛变。顾顺章曾主持中央特科的工作，自称知道共产党中央的全部机密，向国民党供出了共产党中央负责人周恩来、瞿秋白、李维汉、秦邦宪、陈绍禹、向忠发的住址和共产党中央的办公地点，表示要为国民党立"特等功"。就在中共中央及其领导人处于十分危险境地的关键时刻，由于无意中撞进了国民党最高特务机关的情报小组的杰出工作，及时获得了顾顺章被捕叛变的情报，中央机关和领导人迅速转移，使得国民党军、警、宪、特的大搜捕处处扑空，又一次保卫了中央机关和领导人的安全，为中共情报史写下了光辉的一笔。

"这本书是讲要抓住机会，也没有讲这工作一定要学会等待呀。"李石一边睡觉一边想。

当李石一觉醒来的时候，有人告诉他孟青刚刚来过唐州市国家安全局。

"听说孟青长得还挺漂亮？"李石的一个属下不识趣地找李石求证。

李石狠狠地瞪了他一眼，那人没趣地走开了。

第25章 ☆ 富家小姐

孟青的职员还从没见他们的老板如此紧张过。

孟青的公司设在唐州宾馆的三楼。当她被告知李石就在楼下等她的时候，她又是整理衣装又是梳理头发，并一再征求手下职员对她的发型和服饰的意见，直到所有的职员都认为她的穿戴已无可挑剔了，这才快步奔下楼来。

李石站在宾馆大厅的玻璃窗前凝视着窗外。他站在那里像标枪一样挺拔，独特的气质使得孟青在人群中一眼就找到了他。在孟青看来，李石站在人群中就如鹤立鸡群一般出众。孟青停下脚步，望着李石的背影，稳定了一下情绪，然后昂着头，朝李石走去。她尽力按捺想在裙子上揩拭掌心的冲动，这个动作会显出她的紧张，然而她的手心却一直在出汗。

"嗨。"她站在李石的身后和他打招呼。

李石转过身。他冷峻的面孔，如鹰隼一般锐利的目光，令孟青情不自禁地不寒而栗。她不自觉地向后退了半步，倔强地昂起头，不愿服输地与李石对视着，仿佛不肯为李石冷酷的目光所震慑。孟青心里很委屈，认为李石不该对她这么凶。早在李石来找她之前，她已经亲自把一份检讨书送到了唐州市国家安全局，并郑重承认自己并没有怀孕，她和李石根本没有发生过任何关系，只是想捉弄李石一下，这一切都是她的恶作剧。她从律师那里得知，只要不危及国家安全，搞恶作剧并不会触犯《国家安全法》，即使国家安全部门的人很生气也拿她无可奈何，并不能把她关进监狱。在李石冰冷的目光下，孟青感到自己开始有些紧张。

"这个世界上有很多好玩的事情，何必一定要玩我？"李石冷冰冰地说。那冷酷的目光让人心惊肉跳，在这样的目光下，任何人都可以想象得出如果真正惹怒了眼前这个人，那么将会导致什么样的可怕后果。李石说完转身离去。

望着李石洒脱而富有个性的背影，孟青在努力回忆这个背影是否和自己梦境中的那个背影相同，好像有些相似，好像又不相似，相似，不相似……孟青痛苦地摇了摇头，她还不能确定李石是否就是在凤凰山上救过她的那个人。

"回来啦。"李石刚一回到唐州市国家安全局，雷震江就笑容可掬地拿了一份电报给他。这是一份冷峰发给李石的私人电报，内容很短：

"小心提防孟青，摸摸她的底。"

李石看看雷震江，雷震江同情地拍了拍李石的肩膀："我已经安排两个人去查了。"

原来，孟青上午来到唐州市国家安全局，为自己的任性郑重道歉后，雷震江立刻通过电话向冷峰通报了这件事。此事的收场有些出乎冷峰的意料，但还是证明了冷峰判断的正确——李石是无辜的。和雷震江通完电话，冷峰总觉得这件事还有些不妥。他认为孟青对李石的"关心"有些超出常规，这一系列异乎寻常的举动令他心中有些不安。孟青是知道李石真实身份的，她会不会有什么企图？冷峰的疑虑促使他给李石发了这份要他"小心提防孟青"的电报。

雷震江把有关孟青的资料送给李石，李石看过之后吓了一跳。孟青居然是唐州市首富、亿万富翁孟白的妹妹！从资料看，孟青并无可疑之处。

"或许她只是让钱烧的。"这是李石对孟青恶作剧的解释。

剩下的时间还是等待，等待东津方面"502"的消息。

"李队长，传达室有人找你。"唐州市国家安全局的一名工作人员对李石说。

"有人找我？"李石很意外，随即想到了孟青。

果然是孟青！李石径直向孟青走去。

孟青紧握着双手，紧张地望着李石向自己走来。李石的脸上没有一丝笑容，给人一种冷酷无情的感觉。李石冷冰冰地站在孟青的面前。他是如此高大挺拔，与他相比，孟青觉得自己是那么的娇小、柔弱。她甚至可以强烈地感觉到他充满男性气概的结实身躯所发射出的体热和活力，这种"磁场"令孟青感到安全。

"嗨。"孟青努力以轻松的语调和李石打招呼。

李石微微点了点头，算是回应。

孟青下了几次决心，最后终于怯生生地向李石伸出了自己的小手："我……我们讲和吧。"

孟青今天穿了一套纯白的衣裤，配上她那一头清爽的短发，洒脱中又透着几分活泼，浑身上下散发着一股本不该属于城市的自然气质。不过，令李石心动的并不是她的服饰，而是她绯红的脸颊上那无助的眼神和小女孩般手足无措的惶恐。想到她来找他只是为了求和，李石不禁有些心软了，甚至还有点感动。

孟青看见李石的眼底掠过一丝若有若无的笑意，受到了鼓舞，对李石开心地一笑，等待着李石伸出他的手。

几秒钟后，李石终于伸出手握住了孟青那只等待已久的小手。孟青感到一股坚定而沉稳的力量通过李石的手传递过来，在李石冷酷无情的外表下，她清晰地感觉到了一颗炽热而充满柔情的心。

"我……该走了。"孟青说，"我知道你很忙。"

李石没有说话。

"真的很高兴认识你。"孟青调皮地对他笑笑，"算命的说，第一个敢打破我头的男人就是我今生的福星，我会缠他一辈子的。"她一边向后退，一边笑着对李石说，"你一定不信，但我们一定还会再见面的！"

李石淡淡地笑笑，他就不相信他们还会见面，出于礼貌目送着孟青走远。

"我们一定还会再见面的！"孟青在远处向李石挥着手高声喊。

李石不相信地晃晃脑袋，然后回到办公楼里。在上楼的时候，透过五楼走廊的玻璃窗，看见孟青正站在马路边东张西望地等出租车，偶尔有一辆出租车驶过，却没有停，想来是已经载有乘客了。李石来过唐州市多次，国家安全局坐落的这个地段平日里就很少有车，僻静得连出租车都不愿意往这里跑，所以能空驶到这里的出租汽车就更少啦。

孟青左顾右盼，直后悔没有自己开车来。她之所以不开车来，是不想给李石留下个肤浅、傲慢的印象，但她没有想到在这个地方等出租车会这么困难。她终于又看到一辆轿车，连忙招手，但马上又失望了，这不是出租车。正当孟青感到沮丧的时候，一辆汽车径直开来，停在她身旁。这时她才看到驾车的原来是李石！

"嗨——"孟青向他摆手，"我说的没错吧？我们又见面啦！"

她看到李石示意她上车，感到一丝惊喜。

"去哪里？"这是李石在整个驾车过程中和孟青说的唯一一句话。

虽然李石没有再和她说一句话，孟青依然感到非常的满足。她坐在李石的身边，能够强烈地感受到他浑身散发出的那股让人说不出来的力。那是一种强大而无形的力，一种能让女人产生安全感的力，这种感觉似曾相识，但好像又很陌生。孟青几次想和李石说话，非常想就自己心中的疑问向李石问个清楚，却忍住了。她渴望知道真相，同时又害怕知道真相。

李石把孟青送到唐州宾馆，很绅士地下车为她打开车门。

"想不想参观一下我的办公室？"孟青发出邀请。

"改天吧。"李石敷衍着。

孟青很失望。

"青青，你怎么和这个小子在一起？"

孟青抬头看见二秃子带着他那几个总不离左右的打手气势汹汹地从台阶上奔下来。

"小子，你把眼珠子给我放亮点儿，青青是我的女人，以后……"

二秃子的话音未落，脸上"啪"就挨了孟青一记耳光。孟青叉起腰，一副好斗的样子站在二秃子面前：

"你把话给我说清楚！谁是你的女人？！"

二秃子被打得一愣，他恼怒地一把拽住孟青的胳膊，扬起拳头……

孟青不躲不闪，反而迎着二秃子的拳头毫不畏惧地昂起了头。她瞪着二秃子，一副"你还敢打我怎么着"的神情。二秃子高高举起的拳头果然僵在空中，始终不能落下。

"好，好，我二秃子从来不打女人。"二秃子为自己找了个台阶，然后如好斗的公牛般恶狠狠地指着李石，"给我打他！"

二秃子手下那几个忠实的打手立刻如恶狗般向李石扑过去。李石好像有些无动于衷，以他一贯的冷漠表情面对着这几个来势汹汹的打手。实际上除了踢足球以外，李石最喜欢的运动就是打架。

一个打手抡起拳头劈头盖脸向李石打去，李石一看就知道这是一个从未受过正规博击训练的人，他至少将三处以上要害部位暴露在李石的攻击范围之内，李石选择了最省力的一种方式，侧身避开对方的拳头，左手抓住对方手腕向前一带，右手握拳顺势击向对方的腋下，这个打手顿时半边身子失去了知觉，瘫倒在地上。

又一个打手从侧面狠狠地向李石踢来，李石挥臂挡住踢向自己要害的这一腿，降低重心顺势侧身贴近对方，趁对方重心不稳，门户大开之机，挥拳击向对方胸口，对方被弹出三米以外，躺在地上捂着胸口哀号着蜷曲成一团。

第三个打手扑上来从后面死死地抱住了李石的腰，使李石动弹不得。李石用手指抠住对方抱在他胸前的两只手，猛力地将对方手指甲的根部撕开。"哎呀——"那打手惨叫一声，放松了环绕着李石的手臂。李石顺势向后用肘部猛击那个打手的胃，打手抱着肚子倒在地上打滚。

第四个打手扑了过来，李石突然一跃而起，飞起一记漂亮的旋风腿，结结实实地抽在这个打手的脸上，打手重重地摔倒在地上，努力爬了两下，终究还是没能站起来。

此刻二秃子手下的四个打手都已经失去了反抗能力。恼羞成怒的二秃子恶狠狠地从身后的衣服里"噌"地拔出一把锋利的尖刀。他不断变换着姿势，最后选择了一个他认为最好的角度，举着尖刀，咬牙切齿地向李石冲过来。当他就要冲到李石眼前的时候，突然一下子僵住了，直挺挺地站在那里一动也不敢动——在他的前方，他看到了一个冰冷的枪口直指他的眉心。

空气仿佛一下子凝住了。刀，从二秃子的手中滑到地上，二秃子一动不动地僵站在那里。黑洞洞的枪口，冰冷的目光，骇人的杀气……所有的一切都在传递一个明确的信息：只要二秃子敢动手，那支枪就会毫不犹豫地打烂他的头！二秃子对此深信不疑。这是他一生中第一次真正感到害怕。

孟青也被眼前的情形吓呆了，她能强烈地感受到李石身上弥漫着的那股浓烈的杀气。忽然她注意到二秃子站的地方在慢慢地变湿，哇！原来这个平日里横行霸道、不可一世的"唐州王"居然吓得尿了裤子！

"滚！"李石毫不客气地说。

二秃子等人如获大赦，只恨爹娘少生了两条腿，像躲避瘟神一般连滚带爬地逃离了李石的视线。李石掸了掸衣服上的灰尘，然后潇洒地驾车离去。

"可恶！"孟青懊恼地、狠狠地跺着脚说。

李石走时不但没有和她打招呼，甚至连看都没看她一眼，这使孟青难过。但孟青此刻恼的不是李石，而是那个二秃子，她一定要给他好看！

第26章 ☆ 谁是"秃鹰"

从唐州取回的朝鲜文压痕字鉴定终于有了结论：几个不完整的朝鲜文字在书写上具有明显的西文书写特征。

冷峰传下命令：立刻将东津市所有在西方受过教育的人都列为重点侦查目标，尤其是那些在西方受过教育的韩国人。

冷峰感到这件案子的头绪很乱，必须要理出一个明确的脉络，为他的手下从宏观上指出一个明确的方向。他用了一整天的时间，把目前掌握的，能和那两个钛金属盒子扯上关系的所有卷宗又从头到尾仔细地阅了一遍。最后认为，仅从现有的资料分析，还是无法认定从唐州段世雄手里取得六支无声手枪的那个"秃鹰"就是名宗商厦出现的那个杀手。

段世雄供认他向"秃鹰"提供了六支无声手枪，但军方在追捕过程中只缴获了五支，那么还有一支在哪里呢？按照正常思维，这支枪应该还在"秃鹰"手里，能够找到枪，就能找到"秃鹰"。如果找到"秃鹰"，那么距离找到那两个钛金属盒子也就不会太远了，可"秃鹰"又会是谁呢？

"糟了！"冷峰研究案子入了神，突然发现已经是晚上八点多啦，"雨儿和雪儿又要饿肚子啦。"雨儿和雪儿明天要去参加夏令营，他还没有为她们准备东西。

冷峰急急忙忙赶回家，看到雨儿和雪儿坐在沙发上一边看电视，一边吃冰激凌，显然并没有饿着，明天参加夏令营要带的两个相同的小背包已经整整齐齐地装好放在门口。

"你们自己干的？"冷峰指着小背包问，他对雨儿和雪儿的能力很吃惊。

"是柔姑姑装的。"雨儿和雪儿指着厨房。

冷峰这才发现温柔正在厨房里忙着烧菜。

"你们饿坏了吧?"冷峰拿出饼干。

雨儿和雪儿摇了摇头:"我们已经吃过饭了。"

很显然是温柔为她们烧的饭,那么现在温柔在厨房里是在为他忙碌。如果猜得没错,温柔刚才一定给值班室打过电话,并由此推算出了他到家的大概时间,冷峰心中涌起一丝感动。冷峰来到厨房,注意到温柔把头发盘了起来,身上扎条素雅的小围裙,看上去就像个能干的小妇人。

"哎,你回来了,"温柔也看到了冷峰,一边娴熟地翻动着菜勺,一边和冷峰打招呼,"菜马上就好。"

"好久没有看到你了,你今天又没去上班?"虽然近期温柔经常在工作时间跑来教雨儿和雪儿弹琴,但她和冷峰碰见的时候并不多,因为她来的时间恰好与冷峰上班时间岔开。实际上这也正是温柔刻意追求的一种效果,她不想让冷峰对她突然出现在他生活里产生下意识的排斥感,她要以这种"淡入"的方式循序渐进地走入他的生活,她认为这样效果能够更理想些。

"没有呀,我只是下午早走了一会儿。"温柔对冷峰可爱地眨了眨眼睛,"你不要总监督我嘛!我工作起来还是很勤奋的,我通常都是做完工作以后才翘班。再说,雨儿和雪儿明天要去参加夏令营,我来帮她们准备东西嘛。"温柔对冷峰做了个讨人喜欢的鬼脸。

冷峰还是第一次遇见这种工作时间翘班还理直气壮的人,好在温柔已经不在他手下了,他也乐得睁只眼闭只眼装好人。雨儿和雪儿明天要早起去夏令营,冷峰早早地就把她们赶上床睡觉去了。把雨儿和雪儿收拾妥当,温柔也把烧好的菜端上了饭桌。冷峰这是第二次吃温柔烧的菜。像温柔这种年龄的女孩子能够烧出这样一手好菜实在很难得,而且温柔很讲究美感,她烧出的小菜精致得令人不忍心下筷,不过冷峰现在已经顾不了那么多啦,他饿极了,况且他知道,对于一个女人厨艺的最高赞赏莫过于吃光她烧的所有的菜。

"我烧的菜真有那么好吃?"看着冷峰吃得津津有味,温柔想象不出自己的厨艺到底有多高明。

"非常好!"

"虽然我知道可能只是一个善意的谎言,但我还是决定以后经常烧菜给你吃,直到你吃厌了为止!"温柔托着下巴孩子气地说。

温柔的稚气也感染了冷峰:"来。"冷峰向温柔伸出小手指,"一言为定,不许反悔!"

温柔伸出小手指勾住冷峰的手指:"不反悔!"

温柔非常开心,她终于可以亲切而自然地出现在冷峰的生活里啦。

对于温柔,冷峰有他自己的打算。温柔的身上令人费解的事情实在太多,肖局长爱护她如掌上明珠,于副部长和她的家人又很熟,甚至连国家情报机关最忌讳的频繁调动工作，对她也不是问题。这不能不让他怀疑她的档案记录是假的。国家情报部门基于最大限度控制知密范围的考虑，对人员流动一向严格控制，温柔却在短短几个月的时间里，说来就来，说走就走，用李石的话说："好像这国家情报部门是她家开办的似的。"

冷峰估计温柔在国家情报机关的背景一定不寻常，和她这样的人保持良好的人际关系，只会有好处，不会有坏处，况且温柔也从来不是一个令人讨厌的女孩。

温柔坐在饭桌前，一边不时为冷峰夹菜，一边找话题和冷峰随意聊着天。她和冷峰认识这么久，他们之间还从未有过一次深入的交谈。温柔也知道，像冷峰这样的男人，从心理上说，是根本不屑于和她这种年纪的女孩子探讨问题的，因为在他这样的男人看来，她这种年纪理应是一个很肤浅、看问题缺乏深度的年纪。冷峰不知道她十六岁就已经大学毕业，更不知道她还经常偷看他在电脑中写的文章。

实际上，温柔自从知道冷峰有在电脑中记录下他的一些思想的习惯后，就经常趁教雨儿和雪儿练琴的机会，偷看冷峰电脑中的文章。偷看电脑，感觉上就好像在偷看冷峰的日记一样，令温柔产生一种莫名的兴奋。透过这些文章，温柔能够全面地窥视到他的思想，深入地了解他的爱憎，每当这时温柔都感到自己的心与他的心仿佛贴得很近很近。令温柔感到失望的是，冷峰写的大多是政论性的文章，从未在文章中言及他比较喜欢哪种类型的姑娘。温柔以前对这种政论性的文章毫无兴趣，但她还是把这些文章从头到尾看了一遍，为在聊天时能和冷峰多一个共同的话题，从心理上拉近与他的距离。温柔认为冷峰对她的态度够亲切，但不够亲近，只像是一个大哥哥在关爱一个淘气的妹妹，而不是温柔想要的那种感觉。

经过与温柔的一段闲聊，冷峰认为自己需要对眼前的这个小姑娘刮目相看了。温柔的年纪虽小，思想却不幼稚，他感到与她聊天是件很愉快的事情。

"那么你有没有恋爱过？"温柔很自然地把话题转到了自己感兴趣的方面。

"当然有！"冷峰自豪地说，"只不过那年我才十六岁，什么都不懂。"

"早恋！"温柔眯着眼睛俏皮地对冷峰笑，"那么热恋时的感觉是什么样子的呢？"

"和发烧差不多，痛苦，迷糊，烧得厉害的时候就开始胡说八道。"

冷峰的比喻让温柔笑得前仰后合，她那饱满的胸脯在她开朗的笑声中不住地颤动着，仿佛在怀里揣了两只活泼的鸽子。这一刻的温柔显得既天真无邪，又性感妩媚，她的身上同时存在着青春少女的天真和成熟女人的性感，使得她时而像天使一般清纯，时而又如魔鬼一般充满了诱惑。

冷峰风趣的话语，幽默的措辞，常常使温柔忍俊不禁，而他对爱情和婚姻的一些看法，又如同他那些政论性文章一样令温柔瞠目结舌。他认为，婚姻的前提并不一定都是爱情，爱情的结果也未必就是婚姻。婚姻的美与爱情的美根本是两种不同的美，爱情是一种激情美，而婚姻则是一种心境美，认为婚姻是爱情坟墓的人，是因为只体验了激情美的破灭，而没有去努力营造那份心境美。作为一种完美的恋爱婚姻模式，应该能从热恋时的激情转化为较为实际的热情，然后再升华为构成幸福婚姻基础的心境美。对于爱情他又认为，所谓的爱情只不过是一种纯主观的心理作用，是某些客观现象在大脑中的虚幻反映。爱情的产生无一例外都是由自己骗自己时开始，而在自己不想骗自己时结束。

温柔猜测冷峰以前一定经历过感情的挫折，所以才会对爱情这么悲观，她决心把冷峰从感情的阴影中拉出来。就在这时李石来到了冷峰家。温柔认为，如果没有李石不合时宜的到来，那么今晚将会是她在这个炎热的夏季里最美好的一个夜晚。

李石刚从唐州长途驱车赶回来，是来向冷峰报告"孟青事件"的详细处理经过的。

"吃饭了没有？"冷峰问。

"在路上吃过了。"李石答。

"开车来的吗？"

"是。"

"那正好，一会儿你开车把温柔送回去。"

"好。"李石抬头的时候发现温柔一边收拾碗筷，一边狠狠地瞪了他一眼。

李石这才感觉到自己的到来，原来是不受欢迎的，至少不受温柔的欢迎。李石把孟青的背景情况，详细地向冷峰汇报了一遍。

"亿万富翁的妹妹？"冷峰皱皱眉头。

对于这件事，冷峰认为只有两种可能：一是孟青因为无聊而搞出的恶作剧，二是孟青对李石别有企图。

"也可能是她爱上李石了。"温柔说。

李石把温柔的推测，当成是她对他今天不合时宜到来的报复。在冷峰去为雨儿和雪儿检查蚊帐的时候，李石对温柔说："你以为我不来，你还会和咱们老板发生点什么？"

温柔非常惊讶地望了李石片刻，小声叫起来：

"你在说什么？！"

冷峰从屋里出来的时候，看见羞红了脸的温柔正作势要打李石，李石则全神贯注地揣摩着温柔拳头的走势，随时做好躲闪的准备。温柔看见冷峰立刻收起了拳头，抓起了自己的小皮包，站起身。

"我要走啦。"温柔低着头走到门口换鞋。

"让李石送你。"冷峰说。

"不用。"温柔红着脸赌气地出了门。

冷峰用询问的目光看看李石。李石态度很好地耸了耸肩："我知道,我又错啦。"然后赶紧去追温柔。

冷峰有些摸不着头脑地关上门。这时唐静莹打来电话："喂,是我,雨儿和雪儿明天去夏令营你有没有忘记?"

"差一点就忘了。"

唐静莹松了口气,"差一点"就说明还没忘。

"东西都准备好了吗?"

"准备好了。"

"说实话,"唐静莹笑道,"我也是刚刚想起这件事,最近这几天都把我忙晕了头啦。怎么样?我们好久没有见面了,有没有想我呀?"

"想听真话还是假话?"

"嗯——"唐静莹想了想,"假话!"

不等冷峰开口,唐静莹自己就先笑起来。

"喂,"唐静莹止住了笑,"我有没有告诉过你我可能到市局去当局长?"

"没有。"

"最新消息,市局这次领导班子调整,有六个人可以竞争局长的位置,我排在第一位,"唐静莹说,"是倒数。"

冷峰自然明白唐静莹的目的是要征求他的意见,希望他能帮她出主意。

"你很想当这个局长吗?"冷峰问。

"很想。"唐静莹答,"但据我所知,市里有几个头头不大喜欢我,当然,我也不大喜欢他们,我该怎么办?"

"做这种事一般只有两种办法:一是抓住他们的把柄,二是争取他们的信任。"

"对,有道理,我懂啦!"唐静莹从冷峰的建议中受到了启发。

"你要做了什么龌龊的事情千万不要说是我教你的,都是你自己想出来的。"冷峰为自己辩解。

"什么龌龊呀!你不是说过,'利用别人的缺点叫智慧,利用别人的善良叫缺德'嘛。我是在利用某人的缺点,这应该叫作智慧才对!"

"随你的便。"

"喂,你还记得那起绑架了一个小男孩要勒索一万块钱的案子吗?"

"记得。"

"我们找到嫌疑人了。"

"是什么人?"

"和你猜测的一样，是个外地民工！我们怀疑最近那起抢劫运钞车的案子也是他做的。你猜是谁提供的线索？"唐静莹神秘地问。

"猜不出。"

"就是你的那个朋友小慧！"唐静莹特别强调"朋友"两个字，并"哧哧"地笑。

对于小慧能够向唐静莹提供线索，冷峰并不感到吃惊。像敢于打劫运钞车这样的亡命徒，他们弄到钱后，自然就是花天酒地，纵情享乐，嫖女人是必不可少的内容。当男人趴在女人肚皮上的时候，往往也是他最得意、最没有警惕性的时候，所以在小慧的那个圈子里最容易弄到这类信息。

"小慧说这个人曾经嫖过她的一个小姐妹，她是听那个小姐妹说的。"唐静莹继续说，"她的小姐妹说这个人有一支短枪，腰上还总捆着两个炸药包，那天喝多了酒，在床上耍狠斗富，自称大街上的钱都是他的，他绑过'票'，前几天劫运钞车也是他干的。经过我们的初步侦查，基本认定那起绑架案就是他做的，运钞车的案子还不能定，我们需要对他身上的那支枪做鉴定。但他身上的那两个炸药包总不离身，我怕我手底下没人能够保证在他引爆炸药包之前将他制服，所以我想……我想……"唐静莹支支吾吾。

"你想让我的人出手对不对？"冷峰接过唐静莹的话。

"我知道这件事很危险……"

"你什么时候也变得这么婆婆妈妈的啦？"冷峰打断了唐静莹的话，"明天把资料给我，对这种事我们终究比你们有经验。"冷峰顿了顿，"况且不是迫不得已，你也不会开这个口。"

一股暖流从唐静莹的心头流过——冷峰是多么了解她！冷峰的理解和有力的支持令她深深地感动。能够得此知己，今生夫复何求?!

唐静莹在感动之余，顺便愧疚地把马千里意外死亡的案子仍无进展的情况向冷峰说了一下。她已经查遍了这位主任生前身边出现过的每一个女人，但始终没有发现有符合"高个子、身材很好、蒙上面纱还很漂亮"这个标准的。

"她的保密功夫做得倒是好！"冷峰笑笑。

唐静莹的调查工作没有取得进展反而令冷峰高兴，因为这恰恰证明了冷峰的怀疑：这个"蒙上面纱还很漂亮"的女人，并不像人们常说的"情人"那么简单。"情人"是永远无法把"情事"搞得如此神秘的，所以马千里的真正死因很值得推敲。冷峰认为钛金属盒这件案子的关键线索很可能也就在840研究所里。

"泄密的事查得怎么样啦？"冷峰问唐静莹。

"还没有查到头绪。你真的怀疑我们分局有内奸？"唐静莹很不愿意承认这样一个事实，"参加名人商厦那次行动的人和间接知道那次行动的人前前后后有很多，市局和其他分局都有人知道，每一个部门和环节都有走漏消息的可能。"

"的确是这样，"冷峰说，"不过在所有知情的部门中，只有你的人直接参与了那次行动，他们知道的情况最详细，其他人只知道个大概，所以还是你那里的嫌疑最大。因为按照常规，敌人至少应该先从那个女人身上摸摸底，了解一下他们哪些情况已经被我们掌握了之后再杀人灭口。敌人这样匆匆忙忙地就杀了她，说明敌人一定是事先得知我方已经采取了行动。我怀疑你们分局内部有人向敌人泄露消息，所以敌人才会在名人商厦向她下手。"

"你的人知道的情况比我的人还多，你怎么不怀疑你的人？"唐静莹反驳。

冷峰笑笑，没有说话。倒是唐静莹自己很快意识到自己语言上的失误："我好像有点强词夺理啊？"

"这是你说的，不是我说的！"冷峰笑道，"不过你最好还是谨慎些，留一个家贼在身边不见得是件很舒服的事情。"

"好吧！我再查查。"唐静莹说，"喂，对了，明早我接雨儿和雪儿去夏令营，不用你送啦。"

第27章 ☆ 神秘电话

曾负责对840研究所副所长谢功勋进行侦查的一科科长走进冷峰的办公室报告说，据"内线"反映，谢功勋的女儿谢百灵近期通过各种关系借去了大量的内部资料，其中很多还是具有密级的。

"虽然对谢功勋的侦查计划已经中止，但我认为谢百灵这个人很可疑，而且她近期将可能出境。"一科科长说。

尽管对谢百灵的动机还不明了，但疑点是显而易见的，她搜集那么多内部资料干什么？冷峰同意了一科科长提出的对谢百灵实施侦控的意见，并在一科提交的侦控审批表上签了字。

这时冷峰接到唐静莹打来的电话。

"'柔姑姑'是哪一位？"唐静莹开口就问。

原来唐静莹早晨在开车送雨儿和雪儿去夏令营集合地的途中听到她们开口闭口说的都是"柔姑姑"的事：柔姑姑烧菜如何好吃、柔姑姑如何陪她们玩耍、柔姑姑……唐静莹才一个多星期没去冷峰那里，从哪里又突然冒出个"柔姑姑"来？很显然，这个"柔姑姑"已经完全征服了雨儿和雪儿，这使唐静莹有些担心。因为如果这个"柔姑姑"有能力在这么短的时间里就赢得了雨儿和雪儿的心，那么她也可能会征服冷峰的心，所以需要问个明白。

"柔姑姑？"冷峰立刻想到这是雨儿和雪儿对温柔的称呼，"她是教雨儿和雪儿弹琴的家教。"冷峰只能这样回答，因为温柔作为国家特工人员的身份同样是保密的。

"漂亮吗？"唐静莹问。

"漂亮。"冷峰笑，他清楚唐静莹此刻在想些什么，"不过她只有二十一岁。"

"二十一岁？"唐静莹松了口气，她认为二十一岁的少女是根本不会懂得欣赏冷峰这种男人的。她们的智商还都只局限于通过外表来判断男人是否够潇洒，根本不能真正理解什么样的男人才算是真正的男人。

应该说唐静莹的分析并无错误，只是她忽视了一个问题，那就是温柔十六岁就已经大学毕业了，与同龄的女孩子相比，温柔要成熟得多。

"我立刻把劫运钞车那人的资料传给你。"唐静莹说。

收到唐静莹传来的资料后，冷峰把李石叫到办公室，将这项抓捕任务交给了李石和他的"黑豹别动队"。

"要死的，还是活的？"李石首先要问清楚大原则。

"活的。"冷峰答。

李石研究完资料后提出了三套方案。一是近距离对其实施突然袭击，在其引爆炸药包之前将其制服。这一方案刚一提出来就被冷峰否决了，因为万一稍有偏差就会直接危及执行人员的生命安全，冷峰不想为了一个一文不值的刑事嫌犯而使他的手下冒任何风险。李石提出的第二套方案是趁其不备在其食物中投放麻醉药品。这一方案也被冷峰否决了，因为从资料看这个人总是喜欢在公共场所饮食，目前使用的麻醉药都无法使人在瞬间丧失知觉，万一引起他的警觉，他将有足够的时间引爆炸药，那么将会殃及很多无辜。李石的第三套方案是将嫌疑犯引到一处僻静的地方，远距离使用麻醉枪射击，即使嫌疑犯在麻醉之前有充分的时间引爆炸药，那么炸死的也只是他自己。冷峰认为这一方案可行，决定让"黑豹别动队"就使用此法制服嫌疑人。李石立刻带人去筹划这次行动。

反间谍情报九处副处长朱文强和东津市国家安全局联合追查那个杀手下落的工作依旧没有进展，以韩国人和美籍韩国人为重点对象的侦查工作毫无收获，但朱文强仍然认为侦查方向没有错误。

"再查。"朱文强说。

在担任东津市国家安全局局长的叔叔支持下，朱文强指挥的两个小组和东津市国家安全局的侦查员又对东津市所有的韩国人和美籍韩国人进行了排查。

"敌人若是使用了掩护身份怎么办？"有一个科长对朱文强说。

关于这一点冷峰事先也曾提醒过朱文强，只是朱文强不相信敌人会那么高明，更不愿意承认冷峰真的比他聪明。如果不幸被冷峰说中，那么李石辛辛苦苦才找到的这条线索就是一条"死线"。虽然不愿承认冷峰比他更高明，朱文强还是在组织对东津市韩国人和美籍韩国人进行排查的同时，加强了对敌人设在东津市火车站附近居民楼里那个无人联络点的监视工作，要求各部门一旦发现情况直接向他报告。这种工作有点像守株待兔，但好歹也算是个线索。

下午接近下班的时候，温柔跑进了冷峰的办公室。

"嗨，你怎么来了？"冷峰放下手里的卷宗和她打招呼。

"给你送阅文件呀。"温柔从怀里抱着的皮包里拿出一个文件摆到冷峰的面前，同时对冷峰展示着她灿烂的笑容。

"你怎么转行啦？"冷峰一边翻阅文件一边说。这送阅文件的事不应该是温柔的工作。

"小刘有事，我是临时帮个忙。"温柔含糊地回答。实际上她是刻意为自己找了这样一个能和冷峰见面的借口，并且是故意选在快要下班的时间，这样她就可以顺理成章地和冷峰一起下班了。雨儿和雪儿已经去参加夏令营了，她必须找到新的接近冷峰的借口才行。

传阅的文件是关于韩国和C国情报机关之间在我国领土上进行斗争的情况。两天前，有四名C国武装特工携带电台、麻醉枪、无声手枪等间谍器材，秘密潜入位于中朝边界的锦山市执行绑架暗杀任务。在其行动被锦山市国家安全局察觉后，四名武装特工遵照C国方面"避免与中国侦查人员冲突"的指示，遗弃武器装备后潜逃。估计此刻这四个人已经回到了C国。

近年来，韩国和C国的情报机关在我国境内交锋的事件时有发生，并且有愈演愈烈的趋势。C国从事秘密活动的情报机构主要有社会文化部、作战部和对外情报调查部，其中作战部主要负责武装间谍的训练和派遣，还负责把情报员输送到韩国或海外的工作。作战部拥有从四千吨到四万吨的大型贸易船只二十余艘，对外宣称为贸易船，实际上是用来进行渗透活动和各种秘密活动的船舶。1991年海湾战争时，冲破多国部队的封锁网，将"飞毛腿"导弹运送到伊拉克的行动，就是由作战部的这些船舶实施的。当海湾战争一爆发，伊拉克当局就通过非正式渠道请求C国当局卖给他们导弹。由于多国部队为切断对伊拉克的军事、经济援助，对海湾地区的海上、空中进行了彻底的封锁，通过正常的海上运输运送导弹已不可能，因此这项任务就交给了作战部。作战部选定了两名经验丰富又有特殊技能的船长执行这项任务。这两艘船为避免暴露，自从装上C国制造的改良型"飞毛腿"导弹散件出发后，就彻底切断了同国内的通讯联系。美国事先已得到C国将向伊拉克输出导弹的情报，多国部队出动了大批的军舰和飞机对这两艘船进行堵截。两船长突然放弃了通向伊拉克港口的直达航线，选择了从叙利亚绕行的航线。多国部队始料未及，两船成功地突破了多国部队的封锁网，顺利地把导弹卸在了叙利亚，并通过叙利亚运送到了伊拉克。此事至今尚未公开披露，美国情报机构只知道是C国所为，但具体是由C国哪个部门采取了如此大胆的行动，恐怕到现在也不清楚。

冷峰看完文件后一边思考着，一边把文件夹还给温柔。他在想，C国特工这次潜入我区活动，会不会和在锦山活动的那几个韩国间谍有关呢？或许C国方面会掌握名人商厦那个杀手的一些资料？冷峰随即又否决了这一设想，因为C国方面即使掌握这个人的资料，恐怕也不会向中国情报机构提供。

温柔没有接冷峰递过来的文件，而是说："先放你这里吧，我明天再来拿。"

"嗯？"冷峰以为自己听错了。按照规定，这类传阅文件是要即时收回的。

"现在已经下班了。"温柔指了指腕上的小表。果然已经到了下班时间。"况且我已经把司机放走了，你总不能让我带着文件坐公共汽车回去吧？"温柔赖皮地说。按照规定，这种绝密文件必须两人以上使用专车取送。

冷峰也看出温柔没打算今天把文件取走，无奈地笑笑，把文件锁到保险柜里。

温柔正在盘算下一步应该如何诱导冷峰邀请她共进晚餐，冷峰身上的传呼机突然响起来。冷峰低头看了一下号码，是电讯侦控组发出的"十万火急"的讯号，立刻拿起桌上的内部电话。

"我是冷峰……我马上来！"放下电话，冷峰立刻向电讯侦控室跑去。

温柔意识到一定发生了什么重大事件，否则一向以冷静、沉稳著称的冷峰是绝对不会这么急三火四的。温柔也紧跟在冷峰的身后跑到电讯侦控室。电讯侦控组组长见到冷峰，立刻着手倒录音带。原来，一分钟前电讯组侦听到有人使用那只被侦控的、自入网后就从未使用过的手提电话。组长按下录音机的开始键，播放出一段经过电子变音的对话。

> 被侦听的电话："喂？"
> 对方："喂，有红玫瑰吗？"
> 被侦听的电话："没有，只有蓝玫瑰。"
> 对方："我要黑玫瑰。"
> 被侦听的电话："我是秃鹰。"

"秃鹰！"温柔吃惊得差点跳起来，这不正是冷峰千方百计要找的那个人吗？她张大了嘴巴望向冷峰，但冷峰丝毫没有惊讶和欣喜的表情，温柔不得不佩服他的这份镇定，仿佛所有的事情都在他掌握之中似的，只是用心地听着录音，已不见了从办公室向这里跑时的那种振奋。

> 对方："都准备好了吗？"
> 被侦听的电话："准备好啦。"
> 对方："货物大约九天后到。"

"立刻紧急呼叫所有侦查员回来开会。"冷峰命令。如果他估计得没错，电话中提到的"货物"就是那两个钛金属盒!

"电话是从哪里打来的?"冷峰问。

"四川。"组长答。

"四川?"

"因为通话时间短,我们只追踪到四川。"组长说。

这足以说明问题了。那两个钛金属盒就是从四川某军事基地丢失的。冷峰的头脑在飞速地思考着。他判断"货物"不会直接发给"秃鹰",因为像"秃鹰"这样一个训练有素又谨小慎微的间谍,为了自己的安全,是绝对不会将自己的地址轻易告诉同伙的。他甚至可以断定,刚才"秃鹰"使用过的那部移动电话,不可能再使用第二次。不可否认,"秃鹰"是间谍情报这行当中的高手。

第28章 ☆ 夜总会疑踪

　　高雅兰站在江边，凭栏而立，默默地感觉着晚风拂面的那种惬意。在确定了四周没有人在注意她时，从手袋里掏出一部移动电话，随手丢到了江水里。

　　她仰头望着夜空中的星星，脸上露出甜美的微笑。她只要再等九天，等拿到那另外一个钛金属盒，就再也不用待在中国担惊受怕了，她会立即带着这两个盒子回到美国，但现在的问题是如何才能把这两个钛金属盒安全地运出中国国境。CIA原来制订的计划是，由高雅兰在中国定做一批皮箱，同时CIA依据高雅兰提供的这款皮箱的图样制作一只款式相同的特殊皮箱。这只皮箱的特殊功能就在于它能够逃避任何射线和金属感应仪器的探测，如果把那两只钛金属盒装到这种箱子里，那么任何探测仪器得到的信号都是：这是一只空箱。将这只箱子混杂在几千只相同款式的皮箱中间，就可以确保通过正常的商贸途径将两个钛金属盒万无一失地运到美国。这一方案是经过CIA专家反复论证后得出的最佳方案，因为中国安检部门不可能对所有的出口货物都开箱检查，他们只能用探测仪器对货物进行整体的扫描探测，所以使用这种方法运送那两个钛金属盒的成功概率基本上是百分之百。但由于CIA驻泰国情报站工作上的失误，他们没有采用公开的方式将这只特殊的皮箱带入中国境内，而是把它混同一般的间谍器材，通过毒贩们的秘密渠道带入中国境内，结果这伙经常被CIA利用向中国境内运送间谍器材的毒贩，被中国特工悉数歼灭。虽然高雅兰已经指示"乌鸦"干掉了那个侥幸逃脱的女交通员，但皮箱终究还是落到了中国特工的手中。高雅兰现在只希望中国特工不要那么快发现那只皮箱的特殊功能，因为她需要时间另安排一条安全运送金属盒出境的途径。

　　"兰姐！"小慧向高雅兰跑来。

　　小慧穿着一套制式的服装，看上去更像一个年轻貌美的白领丽人，这与她目前在金禾联合速递公司做职员的身份很相称。到今天为止，小慧已经在金禾联合速递公司做了一个多星期职员，这一切都是高雅兰为她安排的。

"工作还习惯吗？"高雅兰微笑着。

"还好，就是太闷了。"小慧从挎包里拿出一沓外文资料和业务表格交给高雅兰，"还有就是这些东西我总也搞不懂。"

高雅兰粗略地翻看了一下资料，大多是外文。她把资料放进自己的手袋里："我明天早晨做好了给你。"

这也是她们约定好的，高雅兰为小慧做那些她做不了的业务。小慧进金禾联合速递公司的目的是接近那个很有实权的业务科长。小慧不明白高雅兰为什么要她这么做，实际上她也不关心为什么，只知道她每次为高雅兰做这些事，事后都会得到很多钱。

"林处长那边怎么样了？"高雅兰问小慧。

"没有问题。兰姐不就是想弄台仪器看看吗？我已经和林老头子说好了，只要我们不把仪器弄坏，能够及时给他送回，我们随时都可以去，这就是他一句话的事情。他问我们想看哪种仪器。"

高雅兰微微笑了笑，没有回答。她感兴趣的那台仪器林处长还没有，那台仪器要九天后才能从四川军事基地运到840研究所。

"林处长有没有问我们要看仪器干什么？"高雅兰问小慧。

"有啊，我就按兰姐教我的，说军工部门的很多技术都没有申请专利，我们想把这种技术用到商业上。"

"他怎么说？"

"他说我们很聪明，军工部门有很多技术的确很先进，如果能够转为民用，一定会赚大钱的。"

高雅兰在心中暗笑这个林处长真是个笨蛋！她从手袋里拿出一个信封交给小慧："给，这是你的奖金，这件事情办成后你还会有一大笔酬劳。"

"谢谢兰姐！"小慧把钱抓在手里，亲热地搂着高雅兰的脖子，在她脸上亲了一口。

"大热的天，你想和我搞同性恋啊？"高雅兰轻轻推开小慧。

"只要兰姐喜欢，我无所谓呀。"小慧大方地说。

"去你的！"高雅兰轻点小慧的鼻尖。

"喂，冷师傅！"小慧看见冷峰驾车从面前驶过，跳着脚，一边向冷峰招手，一边大声喊。

冷峰听到好像是小慧在喊他，停下车，把头伸出车窗向后望了望，果然是小慧。

"兰姐，我走啦。"小慧匆匆向高雅兰道别，向冷峰这边跑来。

冷峰与高雅兰的目光相遇，高雅兰对他优雅地点点头，冷峰也向她友好地笑笑。

"载我一程。"小慧钻进车里。

"去哪里？"冷峰问。

"送我回家。"小慧把高雅兰给她的钱小心地放进皮包的夹层里，然后暧昧地用手臂碰碰冷峰，"哎，说实话，你那个当公安局长的朋友是不是已经被你'上'过啦？"

"没有，绝对没有！"冷峰连忙否认，他和唐静莹真的什么也没有发生过。

"你骗谁呀？你没有'上'她，她会那么给你面子？你一个电话，她二话没说，马上就把我和我朋友放了？你以为你是谁呀？'上'了就'上'了，这有什么好害羞的？"

冷峰认为自己现在最好是保持沉默。

"哎，我问你件事儿。"小慧把手搭在冷峰的肩上。

"什么事？"

"答应我一定要说实话啊！"

"好。"冷峰说。她又不能证明他说的是假话。

小慧睁着一双妩媚的大眼睛深情地望着冷峰："你有没有想过要'上'我呀？"

车轮突然一偏，冷峰差点没有抓住方向盘，连忙打正车轮。小慧突然提出的这种惊世骇俗的问题使冷峰一时间走了神！

"哈，哈，哈……"冷峰的窘相使小慧开心地大笑起来。冷峰已经很多年没有遇到令他不知所措的事情了，小慧的大胆着实让他感到有些窘困。幸好这时手机响起来，冷峰连忙低头看手机，但不是他的手机在响。

小慧拿出手机看了看："胡经理，你找我？……不是定在明天吗？……现在也行，不过你要加我一千块出场费……我落井下石？喂，你可要搞清楚，现在是你在求我耶，不是我在求你！好啦我要关机啦。"那个胡经理在电话里告饶。小慧就势口气一转，"大家都是老朋友啦，你有难我能不帮吗？你等着，我马上就过去。"小慧关掉电话，"喂，冷师傅，我们调头去'逍遥宫'。"小慧开心地把头靠在坐椅的靠背上，"太棒啦，可以多赚他一千块！我们一人一半！"小慧很义气地拍了拍冷峰的肩膀。

冷峰刚想说自己没时间，让小慧再拦别的出租车，这样一来，反倒说不出口啦，只得掉转车头把小慧送到"逍遥宫"。小慧下了车，冷峰打算把车开走。

"别走啊，"小慧叫住他，"既然来了，就进来看看我作秀吧。"

"不啦，我一会儿还要去接你的老板呢。"冷峰推托。

"现在时间早着呢，还来得及。这种地方你以前没来过吧？你一个月的工资，还不够到这里消费一次的，今天就免费让你开开眼。你倒是走啊!"冷峰被小慧拖下车，只得跟着她走了进去。

"他是我朋友。"小慧对看门的保安说。

小慧带领冷峰绕着复杂的走廊七转八转，最后来到一个小舞厅。

"你在这里坐着，我现在去捞钱。"小慧把冷峰安排好，自己则钻进了旁边的一道小门。

冷峰习惯性地环视了一下舞厅，看到舞池中间有一个类似于时装表演的那种T型台，只是相对短小了一些。这个小舞厅的灯光设计颇具匠心，几盏明亮的聚光灯照射在小舞台上，如同白昼一般，毛发可鉴，而台下却是一片昏暗，所有的客人都坐在阴影中，相互之间很难看清对方的长相。冷峰依稀看出在他前面靠近舞台的那些位置上已经坐满了人，看来这地方的生意还不坏。

一名男主持人问台下的观众想不想偷看演员在后台更衣室里换衣服的情景，台下立刻有人高声回应说"想"。男主持人一挥手，舞厅内的灯光同时熄灭。黑暗中，竖立在T型台一侧的巨型荧屏上赫然出现一个女人在更衣室中换衣服的画面，冷峰认出屏幕上的女人正是小慧。

小慧已经换上了一件白色连体迷你裙，脚蹬一双银色高跟凉鞋，迷你裙紧绷在身上，使她曲线毕见。小慧一只手爱抚自己丰满的胸脯，另一只手则不断地向下游走。一个正面特写镜头，是小慧清新可爱的面孔。她洁白的牙齿紧咬着桃红色的下唇，缓缓地伸出舌头轻舔自己的嘴唇，并发出轻轻的呻吟，媚眼如丝，非常诱人。冷峰听到黑暗中有几个客人的呼吸正在变得急促。

小慧仿佛意识到此刻不是自我陶醉的时候，该办正事了，便脱下银色高跟凉鞋，将迷你裙掀至腰部，露出性感的只有巴掌大小的三角裤，拿起一条丝裤袜。接下来是小慧如凝脂般的大腿的特写镜头。只见她把那小巧而纤细的脚趾缓缓地送入丝袜内，非常小心地把丝袜提到膝盖位置，轻轻抚平，然后又缓慢地把丝袜的上端提到腰部，让大腿部分的丝袜完全绷紧，使那修长而白皙的大腿被紧紧地包裹在丝袜里，宛如一件精美的艺术品。小慧整理好丝裤袜和迷你裙，穿上高跟鞋，又对着镜子照了照，转身打开门走出更衣室。

巨型屏幕的画面突然消失，几盏聚光灯开启，舞厅中间临时搭起的那个小台子又成为舞厅的焦点。音乐声起，娇美的小慧带着一阵春风从屏风后闪出，快步登上T型台，开始了她的所谓"表演"。她骄傲地挺着丰满的胸脯，优雅地在台上向观众展示她的美腿。伴随着富有挑逗性的音乐，她将两条有着完美线条的大腿稍稍分开，身体向后倾斜，双手高举，捧起背后的长发再让发丝从两手间尽情地泻下。当她双手高高举起时，全身肌肉紧收，呈现骄人的曲线，胸前双峰几欲裂衣而出。白衣裙、白色闪光丝袜，看上去就如同一个妩媚的天使。在丰满的乳房衬托下，她的腰显得愈发纤细，包裹在白色闪光丝袜中的修长双腿也显得愈发美丽。

随着音乐的节奏，小慧再换一种姿势。她的双脚没有戒心地再张开一些，上身向下弯成九十度角，涂了浅蓝色蔻丹的十指从足踝慢慢地向上轻抚至大腿，四边强烈的水银灯像猛烈的太阳光般照射着她，腿上的白色闪光丝袜闪烁出耀目的光泽，像一层发亮的皮肤。她转回身，背向观众，双腿分得更大了。她轻轻地回眸，风情万种，又略带一丝矜持，滑润的肌肤上泛起一抹兴奋的潮红。这时，竖立在舞台旁的巨型屏幕突然播放出令人兴奋的画面，原来在小慧站立的地板下面隐藏着一部精巧的广角摄像机，此刻这部摄像机正拍下小慧裙下的春光，并投放到大屏幕上。这情景就像你躺在玻璃板下观看一个穿着美丽短裙、丝袜的天使在你的上面游走……

"你能不能在丝裤袜下不穿内裤？"黑暗中有人提议。这一提议立刻得到很多人的附和。

"啪"，两块金色的筹码落到台子上。小慧低头看了看脚下的筹码，双颊绯红。每块金色的筹码可以在夜总会里兑换一百元现金，只是这一百元中有五十元会被夜总会扣下，名为"管理费"。见小慧还有些迟疑，黑暗中那人又扔了两块筹码到台上，其他人也纷纷跟着向台上扔筹码，并不断地喊："脱，脱，脱……"

"我可以不穿内裤，但我要你帮我脱……"小慧千娇百媚地对黑暗中那个投筹码最多、第一个提出让她脱掉内裤的男人说。

"愿意为小姐效劳。"

小慧走下舞台，为了让观众都能看清楚，一束灯光一直跟随着她，这时冷峰才看清小慧走向一个五十岁左右、五短身材、有些秃顶的男人。小慧走到"秃顶"面前，勾住他的脖子，轻盈地坐到他的怀里，腿上的丝袜在灯光的照射下闪着亮目的光泽。"秃顶"毫不客气地把小慧的迷你裙拉至腰部，使小慧性感诱人的大腿尽现眼前。

与"秃顶"同桌，坐在"秃顶"对面的是一个比较瘦小的男人，这个男人好像对自己暴露在灯光中有些反感。实际上所有人的目光都在关注着小慧的大腿，根本就没人注意他，但这个男人还是显得有些坐立不安。他在"秃顶"把手伸入小慧两腿间时急速起身离去。在这个时候，男人面对眼前无限的春色毫不动心，在冷峰看来，这家伙不是圣人，就是白痴，所以冷峰下意识多看了这个男人几眼。他觉得此人似乎有些眼熟，一时又想不起在哪里见过。

当"秃顶"的双手轻揉小慧被丝袜包裹着的美腿时，小慧在"秃顶"的怀中发出风骚的呻吟，那声音令人血脉贲张。冷峰却一直在想那个"圣人"般的男人。到底在哪儿见过他呢？突然，他想起是在照片上见过。

"是那个杀手！"冷峰立刻起身追了出去。

冷峰看过朱文强他们从名人商厦杀人现场拍摄的那五张嫌疑人照片，和唐州市发往全国要求"协查"的那个嫌疑人照片，此人就是朱文强他们查了半天没有结果的那个嫌疑人！

"刚才那位先生掉了钱包，"冷峰拿出自己的钱包问门卫，"你有没有看到他向哪里走了？"

"他刚刚坐一辆黑色桑塔纳出租车往那边走了。"门卫为冷峰指点。

冷峰跳上自己的汽车追去，一路上却没有发现那辆黑色桑塔纳出租车。在一个岔道口，冷峰停下车，望着车窗外思考了一会儿，他决定回去找小慧。

小慧站在夜总会门口四处张望，远远地看见冷峰开着车回来。

"你怎么才回来？我都等你半天啦。"小慧钻进汽车，"把钱包还给人家啦？"

"嗯。"冷峰含糊地回答。

"我说你傻，你还真傻！一不偷，二不抢，有丢就有捡，这是天经地义的事嘛！可你倒好，已经到手的钱还能白白地再给人送回去，我真是佩服你耶！真是傻得够可以的啦！"小慧觉得他实在太傻，不过也傻得可爱。小慧打开小皮包，从里面抽出五张百元的钞票，"给，这是你那份儿。"

"不，不，这钱我不能要。"冷峰连忙推辞。

"你这人怎么一点也不干脆！说好是你的就是你的。怎么，嫌这钱不干净？"

冷峰见小慧这么说，只得把钱收下。

"就是嘛，这才像个男人。"小慧满意地说。

冷峰一边开车，一边盘算着应该如何从侧面向小慧询问关于那个杀手的事情。

小慧不大喜欢车里沉闷的气氛，就问冷峰："喂，你怎么还不劝我从良？"

"你说什么？从良？"冷峰没有注意听。

"是啊，你为什么还不劝我从良？看你是个本分人，很多本分人都劝过我。"

"有用吗？"

"没用。"小慧摇头。

"既然没用，我又何必要劝？"

"说不定我会听你的呢？"话未说完，小慧自己都笑了。

"你为什么要做这一行？"

"为钱。"小慧毫不掩饰地说，"其实干我们这行的有哪一个不是为了钱？要是哪天有个陪舞小姐跟你说她是生活所迫，你千万别信她。干我们这行的大多数都是因为好吃懒做、爱慕虚荣才沦落到这种地步的，就像我这样的。不过也有的就是喜欢做，一天不被几个男人干，就好像没吃饱饭似的。"小慧用胳膊肘捅了捅冷峰，向他挤挤眼睛，"哎，要不要我介绍两个给你认识？"

"不，不用。"

"哈，哈，哈……"小慧放纵地大笑，"怎么，还怕羞呀？"

"不是，我只是……不习惯和陌生的女人上床。"

"是吗？这么说你从来没有在外面玩啊？"

"没有。"

"哈，哈，哈……"小慧更开心了，"你还真纯耶！怎么样，我们已经够熟了，想不想试试我的床上功夫？"小慧挑逗地用手指勾住冷峰的下巴。

冷峰摇摇头："两个人没有感情，我想不出这种事有什么好玩的。"

"唉，你还真麻烦！"小慧泄气地坐正了身子，"还要讲感情？大家玩玩嘛，讲什么感情！"

"关于这方面，我倒是很佩服做你们这一行的，不管什么样的男人，居然都能忍受！"

"这有什么，我们这种人是给钱就行。用我们的行话说：'来的都是客，全凭×××，相逢开口笑，过后不思量，管他姓蒋还是姓汪！'模样长得中看的，就睁着眼来，玩点感情，自己也舒服；模样不中看的，就闭上眼睛随便他，全凭自己想象，完了事就算。"

冷峰认为眼前的这个小慧不简单，不同于那些寻常的依靠躯壳吃青春饭的"三陪"女，她不但有胸脯，还有脑子，冷峰甚至怀疑小慧是受过这一行的专业训练，因为她那舞跳得很……不过这种事与他无关。令冷峰不解的是，小慧好像是在为外企工作，外企的工资都很高，怎么还会兼做这一行呢？他随即想起小慧刚才说过她做这行是为了钱，这就不奇怪了，那些电影明星、名模都不缺钱买米下锅，不是一样可以"买"的？只是每个人的价钱不同而已。

"你知不知道在更衣室里有部摄像机？"冷峰有意把话题引向夜总会方面。

"当然知道！我是装作不知道，要满足客人的偷窥欲嘛。喂，听说偷窥可以使男人特别兴奋，这是不是真的？"小慧贴近冷峰问。

冷峰尴尬地咳了两声。这又引起小慧的一阵大笑，她特别喜欢看冷峰发窘的样子。

"那个秃头常来捧你的场吗？"冷峰问。

"来过几次，他好像特别喜欢女人的脚。"

"坐在他旁边的那个人也常来吗？"冷峰指的是那个杀手。

小慧没有回答。她垂下头，咬着嘴唇。

"你虽然收下了钱，但你心里仍然认为这钱很脏，对不对？"小慧突然抬起头问，"你是不是很看不起我，觉得我很脏、很下贱？"

小慧的敏感令冷峰措手不及。

"没有啊，你的皮肤白净，人又漂亮，我觉得你很不错，很体面啊。"冷峰试图缓和一下气氛。

"假话!"小慧说。

"真的。我觉得做你们这行的也算是自食其力,比起那些骑在人民群众头上作威作福、贪污腐败、任意挥霍人民血汗钱的贪官不知强多少倍。"

小慧睁大了眼睛看着冷峰,仿佛是在判断冷峰的话是真是假。

"是心里话?"小慧试探地问。

"心里话。"冷峰答。

"那么愿意交我这个朋友吗?"小慧向冷峰伸出手。

冷峰扭头看了看小慧,然后从方向盘上抽出一只手握住她的手。

握过了手,小慧开心地把头靠在靠背上:"我这人很讲义气的,人敬我一尺,我敬人一丈,以后时间长了你就知道妹妹我的为人了。你那个当公安局长的朋友对我够义气,我对她就够义气,她有没有告诉你我刚帮她破了个大案?"

"你还说呢,你给她找的那个嫌疑犯腰上随时都绑着两个炸药包,她正为怎么抓人犯愁呢。"

"这还不简单。算了,好人做到底,明天我再帮她把人抓了。"小慧豪迈地说。

小慧的话冷峰并没往心里去,他现在最关心的是那个杀手的事。

"坐在秃顶旁边的那个人你认识吗?"他问小慧。

"你怎么对他那么感兴趣?"

"只是好奇。当时的场面那么火爆,你那么性感,又离他那么近,在这种时候他居然能够起身离开,我觉得他很有趣。"

"是呀,这人是挺怪的,我也是第一次看见这个人,他以前从没来过。"

冷峰非常失望,绕了半天的圈子什么线索也没得到。看来从小慧这里不会有什么进展了,需要明天派人去夜总会仔细查查才行。

"在前面银行门口停一下,"小慧说,"我要把钱存上。"

第29章 ☆ 无主信箱

上午八点二十七分，一个五十岁左右、微胖、略有些秃顶的中年男子来到东津火车站附近一栋居民楼的楼下，小心地向四周看了看，确信四周无人后，慢吞吞地走到一排信箱前，从容地从怀里取出一个信封投进那个无主信箱，然后自以为神不知鬼不觉地转身离去，殊不知就在他身后头顶上的一抹蜘蛛网的后面，一只微型摄像机的镜头已经将他的一举一动全部拍摄了下来。在电线的另一端，几名监控人员正在监视器前严密地监视着他。

八点三十分，负责监控这个联络点的工作人员向朱文强报告：有人向那个无主信箱投了一封信。

"给我死死盯住他！"朱文强指示。

这是一条非常重要的线索，也许就是破案的关键，如果出现差错，可能前功尽弃，所以朱文强动用了东津市国家安全局一切能够动用的力量投入这次跟踪行动中，最后他自己也来到第一线亲自指挥。

九点零五分，唐州方面又截获一份由东津发给唐州市"501"专案对象的传真文件，唐州方面立即将这一情况向反间谍情报九处和东津市国家安全局做了通报。传真文件经破译后的内容为：货已备好。

九点四十八分，"外勤"人员报告，那个在无人联络点投信的家伙登上了一列开往锦山市的火车，"外勤"人员从他进入火车站时所使用的证件分析，此人可能是铁路系统职工。

十点二十分，技术人员报告，从无人联络点取回的那个信封内装的是东津市火车站的物品寄存处开出的寄存凭证。

"还是老一套！"朱文强说。

冷峰正在等"外勤"人员拍摄的那个投信人的照片。他吩咐李石照片洗印后立刻给他送来，他需要证实他的一个猜测。

"照片来啦。"李石拿着照片跑进冷峰的办公室。冷峰抓过两张照片看了看，"砰"地一拍桌子，果然不出所料，照片中的人正是昨天晚上在"逍遥宫"夜总会和那个杀手在一起的"秃顶"！这两个人昨晚必定是在夜总会里碰头，只因为这个"秃顶"一时起了色心，引小慧走下了舞台，所以他们的行踪才会同时暴露在聚光灯下，这也是那个杀手匆匆离开的原因。

"你通知朱处长，"冷峰对李石说，"这个人昨晚同那个杀手在东津会过面。"

朱文强听到李石转达的这个消息后兴奋异常，因为这说明只要抓了这个"秃顶"就能顺藤摸瓜找到那个杀手，证明他选择的侦查方向是正确的。只要能够在他的指挥下找到那个杀手，那么这一案件再不会给人一种完全是在冷峰领导下破案的印象了，这对于一心要与冷峰竞争的他来说是非常重要的。

朱文强立刻组织一支精干的小分队，并由他亲自带队直扑锦山市。现在情况已经非常明显，这个"秃顶"正是韩国情报机构安插在锦山铁路局中的那个间谍。

冷峰没有朱文强那么乐观，他感觉这件案子有些蹊跷，案情很复杂。因为，如果这个杀手是韩国情报机构的人，那么他又怎么会和钛金属盒的线索扯到一起呢？难道这件案子韩国安企部也有份儿？但是冷峰马上又否定了自己的猜测。像盗窃钛金属盒这种关系美国自身重大利益的秘密行动，按照常规，美国中央情报局轻易是不会找别人合作的。在秘密情报战中，多一个参与者就多一份危险，这是最基本的常识。CIA绝对不会只为找个杀手就冒这种危险，他们在中国境内安插几个杀手不是什么难事。台湾"军情局"也只不过是为CIA提供了一些装备，CIA并没有让它直接参与行动。CIA使用台湾"军情局"提供的无声手枪去抢劫四川的军事基地也只是为了制造假象，CIA恐怕还不会笨到连几支无声手枪也运不进中国的地步，所以CIA根本没有理由让韩国安企部的人参与到这次秘密行动中来。那么这个为韩国安企部效力的杀手又是怎么回事？是双重间谍？冷峰百思不得其解。

锦山是中国边界上一个依山傍水风光秀美的小城，由于其特殊的地理位置，多年来一直是C国与韩国的情报机关在中国领土上进行互以对方为目标的间谍情报活动的主要场所。C国和韩国都在这座城市中布建了庞大的间谍网。锦山市国家安全局的主要任务就是，防止这两个国家的间谍情报网在这座城市从事危害中国国家安全的活动，并要确保万一有一天这两个国家与中国处于战争状态时，国家安全机关能够有足够的证据，把这两国所有的间谍情报网在一夜之间连根拔掉。而那个"秃顶"也正是锦山市国家安全局纳入视线的重点嫌疑人中的一个，所以朱文强很容易就在锦山市国家安全局的档案中找到了他的资料。

"秃顶"真名金洪国，男，五十岁，朝鲜族，锦山铁路局机务段副段长，中共党员。1992年8月，金洪国与其妻朴正淑在赴韩国探亲期间与韩国安企部、韩国统一院官员来往密切，有被韩国情报机关策反的重大嫌疑，因此锦山市国家安全局将金洪国夫妇纳入视线，但一直没有获得有力的证据。这恐怕与金洪国取道东津，迂回传递情报的通联手法有关。

朱文强想立刻把金洪国抓起来突击审讯，马上又打消了这一想法。这种秘密抓捕行动具有很大的风险性，稍有不慎就会对整个案件的侦破工作造成严重后果。如果出现问题，做出决定的人自然要负全部责任，而朱文强是轻易不会拿自己的前途冒险的，他要把做出决定的机会留给冷峰。朱文强通过电话向冷峰请示下一步的行动。

"抓！"冷峰毫不犹豫地说。

有了冷峰的这句话，朱文强立刻放心大胆地着手布置秘密抓捕金洪国的行动，因为出了问题承担主要责任的将是冷峰，他只负一小部分责任。

对金洪国的审讯进行得很顺利，金洪国如实交代了自己参加间谍组织的经过和回国后与韩国情报机构的组织联络情况。金洪国的供词使锦山局的同志欣喜若狂，他们终于从金洪国的身上证实了多年来一直没有搞清的情况，但朱文强关心的不是韩国情报机构的沟联策反手法问题，他关心的是那个杀手的下落。

"你通过什么方法和李文浩联系？"朱文强问。

"李文浩"是东津那个杀手在与金洪国会面时使用的名字，朱文强认为十有八九是个化名。

"每次都是他和我联系，我不能和他联系。"金洪国说。

"那么你对他的情况了解多少？"

"一点也不了解，他很谨慎，说话也很小心，从不和我谈他自己的情况。"金洪国说。这无疑给求胜心切的朱文强当头泼了一盆冷水。

"你再仔细想想，"朱文强仍不死心，就不信这个"李文浩"会一点蛛丝马迹也不留下，"他说没说过他具体住在哪个方位，或者透露出他具体做什么职业？"朱文强耐心地提示着，"再比如说，他平时喜欢做些什么，有没有结婚……"

"啊，对啦，他好像说过他老婆是朝鲜族人，和我老婆一样姓朴。"

"他老婆是朝鲜族人？"朱文强皱着眉头，摸着下巴，在屋内来回踱步，"朝鲜族人……朝鲜族人……"朱文强猛一拍大腿，"我知道啦！"朱文强决定马上返回东津，他要彻底调查东津市范围内所有的朝鲜族人。他判断"李文浩"使用的掩护身份必然是"朝鲜族"，因为他老婆是朝鲜族，而朝鲜族历来有族内通婚的习俗，所以"李文浩"在中国使用的公开身份应该是中国的朝鲜族居民，难怪上次以韩国人和美籍韩国人为重点对象的调查中没有发现他！

第30章 ☆ 冒牌未婚夫

"你对小慧了解多少？"唐静莹在电话里问冷峰。

"不很了解，怎么了？"

"她刚才帮我抓住了那个嫌疑犯。"

"哪个嫌疑犯？"

"就是腰上绑着炸药包的那个。"

"她？"冷峰感到难以置信。虽然冷峰还记得小慧昨晚曾经说过她要帮助唐静莹"摆平"这件事，但他并不认为她能办到。

"你猜小慧是怎样让那个嫌疑犯把炸药包从腰上解下来的？"唐静莹笑着问。

"猜不到。"冷峰如实回答。

"小慧陪他洗鸳鸯浴！对这件事你怎么看？"

"不错，我的人不必去和那个兔崽子拼命了。"

"就这些？"

"还有，小慧这主意很有开拓性。"冷峰由衷地说。因为他就不曾想到这个世上是没有哪个男人会背着炸药和女人一起洗澡的，尤其是在抱着一个像小慧这样漂亮的女人的时候。

"你……不觉得小慧这样做很大胆吗？"唐静莹若有所思地说。

"是，她胆子的确够大，你怀疑她什么？"

"没什么，我只是觉得……"

"你不觉得她很适合当警察吗？"冷峰一本正经地说。

"不错，她是应该当警察。"唐静莹"扑哧"一声笑了，很快就忘掉了对小慧的怀疑，和冷峰又在电话里聊了一会儿天。

"不和你瞎侃了，我要挂电话了。"冷峰最后说。

"喂，等等！"

"还有什么事？"

"嗯……"唐静莹在犹豫。

"说话呀！"

"你周末有空吗？"

"有事要我帮忙？"

"嗯！"

"那你就说吧，还吞吞吐吐地干什么？！"

冷峰的直爽使唐静莹深受鼓舞，她终于鼓起勇气：

"你能给我做一天的男朋友吗？"

冷峰没有立刻回答。唐静莹在紧张地等待着他的答复。她感觉电话里的寂静让她难以忍受。

"完啦？就这些？"冷峰问。

"就这些。"

"就这点小事你也能磨蹭半天？我真是越来越佩服你啦！"

唐静莹听出他这是答应了，就开心地笑了："我不是怕你不答应嘛。"

"我还以为是什么大不了的事呢。我以为你要向我借钱，把我吓得够呛。哎，是准备气你老公吗？"

"是前夫！"唐静莹纠正道。

"反正差不多。需不需要我把过年的新衣服穿上？"

"不必。实际上你最大的魅力不在于外表，而在于你的内心。"

"你这话是否可以理解为：只要我把心交给你，人去不去无所谓？"

……

朱文强回到东津，立刻跑去东津市国家安全局见他叔叔朱局长，请求朱局长再次动用东津市国家安全局的全部力量，协助他对东津市辖区内所有的朝鲜族居民进行一次彻底的清查。

"你前几次搞的全面调查使我们局的日常工作受到很大影响，这次少抽调些人行不行？"朱局长有些犹豫。

"二叔，这项清查工作一定要速战速决，拖时间长了会打草惊蛇的。"朱文强坚持自己的意见。

面对朱文强的一再央求，朱局长只得勉强同意动用东津市国家安全局全部警力协助他进行这次大规模的调查。

冷峰对朱文强接二连三进行这种需要耗费大量人力的"拉网式"调查的评价是："也就他能想出这种主意来。"

功夫不负有心人，在调查进行到第二天的时候，东津市国家安全局的一个调查组终于在西区查到一个妻子姓朴、身份证上的名字叫郑明哲的朝鲜族人，他的长相与自称叫"李文浩"的那个杀手的长相相近。一群经验丰富的专家把侦查员获得的郑明哲的照片和"李文浩"的还原照片摆在一起进行了长时间的比较分析，最后得出结论：就是他！

　　朱文强立刻打电话向总部汇报了这一情况。在介绍情况的过程中，朱文强含蓄而策略地让总部听出这一突破性进展是在他的领导下取得的。汇报完之后，朱文强这才让人把这一情况通知冷峰。

　　"非常好！"冷峰说，走到地图前查看郑明哲居住的位置。

　　"我们是否应当把这一情况立即通知总部？"来人见冷峰只是在专心地浏览东津市地图，便提醒他道。

　　"朱处长应该已经通知总部了。"冷峰盯着地图说。

　　"是吗？我去问问。"

　　过了一会儿那人打来电话说，朱处长的确已经通知总部了。冷峰淡淡地笑了笑。

　　朱文强在着手准备对郑明哲实施监控措施的时候，遇到了令他头痛的问题。通常情况下，国家安全机关要对侦控对象的住宅进行监控，一般都是取得房产、电力、煤气等公共部门的合作，借用他们的名义进入侦控对象的住宅内安装一些必要的监控设备。郑明哲是住在由外商独资物业公司经营管理的一栋高级公寓里。他既然选择了在这里居住，就一定有一个能令他感到安全的理由。所以即使这家外资公司乐于同国家安全机关合作，朱文强也未必敢轻易接受，他害怕这家公司里有人为郑明哲通风报信，那就糟了。

　　朱文强的想法是：回避物业管理公司，直接秘密对郑明哲的公寓安装监控设备。避开楼内二十四小时值班的警卫并不困难，问题是从何处对郑明哲实施监控。对郑明哲这种经验丰富的间谍实施侦控不能使用无线窃听装置，一个受过良好训练的间谍，只需一部高级半导体收音机，就能轻易地找到在自己身边工作的无线窃听器的具体位置。对郑明哲的监控只能使用有线装置，而这就需要郑明哲邻居的协助，因为有线侦听和监控设备受环境因素制约很大，只能实施近距离监控。

　　经过仔细勘察，技术人员一致认为处于郑明哲楼上的那套公寓是对他实施监控的最佳位置。资料显示，住在郑明哲楼上的那个姑娘叫孟青，是几天前刚刚从唐州市搬来的，一个人住着一套三室两厅的房子。

　　"她也太奢侈了吧？"一名侦查员说。

　　孟青一个人住这么大的房子的确很浪费，不过这倒更方便利用她的公寓进行侦控活动。但接下来得到的调查资料又使朱文强认识到，事情并不像他预计的那么简单。从资料上看，孟青现在居住的这套公寓，还是郑明哲为她预付的租金。

"这就有些麻烦啦。"朱文强想。这说明孟青和郑明哲之间以前就认识，而且两人的关系还很密切，至少已经达到了郑明哲可以帮她找房子并预付租金的地步。在孟青和郑明哲之间的关系还没有彻底摸清之前，朱文强是绝对不敢贸然要求孟青协助国家安全机关实施监控工作的。这首先需要查清郑明哲和孟青之间到底是什么关系。

第一天，负责跟踪孟青的"外勤"人员报告，孟青一整天都坐在一家冷饮店里，像是在等什么人。调查人员说，据冷饮店店员反映，孟青这几天每天都来这里坐，并且一坐就是一整天。孟青出手阔绰，看上去好像很有钱。第二天，"外勤"报告，孟青又在冷饮店坐了一天，她喜欢一边搅着融化的冰激凌，一边向窗外张望。第三天，"外勤"人员报告，孟青上午在冷饮店坐了一上午，下午去了一趟东津市国家安全局。调查人员说，孟青去东津市国家安全局是找一个叫"李石"的人，被告知"东津市国家安全局无此人"后，她看上去很失望。

"找李石？"朱文强仿佛一下看到了希望，立刻吩咐助手去把李石找来。

李石来了，朱文强向他出示了一张孟青的照片："你认识她吗？"

李石看看孟青的照片，又看看朱文强，然后缓缓地点了点头。

孟青坐在冷饮店里百无聊赖地用小匙搅拌着面前的咖啡，眼睛紧盯着窗外。前面就是两周前李石把她从大黄狗的口中救下来的地方，孟青坚信李石那天既然能经过这里，那么终有一天他还会在这里出现。冷饮店的店员对孟青古怪的行径非常好奇，仿佛为她们乏味的生活增添了不少的乐趣，她们指点着孟青的背影，幸灾乐祸地猜测着孟青可能遭遇到的种种不幸。

孟青低头呷了一小口咖啡，然后又抬起头望着窗外，突然眼睛一亮，"腾"地从座位上站了起来，兴奋得飞一般冲向门外。她追上李石，迎面站到李石的面前，兴高采烈地摆动着小手和李石打招呼："嗨！我们又见面啦。"

"是啊，又见面啦。"李石笑笑。他主动提出请孟青吃午饭，孟青有些受宠若惊。"我刚发薪水，想吃什么，说吧。"李石大方地说。

孟青环视了一下四周："排骨面！"她指着路边的一家小店说。

或许是因为高兴，或许是想避免在两个人中间出现那种无言相对的尴尬局面，孟青一坐下就不停地向李石提问题，比如李石喜欢什么颜色，喜欢吃什么，是甜的、辣的、咸的还是酸的等等。但孟青不问李石工作上的事情，甚至都没有问李石是在何处上班，虽然她很想知道。从在街上相遇到在小面馆里坐下，基本上都是孟青在问，李石在答。在听李石说话的时候孟青偶尔还会做出几个可爱的表情，所以与孟青相处并没有李石估计的那么费力，她好像总有说不完的话。不过吃面的时候她倒是一句话也没说，面来了，她就稀里呼噜地吃起来，不很斯文，却也不粗鲁。吃到排骨时，排骨又大又硬，用筷子夹十分困难，她索性放下筷子用手抓住排骨来啃，没有丝毫的做作，让人看起来很自然，很舒服。

吃过面，李石和孟青又到旁边的一个小摊上喝了杯凉茶，聊了一会儿天。从谈话中李石了解到，孟青与郑明哲实际上并不是很熟悉，郑明哲与她哥哥孟白下属的一个公司合伙与一家C国公司做易货贸易，郑明哲有时会以这家公司职员的身份去C国谈生意。孟青在哥哥的公司里偶然碰见过郑明哲几次。这次哥哥得知她要到东津来住一段日子，因为不放心她的安全，就让郑明哲为她找个安全一点的住处，多照应她一些。恰巧这时郑明哲楼上的公寓招租，郑明哲建议孟白让孟青住他楼上，孟白也认为这主意不错，便委托郑明哲先把房子定下来。孟青来了之后，觉得环境还可以，就在那里住下了。

李石回去把自己了解到的情况向朱文强做了汇报，朱文强思考再三，觉得还是把这个棘手的问题留给冷峰来做决定比较合适。

冷峰把李石查到的情况与唐州市国家安全局协助查到的资料进行了反复的对比，凭直觉，冷峰认为孟青这个人可以用，应该靠得住。

"用她！"冷峰拍板了。

朱文强立刻以东津市国家安全局的名义找到孟青，请她协助国家安全机关做一些工作。朱文强没有料到孟青会答应得非常爽快，但她有一个附加条件：她只和李石合作！

李石得到这个消息，立刻面呈难色。

"怕什么？她又不能吃了你！"冷峰对李石说。

郑明哲住的这栋高级公寓楼是全封闭管理，如果有太多的陌生人出入大楼势必会引起警卫的猜疑，所以最好的方法是固定一个人，常住孟青的公寓，维护那些对郑明哲进行监控的仪器。摆弄那些设备对李石来说并不是难事，只是在李石以何种名义住进孟青公寓的问题上，冷峰和朱文强大伤脑筋。

"对外就说他是我的未婚夫。"孟青大方地说。

"说是保镖行不行？"李石小心地提议。

"不行！"孟青斩钉截铁地说，"你当我是什么人？我会让保镖和我住在一起吗？"

冷峰也认为"未婚夫"这个身份是最合适的，最后李石只得接受"未婚夫"这个头衔。接下来是安装监控设备的难题，要安装监控设备就需要钻墙打眼，这必然会搞出很多声响。

"我去跟物业公司说，我要简单地装修一下房子。"孟青说。

李石对孟青机敏的反应很吃惊，而接下来发生的一连串事情更令李石感觉到孟青简直就是做特工的天才。安装监控仪器需要进入郑明哲的公寓内进行一部分施工，当李石他们正在策划如何避开警卫和其他住户，趁郑明哲夫妇不在时潜入他家施工的时候，孟青转身下了楼，过了一会儿拎着一串郑明哲公寓的钥匙交给李石。

"我对他们说家里装修太吵，想借他们的屋子睡午觉。"孟青轻松地说。

第31章 ☆ 随机应变

高雅兰从她在元兴公安分局的关系人那里得到消息，东津市国家安全局正在对全市的朝鲜族居民进行秘密调查。这个消息引起她的警觉，因为"乌鸦"正是使用朝鲜族居民的身份在中国活动，她必须将这一情况尽快通知"乌鸦"。晚上九点钟是事先约定的和"乌鸦"联络的时间，高雅兰走进她位于"一二三"时装店后侧的个人办公室，把一个轻巧的圆形铁片附在电话听筒上，然后拨通郑明哲家里的电话。

当电话振了第一声铃后，高雅兰立刻将电话挂掉。过了一分钟，她又一次拨通郑明哲家的电话，振了一声铃再次将电话挂掉，如此这般连续重复了四次。这是她与郑明哲之间约定的暗号，对方听到这一暗号后会及时地守在电话机旁，避免被别人接听了电话，因为高雅兰和他通话时都使用了电子装置，声音在电话里听起来会很特别，被别人接听很容易引起不必要的怀疑。

当高雅兰第五次拨通郑明哲家的电话时，早已等在电话旁的郑明哲立刻抓起话筒，并说了一句可以让对方确认他身份的暗语。高雅兰也通过暗语表明了自己的身份。她一边看着手表计算时间，一边简要地把东津市国家安全局正在对东津市所有的朝鲜族进行秘密调查的情况告诉了郑明哲。高雅兰在自己的电话可能被追踪到之前适时地挂上了电话。做这一行必须要小心谨慎，这是高雅兰的信条，她必须提防郑明哲的电话被监听，即使这样做是多余的。

高雅兰从电话的听筒上取下那个电子变声装置放入化妆盒的伪装夹层内，看看手表，差不多该到出租车来接她下班的时间了。她走出办公室，希望今晚开车来接她的人会是冷峰。

车还没有来，高雅兰在店里又摆弄了一会儿那些待售的时装，并不时地向橱窗外张望。她的车已经修好了，但她仍希望冷峰来接她。她非常向往和冷峰坐在一起时的那种感觉。那是一种她从未经历过的感觉，仿佛相识了很多年的老朋友一样，无拘无束，轻松自在，感觉非常好。冷峰夜间开车来接她回公寓的这段时间通常是她这一天中最开心的时光。

高雅兰不知道自己为什么会对冷峰产生这种异样的感觉，也记不清是什么时候开始对冷峰有了这种感觉。实际上高雅兰和冷峰在一起的时候两个人都很少说话，她对冷峰很多情况还是通过小慧了解到的。冷峰傻乎乎地追着给人送钱包，从不和没有感情的女人上床，对小慧的挑逗无动于衷……这一切都让高雅兰觉得冷峰是那么与众不同。

每当面对冷峰的时候，高雅兰常常会感到自己的心和冷峰的心是相通的。有时无须开口说话，只要和冷峰相互看一眼，就能猜到对方想说什么，这是一种令人心动的默契。她喜欢这种常被人称作"心有灵犀"或"心心相印"的感觉。与冷峰对望着时，她总感觉世界是那么美，周围的一切都是那么可爱。难道这就是爱情？她不十分肯定。

但高雅兰发现冷峰并不热衷于和她有更进一步的交往，他似乎很满足于目前这种保持一定距离的关系。她自信自己是个能够引起男人兴趣的女人，很多男人都会想尽办法来接近她，但冷峰是个例外。冷峰在注视她时，那目光仿佛是在欣赏一件高雅的艺术品，而非女人。她感到困惑，同时也更加觉得冷峰有趣了。

今晚来接高雅兰的人不是冷峰，高雅兰的心底泛起失望。冷峰已经连续两天没来接她啦。虽然冷峰不来的时候会让别人代替他，但是因为今天冷峰没来，高雅兰感到有些无聊，于是想到了谢百灵，中途让司机把车转向海东公园，那里有840研究所的一个家属区，谢百灵的家就在那里。她临时决定去看谢百灵，想看看她最近搞到的那些资料是否有情报价值。谍报工作就是这样，常常是有意栽花花不开，无心插柳柳成荫，无意中布下的一个棋子，往往能产生影响全局的作用。

计程车在路边停下，高雅兰对司机说："你先走吧，不要等我了。"

高雅兰下了车，徒步来到谢百灵家，站在门口，从皮包里拿出一部小巧的手提电话，拨出谢百灵家的号码，接电话的正是谢百灵。

"百灵，我是兰姐。"高雅兰说，"欢不欢迎兰姐到你家呀？"

"欢迎，当然欢迎啦。"

"那还不快给兰姐开门！"

谢百灵难以置信地放下话筒，跑出来打开房门。"兰姐！"谢百灵扑到高雅兰的怀里，亲昵地搂着她的脖子。

"最近怎么没有去看兰姐？"高雅兰亲切地用手指点着谢百灵的鼻尖。

"人家最近比较忙嘛。"说着把高雅兰让进屋。

"是在忙着和男朋友告别吧？"高雅兰逗她。

谢百灵不说话，只是甜甜地笑，这段日子她的确经常和李石见面。

"这么说是真的喽？什么时候也把这个幸运的小伙子带给兰姐看看？让兰姐看看他是不是配得上我们百灵！"

"兰姐——"谢百灵的脸红了，"我们还只是一般的朋友，而且才刚刚开始……我就要到美国读书了，"谢百灵幽幽地垂下头，"我不想害人又害己，只想在去美国前……留下一段美好的回忆。"

高雅兰爱怜地为谢百灵掠了掠额前的头发："人的一生能遇到一个自己喜欢的人并不容易，千万不要轻易就放弃了。改天把他领来给兰姐看看，如果他真能配得上我们百灵，兰姐就把他也办到美国去和你一起读书！"

"真的？太好啦！"谢百灵喜出望外，"谢谢兰姐！"

"先不用谢，还要看他能配得上我们百灵才行。"

"我猜兰姐一定也会喜欢他的！他很会哄人，每次我对他发脾气他都不和我计较，还反过来逗我开心。"一想起李石的种种优点，谢百灵的心中就无限甜蜜，如果能和李石一起去美国读书那该是多么美好啊！为此她宁愿做出必要的牺牲。谢百灵拉住高雅兰的手，"来，兰姐，你来看那些东西能不能让乔伊娜资助我们两个人的学费，如果不行我还可以……"

"不要那么急呀，等一下再看吧。兰姐现在有些饿啦，兰姐先请你吃消夜好不好？"高雅兰警觉地打断谢百灵的话她不能站在房间里大谈有关情报资料的事，任何一个房间都不安全，只有在路上或者公众场合才不容易被偷听，所以她提议和谢百灵一起出去吃饭。

"我要吃椰蓉包！"谢百灵说。

"你可不能把兰姐吃得破产啊！"

高雅兰和谢百灵下了楼，步行来到一家距离谢百灵家最近的豪华酒店。在路上高雅兰刻意留心了一下身后，没发现有被跟踪的迹象。

她们在环境幽雅的餐厅一角落座，高雅兰随意点了一些雅致的小菜，并特别为谢百灵点了椰蓉包，最后还要了两杯香槟酒。高雅兰对谢百灵在路上提起的几份资料的题目都很感兴趣，她准备吃过消夜就去谢百灵家将这几份资料拿回去连夜拍照，明天再送回来。高雅兰和谢百灵一边聊天一边喝着香槟酒。谢百灵很喜欢呷香槟酒时的那种感觉，细细的泡沫在舌尖上崩爆着，麻酥酥的，非常舒畅。谢百灵酒量很小，一杯香槟没有喝完脸就已经红了。

吃完消夜，高雅兰结了账，两人又一起步行回谢家。谢百灵的父亲谢功勋几个月来一直在西昌卫星发射中心为一枚发射失败的火箭查找事故原因，所以家里只有谢百灵一个人住。

谢百灵从冰箱里为高雅兰拿了一听饮料。

高雅兰在沙发上坐下，说："不要忙啦，和兰姐还这么客气啊？"拿起茶几上的电视遥控器打开电视机，选择了一个音乐频道，然后把声音调大。在这种音高变化比较大的环境下，房间内即使被安装了窃听器，对方也无法清晰地接收到谈话的内容。当然，这一切只是高雅兰平日里养成的习惯动作，在心里并不认为会有人花时间在谢百灵的房间里安装窃听器，每个人都知道谢百灵只是一个单纯的小学老师。

高雅兰想看看谢百灵的房间，就说："我想补一下妆。"

谢百灵说："跟我来。"将高雅兰引进卧室的梳妆台前。高雅兰从皮包里取出化妆盒，对着镜子小心地修补了一下刚才吃饭时弄花了的口红，然后又对着镜子端详了一下，对自己的淡妆还算满意。就在她刚要转身离开梳妆台的时候，突然在镜子里发现一个特殊的景象：屋角垂下一枚松动的铁钉，铁钉的后面还有一小段嵌入墙体内的导线。这在别人的眼睛里可能并不会引起注意，但高雅兰非常警觉，仔细地辨认后，她的身体突然都僵住了！那是一个伪装成铁钉形状的微型摄像机探头！

高雅兰的头脑在飞速地思考着。很显然，谢百灵已经引起了中国国家安全机构的注意，现在正被中国国家安全机构监视着，而她自己还毫不知情！她很可能是在收集资料时不小心引起了中国国家安全机构的注意。他们没有惊动她，只是把她监视起来，这明显是在"放长线钓大鱼"，他们是想通过谢百灵挖出指使她收集情报的幕后人物。

高雅兰感到自己在流冷汗，现在她开始后悔自己不该贪得无厌，继续用留学资助为诱饵引诱谢百灵不断地为她搜集情报。但现在不是后悔的时候，她必须要想出一个脱身的对策，让此刻正在通过监视器注视她一举一动的中国特工相信她与这件事毫无关系。

"兰姐，我给你拿那些资料。"谢百灵走进卧室，并直接走向书桌，要为高雅兰拿那些资料。

高雅兰的心都快跳出来了！她必须立刻阻止谢百灵，而又不能使中国国家安全机构对她产生任何怀疑。

谢百灵正要从抽屉里拿资料，高雅兰突然从背后把她紧紧地搂住，使她动弹不得。

"兰姐……"谢百灵疑惑地回过头。

"百灵……"高雅兰喘息着说，"你真漂亮。"她拥抱着谢百灵，温柔地抚摸她的面颊，亲吻她的颈项。

高雅兰那发热的体温隔着衣服传递到了谢百灵的身上，一种成熟女性妙不可言的体香和高级香水的混合气味紧紧包围着谢百灵。

"兰姐……"谢百灵转过身来疑惑地看着对方。

高雅兰用额头顶着谢百灵的额头，忽然将她那红润而丰满的嘴唇紧紧地贴在姑娘那樱桃般的小嘴上。

"啊……"谢百灵惊讶地叫出声。

高雅兰趁机将舌头滑进谢百灵的口腔，用舌头轻轻舔着她的舌头。

谢百灵还从没经历过这样的事情，一时间竟有些不知所措。以前她听人说过同性恋，但她总也想象不出女同性恋是怎么回事。难道这就是？兰姐是个同性恋者？她认为同性恋是违反常规的行为，在心理上还有些抵触，甚至感到恶心。

"不……"谢百灵突然推开高雅兰，羞得满脸通红。她拢了拢头发，"兰姐，我把资料拿给你……"

高雅兰一把抓住了她手臂，伏在她的耳边悄声说："不要再提那些东西好吗？你马上就要去美国读书了，兰姐不希望你临出国前惹上不必要的麻烦。你明天就把这些东西都还回去，你在美国读书的费用兰姐会安排的，兰姐非常喜欢百灵。"

谢百灵慌乱地连连点头。高雅兰向她吹了口热气，谢百灵羞涩地把头扭了过去。高雅兰可以想象出，中国特工正在一个隐蔽的地方，通过摄像机的镜头注视着这个房间内发生的一切。

"你怎么对兰姐这个样子？是不是兰姐对你还不够好啊？"高雅兰佯装生气。

"啊不，我……"

高雅兰的嘴唇又紧紧地贴在谢百灵红润的唇上深深地吻着。谢百灵渐渐消除了抵触的心理，情不自禁地和高雅兰的嘴唇紧紧地贴在一起。

"百灵，这就是兰姐的嗜好。"高雅兰喘息着说。

两人相互对视了一下，嘴唇又重新贴在了一起。高雅兰想，要避开中国特工的怀疑，就必须要把戏做足，决不能让他们看出丝毫的破绽。于是她猛然将谢百灵推倒在床上，并压在她的身上，解开她衣服的扣子，扯下她的乳罩，用双手抚摸她那白嫩的乳房。

"嗯……啊……"谢百灵在高雅兰的刺激下，情不自禁地发出一串串愉快的呻吟。现在，她已经完全被高雅兰同化了。

高雅兰为了把这个同性恋节目表演得更像那么回事，又用舌头在谢百灵那洁白如玉的酥胸上来回舔着，接着把那粉红色的乳头含在嘴里。

"啊……兰姐……"谢百灵更加受不了了。

高雅兰并不理会谢百灵的反应，继续按自己的思路表演下去。她把谢百灵的衣服剥了个精光，并开始亲吻她的下身……

第32章 ☆ 友情出演

在郑明哲接到那个神秘的"预警"电话后，冷峰和朱文强立刻组织人员通宵进行研究。经过对电话内容逐字逐句地仔细分析，最后与会人员一致认定，问题是出在公安方面。因为那个神秘人在电话中提到的，基本上都是东津市国家安全局在要求东津市公安机关协助调查时透露给他们的内容，如果是国家情报机构内部有人泄了密，那么敌人得到的消息绝对不会这么笼统。联系到在名人商厦被暗杀灭口的女特工，冷峰猜测问题还是出在唐静莹领导下的元兴公安分局。

"公安方面对这件事的知密范围有多大？"冷峰问。

"部分中层以上领导干部和部分基层直接接触业务的人员，有一百多人。"朱文强答。

如此算来在元兴公安分局内知道这件事的人并不是很多。为了迷惑敌人，避免引起敌人不必要的警觉，冷峰和朱文强决定在这一百人的范围内再一次散布消息，就说东津市国家安全局是在查找一名因受朝鲜黄长烨叛逃韩国事件牵连而从朝鲜逃到中国的朝鲜情报机构高级官员，此人凭借伪造的中国朝鲜族居民证件已在东津市潜伏数月。冷峰特别指出，在散布消息时，要格外指明这个叛逃者是女性，冷峰需要更进一步的证据来证明自己判断的正确性。

布置完工作，冷峰突然记起今天是周末，也记起了他答应唐静莹今天要为她装扮一天的男朋友。唐静莹难得求他一次，他要把唐静莹的这个"男朋友"装扮得温柔体贴、容光焕发才行。冷峰昨晚一夜没合眼，没有睡眠的"男朋友"是无论如何也无法容光焕发的。他把自己的行踪向值班人员做了交代，然后就从办公室赶回家里蒙头大睡，养精蓄锐。

唐静莹走进冷峰房间的时候冷峰还在沉睡，此刻已是下午两点半钟。

"懒虫！"唐静莹说着"啪"地在冷峰的屁股上拍了一下，在他的耳边大喊："起床啦！"

冷峰吓了一跳，极不情愿地翻过身，伸个懒腰："你怎么进来的？"

唐静莹得意地晃晃手上的钥匙，那是雨儿和雪儿在去夏令营的路上交给她带回的房门钥匙，说："雨儿和雪儿让我来突击检查你有没有金屋藏娇。"

"那么有没有？"

"幸亏没有。如果有的话我就对她说我是你老婆，然后一顿拳脚把她打出去，看你到时候怎么收场！"

"这么歹毒的主意你也想得出来？"

"起床吧！要迟到啦！这么大的人还赖床！"唐静莹动手就要掀冷峰身上盖的毛巾被。

"喂喂喂……"冷峰连忙按住毛巾被不让掀。

唐静莹站在那里有些费解，当她注意到地板上有一条男式的三角裤后，立刻恍然大悟："啊——"她像发现了新大陆一般用手指点着冷峰，"你裸睡！"

"我哪知道你会闯进来。"

"怎么？怕我看哪，你当我是从没见过男人身体的小姑娘啊？"

"我知道你不是没有见过世面的小姑娘，可我还没有结婚啊，你总得顾及一下我的名声吧？"

"好，好，为了你的名声。"唐静莹从地板上拾起三角裤丢给他，"快穿吧！"然后转过身走到书架前，拿起一本《邓小平文选》随手翻看着。

冷峰穿上衣服，匆匆去洗漱："你别着急，一会儿就好。"

唐静莹继续翻看《邓小平文选》，说："喂，你这本《邓小平文选》好像和我那本不太一样。"

"这个世界上本来就没有完全相同的两片叶子，又何况是两本书。"冷峰答。

唐静莹把书放回书架："让你扮我男朋友，你会不会感觉很委屈呀？"

"怎么会？我是荣幸之至！"

虽然知道冷峰说的未必是真话，但唐静莹的嘴角还是掠过一丝幸福的微笑。女人就是这样，男人用眼睛恋爱，而女人是通过耳朵恋爱，男人的甜言蜜语对女人来说，有时要比一掷千金更为重要。

"喂，说真的，你老大不小的，是不是也该考虑成个家啦？"唐静莹说。

"你说话的口气怎么和我妈一样？"

"就是嘛，老太太一定都着急抱孙子啦。喂，说说看，你到底要找什么样的姑娘，或许我可以在我们局里帮你物色一个。"

"你真想知道？"冷峰洗漱完从卫生间里走出来。

唐静莹点点头，冷峰从未对她说过他希望娶一个什么样的妻子，她专心地

189

第32章

☆ 友情出演

等着冷峰的回答。

"我对将来妻子的要求标准是：在大庭广众之下要像个贵妇，在厨房里要是个巧妇，在床上又要像个十足的荡妇。你们局里有符合这三个条件的女警吗？"冷峰不怀好意地笑。

唐静莹立刻反应过来冷峰又是在戏弄她。冷峰的这三个条件，是这个世界上所有男人的梦，而能够具备这种条件的女人是无法在婚前就全部知道的。

"不和你说啦！从你嘴里听不到一句真话。让你打一辈子光棍儿！"唐静莹气他。

在选择穿什么衣服的时候唐静莹又和冷峰出现分歧。冷峰要穿名牌衬衫，系名牌领带，唐静莹则坚持让冷峰穿休闲便装，说是休闲装更能突出冷峰独特的风度。

"如果再披条麻袋就更独特了。"冷峰说，"今天你当家，听你的，休闲便装就休闲便装吧。大热的天儿，你以为我真愿意系领带？只是为了照顾你面子罢了。"

"你不必这么认真，我前夫和你是两种不同类型的人，他根本没法子和你比。我今天让你扮我男朋友，并不是为了气他或向他示威什么。我只是想通过你的出现告诉他：我现在已经有一个很好的男朋友了，你以后就不要再来烦我啦。"唐静莹做个"暂停"的手势。

"你知道令男人最恐惧的是什么吗？"冷峰问。

"是什么？"

"男人最恐惧的一是自己软弱无能，二是自己心爱的女人对自己不屑一顾。"

"你知道女人最害怕的是什么吗？"唐静莹反问。

"不知道。"

"女人最怕的是孤独，特别害怕被所爱的人抛弃；其次令女人感到害怕的是失去魅力。而面对一个自己已经不爱了的男人，并不能够使女人感到不安。"

冷峰无话可说。

收拾妥当后，冷峰和唐静莹一起走下楼。唐静莹今天是开着警车来的，来到警车旁，唐静莹从口袋里掏出车钥匙交给冷峰。

"要我开车？"冷峰指着自己的胸口。

"你总不能让女士开车吧？"

冷峰想想也对，于是接过钥匙。在路上，冷峰才算最后弄清自己今天的角色。确切地说，今天是唐静莹中学时的几个死党间的聚会，声明要带家属一起参加，而唐静莹的前夫恰巧也是他们比较要好的那几个同学中的一个。同学在组织这次聚会时，首先就告知唐静莹她的前夫已经答应参加这次聚会了，这样一来，唐静莹如果不去，反而让人觉得她很没气度，只好答应也参加。可她少个伴儿，于是就想到了冷峰。

"这么说你和你前夫也算是青梅竹马喽？"

"是将错就错！初恋时我们并不懂得什么是爱情。"

冷峰一边开车，一边和唐静莹闲聊。当车行驶至半路的时候，冷峰突然想起一件事情，猛地刹住车，转过身问唐静莹：

"你刚才在我家，说你的那本《邓小平文选》和我的不太一样，是吗？"他就有这个本事，一心可以二用。

"是啊；你回答说'这个世界上本来就没有完全相同的两片叶子'。"

冷峰狠转方向盘，一踩油门，猛地将车调过头来。

"你要去哪里？"

"回公司一趟。"冷峰拉响警笛，驾驶警车在马路上高速飞驰。

接近运输公司的时候，冷峰关掉警笛，把警车停在距运输公司不远的街道上，对唐静莹说："我一会儿就回来。"跳下车，穿过马路向公司的方向一路小跑。

冷峰来到九处的通讯中心，指示值班员立刻使用机要通讯与军队保卫部门的丁中校联系。这些天来，冷峰一直对从四川军事基地送至840研究所的资料突然变成了《邓小平文选》心存怀疑，虽然此事军方已经有了一个合情合理的调查结果，但冷峰总感觉这其中有什么不妥，只是一直未能理出个头绪来。今天是唐静莹的一句话提醒了他，丁中校说过进出四川军事基地的物品都要经过严格检查，但很显然这只运送资料的皮箱并未接受检查，否则那箱《邓小平文选》也不会顺利地出了基地，被千里迢迢地送到840研究所。敌人很可能是利用了四川军事基地这一检查上的漏洞。

丁中校也是行家，所以冷峰一开口，丁中校就立刻猜到事情的原委，他证实：机要材料进出基地是无须经过检查的。

"我马上对送到840的那箱《文选》进行调查，看看和基地下发部队的《文选》是否同一批。"丁中校说。

冷峰与丁中校通完电话，立刻赶回停在街角的警车与唐静莹会合。

"不用那么急，大不了就是迟到一会儿嘛，"唐静莹拿出一块纸巾递给冷峰擦汗，"还是办正事儿要紧。"

一路上唐静莹很少说话，好像心事重重。

"想什么呢？"冷峰打破沉默。

"我在想，其实当初我就不该结婚。"唐静莹拢了拢短发，"以前谈恋爱约会那会儿，我也常常会像你刚才那样把他一个人丢在大街上，自己跑去办案子。"

冷峰知道她是在说她前夫。

"现在想起来，其实那时他就已经对我的这种做法很不满意啦。"唐静莹继续说，"只是他涵养好，当时还能强忍着不表现出来，我那时还把这当作爱的一种深沉表现呢。"唐静莹自我解嘲地笑，"对啦，我有没有告诉你我为什么要离婚？"

"没有。"

"想不想知道？"

"不想。"

"哎，中国人里还真少有你这样不好奇的！"

"……"

唐静莹的同学住在市郊的别墅区里。冷峰打量着眼前这栋漂亮的别墅，问道："她怎么这么有钱？"

"因为她老公有钱。"唐静莹答。

在中学时和唐静莹比较要好的同学共有三个，其中唯一的男生就是她的前夫，当时他们三女一男在学校里号称是"小四人帮"。在这次聚会中冷峰和唐静莹算是最后到达的一对。

"对不起，我们迟到啦。"唐静莹进屋就道歉。

"小笨猪，你怎么才来？"

冷峰这时才知道唐静莹在学校时的雅号叫"小笨猪"。

"我上中学的时候稍微有点胖。"唐静莹在冷峰身边小声解释绰号的来历。

因为冷峰是第一次参加他们的活动，唐静莹把冷峰向在场的人都做了介绍。

"这是阿明，我的前任丈夫。"唐静莹落落大方地说。

其实唐静莹不说，冷峰也能猜出这个对他有着明显敌意的男人一定就是唐静莹的前夫。他友善地和阿明握了握手。

"这位是……"唐静莹指向阿明身旁一个具有模特儿一般身材的美女征询地问，显然她们是第一次见面。

"她是我未婚妻，紫薇。"阿明亲热地把紫薇揽在怀里，紫薇幸福地靠在阿明的肩头。

"幸会，紫薇。"唐静莹热情地打着招呼。"唷，忘了！"唐静莹一拍脑门，"我把买的菜忘在车里了，我这就去拿。"

"我帮你。"冷峰紧跟在唐静莹的身后说。才一出门，唐静莹脸上的笑容马上就消失了，取而代之的是满脸的气愤。

"怎么啦？生什么气呀？"冷峰问。

"哼，还说要让生活重新开始，要重新追求我，求得我的原谅。送花、打电话、写情书，统统都是假的！"唐静莹没好气地把车门关得"砰砰"直响，"你看他们在一起腻人的样子，让人反胃！"

冷峰明白了她是在气阿明和紫薇之间刚才的那种亲昵劲儿。冷峰想女人真是种奇怪的动物，明明是她自己不理睬人家阿明，可见到人家另结新欢她又要生气，难怪孔夫子他老人家要说"唯小人与女子难养也"，孔夫子真是个圣人！

"你说，是我好还是那个紫薇好？"唐静莹停下来看着冷峰。

"想听真话？"

"真话！"

"紫薇年轻、漂亮，你成熟、美丽，总的来说……还是你更好些！她只是一只摆着来看的花瓶，缺少内涵。"

"真的？"唐静莹脸上又露出了笑容。

"真的。"

"谢谢！"唐静莹突然踮起脚尖轻咬冷峰的耳垂。

"喂，痛！"

"哈，哈，哈……"看着冷峰急忙抚摸着被咬痛的耳垂，唐静莹在一旁开心地笑个不停。

冷峰一扭头，看见阿明正透过窗户向这边望。

"喂，你老公在向这边看呢。"

"是前夫！"唐静莹纠正道。她顺着冷峰的目光望去，阿明连忙离开了窗口。

"他还爱着你。"冷峰说。

"他爱的女人多着呢！走，我们进屋去。"唐静莹亲热地挽住冷峰的胳膊，显然她这是故意做给阿明看的。

冷峰费了不少的精神才把这个"小四人帮"中每人的绰号搞清楚，唐静莹叫"小笨猪"，女主人叫"大笨猫"，阿明是"狗熊"。令冷峰感到不可思议的是，他们居然称那个女博士为"笨鸟"！

"因为上学的时候她总是喜欢说'笨鸟先飞'嘛。"唐静莹向冷峰解释，"所以我们都叫她'笨鸟'。"然后扎上围裙走进厨房，"好啦，用不着你们啦，出去，出去，都出去！"唐静莹连推带哄地把女主人、女博士和阿明的那个漂亮模特儿都赶出了厨房，"今天我掌勺。"

冷峰见厨房里有了空隙，连忙挽起袖子溜了进去："我给你当下手。"

冷峰刚踏进厨房就被唐静莹用胳膊肘顶了出来："去去去，没你的事儿。男人永远不要下厨房！"

冷峰只得又退回到客厅里。其实屋内的每个人都听到了刚才唐静莹和冷峰的对话，但女博士的丈夫男博士还是不失时机地高声问唐静莹："喂，小笨猪，你刚才对冷峰说了些什么？你瞧他那一脸幸福的样子！"

唐静莹从厨房里探出头来："我是说，男人永远也不要下厨房！"

被称为"笨鸟"的女博士自然不笨，立刻就明白了她丈夫要唐静莹重复这句话的用意。她白了丈夫一眼，又白了唐静莹一眼："男女平等！男人怎么就不能下厨房？"

"男人都下厨房了，还要女人干什么？"唐静莹说。

"谁规定下厨房就是女人的事？"女博士辩驳，"家是夫妻两个人的家。女人白天和男人一样在外面拼命地工作，晚上回家还要女人一个人做家务，难道要把女人累死啊？"

唐静莹反驳说："其实男人即使不做家务，最累的还是男人。"

"有什么根据？"

"首先，男人是女人的靠山，是女人的主心骨，妻子在外面遇到不顺心的事可以回家找丈夫哭诉，寻求丈夫的安慰。男人却不能这样，男人无论遇到多大的挫折都只会一个人默默地承担，绝不忍心对妻子倾诉，让妻子为他担心。其次，一个真正的男人绝不能允许自己一事无成，毫无建树，让妻子儿女吃糠咽菜……但一个人的精力是有限的，一方面压力大，其他方面自然无暇顾及，所以与其强求男人去买菜、洗衣服、做饭、扫地，还不如多鼓励他做得更像个男人。"

"你们瞧瞧，她还一套一套的，真是我们女性的叛徒！"女博士转向女主人求援。

"就是嘛，都是女人，胳膊肘怎么能往外拐呢？"女主人站在女博士一边。她正在为家务活儿全是自己干，丈夫还对她存有二心感到心理不平衡呢。

唐静莹说："男人主外，女人主内，男耕女织，古来有之。"

女博士说："现在男女一样参加社会工作，已经不分内外了。"

唐静莹说："那也应该有内外之分，现在许多家庭内部不安定，就是因为内部关系混乱造成的，我和'狗熊'离婚就是活生生的例子。"

唐静莹坦然地引用自己失败的婚姻这个敏感的话题作为例证，反而使女博士一时不知该如何反驳了。

男主人赶忙出来打圆场："静莹说的有道理，如果静莹在报纸上发征婚启事，就凭'男人永远不要下厨房'这一句话，我敢保证，全世界的男人都会爱上她。"

"别，千万别！"冷峰正色道，"听你这么一说，我就更没有安全感啦。"

冷峰逼真的神情逗得大家哄堂大笑，这场"男人和女人"的争论也在笑声中告一段落。唐静莹继续烧菜，其他人则继续聊天。在聊天当中，冷峰发现唐静莹的这些同学都是一些喜欢附庸风雅的人，他们言必引经，辩必据典，或是背一段唐诗宋词，或是来一段"最好的厨师是饥饿，最好的教师是思考，最好的医生是乐观，最好的药品是幽默，最好的美容师是忘记镜子"之类的哲理。冷峰始终搞不懂他们把这些写在书上的东西再断章取义地在众人面前比赛似的背上一遍到底有什么意义。

"或许只有背会了这些看似高雅，实际上毫无用处的词句，才会被他们认作同类？"冷峰想。

想到今天是来给唐静莹充门面的，冷峰只得违心地同这些人一起故作高雅地闲聊一气。唐静莹知道冷峰最讨厌应付这种虚假的场面，但他还是为她忍受着这一切，令她感动，也令她感到抱歉。吃饭的时候，唐静莹伏在冷峰的耳边小声说："真委屈你啦！"

"你心中有数就好。"冷峰小声说。

席间，唐静莹不停地为她前夫的未婚妻紫薇夹菜："来，多吃点，尝尝这个，再尝尝这个……"

唐静莹的热情令紫薇感到不知所措，她只能一味地点头称谢。冷峰认为唐静莹这是在向阿明示威，因为他发现阿明的未婚妻除了年纪比较小、脸蛋还算漂亮之外，就再没有什么可以和她比的啦。

冷峰问紫薇："你是湖南人吧？"紫薇连忙点头。

这时唐静莹的那两个"死党"和她们好奇的丈夫询问起唐静莹和阿明离婚的原因。能够当着两个当事人的面问这样的问题，可见他们之间的关系是相当密切的。

"让阿明告诉你们。"唐静莹体贴地为冷峰夹菜。

阿明在大家询问的目光中潇洒地摆摆手："她说我是'抽烟基本靠送，喝酒基本靠供，工资基本不花，老婆基本不用'。"

"基本不用?!"人们把同情的目光都投向了唐静莹。唐静莹在大家的关注下茫然地点了点头，因为这话的确是她说的。

"换了我，我也和你离婚！"唐静莹的两个"死党"一同把矛头指向阿明。

阿明无所谓地摊开双手耸耸肩："离婚有什么不好？你们没听人说吗？当今社会'结婚是错误，生孩子是失误，离婚是醒悟，没有小妞是废物'。恐怕冷峰、冷大经理也不会只有一个相好的吧？"阿明不怀好意地把矛头指向冷峰。

"不多，只有几个。"冷峰淡淡地说，"不过我在外面'彩旗飘飘'的时候，更加注意保持家中的'红旗不倒'！"

在座的每个人都能明白地听出冷峰这是在讥讽阿明连老婆都养不住，却在这里厚着脸皮吹嘘自己的风流史。大家注意到阿明的脸一会儿红，一会儿白。冷峰是那种骂人从来不吐脏字的人。

"来，来，干一杯，喝它个小高潮！"男主人举起酒杯为阿明解围。

"来，干！干！"大家纷纷响应，酒桌上的气氛热烈起来。

虽然大家为阿明解了围，但阿明心中对冷峰的尖刻一直耿耿于怀，于是他频繁向冷峰敬酒，想凭着自己的好酒量灌醉冷峰，让他在酒桌上出洋相。但阿明很快就认识到自己低估了对方，冷峰总是来者不拒，而且他敬一杯酒，冷峰必然要回敬他一杯。

面对冷峰的豪气，阿明开始对自己灌醉冷峰令其出丑的计划越来越没有把握了。他示意紫薇向冷峰敬酒，紫薇立刻端起酒杯，嗲声嗲气地说："我来敬冷大哥一杯。冷大哥一下就猜到我是湖南人，我好好佩服冷大哥耶，冷大哥好博学耶……"

不待紫薇把话说完，冷峰端起酒杯一饮而尽。她的嗲声嗲气让他直起鸡皮疙瘩。

"好，爽快！"阿明别有用心地赞道，"难得你和冷大哥这么投缘，好事成双，来，再敬冷大哥一杯！"

唐静莹早已看出了阿明的意图。阿明的酒量她是知道的，不由得为冷峰感到担心。她不知道冷峰到底能喝多少酒，但冷峰表现出的那股充满了男人味道的豪气也深深感染了她，所以她并没有出面阻止他们的豪饮。可阿明让紫薇出面对冷峰进行挑战的行径却让她恼火。以前她只是觉得阿明心胸不够宽广，缺少男子汉的阳刚之气，还从未发现他竟如此卑鄙！由小见大，她甚至无法想象自己怎么和这样一个人共同生活了四年！

"我替你喝。"唐静莹伸手去端冷峰面前的酒杯，但被冷峰阻止。

"紫薇是敬我的，岂有你喝的道理？"冷峰端起酒杯，在唐静莹的注视下含笑一饮而尽。那份洒脱，那份气吞山河的豪迈，让人心折。

"好啊，好啊，好啊。"阿明拍手附和，"再来一杯！"

阿明的举止在唐静莹看来活像个跳梁小丑，她开始认识到自己决定和阿明离婚是多么的正确。

"让紫薇和冷峰先等一等，"唐静莹面带动人的笑容为阿明注满面前的酒杯，"来，我们先喝几杯。我们姻缘虽尽，但友情还在，来，这第一杯酒为我们的友谊，干杯！"

"……"阿明只得喝了。

"我们这么多年的夫妻，走到今天这一步，这其中的孰是孰非很难说清楚。来，这第二杯酒为我们忘掉过去所有的不愉快，干杯！"

"……"阿明只得再喝。

"这第三杯为你有一个如此美丽的未婚妻，干杯！""这第四杯为有冷峰这样一个男人肯为我受委屈，干杯！""这第五杯……"

唐静莹每次都会为"干杯"找到一个令阿明无法推托的理由，每当阿明磨磨蹭蹭不想再喝的时候，唐静莹都会说："你如果不喝，我这个女人家可以替你喝了这杯酒！"这句话的威力绝不亚于用刀架住阿明的脖子，其效果自然也是可以想象的。到宴会结束时，阿明已经醉得站不起来了。

辞别了主人，来到汽车旁，冷峰把钥匙递给唐静莹："你来开车，酒精已经让我的中枢神经有点麻痹啦。"

"不，还是你开吧，我现在感到脚下轻飘飘的，我已经醉啦。"唐静莹打开车门，在副驾驶的位置上懒懒地坐下。

"出车祸可不能怪我啊。"冷峰事先声明。

"和你生未能同衾，死能同车，又何尝不是一种幸福？放心开吧。"唐静莹毫不介意地说。

在路上，唐静莹突然问冷峰："阿明的未婚妻怎么样？"

"你说紫薇？"冷峰夸张地打了个冷战，"噫——"

紫薇身上那刻意装出来的天真和做作的优雅实在令冷峰不敢恭维。唐静莹趴在冷峰耳边学着紫薇的语调："'冷大哥，我好好佩服你耶'，哈，哈……你很有眼光，紫薇除了比我年轻外，的确不比我优秀！"唐静莹终于找到了心理平衡。

冷峰相信唐静莹今晚的这一发现足以让她在未来的三个月内对自己充满信心。

冷峰安全顺利地把汽车开到家，下了车，把车丢给唐静莹。他相信她完全可以把车安全地开回去，她身上没有任何喝醉酒的迹象，唯一的不同就是她的眼睛比喝酒以前更亮了。

"喂，你也不请我上去坐坐？"唐静莹从车窗里探出头。

"想上去就跟着来，还要我请你？"

唐静莹真就不客气地从车上下来。

"你总拿着背包干什么？放到车里不是很方便？"冷峰不解地问。

"你不知道，我把枪放在里面。"

"你是不是真的很喜欢当警察？每天总背着枪干什么？"

"以前是很喜欢当警察，不过现在我开始有点厌烦了，"唐静莹坦白地说，"只是我不知道我除了当警察外还能做什么？要不，让我加入你们吧？"她和冷峰开着玩笑。

唐静莹进入屋内立刻坐在沙发上活动着足部。

"怎么啦？"

"不太习惯穿这种时髦鞋，有点夹脚。"冷峰这才注意到唐静莹今天穿了一双崭新的高档高跟皮鞋。

"来，我帮你。"冷峰坐到唐静莹对面，把她的脚放到怀里，然后轻轻脱下高跟鞋。小巧的脚趾已经被高跟鞋夹得紧并在一起，他就用手轻轻地帮她把脚趾揉开，一切都做得那么自然。

"好啦。"冷峰说，抬头发现唐静莹的大眼睛中正闪动着晶莹的泪花，"怎么，眼球感冒啦？"

唐静莹吸了吸鼻子："才没有呢，是让你感动的。"

"傻瓜！"冷峰放下唐静莹的脚，"上次我发高烧，你不是在床前陪了我两天两夜？"

"你还记得？"

"你以为我的记性真那么差？"冷峰站起身，"我去冲壶浓茶。"

"让我来。"唐静莹立刻站起身抢着去做，可见酒精在她身上并没有起太大的作用。

唐静莹和冷峰之间的关系是微妙的，这种微妙的关系时而让唐静莹觉得她能够认识冷峰是上苍对她的偏爱，时而又觉得这是上苍对她的惩罚。她和冷峰之间目前的这种情形令她有些无奈，却又说不出口。冷峰对她亲切，却不亲近。他陪她说笑，陪她解闷，关怀她，帮助她，但他们之间始终保持一种相当纯净、真挚又矜持的情感：似朋友，又超出朋友；似亲人，又不尽似亲人。唐静莹非常希望打破眼前这种微妙的局面，可她又担心打破这种局面之后会产生不良后果……

喝茶的时候，唐静莹眼睛望着窗外，对冷峰讲起自己小时候对村居生活的向往，在这样的夜晚，可以听到荒郊的犬吠，河塘里的蛙鸣，田野中的虫吟……

"然后你又会怀念都市生活的便利。"冷峰讥笑道。

唐静莹无可奈何地白了冷峰一眼："我说你这人怎么一点儿情调都没有？"

"错啦，错啦，我错啦。"冷峰连忙认错，"您继续'情调'吧。"冷峰突然意识到这"情调"和"调情"好像没有什么大的区别。

"都让你破坏了，还怎么继续呀？"

过了一会儿，唐静莹坐在那里拢了拢头发说："今晚……我想留在这里。"

冷峰有些意外。他注视她片刻，说："这不是个好主意。"

"怎么，你怕啦？"她微笑着，肆无忌惮地望着冷峰。

"是，我怕。"冷峰垂下目光，"我怕会失去一个朋友。"

唐静莹无言地摆弄着手里的茶杯。

冷峰说："找个上床的性伙伴很容易。朋友，一生也难得遇见几个……"

唐静莹拿起皮包："很晚啦，我要走了。"

"我们还是朋友吗？"冷峰坐在那里望着手里的茶杯。

"废话！"唐静莹微笑着，噙着泪水转回身，"不想做朋友我就不走啦！等明天醒了酒再给你打电话。"

第33章 ☆ "雪中送炭"

冷峰的猜测很快得到了丁中校的证实——840研究所收到的那箱《邓小平文选》与四川基地下发部队的《文选》不是同一批！这说明从四川基地运出的这个密码箱在中途被人"调包"了，而箱中装的很可能就是那个钛金属盒。

"我们的调查工作进展很不顺利，已有两名当事人猝死。"丁中校说，"我们正在进行更详细的调查，"

"猝死?"冷峰很意外。

"死因不明，还在解剖。"

冷峰认为有必要将九处于两天前截获的敌人"货物九天后到达"的动态情报向丁中校通报一下，虽然这不符合组织规定程序，但如果通过正常的跨部门情报传递程序，这一情报传到丁中校手里至少还要再过三天，到那时恐怕就太晚啦。

冷峰将九处截获的情报简要地向丁中校通报后，又补充说："根据计算，送资料到'840研究所'的那只密码箱无论如何也不能同时装下两个钛金属盒。"

"你的意思是说，还有一个钛金属盒没有运出基地?!"冷峰大胆的假设想令丁中校大吃一惊。

"我想现在恐怕已经运出来了。"

经冷峰的提示，丁中校自然也想到"九天后到达东津的货物"很可能就是另一个从基地运送出去的钛金属盒！"事关重大，我马上调查!"丁中校说。

挂上电话，冷峰立刻召集全部人员开会研究郑明哲的案子，这是目前掌握的唯一一条可能会有突破性进展的线索。会上，朱文强首先介绍了案件的最新情况：郑明哲昨晚再次接到一个神秘电话，电话的内容是告知郑明哲，中国国家安全机构近期的搜捕活动是针对朝鲜一名叛逃后潜伏在中国的高级女情报官进行的，调查的重点是东津市内的女性朝鲜族居民，对郑明哲的影响不大，但仍要他小心谨慎。

这证实了冷峰的猜测：泄密情况果然出在元兴公安分局。根据朱文强的意见，侦查二科立刻抽调了一个侦查小组对元兴分局中的十四名知情人员展开秘密调查。

"唐静莹可以排除在外。"冷峰叮嘱二科科长说，"如果需要了解情况，就以东津市安全局名义直接找她了解，这个人不会有问题。"在经过昨晚的事情后，冷峰不知道他和唐静莹以后会以怎样的心态相对，或许以后就……冷峰想不出结果。

一科科长报告说，发现谢百灵今天把从各处搜集到的各种资料都还了回去。

"她有没有对资料进行复印或拍照？"冷峰问。

"没有。"

冷峰沉思了一会儿。从谢百灵搜集资料的手法看，她的所作所为完全是个外行的做法，明显未受过任何训练。他批准对谢百灵进行监视，就是要通过她找出幕后指使她搜集这些资料的人。

"她有没有和可疑人员接触过？"冷峰问。

"她去过美国领事馆一次，与东津大学的一名外籍教师接触频繁，同一家外商独资企业的女经理有同性恋行为，还和几名外国留学生有些联系，其他的还没发现什么可疑。"

冷峰思考了片刻："继续盯着她。"

冷峰认为谢百灵搜集了这么多机密资料，而未经复印和拍照又都原样还了回去，这件事本身就很蹊跷，她搜集这些东西绝不是为了好玩。但现在这个时候无暇过多地"照顾"她，只能先把她盯住了以后再说。

"孟青那边怎么样？"冷峰扭头问李石。

"很好，她非常合作，人也很机灵。"

"但你还是要小心，你现在的处境很不利。"冷峰说，"我们制订方案时犯了一个严重的错误，我们忽视了孟青哥哥和郑明哲联系密切这个环节。他们经常通电话，大部分时间是在谈论孟青的事，昨天郑明哲在和孟青的大哥通电话时就很策略地问了一些有关你的情况。"

"她哥怎么说？"

"他说根本就不知道有你这么个妹夫。"

李石暗自骂了一句，他们的确都忽视了孟青大哥那一头。

"所以你一定要小心些。"冷峰叮嘱李石。

"知道。"

李石和孟青约好下午两点半钟在中心广场会合，散会后李石立刻赶往中心广场。李石现在的身份是孟青的未婚夫，他必须要和孟青出双入对，特别是在郑明哲可能会看到他们的场合，比如：进出公寓的大楼。李石赶到约定地点时孟青已经在那里等他。他在孟青身后拍了一下她的肩。

"啊——"正在聚精会神想事情的孟青吓了一跳，惊叫着跳开。看清站在背后的是李石，她捂着胸口，娇嗔道："你吓死我了！"

"这也能吓着？"李石微笑地对惊魂未定的孟青说，"你以前一定是干了很多坏事，所以才这么胆小，害怕别人从背后暗算你。"

"也不多啦！"孟青调皮地一笑，"我只不过是不小心把糖果丢给蚂蚁，把青蛙丢进水塘，帮助盲人过马路，让座位给老人妇孺什么的。"

李石发现孟青经常在他面前发嗲，有点进入恋爱角色的感觉。他现在扮演未婚夫，完全是为了工作，可不想弄假成真，就赶紧把话题往工作上引。

"我们老板让我代表他再次谢谢你对我们工作的协助。"李石说。

"他谢我？"孟青指指自己的鼻子，"我才懒得理他呢！"她洒脱地挥挥手，"我帮他们，是因为你和他们是一伙的，谁叫我上辈子欠你的呢？这是命中注定的，没有办法改变的事情，要谢就谢他们命好吧。"她停了停又说，"嗯……你们是不是真的很感谢我？"

李石肯定地点点头。

"那么你请我喝下午茶好不好？"孟青腼腆地笑笑，"我肚子好饿。"

"没问题！"李石爽快地答。反正不用花他的经费，他也乐得做好人。

孟青吃东西的时候总是全神贯注，旁若无人，异常投入。这几天李石发现，孟青的房间里总有吃不完的零食，一大袋还没吃完，又买回一大袋，从未见她间断过零食，实在搞不懂她为什么每天吃下去这么多东西却又不见她长胖？那东西都让她吃糟蹋啦！

"你们老板有没有说我很刁蛮哪？"孟青吃饱肚子，精力一下又充沛了许多，纯真地歪着头问李石。

"没有，我们老板还夸你胆大心细，反应够快，是做我们这一行的天才呢。"李石临时想出了这几句恭维的话。

"真的?！"孟青一副雀跃的样子。

"不过，我们楼下那个人似乎对你和我的关系还有些怀疑。"李石指的是郑明哲。

"是不是因为我哥？"

李石点点头。

"都怪我哥！"孟青气呼呼地说，"楼下那人打电话给我哥拐弯抹角地问有关你的情况，你猜我哥怎么答复的？他说'我从来就不知道我什么时候又多出个妹夫'。这样一来，那个人做贼心虚，不怀疑你才怪呢！不过也没关系，我已经把这件事摆平了。我告诉我哥你是我大学的同学，在学校时我们就开始眉目传情了，这次到东津就是专为了来和你同居。我哥还会把这话传过去的。"

"你哥会相信你说的这些？"

"他当然相信！他知道我向来说得出，做得到。只要我高兴，我什么事都敢做。我告诉他我正在和一个我喜欢的男人同居，他才不会吃惊呢，只会气得哇哇叫！"孟青想象着她哥哥哇哇叫的样子，不由得开怀大笑起来。"好笑吧？"孟青止住笑，"我发现今天我们一起出门的时候，楼下那个人好像很留意我们，我猜他可能对我哥传过去的话还不太相信，不过你放心，我都已经想好了，我保证会使他相信你千真万确、百分之百就是我的未婚夫！"

"你想怎么做？"

"在他面前装得亲热点喽，还能怎么做？"

在郑明哲面前装亲热点李石并不反对，只是他和孟青在一起的时候不要让谢百灵撞到才行。谢百灵是个十分单纯的女孩，虽然他知道她很可能会因为她搜集到的那些机密资料而惹上麻烦，但他不想让她在感情上因为他受到伤害，她现在还以为他是在疯狂地追求她……李石从心底希望她能顺利地去美国读书，到时候他和她之间的这种莫名其妙的关系就自然而然地疏远、中断了，谁也不会受到伤害。

"青青，我终于找到你啦！"二秃子不知从哪里冒了出来。

"你怎么会找到这里？"孟青很惊讶。

二秃子深情地望着孟青："我们曾经一起在这里喝过茶，我知道你一定还会到我们一起待过的地方看看的。"

孟青差一点儿晕过去，她实在忍受不了二秃子这份浓烈的自作多情！她刚要向二秃子解释清楚，忽然发现二秃子后面还跟着一群人。

"熊哥，就是这个小子抢了我心爱的女人。"二秃子对身旁一个比他高出一头的彪形大汉说。

大汉瞅瞅李石，李石也用眼角看了看他，继续悠然地喝着他的茶，丝毫没有挪动地方的意思。

"好，是条汉子！"

大汉豪气地对李石竖起大拇指，然后向身后猛一挥手。两个小混混儿立刻拿着一块玩飞镖的靶子跑到对面的墙下，用锤子在茶楼的白墙上钉上一根钉子，把飞镖靶子挂起来。

"啪"，大汉从怀里掏出两沓钱摔在茶桌上，又把两支飞镖摆在李石的面前，很绅士地向李石抱了抱拳："兄弟，咱们都是江湖中人，这里是两万块钱，我要在这里和你赌一局飞镖，咱们一局定输赢！你赢了，钱，女人，你都带走。你输了，女人留下，你走！你意下如何？"

孟青心中火气大发，想说："你们竟敢拿我做赌注！你们当我是死人啊？！"但又觉得这事很有趣，很想知道结局会是什么样的，这才强忍住怒火坐在那里没有发作。

李石冷眼扫了一下四周。大汉带来的十几个小混混儿已经将李石团团围住，看来这个熊哥也是在道上混的老手，他为二秃子强出头的同时还知道网开一面，为李石准备了体面的台阶，避免把李石逼得狗急跳墙，最后弄得两败俱伤。大汉以十几个混混儿作为强大的武力后盾，逼迫李石答应和他比试，他非常有把握胜出，这样做对每个人都有好处：他可以毫不费力地帮二秃子赶走情敌，李石也可以堂而皇之地全身而退，以后传出去也只能说李石是打赌输掉了女人，而不能说他李石是被人打服了才把女人让出去的，颜面上毫无损伤。李石不能不佩服这个熊哥居然为他考虑得这么周全。

李石微微笑了笑，拿起一支飞镖查看了一下，飞镖没有问题。

"既然熊哥划出道儿来，我就陪熊哥玩玩。"李石说。

大汉见李石如此识时务，立刻挑起大拇指："好！是汉子，够爽快！那兄弟我就先投为敬啦！"

大汉抢胳膊，挽袖子，手持飞镖，拉开架势。他对着镖靶瞄了又瞄，瞄了又瞄，最后奋力一投——飞镖不偏不斜正中镖靶的中心，满分！他手下的小混混儿立刻欢呼叫好，一片聒噪之声。

"兄弟，轮到你啦！"大汉得意地为李石让出场地。

李石坐在那里，看了看镖靶，又看了看手里的飞镖，微微一笑，问道："平局怎么算？"

"平局算你赢！"大汉自负地腆着肚子，趾高气扬地说。

他的话音未落，李石突然一扭身，手臂猛一挥，手腕一抖，"嗖"，李石掷出的飞镖击落了大汉的飞镖，深深地扎在镖靶的中心！四周的人一个个目瞪口呆。

李石站起身，淡淡地说："钱，我不要。人，我带走。"

李石抓起孟青的手向外走。

"哎，等等，"孟青回身拿过桌上的那两万元钱，"说好你赢了钱和人都可以带走的，凭什么不要……"他们想走，十几个小混混儿已经拦住了他们的去路。

"唉——"李石暗自叹了口气。今天天气很好，他今天真的不想打架！但看这情形，今天这一架恐怕是免不了啦。李石把孟青推到角落里，这里相对安全些，免得一会儿血溅到她身上。

既然决定要打，李石是绝对不会把先机让给对方的。他伸手抓过两个小混混儿，把他们的头猛地一撞，这两个小混混儿顿时头破血流，瘫软在地上。他飞起一脚把冲在最前面的一个小混混儿踢到五步外的一张桌子上。

李石处在十余名小混混儿的围攻下不慌不乱，他忽左忽右，忽上忽下；横踢竖打，拳前脚后。攻如迅雷，不及掩耳；防若铁桶，密不透风。前后左右挥洒自如，如虎荡羊群一般。孟青第一次从打架斗殴者的身上看到了打架的美感。

没用几分钟，十几个人中只剩下三四个人勉强还能站着，其中就包括膘肥体壮、站在那里直摇晃的大汉和一直躲在他身后的二秃子。

李石对大汉一竖大拇指道："好，你还是条汉子！"

两辆警车接到茶楼经理的报案后呼啸而至，"嘎"的一声停在茶楼的门口。李石重任在身，可不想被带走，再让冷峰去派出所领他。

"快跑！"李石拖着孟青就向茶楼的楼上跑。

这个茶楼共有三层，他们很快就跑到了三楼。李石环视了一下，再往上已无处可去了。后面响起警察爬楼梯追赶他们的声音，李石拉过孟青对她说："一会儿警察追上来你就说你不认识我，打架的事和你无关，警察如果……"

"不，"孟青打断李石的话，倔强地说，"我要跟你一起走！你到哪里我就到哪里！"

"你要跟我走？"李石感到十分好笑，"你真要跟着我？"这时他听到警察已经顺着楼梯追上来了，"好，跟我来吧。"

李石突然打开窗户，纵身跳了下去，吓得孟青一声惊叫，捂住了眼睛。过了一会儿，孟青没有听到李石的惨叫声，这才慢慢地把手指分开，缓缓地把头探出窗外，小心翼翼向楼下望了望，看见李石完好无损地站在楼下正望着她。

"你下不下来？"李石气定神闲地站在下面挑衅地问，"给你两秒钟考虑。"

李石本以为孟青会因为楼高而胆怯，这样他就可以名正言顺地一个人跑掉啦，万万没有想到，孟青只踌躇了一秒钟，说了声："接住我啊。"便一手抓着皮包，一手抓着那两万块钱，闭上双眼纵身跳下楼来。

李石只得伸手把孟青接住。孟青闭眼躺在李石的怀里，确信自己已经平稳落地后，才慢慢睁开双眼。

"喂，你是因为胆大，还是因为信任我？"李石问。

孟青对李石嫣然一笑："我只是好奇。我想看看你到底有没有办法接住我！"

"你真的不怕？"

"怕什么？生死天注定！"孟青不在乎地挥挥手，从李石的怀里站起来，"天让你死，你不得不死；天让你活，你想死也死不了！喂，警察来了，快跑啊！"

一个警察正从三楼的窗户探出头来往下看。孟青拉起李石就跑，一直跑出去很远，相信警察再也追不上他们了才停下来。

"真过瘾！"孟青靠在墙上兴奋地、气喘吁吁地说。

李石也靠在墙上喘着粗气。"二秃子知道我的真实身份吗？"他问孟青。

"知道。"孟青答，"我告诉过他，你就是打破我头的那个特工。"

这就麻烦啦！李石咒骂了一句，立刻从口袋里拿出手提电话，向冷峰简要说了此事的前后经过，指出，二秃子的出现很可能会影响到这次执行的任务，如果找到孟青居住的公寓闹事，他的身份就可能会暴露，引起郑明哲的怀疑。

"他们当中可能知道你真实身份的人有多少？"冷峰问。

"不知道，"李石说，"不过按常理说，二秃子很可能隐瞒了我的真实身份，否则那些混混儿也不会那么猖狂。"

"不行，还是保险点好，我立刻安排把他们全部拘留。你们在茶楼打得很热闹吧？"

"还好。"

"那么就让公安局出面以'斗殴'为借口拘留他们。还有，你快些把今天的'资料'送回来，现在那几个小子正闲在这里发牢骚，说你只知道泡妞，已经忘记干活儿了。"

"冤枉啊！我这妞泡得可没他们想得那么轻松，要不下次打架的时候让他们来试试？"

冷峰所说的"资料"就是安装在孟青屋里的仪器每天记录下来的东西。仪器都是自动的，只要郑明哲的公寓内有动静，仪器就会立刻自动工作，记录下郑明哲公寓内的所有声像。李石和孟青挽着胳膊有说有笑地回到公寓后，李石立刻爬到孟青的床底下去检查那些器材的工作情况。他为仪器换上一卷新带子，把取下的带子放入一个纸袋内。这是他每天的一项主要工作：早晚两次更换带子，然后把取下的带子送回九处进行分析。

"我出去一下。"李石对孟青说。

"回来一起吃晚饭好吗？"孟青从厨房里追出来询问。

"好的。"李石答。

孟青所谓的晚餐也就是把罐头放到微波炉里热一热。这种晚餐李石已经吃过多次了，但他从不挑剔，对他来说，只要能够填饱肚子，吃什么都行。

李石把带子直接送到九处的调研室，几名调研员正在那里等他，拿到资料后马上投入了工作。

"从明天开始，你不要总往这里跑了。"冷峰对李石说，"你就把'资料'直接送到街角的那间超市里，那里已经被我们接管了。他们到时候会准备一些孟青喜欢吃的零食给你带回去。孟青的哥哥在给郑明哲的电话中说你是孟青的同学，他妹妹这次到东津就是专门来找你的，郑明哲好像相信了，不过你还是要尽量避免引起他不必要的怀疑。"

"知道了。"

李石刚要走，又被冷峰叫住。

"你把这些带回去，"冷峰指着桌上的香槟、蛋糕和一束玫瑰，"今天是孟青的生日。"

"这种小事您也注意到了？"李石真是很佩服冷峰。

冷峰点拨李石："孟青是个富家女，你给她再多的钱她也不稀罕。一个物质上富足的人，会更注重精神上的东西，你给她一份关心，往往要比给她一条金链子更令她开心。最能令人感动的是雪中送炭，而不是锦上添花！"

"要雪中送炭，不要锦上添花……"李石在赶回孟青公寓的路上一直都在品味冷峰刚才说的话，这话语中蕴含着深奥的人生哲理。

李石回到公寓，一手提着蛋糕，一手抓着玫瑰，怀里抱着香槟，费了很大劲儿才按响门铃。

"生日快乐！"李石把花举到孟青面前。

孟青被这突如其来的祝贺惊呆啦！她默默地站在那里，没有接鲜花，激动得眼睛都潮湿啦。

"快点儿呀，香槟酒要滑到地上啦！"李石说。

"谢谢！"孟青擦了擦泪水，接过玫瑰，还踮起脚尖在李石的面颊上轻吻了一下，"我自己都忘记今天是我的生日呢。郑大哥看我们来了。"

郑明哲从里面走了出来："哎呀，不知道今天是青青的生日，真是不好意思，也没给青青准备生日礼物。"郑明哲的汉语发音很不标准，让人听了很不舒服，李石猜想这恐怕也是郑明哲以朝鲜族身份作掩护的一个主要原因。

"没关系的，郑大哥，不知者不怪嘛。不过明年你要送我一份大礼物才行啊。"孟青故作天真地说。

"一定，一定。"郑明哲要走。

"再坐会儿吧，郑大哥。"李石客气地挽留。

"不啦，我已经坐了很久了。青青给我讲了很多你们之间的事，还把你们的情书拿给我看，你们真是令人羡慕的一对！"

"你把我们的情书给别人看了？"李石疑惑地望着孟青。

"我只是把我写给你的信给郑大哥看，又没有把你写给我的信给他看，你这么凶干什么？再说郑大哥又不是外人。"孟青煞有介事地说。李石不得不佩服她的演技。

"好啦，好啦，不要让我影响了你们的欢聚。"郑明哲告辞。

"怎么会？我们两个经常斗嘴的，而且越斗感情越深，对吧，青青？"李石深情地把孟青搂在怀里。

"嗯！"孟青幸福地点着头。她隔着薄薄的衣服能够感觉到李石浑身的肌肉坚硬如铁。

送走了郑明哲，李石放开孟青，赞扬她道："你真是演戏的天才！"

"你也很厉害呀，我的生日你也知道！"

"郑明哲来做什么？"

"没什么，只是来看看，和我聊了一会儿天，我还带他参观了一下我们装修的房间。"

"你让他参观房间？"

"是啊，有什么不妥吗？"

孟青的这一举动也实在很大胆啦！屋内那些用来监视郑明哲的仪器装备虽然都伪装得很好，但郑明哲这样的行家如果真是刻意去寻找的话，也还是会发现一些蛛丝马迹的。不过孟青这种考虑欠周全的冒险行径，或许更容易取得郑明哲的信任，使他不会太注意……有些事情就是这么矛盾。

"我们吃蛋糕吧？"孟青急切地说。

"稍等一下。"李石从口袋里拿出一只电子手表。

"哇，好漂亮！是我的生日礼物？"

"啊……这个……是的，是你的生日礼物。"李石从来就没想过要给孟青买什么生日礼物，"只是这个生日礼物还能成为你的护身符，如果你遇到什么危险，就按下这个按钮，到时候会有人保护你。"

"会是你吗？"

"不一定，到时候谁离你最近，谁就会先赶到。"

孟青有些失望。"能试试看吗？"孟青说着就要按下李石指给她看的那个金色小按钮。

"别动！"李石大叫，"如果按下这个按钮，那么守在楼下的那些兄弟马上就会冲上来，那样势必会惊动住在下面的郑明哲。"

孟青眯着眼睛对李石调皮地一笑："我是吓你的！和你开个玩笑。"孟青小心地把手表戴好，"现在可以吃蛋糕了吗？"

"再等一下。"李石说，"你到郑明哲刚才去过的地方仔细地检查一下，看有没有什么不应该有的东西，比如：烟头、死蟑螂、火柴盒等。还有，你注意到我们在客厅里给你换的这个石英钟了吗？如果有一天它突然停了，就说明你的公寓里有窃听器在工作，你说话时就要小心些啦。"

"知道了。"孟青认真点着头。

"还有，你刚才说的什么你写给我的情书在哪儿？我得把它们背下来才行，免得以后在郑明哲面前不能自圆其说……"

第34章 ☆ 女装男人

　　高雅兰经过前思后想，最后还是认为只有杀掉谢百灵才是最安全的办法。虽然谢百灵已经在她的授意下把搜集到的资料全都还了回去，但这也不会减少中国特工人员对她的怀疑。在这之前，中国国家安全机关之所以没有惊动谢百灵，只是把她监视起来，那是因为他们想放长线钓大鱼，找出幕后指使她的人，以便人赃并获，一网打尽。可谢百灵把那些资料又还了回去，这就打乱了中国特工的部署。在这种情况下，他们只有两种选择：或者继续对谢百灵进行侦控；或者将谢百灵秘密逮捕进行审讯。高雅兰分析，中国特工在没有掌握谢百灵确凿的犯罪证据前对她实施逮捕的可能性很小，她却不得不防；胆小怕事、毫无经验的谢百灵一旦被捕，在中国特工的威逼利诱之下，一定会交代出幕后指使者，那么她高雅兰的处境就变得非常危险了，她也会遭到中国特工人员的监视，而另外一个钛金属盒几天后就要到达东津……

　　高雅兰还记得，她曾经头脑一时发热送给谢百灵一只皮箱，这只皮箱是她向厂家定购的准备用于掩护那个已流产的A计划的几千只皮箱中的一个，它的样式与落在中国特工手中的那只特殊皮箱一模一样。虽然这只皮箱本身并没有什么特别之处，但如果让它落到了中国特工的手里，那么，他们一定会把谢百灵的这只皮箱与他们从毒贩手中缴获的那只联系在一起……所以谢百灵一定要死。

　　李石之所以把监控设备安装在孟青的床板底下，完全是从有利于隐蔽的角度考虑，他认为，郑明哲作为大男人总不方便对一个姑娘的床表示出过多的兴趣。但是这却为他的工作增加了难度，以至于他每次要观察郑明哲房间内的情况，都必须趴在孟青的床上才能进行，这在白天还好，夜间，尤其是当孟青蜷在床上熟睡的时候，对他不能不说是一种折磨。

"吃水果吗？"孟青端着一盘子水果走进来。

"不，谢谢！"

突然，李石听到楼下郑明哲的电话又传来那种响一声就停，过一分钟再响一声的铃声。又是那个神秘人！李石从地板上跳起来，趴到床上，架起两个微型监视器。通过微型屏幕，李石看见郑明哲站在电话旁，一直等到电话第五次铃响他才开始接听，与往常一样。电话的内容李石无从知晓，因为窃听电话是另外一组人的工作。

简短的通话后郑明哲挂上电话，从李石面前监视客厅的荧屏走进另一个监视卧室的荧屏。李石看见郑明哲来到一个衣柜前，打开柜门，那仿佛是他老婆的衣柜，里面挂的都是女人的衣服。

孟青也好奇地把头伸向那两个微型监视器。监视器的屏幕太小，她只有把头和李石挤在一起才能看清监视器上的画面。郑明哲正在衣柜前脱衣服，而且脱得一丝不挂。孟青的脸一红："我去烧饭。"说完跑出了卧室。

李石看到郑明哲从衣柜里拿出一双黑色的连裤网袜，抖开，缓慢地穿上，并不时用手指调整网袜的纹路，接着又拿出一件黑色的紧身马甲穿上。这马甲的拉链是在背后，自己根本无法拉上。只见他背靠着墙，将拉链的拉锁头挂在墙上一个特别的挂钩上，然后再慢慢地下蹲，使得拉链一直拉到颈部。也不知马甲中塞了两团什么东西，使他的胸部看起来高耸又有弹性。他来到梳妆台前，对着镜子摆正了胸部突起的那两团东西，然后坐下，拿起一个化妆棉，倒上保养品在自己面部按摩了一番，接着拿起口红、粉饼、眼影、腮红……细心地涂抹了一番，又拿出一顶披肩假发戴到头上——假发是卷曲的，长度正及他的肩下。最后他穿上一件黑色的西式连衣裙，并在脖子上系了一条黑色的丝巾。他本来个子就不高，人又比较白净，经过这一番刻意的打扮，不知情的人绝对想象不出他会是个男人！

郑明哲背上一个新款的女式皮包，穿上一双黑色的高跟鞋，对着门口的穿衣镜又仔细打量了一番，确定没有任何破绽后，这才挺着饱满的胸脯，骄傲地走出了房门。郑明哲完全像是变了一个人，李石由衷地佩服他高超的化装术，他居然能把自己扮成女人！

李石从床下掏出一个装有干扰器的步话机："他出门了。"

"收到！"大楼外面二十四小时等在那里担负跟踪任务的侦查员回答。

"他穿了一件黑色连衣裙，长发，脖子上有条黑色丝巾。"

"我×！他穿得这么新潮？好啦，我们跟上他了。"

郑明哲坐计程车到江边公园附近，进了一间收费公厕的女厕所。据跟踪进入公厕的女特工报告，郑明哲在厕所内好像撕碎了一些东西用抽水马桶冲走。

把这一情况同郑明哲接到的那个使用了隐语的电话联系起来看，这个公厕中的女厕所应该是敌人在电话中指示的一个秘密联络点。

冷峰分析，郑明哲在厕所内冲走的那些东西应该是那个神秘人在电话中不便叙述的东西，比如图片、详细的地址等，但到底会是什么呢？

从敌人把无人联络点设在女厕所里这一点来看，那个神秘人极有可能是个女的。如果对方是男的，那么他们把秘密联络点设在男厕所里岂不是更方便？所以冷峰认为，这个在暗中指挥郑明哲行动的神秘人是个女性的可能性比较大。马千里死前也是和一个女人在一起，这其中会不会有什么联系呢？

唐静莹给冷峰打电话，马千里意外死亡案件有了新的进展，她找到了能够证实马千里死亡当晚和他在一起的那个女人身份的证据——一条那个女人当晚穿过的三角裤。这是找到那个女人的重要线索，而唐静莹发现这一关键性证据则纯粹是凑巧。

最近两年，在唐静莹的管区内连续发生多起抢劫、盗窃女性内衣的案件。去年五月，凤凰楼小区一名独居的女青年报案说，她下午下班回家后发现房门被撬开，屋子里被翻得很乱。经过现场勘察和清点，最后发现了一个奇怪的现象：屋内金银首饰、家用电器、钱款存折什么都没有丢失，窃贼竟然只是拿走了几件扔在洗衣机里还没有来得及洗的乳罩和三角裤！据女青年回忆，那三角裤上还沾有自己体内流出的分泌物形成的斑痕……

接下来几乎每个月都会发生女性用过的乳罩、背心、裤衩、丝袜被偷盗的案件，上个月更是发生了一起恶性的抢劫事件。当时广场小区的一位少妇正在家里午睡，突然一名头上套着丝袜的男性歹徒闯了进来，用尖刀威逼住她。少妇吓得直哆嗦，以为这个男人要强奸她，便恳求歹徒不要伤害她，表示愿意与他做任何事情，不料，那个男子只看了她一眼，捡起她脱下来的内衣内裤装进口袋，扬长而去。

这起入室抢劫案虽然没有造成大的社会危害，可是入室抢劫本身就是性质非常严重的案件，所以市局领导责成唐静莹要尽快破案。唐静莹立刻组织了精兵强将联合研究案件。大家认为，这一系列的案件都属于同一个变态狂所为，可是这种违反常理的变态案子唐静莹和她的那些手下以前从未遇到过，所以没有人知道该从何处下手破案，于是几周下来案件毫无进展。所幸这时这个变态狂又再次作案，在偷窃一个女大学生宿舍的三角裤衩、乳罩时，被宿舍管理员当场抓获。经派出所审讯，他交代了以前做过的所有的案子，其中包括那桩入室抢劫案。唐静莹听到这一消息，专程赶到派出所，结果发现这个专门偷窃女人内衣的青年她以前见过，就是7月2日在夜总会里为马千里和戴面纱的漂亮女人服务过的那个六号包房的服务生。

在唐静莹的开导下，男青年供出他7月2日晚曾在夜总会拿走了那个漂亮女人遗留在包房里的一条三角裤。唐静莹马上亲自带人搜查了他的家，在他的房间内搜出了六箱子各式各样的女人内衣裤！更令唐静莹惊奇的是，这个变态佬居然还能在堆积如山的三角裤中指出哪一条是7月2日晚那个漂亮女人穿过的。当时唐静莹还有些怀疑，便让他把这些内衣一一注明失主是谁，结果他还真做到了，唐静莹这才不得不相信他在辨认女人内衣裤方面的确是个天才。于是，唐静莹就把这条漂亮的、脏兮兮的女人内裤作为重要证据送给了冷峰。

经过技术部门对三角裤上分泌物的取样化验，证实这条三角裤的确是那个女人穿过的，因为残留的精液经化验，正是马千里的。

唐静莹和冷峰谁都没有再提那天晚上在冷峰家发生的事情，两人除了谈公事，大部分时间都是在说笑，一切都和以前一样，仿佛那晚的事情大家都已经忘记了。

第35章 ☆ 祸从天降

　　局总部坐落在东津市东平大街旁一栋十分不起眼的小楼里，门口挂的是一块"矿山规划管理处"的牌子，但冷峰一直没有搞懂局总部门前的这块"矿山规划管理处"的牌子是怎么来的。听老一辈人说，新中国成立后不久这块牌子就已经挂在这里了。

　　温柔得知冷峰要来总部，早早地就从楼上跑了下来，在门厅等了很久才看见冷峰开着一辆越野车驶进大院。温柔眼珠一转，悄悄隐身到楼梯口一块巨大的门镜后面。当冷峰走近时，温柔突然从镜子后面跳出来喊："不许动！"

　　冷峰本能地一闪身，左拳迅猛地击向温柔的腹部。当冷峰意识到这里是局总部，根本就没有必要这样做的时候，他的拳头已经重重地击中了温柔。温柔沉闷地哼了一声，抱着文件夹，捂住肚子，缓缓地弯腰蹲在地上。冷峰这才看清楚从镜子后面蹦出来的人是温柔。他在自己的脑门上重重地拍了一巴掌，他应该想到在总部里只有温柔才会和他开这种玩笑。他弯腰试着扶起温柔："痛吗？"

　　"你说呢？"温柔在冷峰的搀扶下努力地直起腰。"人家特地下来接你，你还打人家！"

　　冷峰并不认为此刻是讲道理、论是非的最好时机，忙说："对不起，非常抱歉！来，我帮你。"冷峰体贴地搀扶着温柔。

　　"我要你赔偿我精神和肉体上的损失！"温柔得理不饶人。

　　"你要我如何赔偿？"冷峰笑了。她现在还有心思讲条件，说明伤得并不重。

　　温柔转了转眼珠："我要你今晚请我吃冰！"

　　"没问题。"冷峰说。他打心眼里佩服温柔的这种精神，都痛得直不起腰了居然还想着吃冰！

　　"勾手指！"温柔抓住时机向冷峰伸出小手指，"不准赖皮啊。"

冷峰只得和她勾了手指。

冷峰走进肖局长办公室，温柔就一直坐在局长办公室对面的秘书科等着冷峰，可是冷峰在局长的办公室里待了很久也没有出来。

"他们怎么谈这么久！"温柔托着下巴，无聊地盯着局长办公室那扇紧闭的门，小声地抱怨着。虽然她还有一大堆的工作要做，但是她现在什么也不想做，只想坐在这里等着冷峰出来。她一遍又一遍地设计着今天晚上会发生的故事，她想冷峰一定不会让她空着肚子吃冰，他一定会请她吃晚餐，吃晚餐的时候她会……

"温柔。"温柔的好朋友小曼从背后喊她。

"大小姐！拜托，你下次在背后喊我的时候能不能小点声？你想吓死我啊？"温柔懒懒地转过身。

"下次不敢啦。"小曼亲热地抱住温柔，"把你吓坏了谁做我嫂子呀？我哥让我约你一起去听音乐。"小曼举起两张音乐会的票。她的哥哥也在这栋旧楼里上班，只是不在这一层。

"唉——"温柔很烦，但又很无奈地叹了口气，"拜托，大小姐，你还要我再说多少遍你才能明白？我和你哥是不会有结果的！"

"我哥说，他可以等。"

"唉，这不是等不等的问题，你叫他别傻了。正因为他是你哥，我才和你说真话。否则……我管他是死是活！"

"喂，你不是想做女强人吧？"

"女强人？"温柔拍拍胸口，一副怕怕的样子，"你别吓我啦。女强人？铁心、铁肝、铁肺的，听起来就挺可怕，我没这本事。"

"那我哥哥有什么不好？"小曼不甘心地问。

"好呀，他很好啊！"温柔说，"但他好是他的事，与我有什么关系？求求你，小曼，你就放过我吧。"

"不行，我就是喜欢你做我嫂子！别忘了，你已经二十一岁啦，也该交个男朋友啦。"

"怎么，你是担心我嫁不出去呀？"温柔笑了，"放心吧，我早晚会如你所愿把我嫁出去的！"温柔想了想，"说不定就是明天！"

"哇——，这么说你已经有啦？"

"你才有了呢。"

"快说，是谁？"

"不告诉你！"

"我看你说不说。"小曼抓住温柔的脖子。

"啊——君子动口不动手，嘻……你别痒我呀，啊——"

正当温柔和小曼闹得不可开交的时候，党委秘书来找温柔，说是局党委副书记兼纪委书记要她到他办公室去一趟。温柔虽不情愿，但还是去了。

大约过了十几分钟，温柔又风风火火地跑了回来。

"冷峰还在吗？"她问小曼。

"走了。"

"糟啦！"温柔懊恼地使劲跺着脚，"他一定恨死我了！"

"怎么回事？"

温柔没有回答小曼的问题，扭头推门闯进了肖局长的办公室。肖局长正在批阅文件。

"为什么要停冷峰的职？"温柔火气很大地说。

肖局长抬起头，从老花镜上方看了看温柔，摆摆手，示意她把门关上，坐下。

……

温柔垂头丧气地从肖局长的办公室里出来，小曼连忙迎上去："你没事吧？"

温柔看见小曼就像看到了亲人一样，嘴巴一咧，"哇"的一声抱着小曼号啕大哭起来，哭得像个泪人似的。

对于冷峰，她有说不出的内疚。她从未想到过自己的那份关于冷峰的报告会成为他这次被停职的主要证据之一。冷峰历来是反间谍情报局最有争议的一个人物，有人说他好大喜功，从不守规矩，做事不择手段；也有人说他思想解放，工作成绩突出，代表着新形势下国家安全工作的新趋势。

最近，总部的高层领导对冷峰在为刘海山复仇的行动中实行的"赶尽杀绝"策略也形成了两种完全不同的意见，一种意见认为冷峰组织得当，措施果断，起到了很好的杀一儆百的作用；另一种意见认为，冷峰无组织，无纪律，滥用职权，草菅人命，严重败坏了国家安全机构的形象和威信。

原来，冷峰为确保唐静莹不被毒贩们的同党报复，在全歼了漏网的几个毒贩后，放出话去，说这两件案子与公安部门无关，这是国家安全机构在为自己牺牲的特工复仇。结果消息传出后的第二天，被冷峰杀掉的这伙毒贩所属的香港帮会"三联帮"，因为害怕中国特工把这笔账也一起算到他们的头上，急急忙忙派人到新华社香港分社接洽，宣称自己无意与中国特工为敌，那伙毒贩的所作所为是他们个人的事，与"三联帮"无关。其他以前和中国国家安全机关有过节的黑帮组织也通过各种渠道与反间谍情报机关沟通，因为他们看到了中国国家安全部门一项强硬政策的诞生——中国国家安全机关对所有伤害中国特工的人和组织，将以牙还牙，以血还血。在海外工作的特工人员也纷纷反映，有关反动组织的嚣张气焰一时间收敛了许多。

恰在这时，温柔送来了她的报告和冷峰写的一些文章，于是有人从这些文章里找出冷峰的政治立场有问题的"证据"。他们指出，冷峰在文章中鼓吹要削弱党的领导，说冷峰提出的依法治国和党政分开的方式就是要共产党放弃执政党的地位，把共产党混同于一般民主党派。

虽然也有人私下认为冷峰的立场并没有问题，却没有人敢站出来公开支持他，阐明他文章中的某些观点是对加强和完善党的领导的一种有益的尝试，因为这将涉及到每个人的政治立场这一敏感问题，是很容易被别人抓小辫子的。最终，总部做出了对冷峰进行停职审查的决定。

第二天，以局党委副书记兼纪委书记为组长的工作组进驻了反间谍情报第九处，随即召开了全处大会，在全体工作人员面前宣布了对冷峰停职审查的决定，九处的工作暂由朱文强全权负责。温柔作为工作组的五名成员之一也出席了大会。在开会期间，温柔能够感觉到有无数双眼睛在注视着她，她也清楚地了解这些目光中的含义。她从得知她被指定作为工作组的一员进驻九处那一刻起，就知道自己必然要经历这样一个难堪的时刻。散会时温柔与李石冰冷的目光相遇，李石不屑地对她嗤之以鼻。温柔低着头，紧闭双唇。她知道，现在她说什么都没有用。

工作组在找冷峰调查的时候，冷峰显得十分平和，不急不躁，不喜不悲，非常配合，有问必答。没有人能够看出他心里到底在想些什么。

调查人员问："据反映，你对手下十分纵容，他们在外面打架你从不批评，每次派出所让单位领导去领人，你都要问是打输了还是赢了，打赢了你就去，打输了你就不去，说是丢不起这个人！有这回事吗？"

冷峰答："有。九处年轻人比较多，执行任务时也都很勇敢，个个像小老虎一样。年轻人的缺点就是火气比较大，所以平时在外面与别人发生争执，动手打架的事总是难免的。人无完人。我们总不能要求我们的年轻人战斗时要像老虎一样凶猛，平时又要像小猫一样温顺吧？如果一个人连打架的火气都没有，那么这种人又怎么可能去打仗？至于打输了打赢了的问题，如果我们的人在外面连几个小流氓都打不过，那么说明他平时训练不够刻苦，让派出所关他几天也算是对他的一个教训。"

调查人员问："你是否说过'共产主义距离我们太远，以前谈论共产主义可以起到望梅止渴的作用，但也只能解一时之急，最根本的解决办法还是要打井'。你还说探索社会主义道路的过程就是打井的过程，是这样吗？"

冷峰答："大概意思差不多。"

调查人员问："你在第一次围剿那几个毒贩的行动中是否下达了'赶尽杀绝，一个不留'的命令？"

冷峰答："这件事过去很久了，当时有没有说过这种过激的话，我现在自己也有些记不大清啦。"

......

温柔望着冷峰规规矩矩地坐在那里回答问题，心中像有一根神经在轻轻抽搐着。她深吸了一口气，感到自己鼻子酸酸的，想要流泪。虽然冷峰在接受调查后自始至终神态自若，情绪稳定，从他的脸上看不出有任何愤怒的表情，他甚至都没有向温柔所在的这个方向多看一眼，但温柔清楚地知道他一定感到很委屈。调查人员没有说明问话中使用材料的出处，可是聪明、老练的冷峰，自然已经很清楚是谁出卖了他。她能够想象出他此刻内心所有的感受：轻蔑，愤怒，伤心。

"我可以走了吗?"冷峰谦卑地询问调查人员。

"好啦，今天就到这里。你回去要好好想一想，认真地反思一下自己，我们明天再继续谈。"调查人员倨傲地说。

温柔注视着冷峰。冷峰默默地站起身，无声地走出办公室，依旧没有向温柔这边看一眼！温柔听着冷峰的脚步在走廊中渐渐远去，终于再也坐不住了，她不顾一切地站起身，在众人惊诧的目光中追出门外。

"等一等。"温柔喊冷峰。冷峰好像根本没有听到，反而走得更快了。

"你等等我!"温柔快步追上冷峰。冷峰低着头走路，看都不看温柔一眼，仿佛这个世界上根本就没有她这个人存在似的。

"你听我说，"眼泪在温柔的眼中打转，"我真的不知道事情会弄到这种地步……"

冷峰终于停住了脚步，缓缓地回过身，冷冷地看着温柔，伸出一根手指在温柔面前摇了摇，意思是要她"什么都不要再说了"，然后转身阔步走出了大门。温柔站在那里，隔着玻璃望着冷峰离去的背影，双手紧紧捂住嘴巴，泪水从她的眼中滚滚流下。

"我以为我是在帮你呢。"温柔望着冷峰的背影哭泣道。

冷峰回到办公室刚坐下，女秘书拿着一份材料找他签字。冷峰顺手拿起笔，但他拿笔的手僵持在半空中，想起自己现在已经被停职了，自嘲地笑了笑。

"我忘记我已经被停职了，"他把文件夹还给秘书，"你拿去请朱处长签吧。"

"我们都支持你，"秘书拿回了文件，对冷峰诚挚地说，"你一定会没事的!"

"谢谢。"冷峰感动地说。

女秘书走后，冷峰还在思考她刚才送来的那份材料。那份材料上说谢百灵一小时前遭遇车祸，现正在医院里抢救，肇事司机在逃。

"司机在逃? 怎么会这么巧?"冷峰摸着下巴自言自语。旋即，想到自己此刻正被停职审查的处境，不禁哑然失笑，"你还是多想想自己吧!"

下班后，冷峰从车队提出一辆豪华轿车，告诉调度员他今晚没事，不用安排人去接高雅兰了。已经被停了职，时间自然就多了。

冷峰把车开到江边一段僻静的地方。接高雅兰的时间还早，又不用接雨儿和雪儿放学，此刻他只想找个地方一个人静静。冷峰下了车，拣一块大石头坐下。正是夕阳西下时分，他坐在那里，在晚霞中默默地注视着滔滔东去的江水。

高雅兰沿着江边漫无目的地走着，她刚从840研究所后勤处林处长那里得到一个不好的消息：840研究所近期从四川基地运来的所有器材已全部被封存起来，任何人都不准动，等待四川基地派来的专家检查。这一消息令高雅兰极度惊慌，很明显，中国国家安全部门已经对他们的计划有所察觉。难道是潜伏在四川基地中的间谍网被破坏了？这一想法使高雅兰不寒而栗，如果是这样，她也就危险啦。虽然四川的潜伏组织并不了解她的掩护身份和组织联络情况，但中国国家安全部门仍然可以通过他们提供的线索把侦查重点缩小到东津。

高雅兰转念又一想，如果中国特工已经破坏了四川的潜伏组织，那么他们就应该知道第二个钛金属盒是夹藏在哪一批器材中运出四川基地的，并应该知道这批器材还在路途上，没有到达840研究所的仓库。他们现在封存了由四川基地运出来的所有器材，这说明他们只是对这一渠道产生了怀疑，并没有得到有力的证据，也就是说，潜伏在四川军事基地中的间谍组织还没有完全遭到破坏。

高雅兰长长出了口气，认为自己的分析是合乎情理的。成功在即，她必须要冒这个险。她已通过设在收费公厕女厕所一个抽水马桶水箱里的秘密联络点将谢百灵的有关资料传给了郑明哲，她相信郑明哲很快就会将谢百灵这一隐患清除掉，现在最要紧的是能够顺利拿到另外一个钛金属盒。她已经通知小慧，一定要设法从林处长那里得到四川运抵840研究所那批器材的准确到达时间和运输路线，并督促小慧尽快搞定金禾联合速递公司那个握有实权的业务科长，使他能够为她所用，这也是她把小慧安排进金禾联合速递公司工作的唯一目的。

中国国家安全部门的步步紧逼使高雅兰感到身心疲惫。她真的不想让谢百灵死，但谢百灵又不得不死。她从心底里开始厌倦了这种每天谨小慎微、提心吊胆的生活，很希望能过上一种正常人的生活，哪怕是几天也好！因为心里感到厌烦，所以她就尽量沿着江边向人少的地方走，就这样，遇到了坐在江边望着江水发呆的冷峰。

"在想心事？"高雅兰来到冷峰的身旁和他打招呼。

冷峰回过头，见是高雅兰，友好地朝她笑笑。

"是不是感到心里很烦躁？"高雅兰优雅地坐在冷峰身边。

冷峰诚实地点了点头。

"我也是！"高雅兰望着江水笑，"可能和天气有关吧？"

"也许。"冷峰说。

过了一会儿，高雅兰说："我昨天往公司里给你打电话啦。"

"有事吗？"冷峰问。

"有。啊！没有。"

"那么到底是有，还是没有呢？"冷峰笑了。

"昨天给你打电话时准备的理由还是很充分的，可是今天给忘记了。"高雅兰坦白地说，"你的秘书没有告诉你吗？"

"没有，可能是她忘记了。"

"就像你忘记告诉你是那个公司的经理，而不是司机一样？"

冷峰意外地望着高雅兰，不知她从哪里得到的这个消息，因为他从没把自己的这个掩护职务告诉过高雅兰，也没告诉过小慧。

"我打电话找你时，你的秘书对我说：'您找冷经理呀，冷经理不在办公室啊。他知道您吗？要他给您回电话吗？'你能想象出我有多尴尬，多难为情？我昨天都想再也不理你啦！"高雅兰笑着说，"可又一想，你从来也没有骗过我呀，你从来都没说过你自己不是经理呀，是我自己从认识你那天起一直把你当作一个好心的司机看待，还要租你的车让你每晚都来接我，想起来真让人脸红。"高雅兰不好意思地抚着自己的面颊。

"其实你也是好心。"

"可有些人却将错就错愚弄了我！"高雅兰佯怒瞪了冷峰一眼。

"用户至上是我们的服务宗旨。"

"那么……你对每一位顾客是不是都一样呢？"

冷峰想了想，说："不是。"

任何话语都会显得很苍白。高雅兰对冷峰会心地笑笑。

"我请你吃晚饭！"高雅兰提议，"我知道附近有一家很不错的餐厅。"

"还是我请你吧。"

"好啊，求之不得！"高雅兰开心得像个小女孩，"我一向都很吝啬的。"

高雅兰推荐的是一家环境十分典雅的西餐厅。餐厅里一直反复播放着由几支世界名曲组成的背景音乐，旋律优美，节奏舒缓，无论你是不是在专心欣赏，它都会无声无息地渗透到你的心灵深处，对你的情绪产生一种不容忽视的影响，所以在这里就餐的每一个人的举止都不知不觉地模仿起了绅士和淑女。这种地方不适合吵架，是情侣们约会和谈心最理想的场所。

"这地方不错。你经常来？"冷峰问。

"这是第一次。这种地方不适合一个人来的。"

"那你怎么想到要来这里？"

"以前总在门前过，感觉这里很好，就想，什么时候也进去坐坐，可是总也没有找到合适的伴儿一起来。"

"所以今天就临时找到我作陪？"

"是啊，你后悔啦？"高雅兰歪着头俏皮地对冷峰眨了眨眼睛。

突然，高雅兰被自己刚才的举动吓了一跳。天啊！我真的对他眨了眼睛？！她这一生中还从未对任何男人眨过多情的眼睛。

高雅兰与冷峰之间的谈话非常愉快。冷峰有些拘谨，但又不失风趣幽默。冷峰讲述他童年时的趣事和他童年时立下的要当一名三轮车夫的宏伟志愿，高雅兰很认真地听着，并不时为冷峰的风趣笑得腰肢乱颤。和冷峰聊天时那种"心有灵犀一点通"的感觉令高雅兰心醉，冷峰那有些拘谨的沉稳又让她感到安全，她希望时间能够在这一刻停住，永远就这样和冷峰聊下去。

"很晚啦，我送你回家。"冷峰说。

高雅兰意犹未尽地伸了伸胳膊："好吧。"

冷峰一边开车，一边和高雅兰谈笑。高雅兰感觉只是一瞬间就到了家。冷峰把车停在高雅兰公寓的楼下。

"上来喝杯茶吧。"高雅兰发出邀请。

冷峰本想谢绝，但看到那期待的目光，就同意了："好吧。"

冷峰这是第二次进入高雅兰的房间，上一次是她喝醉酒，他在路上遇到她，把她送回了家。高雅兰的房间布置得十分素雅，和她的人一样，每一件小饰品都充满了优雅女人的味道。

"像你们这些外商应该住那些高级公寓才对。"冷峰一直不理解高雅兰为什么选择居住在这种普通的民宅里。

"这里房租便宜呀。"高雅兰一边泡茶，一边说笑着，"我喜欢体验中国普通老百姓的那种生活。"实际上这只是高雅兰选择住在这里的原因之一，更重要的理由是：她在必要时能够以一名中国普通老百姓的身份四处活动，而不至于引起怀疑。

"来，试试我的茶艺。"高雅兰端上茶来。

冷峰端起茶碗先闻后品，这茶很香，他问这是什么茶，高雅兰笑而不答，让他猜。冷峰说猜不出。高雅兰告诉他这是她用八种不同的茶叶自己配制的，问他喜欢吗，冷峰说味道很好。高雅兰说她还有很多，并跑去装了一盒让他带回家喝。冷峰连声道谢。他看见高雅兰痛苦地活动了一下脖子。

"怎么，不舒服？"他关切地问。

"脖子有点酸痛，可能是昨晚落枕了。"

"我有一个朋友时常也会颈椎痛，每次我帮她推拿一下就好了。如果你不介意，我也帮你推拿一下。"

"你会推拿？"

"会一点儿。"

"那么……就辛苦你啦。"

冷峰挽起袖口站到高雅兰背后，先揉了揉她肩部和颈部的皮肤，然后由轻到重，由表及里，逐个穴位为她按摩。

"真舒服。"高雅兰微闭着双眼，默默地享受着冷峰温柔而有力的手指为她推拿穴道时带来的阵阵舒畅的快感。

高雅兰的头发柔软漆黑，皮肤洁白娇嫩，更要命的是高雅兰即使坐在那里不动，依然能闪现出异样的妩媚。她的全身无处不散发着浓郁的女人的味道。不知不觉间，冷峰的推拿变成了轻柔的按摩。高雅兰沉浸在按摩造成的松弛中，感觉到冷峰的动作正在变得越来越轻柔，手指正在轻抚着她的脸颊。

是的，冷峰的按摩动作在渐渐变得柔和，柔和得类似抚摸。他自己也搞不清怎么会这样。他曾经交过几个女朋友，他发现，有的女人能让人动心，有的女人则不能，而能够让人动心的女人自然是美丽、性感又高雅的那种。高雅兰就属于这一类。这种感觉他从第一次自愿客串司机为她开车的时候就有了。那次高雅兰喝醉了酒，他把她送回家，再见到她时，就不免多了一层联想。现在，再次来到她家，她的热情，以及从她身上散发出来的气息，都使他不能不回想起上次来她家时的那一幕，难免有些不能自持。

"在我越轨之前阻止我吧！"冷峰在高雅兰的耳边柔柔地说。

"来不及啦。"高雅兰幽幽地喘息着。

作为女间谍，高雅兰首先是间谍，然后才是女人。在漫长的间谍生涯中，她作为女人的本能长期受到职业的压抑。虽然在必要的时候，她可以用身体做工具与她的间谍工作所需的男人交合，但那种情形就如同妓女，无法选择对方。那时便像小慧曾对冷峰说过的那样，模样中看的就睁着眼睛，模样不中看的就闭着眼睛。然而，像是老天有意跟她高雅兰作对，那些"工作对象"模样中看的极少。作为一个有姿色有魅力的女人，并不难找到一个她喜欢的男人，但她必须时时提醒自己：安全第一。她觉得与冷峰交往比较安全，一个出租车司机——现在她知道了他是经理，一般不会对她的工作构成威胁。冷峰是个既英俊又威武，气质也好的男人，属于她喜欢的那一类，和他在一起，她的心情是愉快放松的。此刻，她要轻轻松松地当一回女人。

"你应该阻止我的。"激情过后，冷峰说。

"是啊，要拒绝你真的很容易！"高雅兰依偎在冷峰的怀里说，"就像让酒鬼拒绝喝酒一样容易！"

第36章 ☆ 守口如瓶

温柔在冷峰家的楼下等了一整夜，直到天亮也不见冷峰回家，只得无精打采地拖着疲惫的身子回到自己的宿舍。她很为冷峰担心，冷峰能不能经受住这样的打击？会不会出什么意外？她很想打电话问李石，但她知道李石在这个时候一定不会理她的。好不容易挨到了上班的时间，她立刻给工作组中一个平时关系比较好的同事打电话。

"冷峰去上班了吗？"温柔问。

"冷峰正在隔壁的办公室接受询问。"同事说。

"他的精神状态怎么样？"

"很好啊。"

"他可能通宵没睡，你们……"

"他通宵没睡？不像啊，我看他神采奕奕，精力蛮充沛的。"

温柔拿着电话半晌没有说话。

"喂，温柔，你在听吗？"

"啊？啊！"温柔回过神来，"我今天不太舒服，你帮我向组长请假。"

温柔放下电话后呆呆地坐在床头好久，突然抓起身旁的电话机狠狠地向墙角砸去，两行委屈的泪水顺着脸颊滚滚流下。她昨晚站在冷峰家的门外整整等了他一夜，多么想对他说声"对不起"。她为他的事情坐立不安，她为他彻夜未归而担心，他却在外面美美地睡了一夜！他昨晚一定是和哪个女人在一起……想到这里，温柔扑到枕头上号啕大哭。

工作组进驻反间谍情报九处后，调查取证工作遇到很大的阻力。关于冷峰在围剿毒贩的行动中是否有滥用职权行为，直接参加了这两次围剿行动的队员中没有一个承认曾从冷峰那里接到过"赶尽杀绝，一个不留"的命令，"黑豹别动队"队长李石更是断然否认他曾接到过类似的命令，并且说如果他的队员得到过这种命令，那一定是自己下达的。

在对冷峰违反情报组织工作条例情况的调查过程中，冷峰首次拒绝向工作组透露有关那个为国家情报工作做出过卓越贡献的神秘情报小组的情况。当工作组指出冷峰这种拒绝提供情工人员背景资料的行为违背了国家的有关工作条例时，冷峰则辩称他的做法不违反任何条例，因为这个情报组织的所有成员都不是国家情报机关的编内情工力量。冷峰解释说，生活在国外的华人、华侨，也许不赞成中国的社会主义道路，但他们依然牢记自己是龙的传人，身上流淌的依然是炎黄子孙的血，他们渴望看到中国能够一天天地强大，希望中华民族能够永远不屈地屹立于世界民族之林。他们可能不拥护中国共产党，但他们爱中国。这些华人华侨在居住国大多已生活了很长时间，他们具有固定的职业、稳定的收入和美满的家庭，很多人已融入居住国的主流社会。但这些华人、华侨骨子里根深蒂固的民族自尊心和民族向心力却难以改变，他们和我们一样希望看到中国繁荣富强，在不危及他们现有生活的前提下，他们当中的绝大多数人还是希望能够为祖国出一份力的。这些人不为名利，不需要中国政府的奖章，他们也不愿意冒任何风险，他们不愿加入中国的情报组织，他们不想在名义上同中国的国家有关机关扯上任何关系，他们只愿意以"朋友关系"，在安全、力所能及的情况下，做一些祖国急需他们去做的事情。那个情报小组就是由这样一些不固定的人组成，这些人并不归冷峰直接领导，冷峰能做的就是安排人员去拿回那些对方早已准备好的资料，并为对方万一在非常情况下需要推脱责任和罪名时，预先准备好借口，所以冷峰无权也没有义务向工作组泄露这个非情工人员组成的秘密组织的情况。

"既然你说这个组织与国家情报机关在组织上不存在任何关系，"一个调查人员抓住了冷峰自相矛盾的地方，"但账目上却记载，你曾经一次向这个组织支付了一百二十万美元的活动经费，这你又怎么解释？"

"这些钱不是活动经费，"冷峰说，"那是上面拨给我们的一笔专项奖金。因为那个情报小组弄到了一些西方的高技术武器资料，据说那些资料可以为我国的国防军事科研节省下大量的时间和上亿美元的研制经费，所以上面才特地拨出了这样一笔奖金。资料是通过我们处转上去的，所以钱也拨到了我们九处，我只是把钱转给了真正应该领取这笔奖金的人。"

"但你的支出手续完全不符合规定，账目上只有一个化名叫'一山'的人签收的收据。一个人使用化名，且没有任何档案资料，就可以支取一百二十万美元现金，相当于一千万人民币，你认为这样做合适吗？"

"他从居住国拿回很多国防科技情报，连个收条也没有给该国政府留，你认为他这样做合适吗？据说该国联邦调查局这几年一直都在寻找'一山'，所以我觉得他能给我们留下个收条已经足够了。如果让该国的联邦调查局通过可能由我们泄露出去的线索找到了他，你认为他还会有花这些钱的机会吗？"

"你这是什么态度！"

"态度并不重要，重要的是为我国国防建设做出巨大贡献的功臣不会被人家追杀。"

"我们还是希望你能够提供'一山'的真实背景，这对你有好处。"

"抱歉，因为他从来不是我们的人，我甚至从未告诉他是在为中国情报机关服务，所以我们没有他的档案。"

"那么他本人知不知道是在为我们工作？"

"我想他知道，只是他一直装作不知道。"

"我们希望你能提供'一山'现在使用的姓名和居住地。"

"我想这也是那个国家的联邦调查局这几年殚精竭虑一直想知道的问题。"

……

冷峰坚持不肯说出"一山"目前使用的新身份和隐居地址，工作组坚决要求冷峰必须提供"一山"的具体情况，说是只有这样才能弄清那一百二十万美金的真实去向，否则就说明冷峰是做贼心虚，故意隐瞒事实真相。谁知冷峰根本就不吃这一套，结果这次谈话不欢而散。

实际上北京总部内部对冷峰在情报工作中的所作所为存有争议已久。在总部的高层领导中间，一些人对冷峰的某些做法很感兴趣，一些人则表示担心。有人认为冷峰这几年取得的一点点成绩是因为他运气好，如果再放任冷峰这样胡闹下去，那么迟早是要出大娄子的。但也有一部分人认为，冷峰的某些做法虽有些离经叛道，可实践证明他这些做法还是行之有效的，并取得了一定的成果，这说明冷峰在情报工作中采取的某些改革措施，是代表着新形势下中国对外情报工作某些必然发展趋势的。

冷峰也知道，这几年他的顶头上司肖局长一直顶着很大的压力在极力保他。一百二十万美金的手续问题两年前就曾有人提出过，说冷峰履行手续不完善，这样不利于防范腐败现象的滋长，言外之意是怀疑这笔钱被冷峰贪污了。当时肖局长站出来为冷峰说了话，他说冷峰处理的是"改革开放"以后我国情报工作遇到的一个新问题，接收款项的人不是我们的情工力量，支出的钱也不属于国家情报部门的"特别业务经费"，这种情况在以前的工作中是没有先例可循的，在党的政策和国家有关规章制度中也都没有规定。肖局长说他个人认为，如果有人能够为国家拿回上千万美元的财富，那么这个人即使得到百八十万的"好处"也并不为过。于是这件事就被肖局长这样平息下来了。如今此事被重新提起，冷峰想，这一次恐怕谁都保不了他，只能依靠他自己。想要过关，就要为上层同情他的人提供一个可以支持他的强有力的理由，所谓一俊遮百丑，如果他能够在"60109专案"这一大案中掌握主动权，那么……

快下班的时候，肖局长给冷峰打电话让他中午去家里吃饺子。冷峰认为肖局长请他吃饺子绝不会那么简单，所以他一下班就立刻赶了过去。一进肖局长家，就知道他猜对了，今天的确不只是吃饺子，因为他看到了正在肖局长家厨房里忙碌的温柔。只是他不知道，这是温柔冥思苦想，在宿舍里闷了一上午才想出来的与他和解的最佳途径。

"听说你不理我们小柔啦？"肖局长开门见山。

冷峰抬头看看温柔。温柔没有理他，只是噘着小嘴巴低头包饺子，仿佛受了莫大的委屈。

"其实你不应该怪小柔的……"肖局长把事情的经过和温柔的本意原原本本地说了一遍。在肖局长叙述前因后果时，冷峰注意到有几颗晶莹的泪珠从温柔的眼中滚落到饺子馅里。

"小柔本意也是想帮你，"肖局长说，"但是后来事态的发展完全超出了她的预料，这不是她事先就能想到的。"

"我知道。我没有怪她，她也是在恪尽职守嘛。"冷峰被迫表态。

吃完馅里有着温柔眼泪的饺子，冷峰又和肖局长简单地谈了谈他目前的处境，然后起身告辞。温柔也同时告辞，说是要搭乘冷峰的便车。临出门时，肖局长拍了拍冷峰的肩头语重心长地说："有没有想过避避锋芒？我马上就要退休了，帮不了你什么啦。"

冷峰在驾车载着温柔回九处的路上，一直在想肖局长最后对他说的话。肖局长已经说得很明白，是在建议他辞职，这或许是肖局长在退休之前唯一能帮他的忙了。如此看来，事态的发展比冷峰估计的还要严重。一路上，冷峰和温柔谁都没有说话，气氛显得有些尴尬，直到汽车快到九处时，温柔才鼓起勇气对冷峰诚恳地说："真的很对不起！"

冷峰淡淡地笑笑："傻丫头！不关你的事，我真的没有怪你。"

温柔不信冷峰的话，但她又不知道自己还能做些什么，只能忧心忡忡地走进办公楼。

下午，冷峰接到李石的求援电话，说是工作中发现郑明哲使用毒品控制了一批社会闲散人员和部分"两劳"释放人员，其中有不少是亡命徒，他们现在正在准备给其中一个目标的家中安装"设备"，但是这户人家的防盗门很特别，他们摆弄了很久也没能打开，所以才向冷峰求援。

"我要先去问问工作组让不让我去帮你们开锁才行。"冷峰和李石开着玩笑。冷峰认为这是他在当前情形下还能保持笑容的唯一办法。

冷峰并没有去请示工作组，但他在走廊里遇见了温柔，看出她并不相信他没有责怪她，为了表示自己已经对她捐弃前嫌，便友好地询问她想不想一起去撬锁。

"好哇！"温柔兴奋地跳起来。

于是冷峰带着温柔一起来到李石需要"工作"的那个居民小区。一群乔装的特工正在为一栋居民楼粉刷楼梯，整个楼道被他们弄得乱七八糟，外人根本无法上楼。他们见冷峰来了，立刻为冷峰和温柔清开一条路，冷峰和温柔上去后又把路封死。冷峰和温柔来到六楼，李石和几名特工正等在那里。

"她怎么来了？"李石看见温柔跟在冷峰的身后，疑惑地问。不待冷峰回答，李石又把头转向温柔："别以为你是什么鸟工作组的就可以胡作非为，这里不是你该来的地方。你现在出现在这里就是严重违反工作纪律！你马上给我走！"

冷峰忙止住李石："是我让她来玩的，你是不是要连我一起赶走？"

李石听了这话十分费解，看看冷峰，又瞧瞧温柔，不明白这到底是怎么回事。冷峰也懒得和他多做解释。

"好啦，干活吧，是这家吗？"冷峰问。

"是。"李石答。

冷峰立刻蹲下来着手工作。

温柔被李石当头训斥了一番，心里很不是滋味。虽说只要冷峰肯原谅她，其他人怎么看她并不很介意，但李石太让她下不来台了，她决定报复李石。

温柔若无其事地向四周望了望，然后问李石："你确定你这次真的把整栋楼的人都清出去了吗？"

就连正在开锁的冷峰都被温柔这突如其来的提问逗乐了。以前李石在指挥一次类似的行动中，由于不够周密，当工作进行到一半的时候，特工人员发现屋内床上还躺着一个老太太！好在这个老太太的耳朵和眼睛都不太灵光。但是这件事一直被九处传为笑谈，也是李石的疮疤。温柔不知从哪里听到的，于是就揭了他一回。

"相同的错误我从来不犯第二次！"李石没好气地说。

"既然像李队长这么伟大的人都会犯错误，像我这样的小人物，您也总得给我个改正错误的机会吧？"

两个人就这样你一句我一句地斗起嘴来。

冷峰足足用了二十多分钟才把防盗门打开。他长出了一口气，然后上下打量着被他打开的门，低声骂道："妈的，这门是什么牌子？真他妈难开！明天我也买一个装上。"

一直等候在一旁的特工迅速进入屋内，为墙上挂的裸画换上了一枚钉子。

这枚换上的钉子是一个传声器。这个目标有吞服阿司匹林的习惯,他们把四颗里面藏有微型发报机的阿司匹林药片放到药瓶里,这种东西会在肚子里把目标的谈话内容全部传送出去。特工们还在目标的几件衣服的领子后面安装了只有两克重的超微型传声器。

"我怀疑这些人近期会有大的行动。"李石向冷峰解释说。

做完李石这边的工作,冷峰又驾车把温柔送回九处。在路上,冷峰对温柔说:"李石就是这种牛脾气,过几天就好了。"

李石在现场自始至终对温柔都不很友善,所以冷峰认为有必要代他向温柔解释一下。

"没关系。我真的不介意。"温柔心无芥蒂地说,"李石以前一直对我很好,像个大哥哥一样,什么事情都帮我,可现在发现我骗了他。以前他说过,他最恨被女人骗了!"温柔对冷峰做了个鬼脸,"他现在已经对我够好的啦,如果换成我,我会比他更恨我自己一千倍!"

冷峰被温柔纯真可爱的样子逗笑了。有时他真不愿意相信,他目前面临的所有麻烦居然都是面前的这个毫无害人之心的小姑娘无意中引起的。

"这或许就是命运吧!"冷峰心里想。

226

下午下班后,冷峰又来到了昨天在江边见到高雅兰的那个地方。冷峰赫然看到他昨天坐过的那块大石头上正坐着高雅兰!高雅兰凭感觉转过头,对冷峰嫣然一笑,挪了挪身子,让出空间,示意冷峰坐下。

"我只是想出来走走,可是下意识地……就走到这里了。"高雅兰微笑着解释说,"我刚才坐在这里想,或许一会儿你也会来……"

"这不,我已经来了,"冷峰笑,"其实,我也是不知不觉就走到这里来了。"

冷峰和高雅兰默契地相视一笑。那感觉,让人心跳。

"你太太和孩子,都好吗?"高雅兰问,随后她又充满诱惑地对他一笑,"放心,我不是为昨晚的事情向你道歉!"

冷峰笑了:"我也不想向你道歉。我太太去世了,两个孩子也去了夏令营,我现在是个快乐的光棍。"

冷峰的话令高雅兰沉默。小慧已经从林处长那里得到消息,从四川运来的那批仪器明天到达东津,并摸清了运往840研究所的时间和运输路线,如果没有什么意外,高雅兰几天后就会和那两个钛金属盒一起离开中国,她和冷峰永远也不可能再见面啦。

"不说这些啦——"高雅兰长长叹了口气,然后故作轻松地说,"今天由我来请客。说吧!你想吃什么?"

"和你在一起,就什么也不想吃了。"

高雅兰请冷峰吃了一顿丰盛的晚餐，然后冷峰开车送高雅兰回家，途中他问她想不想参观一下他的光棍之家。

"好啊。"高雅兰高兴地说。

高雅兰在冷峰家楼下的摊子上买了些水果，进门就要洗水果吃。冷峰帮她从袋子里往外取水果时，从身后凑到她的耳边小声说："昨晚你真疯狂！"

高雅兰自然明白冷峰指的是什么。她风情地瞥了冷峰一眼，转过身去洗水果了。过了一会儿，她把洗好的水果端到客厅，一边吃，一边瞟着冷峰。

"疯狂的女人是否让你心动？"

"你说呢？"冷峰说着要去吻她，被她用一颗草莓堵在嘴上。

吃过水果，高雅兰觉得自己该离开了，因为她已经明显地看出冷峰下一步将会对她做些什么。她起身向冷峰告辞，今晚她不能留在这里过夜，因为明天的行动关系重大，她必须要打起十二分的精神才行。

"为什么不再疯狂一次？"冷峰说。

"美味不可多得，不然会腻的。来日方长，改日吧。"

走出门时她想：不知道现在小慧摆平了那个金禾联合速递公司的业务科长没有……

第37章 ☆ "速递"陷阱

高雅兰一手为小慧安排了在金禾联合速递公司中的职位，交给小慧的任务很简单，就是让她想办法勾引她所在的那个业务科里握有实权的科长。

金禾联合速递公司是一家合资公司，业务科长是个三十多岁的已婚男人，在日本留过学，生活有些西化，却从不在外面花天酒地。他为人和善，也很幽默，工作起来很认真，从不和下属尤其是女职员开过格的玩笑。听说他的妻子很美丽，而且夫妻感情很好，这一切都为小慧诱惑他增加了难度。但小慧并不气馁，她认为男人都是猫，她不相信这个世界上还会有不吃腥的猫。

上班时，科长总是埋头工作，在众目睽睽之下小慧不便发骚。而下班后，这位受过日本教育的科长又不肯为老板多干一分钟的活。小慧猜他是急不可待地赶回家去亲近他的老婆，这使小慧一直苦于没有施展魅力的机会。

高雅兰催得很急。她向小慧解释，勾引这个金禾联合速递公司的业务科长的原因是：她手里有两件很值钱的文物，需要通过这个科长避开海关的检查帮她运到国外去。高雅兰对这个科长的底细是很了解的，他作为金禾联合速递公司的实权人物，实际上并不像看上去那么奉公守法。他不但和海关的人员都很熟，而且在海关的官员中还有合伙人。他们经常利用工作的便利，轻易地避开海关的检查，进行一些走私活动。他们做得很巧妙，走私的数量也不大，所以一直没有被人抓住把柄。高雅兰在了解到这一情况后，马上意识到这是一条能够安全运送"文物"出境的理想渠道。

要想顺利使用这一渠道，必须把这个科长拉下水。高雅兰一直在为小慧创造能够让她在科长面前施展魅力的机会。今天，她又"创造"了这样一个机会——她在制作资料时，故意犯下了一个很大的错误，而这些资料必须明天提交上去——迫使科长不得不和小慧一起加班。

小慧硬着头皮拿着高雅兰精心制作的错误资料去向科长报告。她相信科长一定会暴跳如雷，没想到科长非但没骂她，反而还温柔地安慰她："不用担心，这样的错误就算是资深人员也会常犯的，何况你又是新人，能做到你这种程度已经很不容易啦。晚上我们一起加班，我协助你重新制作。"随后打电话告诉老婆他要在办公室里加班。

一切都在按高雅兰的计划进行。小慧对自己充满信心，只要给她机会，她相信自己一定能够成功。从刚才科长对她的态度来看，科长并不讨厌她，或许还有些喜欢，以此为契机，只要她继续扮演乖乖女的形象，就会把他拉进陷阱。

下班后办公室里只剩下小慧和科长两个人。科长仍在专心工作，他不会为无意义的事情耽搁时间。

"糟啦，再有一个小时他就能把这所有的问题都解决掉。"小慧心中暗想。

科长的工作态度令小慧折服，但她已没有时间对他表示钦佩，这是高雅兰好不容易才创造出的只有他们两个人在一起的机会，今晚无论如何要得手。高雅兰已为小慧开出价码，只要这次能够把科长拖下水，帮她把那两件"古董"运出境，就把"一二三"时装店送给小慧。那店可是值很多钱啊！所以这次小慧志在必得，一直在心里对自己说："只能成功，不能失败！"

小慧来到洗手间，脱掉自己的胸罩，然后又坐回到座位上。

"科长，我这里不太懂。"小慧故意装作虚心的样子走到科长面前。

科长一如往常亲切指导，但小慧故意装作不懂，一步步地靠近科长，制造机会让科长能够看到她的胸脯。

科长不经意地看到了小慧的乳沟，没敢再看就赶紧把视线移开了。小慧无奈，只好另想办法。

"科长，因为我的失误，连累您陪着我加班，真是不好意思。为了表示歉意，就让我帮您揉揉肩膀吧。"小慧中规中矩地说。

不知科长是真的累了，还是为了让小慧心中好过一些，不再内疚，顺从地说了声："那就麻烦你了。"

小慧一边揉着科长的肩膀，一边将胸脯紧贴着科长背部。她相信科长应该能体会到这种人体接触的用意，没想到科长这时却说了声："谢谢，舒服多了。"随后又继续伏案工作了。

"难道我对科长而言是个缺乏性魅力的女人吗？"小慧垂头丧气地回到座位。但她只颓丧了一会儿，就又对科长产生了新的斗志，如男人对越是追不到的女人越有兴趣一样。

九点多钟，小慧问科长要不要吃消夜，科长点点头。小慧认为机会来了，立刻跑下楼去叫了两客蛋糕，又替科长泡了咖啡，然后他们就面对面地坐在沙发的茶几前，开始享用。

因为沙发较低，坐下时若不双膝紧靠，裙子内的风光便会一览无余。小慧故意张开双腿，但也不是张得很大，使裙内的景色若隐若现。小慧清楚男人的心理，越是看不清，他们就越是想看清。若隐若现要比脱光了站在他们面前更能挑起男人的情欲。科长到底也是男人，就在小慧尽情享用蛋糕的时候，他三番两次地朝小慧的裙内窥视。

"啊，看你还能坚持多久！"小慧决定进一步刺激这个男人。小慧将沾满了奶油的手指缓缓地送入口中，伸出灵巧的舌头在手指上轻轻地舔着，并不时把手指放在口中仔细地吸吮。那表情，那动作，很容易使人联想起什么。小慧看到科长脑门上的血管在跳，她猜他身上一定在出汗。她伸出舌尖细致地舔自己的唇，期待她对面的男人对她有所行动。但出乎她意料的是，科长匆匆吃完蛋糕，就从沙发上站起来，又打算回到工作中去。

事情已经到了关键的时刻，如果让他走开了，那将前功尽弃。

"啊……"小慧突然打翻了咖啡，故意使整杯咖啡全部泼在裙子上。

"怎么样？伤着没有？"科长立刻关切地奔到小慧身旁。

"啊！好烫，好烫！"小慧故意掀起了裙子。

小慧穿着丝袜的大腿也浸透了咖啡。科长马上蹲在她面前用手帕为她擦拭大腿。

"丝袜已粘住了，快撕开，不然会烫伤的！"小慧叫喊着。

其实咖啡已经凉了，根本不会再烫伤人，但科长信以为真，立即用牙齿咬裂小慧的丝袜，双手用力地把丝袜撕开。听着那撕裂丝袜的"吱吱"声，小慧感觉自己好像是在被人强暴，这也正是她所期望的效果。丝袜已经裂到了大腿的根部，科长还在努力地用手帕擦拭着那迷人的大腿。

"科长，请把我的内裤也一起撕掉吧。"小慧闭着眼睛，装出一副羞怯的样子。

"啊？小、小慧，这样不好……"科长露出困惑的表情，并惊慌地站起身想要离开。

"站住！"小慧伸开手拦住科长的去路，"不然，我就大声呼救，说你要强暴我！"

"小慧，知不知道你在说什么？请不要开这种玩笑！"科长欲夺路而逃。

"我不是开玩笑！你把我的丝袜都撕开了，我真的会叫救命喔！"科长果然被小慧吓住了。小慧对他纯真地一笑，握住了他的手，把他的大手塞进她的三角裤内。"啊……科长。"小慧闭着眼睛舒畅地呻吟着，"我崇拜科长很久了。"小慧认为世界上没有一个男人会是柳下惠。

果然，小慧大胆、充满诱惑的举动令这个三十多岁、正血气方刚的男人难以自持。就在他把小慧放倒在沙发上，准备进一步行动时，电话突然响起来，他和小慧都被吓了一跳。小慧连忙从沙发上站起来接电话。

"喂？请问我先生在吗？"这是一个非常有气质的女人声音。小慧猜想是科长的太太，将电话交给科长。果然是他老婆。

看到科长和风细雨地和老婆讲电话的样子，小慧意识到她现在如果不加把劲，那么她今天的计划注定要落空。小慧蹲下身子，果断地拉开科长的裤门拉链……

科长正在讲电话，无法阻止小慧，只得一边听任她摆弄，一边控制着和老婆讲话的声调。小慧使出浑身解数调动科长的性欲，然后趴在他的耳边轻声说："干我！"

科长连忙摇着手表示"不行"。

"我就是要你一边和老婆讲话，一边干我！"小慧舔着科长的耳垂轻声耳语，"如果你不做，我马上就会大声喊喔！难道你不介意让你太太听到吗？"

小慧的这一招果然奏效，科长不再一个劲地摆手了，匆匆忙忙和太太说再见，然后在小慧的身上得到了以前从未有过的惊心动魄的体验。

激情过后，小慧小心地向科长提出希望科长能够帮她把两件文物运到国外去。科长自然明白这个世界上从来就没有免费的午餐，立刻拍着胸脯满口答应下来，并再一次把手伸向小慧的裙下……

孟青闷闷地坐在地板上，把所有的外国明星杂志翻开，把所有的零食搬出来，一堆接一堆，一本接一本地排列在她的四周。看一些漂亮的明星，吃一点喜欢的零食，她希望自己能够快乐一点。她已经一连几天没有见到李石啦，这几天都是一些她不认识的人代替李石从她的床底下取走那些东西。

孟青又从箱子里拿出那件血迹斑斑的风衣。她曾暗地里量过李石衣服的尺寸，这件风衣李石穿起来应该很合体。孟青觉得李石就是那个在凤凰山上把她从歹徒手中救出来的人。

门外传来用钥匙开门的声音。孟青竖起了耳朵。"是李石！"孟青兴奋地从地板上跳起来跑到门口。

李石开门进来，迎面看到孟青，吓了一跳："你做什么？要出去？"

"没，没有……我是来帮你……拿东西呀。"孟青伸手接过李石手里的纸袋。

"那是给你的食品。"李石换上拖鞋。

"真的？"孟青迫不及待地打开纸袋，里面果然是她最喜欢的零食。她高兴地跳起来。"谢谢！"她踮脚迅速在李石的面颊上轻吻了一下。

虽然经历过多次这样的场面，可李石对孟青这种突然的亲热举动还是不大习惯。李石径直来到卧室，看见地板上摆着一件旧风衣，也没有停顿，就钻到床底摘下挂在床板下面的两只微型监视屏。

这几天李石总觉得郑明哲有些不对劲，种种迹象表明郑明哲这伙人近期可能会有什么举动。李石已经多次向朱文强建议，最好先抓一个人回来问问清楚，或是加强监控力度，把这些人看紧些，但朱文强不同意他的意见，说是受郑明哲控制的人数还没彻底摸清，盯得太紧或者抓人，容易打草惊蛇，引起敌人的警觉。像朱文强这样前怕狼后怕虎，李石真不知道他怎么能当好九处这个家！

李石坐在地板上，装好监视器的连线，戴上耳机，开始搜索郑明哲公寓内的情况。他需要弄清楚郑明哲到底要干些什么。他看看表，心里嘀咕："怎么才九点多钟郑明哲就和他老婆上床啦？"

孟青很喜欢看李石工作时的样子。李石那微皱的眉头，冰冷的目光，以及宽阔的肩膀，散发出一种迷人的男性气概……

"你懂朝鲜语吗？"李石抬起头望向孟青。

"啊？"孟青一阵慌张，仿佛被看穿了心事似的，"啊，我学过一点点。"

"那你帮我听听他们在讲些什么。"李石摘下耳机递给孟青。

"噢。"孟青放下手中的零食。

李石启动备用设备，把录像带倒回去给孟青听。郑明哲的妻子正在挑逗丈夫，但郑明哲好像不太愿意做，拒绝了他太太。

"他们说什么？"李石认真地问。

孟青见李石的样子不像是在开玩笑，摘下耳机说："他太太说……她想要。"孟青红着脸，顿了一下，"郑明哲说'不行，我明天还有很重要的事情要做'。"

"他是说明天有重要事情要做？"

"大概意思是这样。"

刚才在小荧屏上看到郑明哲那么坚决拒绝太太的要求，李石就感到有些不大对劲。经孟青翻译，更证实了他的怀疑。郑明哲明天有什么重要事情要做呢？他不肯和太太过夫妻生活，说明他没有心情，或是为了保持充沛的精力和体力。什么重要的事情会搞得他没有心情或是需要保持充沛的精力和体力呢？是重大任务，而且可能是行动性任务！李石立刻将这一情况和他的意见通知了指挥部，并要求安排人手加强对郑明哲的监控。

孟青听到李石的肚子在叫。"你还没有吃晚饭？"她问。

"哦，没来得及。"李石说。

"那你不早说！我去弄给你吃！"孟青高兴地从地板上爬起来跑进厨房。

这几天孟青无聊时一直都在跟着电视和书本学习烧菜，她非常高兴李石能够成为第一个品尝自己烹调手艺的人。

李石以为这一餐又是微波炉热罐头。当他闻到厨房里飘出香味，才知道这次自己猜错了，他的肚子叫得更响啦。又坚持了十几分钟，终于盼到了孟青喊他开饭。

李石迫不及待地摘下耳机来到饭厅。

"吃饭吧！"孟青为李石盛好饭，然后坐到他的对面，为他夹了个鸡翅，"来，尝尝我的手艺——咖喱鸡翅！没想到我会烧饭吧?"孟青自豪地说。

李石刚要吃，孟青又突然喊道："等等！"

李石愣了一下。

"如果很难吃……你千万不要说真话啊！"孟青双手抱在胸前求他。

李石咬了一口鸡翅，然后在嘴里细细地品味着。

"味道怎么样?"孟青丝毫不掩饰自己内心的紧张。

李石赞许地点点头："还不错。"

"真的?"孟青缺乏自信地问。见李石又点了点头，她这才鼓起勇气亲自尝了一尝。"嗯，味道是不错。不过这还不是我的最高水准，明天我再给你做一顿更棒的！"孟青骄傲地说。

李石吃饭的时候，孟青去卧室收起了那件带血迹的风衣。她刚才一直在注意李石对这件风衣的反应，但他好像根本就没有注意到风衣。孟青非常失望，可是在她的内心深处还是越来越强烈地认为李石就是那个人！

回到餐桌旁，孟青在激烈地思想斗争后，决心把这件事情向李石问清楚。

"能问你件事吗?"她说。

"问吧。"

"你……"孟青紧张地注视着李石的眼睛，"去过凤凰山吗?"

李石犹豫了一下，说："没有。"

233

第38章 ☆ 亡命劫匪

朱文强早晨一到办公室,值班人员就把昨天晚上的值班日志送到了他的办公桌上,里面有李石对当前敌人活动情况的分析意见,和今天一大早那些被郑明哲控制的人正在进行非正常集结的报告。朱文强看完报告,立刻意识到事态严峻。郑明哲控制的那伙人情况还没有完全掌握,对敌人的意图也一无所知,他现在开始后悔当初没有听从李石的意见先抓个人回来问问。朱文强命令九处各行动组全部进入临战状态,立即加强对郑明哲和他控制下的那伙人的监控力量,他希望现在采取补救措施还不太晚。

冷峰一上班就感觉到九处上下弥漫的紧张气氛,他知道九处这是启动了在紧急情况下才使用的应急体制,说明有重大事件发生,但他正在停职审查,也不便找人问究竟发生了什么事情,只能坐在办公室里等着工作组继续找他谈话。这时唐静莹打来电话。

"是我。"唐静莹说,"你好久没有给我打电话了,是不是不想要我这个朋友啦?"

"我还以为是你不要我了呢。"冷峰笑笑,"我总不能老是厚着脸皮给你打电话吧?"

"你什么时候总给我打电话啦?口是心非!"

"没有吗?那我一定是忘啦。"冷峰细想想,好像他主动给唐静莹打电话的次数很少,除了为工作,几乎每次都是唐静莹打给他,"找我有事?"

"恭喜我吧!我要结婚啦。"

冷峰手里擎着电话愣住了,半天没有说出话来。

"喂?怎么不说话?舍不得我呀?"唐静莹在电话的那一端开心地笑,"我是骗你的!结一次婚,离一次婚就足够了,你以为我还会重蹈覆辙啊?如果有自己喜欢的男人呢，两个人就开开心心地在一起，也不必去计较什么名分……"

"喂，喂，你这种想法很危险！"

"没有啊！我觉得这样很好啊。喂，不和你说了，我要开会啦。我是要提醒你雨儿和雪儿今天夏令营结束。"

"糟糕！我真的给忘了。"

"我就知道你会忘。我负责接她们，你不要管啦。"

"谢谢你。"冷峰由衷地说。

"你真啰唆！你不要忘记，我是她们的妈妈呀。"

妈妈？放下电话，冷峰还是对唐静莹自封的这个称呼感到不大习惯。

温柔进来为冷峰沏了杯茶，还在冷峰的办公桌上摆了一盆插花。一切都像以前经常为冷峰做的一样，只是温柔的心态已经大不相同了，她现在再也不是以前那个贪玩好动、无忧无虑的小女孩了。工作组进行的调查对冷峰十分不利，她在心中对冷峰充满了歉意。

"不开心？"冷峰问温柔。

"没有啊！"温柔否认，并对冷峰勉强地笑笑。

"但是你今天这些花插得缺少灵气。"冷峰指着那盆很精致的插花说。

温柔低头不语，默默地为冷峰整理着办公室，顺便提到工作组调查得出的几条对冷峰不利的结论。

李石一上午都在忙着指挥手下的别动队队员加强对郑明哲和他控制的那伙人的监视工作。有迹象表明郑明哲这伙人手中有枪，为防万一，李石命令负责跟踪的队员都要在车辆中备有冲锋枪等火力密集型武器，必要时可以用火力压住对方，等待支援。因为情况不明，李石感到工作十分被动。负责监视郑明哲手下那伙人的小组报告说，那些人正躲在几辆汽车里吸食毒品。从这些人摆开的架势看，他们可能要打劫，但在他们逗留的地区附近却没有发现什么值得打劫的目标。更令李石不解的是，郑明哲把他控制下的这伙人都聚集到靠近市郊的位置，他却一直待在家里不动，这与他昨晚以今天有重要事情为由，拒绝和太太过夫妻生活的情况不符，他保存体力绝对不会是为了在家里待着不动。负责监视郑明哲的小组报告说，一上午也没有发现郑明哲有任何异常举动。

"他到底想干什么？"李石百思不得其解。

这时工作组来人要调几个人去问话。工作组这次点的是几个"黑豹别动队"的队员，朱文强很为难，因为这些人此刻都工作在第一线，调回来不但会影响工作，更影响士气，可是这工作组又是朱文强万万得罪不起的。就在朱文强左右为难的时候，李石沉不住气了。

"你们瞎呀？"李石对工作组的人瞪起眼睛，"我们正在工作你们看不见吗？

你们要是吃饱了撑得慌，就到一边歇着去，这里没人侍候你们！"

"哎，你这是什么态度嘛。"工作组的人脸上有些挂不住了。

"嫌我态度不好？你停我的职啊！"李石无所畏惧地说，"你们他妈的就知道坐在办公室里看看报纸、喝喝茶，吃饱了没事做就算计这个、算计那个。怎么，不爱听？有本事让我把人调回来，你拿着枪出去试试呀？别说我瞧不起你！"李石不屑地转过身，继续指挥随时准备和敌人拼命的队员们，不再理会那个窘迫地站在那里下不了台的工作组成员。

朱文强见此情形立刻出来打圆场："我们目前实在撤不下人来，你看能不能……"

工作组的人见朱文强为他解围，也就顺势找台阶下来，立刻回去把李石态度蛮横的情况向工作组组长、局党委副书记兼纪委书记做了汇报。组长沉吟了半晌，说："还是要以侦查工作为重嘛。"

上午上班以后，冷峰一直坐在办公室看书。坐在这里是为了方便工作组随时能够找到他，可不知为什么，工作组一上午都没有找他。十一点钟，通信中心的一名女职员突然慌慌张张地闯进冷峰办公室："处长，不好啦！"

冷峰放下手中的书："别慌，慢慢说。"

"雨儿和雪儿……可能出事啦！"

"到底是怎么回事？"

"雨儿和雪儿身上佩带的定位仪……开始工作啦！"

为了防止雨儿和雪儿走失或遇到坏人，冷峰让通信科的人特地为她们设计了两个定位仪，平时挂在脖子上可以当电子表用，遇到情况，只要按下上面的一个按钮，它就会持续发出定位信号。

"会不会是她们无意中碰到了按钮？"冷峰问。以前发生过这种情况。

"不是的。雨儿和雪儿身上的定位仪几乎是同时启动的，而且信号是持续发射，只有多次按动按钮才会发出这种信号，这是我亲自教她们的。她们一定是遇到紧急情况啦！"

冷峰也意识到事情的严重性，急忙跟随女职员来到通信中心。通信中心的人大部分正聚集在一块大屏幕前，上面有两个小亮点不断闪烁。人们见冷峰到来，立刻为他让开一条路。大屏幕上，标有东津市大小道路示意图，冷峰注意到那两个小亮点正在快速移动。

"速度大约六十至六十五公里，"通信科长在一旁解释，"我们分析雨儿和雪儿正在一辆高速行驶的汽车上。"

"雨儿和雪儿现在怎么样？"李石风尘仆仆地由门外冲进来，急切地问。

五分钟前，李石刚刚接到跟踪人员的报告，郑明哲控制的那伙人在路口劫持了三辆旅行大客车，分别从三个不同方向往市郊逃窜，随后又听到雨儿和雪儿同时启动了求救装置的消息。起初他并未在意，以为这两个小迷糊又迷路了，上次她们迷路时还是他依照定位装置的指示去把她们接回来的。当大家都在研究郑明哲的手下劫持旅行客车目的时，一股不祥的预感突然在李石的脑海中一闪而过，他立刻丢下手里的工作飞一般向通信中心奔来。

李石注视着屏幕上那两颗不断闪烁着的小亮点，若有所思地举起手中的步话机："三组，报告你们的位置。"

"我们刚刚驶过东春路。"

东春路！这正是那两个小亮点所在的位置！屋内所有的人都明白了正在发生的事情。

李石用步话机命令道："一组、二组！留下一辆车跟踪目标，其他人立刻向五龙镇靠拢！一组走新胜道，二组从建安路横穿过去，要快！"

"要求重复命令。"第一、第二行动组对李石的命令迷惑不解。

"立刻放弃跟踪一号、二号目标！"李石说，"三号目标正在向五龙镇方向逃，我要你们赶在它到达五龙镇岔道口之前把它截住！雨儿和雪儿在那上面！"

"雨儿和雪儿？"

"你们只有十分钟时间！快！要快！"

"我们马上到！"步话机中传出汽车急转弯的摩擦声和发动机加速时的轰鸣声。

"我们在路上随时联络。"李石一手拿着步话机，一手抓着军用地图，边说边往外走，"预备队把车开到楼下，我马上到！"

李石走到门口时被冷峰叫住："请示一下朱处长。"

恰在这时朱文强走了进来。"还请示什么？救人要紧，还不快去！"朱文强对李石下命令，"雨儿和雪儿要是有个三长两短，你别回来见我！"想必朱文强已经从步话机中听出了事情的大概。

李石从未感觉到朱文强像今天这么可爱！他"啪"地给朱文强敬了个军礼，然后飞跑出去。

在通往五龙镇的公路上，一辆大客车在飞驰。在客车司机的耳旁，一个黑洞洞的枪口正对着他。雨儿和雪儿坐在客车的中部。许多小朋友都很害怕，有的还吓哭了，但雨儿和雪儿很沉着，她们眨着乌黑的大眼睛，眼珠滴溜溜地直转。她们以相同的姿势，用小手紧紧地捂着胸前的项坠，防止项坠从她们的脖子上溜掉。她们知道，只要不断按动项坠上的小豆豆，爸爸和石头叔叔很快就会找到她们。

客车在公路上飞驰，一直用枪逼着司机的歹徒注意到前方有一辆大卡车正在公路上调头，缓缓地从公路的一侧向另一侧倒车。客车驶近时，它刚好给客车留下一段无法通过的路面，歹徒不得不让客车司机停车，客车在距卡车几米处停了下来。

"快把路让开！"歹徒伸出脖子喊。

"对不起啊，对不起。"开卡车的小伙子连连赔不是。小伙子像是刚学会开车，很不熟练，越是着急，越是做不好，一连打了几把方向盘也没能把卡车顺过来。

就在小伙子忙着倒车让路的时候，客车的后面又有几辆车跟上，都被迫停在那里，并不耐烦地按着喇叭。有一辆卡车可能是在后面等得不耐烦了，从一侧开了上来和大客车并列停在一处，好像是在等着路让开后抢先冲过去。这辆卡车的货箱上坐着几个装卸工模样的小伙子。因为两辆车是并列的，所以从卡车上很容易就能看清客车里的情形，歹徒都很小心地把枪插进衣服里，并警告客车里的人老实些。

"准备好了吗？"李石坐在距客车三十米远的汽车里拿着步话机问。

"准备好啦。"

"动手！"李石下达命令。

客车后面的一辆面包车手刹突然松动，面包车开始向前滑动，一头撞在前面客车的后屁股上，撞瘪了前脸和车灯。面包车司机气急败坏地从车上跳下来，到前面指着大客车司机的鼻子大骂："妈的！你会不会停车！你看看我的车撞成什么样了啦！"并蛮不讲理地打开车门，一把将客车司机从车里揪了出来，客车司机一头栽倒在地上。还未等一直站在司机旁边的歹徒反应过来，这个面包车司机突然从怀里掏出一把无声手枪，对着原来站在客车司机背后那个歹徒的脑袋就是一枪，子弹从歹徒下腭射入，从头顶射出，并在客车的顶部穿了个洞。

"别动！"旁边卡车上的装卸工此刻也都掏出手枪指向客车，一名歹徒刚想掏枪反抗，"砰！砰！"两声，被卡车上的特工击毙。客车上余下的三名歹徒见势不妙，全都举起手缴械投降。

"OK！"前方向李石报告任务顺利完成。

"我管你OK不OK！我要的是雨儿和雪儿！"李石没好气地对步话机说。

"噢，马上送到！"

透过车窗看见两名特工一人抱着雨儿，一人抱着雪儿向这里跑过来，李石连忙从车上跳下，跑过去一把将雨儿和雪儿抱在怀里，左右仔细地打量着："没伤着吧？"

"毫发未损！"两名特工回答。

"清理现场。把尸首扔卡车上，把客车也开回去。"李石命令。

"是!"两名特工领命离去。

"石头叔叔,他们是警察叔叔吗?"雨儿问。

"对!"李石点头。

"可警察叔叔为什么要听石头叔叔的话?"雪儿接着问。

"这个嘛……他们不是要听石头叔叔的话,他们只是在征求石头叔叔的意见。"李石自己都觉得自己找的这个借口十分牵强,"你们刚才怕不怕?"他赶紧引开话题。

"不怕!"雨儿和雪儿异口同声。

"是吗?雨儿和雪儿真勇敢!"李石用鼻子顶雨儿和雪儿的小鼻子,雨儿和雪儿也用鼻子反击。

李石抱着雨儿和雪儿回到车里,一边同她们闹着,一边拿起步话机说:"雨儿和雪儿,安全!"

通信中心的每个人听到李石的这个消息都暗自松了口气。

"雨儿和雪儿有没有吓着?"朱文强关切地问。

"没有,她们的胆子都很大,"李石爱怜地揉乱雨儿和雪儿的头发,"像她们的爸爸!"

这时,负责监视郑明哲的小组报告:郑明哲离开了家。

朱文强命令一定要死死盯住郑明哲。

"你怎么看?"朱文强转过头问冷峰。

"劫车很可能只是为了把'110'等市区附近的机动警力全部吸引到东部郊区,他们接下来极可能还会在市内或西郊有所动作。"冷峰说,"从他们这一步的举动看,他们的下一步,应该是一种害怕受到正常机动警力影响的大行动,很可能又是一次明目张胆的行动。"

"一定是这样的!他们这是在玩声东击西。"朱文强同意冷峰的意见,"可是他们下一步的目标会是什么呢?"

"只有他们自己知道。"

这时负责监视郑明哲的小组报告:失去郑明哲的踪迹!

"你们是怎么搞的?!"朱文强恼火地拍着桌子,"一定要尽快把郑明哲给我找到!"他预感到事态的严重。

留下来继续监视一号和二号旅行客车的特工人员报告,一号旅行客车被八辆警车逼进一个小学校内,二号车还在向东逃窜,仍未发现有警车跟上。

"立刻让东津市国家安全局通知公安部门二号车的位置。"朱文强吩咐。

冷峰回到自己的办公室。

"雨儿和雪儿怎么样啦?"冷峰刚进办公室温柔就冲了进来,她才听到消息。

"她们很安全,我让李石顺路先送她们回家啦。"

"又让她们自己在家?"温柔说。

"马上就要下班了,我这就回家。"

"我跟你走!"

温柔跟着冷峰一同回到冷峰的家。她先看过雨儿和雪儿,然后立刻系上小围裙下厨房烧饭,冷峰这时才记起这条小围裙还是温柔以前来这里时留下的。

"今天的事,特别是见到那几个叔叔的事不要对别人说,知道吗?"冷峰告诫雨儿和雪儿。

雨儿和雪儿乖乖地点头。

吃过温柔烧的午饭,冷峰要回去上班。

"我不回去了,"温柔说,"我留下陪雨儿和雪儿。"

"又翘班?"

温柔对冷峰做了个讨人喜欢的鬼脸:"只要你不揭发就行啦。"

其实,冷峰也很希望能有人在雨儿和雪儿身旁多陪陪她们。今天发生这么多的事情,而雨儿和雪儿毕竟还是小孩子。

冷峰下午刚一上班,李石就急匆匆地来找他。

"劫客车的人全都死了。"李石说,

"你抓的那几个人全死了?"

"不只是我们抓的那几个,和公安对峙的那两伙人也全部死光啦。他们被下了一种慢性毒药。这种药起初毫无症状,发作时非常突然,从发作到死亡时间非常短,根本来不及抢救。据那三个家伙死前交代,这伙人劫持小孩并不是想勒索什么,劫持小孩的目的是吸引警察去追他们。这些参加夏令营的小孩都是政府机关干部的子弟,一旦被劫,警察一定会出动全部警力追捕。歹徒得到的命令是:开着车一直向前跑,坚持到十二点半就丢下车和孩子各自逃命。他们认为警察出动是为了救小孩,把小孩留下警察自然会停止追捕……"

一直在思考问题的冷峰突然从椅子上跳起来:"快!你立刻去查一查840研究所是否发生了什么情况?"

调虎离山,使用毒药灭口,这一切都使冷峰联想到四川军事基地丢失的那两个钛金属盒……

果然不出所料。不一会儿,李石来向冷峰报告:两小时前,840研究所一辆运器材的卡车在西郊失踪。

第39章 ☆ 奇异皮箱

这是一次挑战，也是一次机遇。越是艰难，越能令冷峰感到振奋。冷峰通过这件事看到了自己的机会，他立刻通过保密通讯渠道，向北京的"60109专案组"办公室详细地汇报了840研究所运送四川基地调拨器材的汽车失踪的情况。他说，这次敌人又使用慢性毒药对劫持客车的歹徒杀人灭口，手法与四川军事基地钛金属盒被劫案杀人灭口那一次极为相似。他还简要地报告了自己目前的处境，请求暂时停止对他的审查，等到完成这次任务他愿意接受组织的任何处置。

冷峰坚信，任何一个领导的手下都需要有几个能出成绩的人，出几项光辉的成果来充实他的政绩，哪怕是这个能出成绩的人他很不喜欢。果然，冷峰的报告发出后不到两小时，进驻九处的局工作组就接到了总部党委发来的密码电报：停止对冷峰的调查，冷峰即刻复职，工作组撤出九处。消息传开，九处上下为冷峰欢呼。

反间谍情报局副书记兼纪委书记、驻九处工作组组长在私下里对工作组的成员感慨地说："没想到冷峰在九处会有这么强的感召力，难道是我们错了？"

冷峰在接到复职命令后，还和以前一样——冷静、平和，看不出任何喜悦的神情。他立刻召开会议，研究案情，确定下一步工作的方向。与会人员在对郑明哲监视情况进行分析后认为，郑明哲既然在商场内对我们的跟踪人员实施了明显的反跟踪措施，说明他很可能已经发觉自己被跟踪。

"孟青有危险！"正在开会的李石突然想到。

冷峰也马上想到这一点。如果郑明哲真的发现或者怀疑自己被监视，那么他第一个要怀疑的一定就是孟青。郑明哲很可能会对自己的怀疑进行验证，那样孟青的处境会非常危险。

"立刻调人保护孟青!"冷峰命令。

公寓中,孟青被五花大绑地捆在餐厅的椅子上,嘴上贴着胶布,双手被反捆在椅子后面,双脚被捆在椅子腿上,三个男人正在屋里翻箱倒柜,并最终在床下发现了那些经过伪装的监控设备。

"杀了她。"孟青听见他们用朝鲜语说。

孟青惊恐地看着一个长得像水桶一样的小个子从里屋出来,走向她。小个子拿起一块胶布,试图用这块胶布封住孟青的鼻孔,使她最终窒息而死。孟青当然明白小个子的意图,拼命地扭动身体,想要挣脱身上的绳索。小个子费了很大的力气才勒住孟青的脖子,用胶布封住她的鼻子。孟青使出全身的力气做最后的挣扎,但绳子捆得很结实,所有的努力只能是徒劳。孟青绝望地瞪着眼睛,胸脯也因缺氧开始急剧地起伏着,被两道绳索勒住的双乳显得异常突出。正在按着孟青的小个子情不自禁伸出手抚摸孟青的乳房,接着突然扯掉封住孟青鼻子的胶布。

"你干什么?"另外两个男人质问他。

小个子淫笑道:"这么漂亮的姑娘就这么死了多可惜呀,我要来个先奸后杀。"他说着,把手伸进孟青的裙子里……

李石赶到孟青公寓的楼下,立刻有特工跑上来向李石报告:有三个男人在他们赶到之前劫持了孟青。

李石走进电梯,从身后拔出手枪,推子弹上膛。跟在他后面的几名特工也纷纷掏出枪。电梯停到孟青住的楼层,李石走出电梯,右手持枪,左手从口袋里掏出房门钥匙。李石在开门的时候故意弄出很大的声响,使得里面的人以为他并不知道里面有人。

李石从插入钥匙,到打开锁,动作一直不紧不慢,十分从容,这样做可以使里面藏在门旁等候他的人对他下一步动作的速度得出错误的判断。李石突然疾速打开门,猛地伏下身子探入屋内。藏在门旁的那个人还没有反应过来,李石装有消音器的手枪已经由下向上抵住了他的心脏,并毫不犹豫地扣动了扳机,"噗",枪声短促而沉闷。

李石迅速地蹿入屋内,就地一滚,并在尸首摔倒在地上之前瞄准了另一个人的眉心,"噗",子弹穿透那人的脑袋,打碎了后面墙上的镜子,碎玻璃"哗啦啦"落了满地。

躲在餐厅里的小个子闪身躲到孟青的背后,以孟青作掩护举枪向李石射击。李石一闪身,子弹射进他身旁的沙发。李石单腿跪在地上,双手托枪,根本不给对方开第二枪的机会,"噗噗",小个子从孟青肩膀后面探出的那颗小脑袋立刻变成了烂西瓜,血水溅了孟青一脸,尸首摔倒在后面的餐桌上。

孟青一下子惊呆了。是他！就是他！这沉闷的枪声！这逼人的杀气！这血！这肃杀的感觉！她找寻多年的人一定就是他！

李石警惕地环视了一下房间，确信没有危险后，来到孟青身旁为她割开绳索，撕掉贴在嘴上的胶布。孟青一头扑进李石的怀里，紧紧搂住他的脖子，泪水如泉涌一般，但她不是在哭，而是在笑。

李石温柔地拍着孟青的背："不要怕，没事啦！不会再有事啦！"

"我不怕！有你在，我什么都不怕！"孟青紧紧搂着李石的脖子不放。

这时，一群特工持枪冲了进来，李石拽过一块桌布裹住孟青裸露的身体。他留下几个人处理现场，然后开车把孟青带回到自己家里。

"这里很安全。"李石对孟青说，"你先洗个澡，好好睡一觉，任何人叫门都不要开。"

孟青听话地点点头。李石安顿好孟青又立刻驱车赶回指挥部。

经查证，被李石击毙的那三个男人均为朝鲜族人，同时查出郑明哲三年前将户口由吉林省一个朝鲜族乡迁入东津市的手续也是假的，是那个乡的派出所所长接受郑明哲的贿赂后为他办的。

冷峰下令抓捕所有和郑明哲有联系的人，经过对这些人的审讯，冷峰断定郑明哲是同时为美国中央情报局和韩国安企部服务的双重间谍。

现在最要紧的是找到郑明哲和840研究所失踪的那辆货车。当东津市的所有警察和特工都在全力以赴追查840研究所那辆失踪货车的时候，唐静莹打电话给冷峰说他们发现了失踪货车的线索。冷峰等人在唐静莹的亲自带领下赶到市郊一处偏僻的水塘。

"是一群玩水的小孩发现的。"唐静莹说。

冷峰指挥部下将货车拖出水塘。车上有三具尸体，车上装载的一台仪器有明显的被切割过的痕迹。

"立刻报告部里。"冷峰说。

冷峰回到九处，一科科长向他报告说，一名曾负责跟踪谢百灵的特工认出李石在孟青寓所击毙的那个小个子，就是那天开卡车撞倒谢百灵的人。

"谢百灵和这件案子又有什么关系？"冷峰皱起眉头。

谢百灵此刻躺在医院里尚未苏醒，很多事情只有谢百灵自己能够回答，但医生说谢百灵苏醒过来的概率很小。

由北京搭乘军用飞机赶到东津的六名军医一下飞机，就立刻着手对在劫持客车事件中毒死亡的尸体进行解剖，并很快得出结论：这些人的死亡原因与四川基地那五名劫匪的死因完全相同！

李石想起孟青是他裹着桌布送回家的，她身边根本就没有可以换的衣服，他忙里偷闲，抽空到孟青的公寓为她拿了些换洗衣服和生活必需品。李石回到家时，孟青正在卫生间里为他洗衣服。

"回来啦？"孟青听到李石开门的声音，从卫生间里跑出来，看见李石正在四下打量着自己的家，很得意地说，"是不是干净了许多？你们男人啊，真够懒的，好好的一个家，搞得乱七八糟的，怎么住呀？不过话又说回来了，我也好久没有这么勤快过啦。"

孟青摇着一头短发对李石俏皮地笑，发现李石一直在用一种特别的目光看着她，便问："你是不是看我像个野丫头，不像个女人，就认为我不会做家务？实际上我还做得很不错，对不对？嗯……你能不能别这样看着我？"

孟青被李石看得有些不好意思了，她用手摸着自己的面颊，"你这样看人家，人家会难为情的。"孟青突然想起来，自己身上穿着李石的衣服，"你是不开心我穿了你的衣服？我是在……"

"噢，不是。"李石连忙解释，把手里装着孟青换洗衣服的箱子交给她，"这里是你的衣服和平时要用的东西。"

孟青这才注意到李石的手里拎着两只箱子，其中的一只还是她用来装她那件珍贵风衣的箱子。"你把它也带来啦？"

"我看你好像很珍惜它，所以就顺便把它也带来了。"

孟青点点头，再点点头，泪水在她的眼中打转。她咬着下唇，轻轻地抚摸着箱子，神情黯然。

"你真的不记得它啦？"孟青小声问。

"什么？"李石没有听清。

"哦，没什么。"孟青后悔自己问了这么个愚蠢的问题。

孟青想，李石一定是不想让她把他当成救命恩人一样对待，因为他不是那种施恩图报的人。他外表虽然冷酷，但他有一颗炽热而善良的心，所以无论她怎样询问，他都不会承认是他救了她。孟青猜测李石那次去凤凰山一定是肩负秘密使命，他在山上又为了救她而杀了人，如果换成她是李石，她也不会承认的。她认定李石就是那个在凤凰山上救她的人！既然已经认定了他就是那个人，那么李石自己承认与否又有什么关系呢？

"哦，对啦，你饿了吧？"孟青放下箱子，"我已经做好晚饭了，我这就去端来。"

晚餐丰富，很明显孟青是跑到楼下的市场买过菜啦，因为李石清楚地知道自己家的冰箱里除了鸡蛋和牛奶一无所有，根本不可能做出餐桌上的这些佳肴。一个女人在刚刚经历了那种血腥的场面之后，还能有心情下楼去买菜，李石觉得孟青是个很不简单的姑娘。

"买菜的钱……我是在你床头的抽屉里拿的，没征得你同意，不会生气吧?"孟青小心地问。

"不会。"李石说。

"我早就知道你不会介意的,"孟青仿佛很开心地望着李石笑,"所以我才敢拿呀。"

孟青的饭量很小,吃得很少,吃完后就立刻去整理沙发,拿出毯子铺在上面。

"你做什么?"李石问。

"铺我的床啊。"

"不用铺了,你睡床。"

李石让她睡床,而不让她铺沙发,这说明李石自己也不想睡沙发,那么……孟青想着想着,脸"腾"一下红了,她一时有些不知所措,手里扯着毯子的一角,胆怯地小声问:"你不会真的这么想吧?"

李石端着饭碗,看着孟青羞涩的样子,又想想自己刚刚说过的话,马上意识到自己刚才的话含义不清,甚至有些暧昧,便补充道:"我是想说……我今晚,不在家睡!"

孟青仿佛松了口气,同时又有些失望。李石吃完晚饭,孟青立刻开始收拾饭桌,让李石感到在这个房间里好像他是客人,而孟青才是主人。孟青一边沏茶,一边和李石聊天,无意中提到闯进她公寓的那三个男人在翻东西时好像打过一个电话。

"是用你的电话?"

"不知道,我当时被捆在外面。"孟青说。

孟青提供的这一情节李石认为很重要,因为在他的记忆中,那三个被他打死的家伙身上好像根本没有移动电话。间谍在执行任务时最忌讳携带移动电话这类万一遗落就会被对方抓住把柄的东西。李石告别孟青,匆匆赶回局里把这一情况报告了冷峰。

冷峰认为这是极好的一条线索,立刻布置人员查证,很快就有了结果。经查,在下午孟青被劫持的那段时间,的确有人使用孟青公寓中的电话和一部移动电话通过话。

"二十四小时监听这部移动电话!"冷峰命令。现在还不能确定这部电话是不是郑明哲使用的,但这部移动电话的使用者会将电话号码告诉同伙,而他那个愚蠢的同伙居然会用孟青公寓里的电话与他通话,由此看来,这些人的手法很不老练,做事很不小心,所以也不排除这部移动电话的使用者还会再次使用的可能。

"这部移动电话的使用者不会是'秃鹰'。"冷峰想,因为"秃鹰"做事绝对不会这么大意。

冷峰正在和朱文强等人研究案情的时候，值班员拿着电话记录走了进来："处长，刚才有个自称叫齐真理的人打电话找你，我让他打到这里来，他说不用了，让我转告你一声就行了。"

在座的每个人都听说过"齐真理"这个名字，但从没有人见过他，只知道他是冷峰手中的一张秘密王牌，他和他那个情报组的存在一直是九处的最高机密。

"他说些什么？"冷峰问。

值班员翻开电话记录簿："他说，美国中央情报局上个月造了一个能够避开所有仪器检查的箱子运到了东津，不过中途好像出了点什么事儿，交通员死了，箱子也弄丢啦。这消息好像旧了一点啊？你看到他就顺便告诉他一声，看不到就算了……"

"那个女人！"朱文强突然一拍桌子，"就是那个女人！"朱文强很少有如此激动的时候，"那个被郑明哲暗杀的女人有一个箱子！深灰色，很精致，色泽很美，样子也很气派。"

"对，我们是从现场找到这样一个箱子。"其他人也想起来了。

"你去。"冷峰指着李石，"你去把它找出来检查一下。"

"是。"李石起身出去。

"他还说了什么？"冷峰问值班员。

"他还说……"值班员有些为难地向四周瞅瞅。

"没事，你说吧。"冷峰还以为值班员是担心扩大情报的知密范围。在座的都是九处的精英，冷峰认为没有什么特殊的情报需要回避他们。

"他还说，他刚才给你家打电话，是一个娇滴滴的小女生接的，他问：冷峰什么时候又换老婆啦？"

"扑哧！"有几个人忍不住笑出声来。

冷峰忙清了清喉咙，好似自言自语地解释说："是小温柔在照看雨儿和雪儿。"冷峰又问值班员："他还说什么？"

"没有啦。"

"好，你出去吧。"

"这个齐真理也真是的，"朱文强抱怨说，"这么重要的情报他居然当成儿戏一般，让值班员看到你时顺便告诉你一声！"

冷峰好像很了解齐真理似的笑着摇了摇头："他就这种人，做什么事都是一副吊儿郎当的样子，永远都认真不起来。"冷峰没有多谈齐真理，又继续开会研究案情。

技术科很快就对那个从围剿毒犯现场搜到的皮箱做了检查，发现皮箱的确是由特殊材料制成的，可以防X射线的检查。

"我们只注意检查箱内的物品，忽略了对箱子本身的检查，我请求组织上处分！"技术科长在会上检讨。

"处分你也于事无补，谁还不犯点小错误？"冷峰说，"重要的是吃一堑，长一智，吸取教训。何况谁能想到美国佬会弄这么一只空箱子进来？我就没想到！处分的事以后就不要再提啦。继续开会！"

开会时，李石一直托着下巴注视那个皮箱，若有所思。

"在想什么？"冷峰问。

"我隐约觉得……好像在谢百灵那里也见过一只类似的皮箱，我记得我当时还在想，这只皮箱怎么看起来这么眼熟呢？"

"不可能！"技术科长说，"我们查过，市场上没有这种皮箱。"

冷峰想到了谢百灵的车祸，命令道："马上去查谢百灵的家！"

冷峰认为谢百灵现在躺在医院里昏迷不醒，很可能就和这皮箱有关！

第40章 ☆ 张开法网

　　因为高雅兰答应小慧"文物"的事情成功之后，就把时装店送给她，所以小慧这次特别卖力。她会在意想不到的场合，对科长做出最意想不到的挑逗，使他在惊恐中体验着异乎寻常的刺激，随时保持着对她的情欲。但是令小慧感到不解的是，懂行的科长看过那两件古董，说这东西并不是很值钱。不过小慧不管那么多，在她看来，事成之后高雅兰把时装店送给她才是最最重要的，她现在已经开始盘算得到时装店后的一些经营上的问题了。

　　小慧没有察觉到的是：高雅兰已经借对古董进行重新包装之机，把那两件古董换成了两个金属盒子。

　　高雅兰此刻正沉浸在即将完成任务的喜悦之中。为了把这两个金属盒子从四川军事基地运出来，她可真是煞费苦心。如果说小慧以牺牲色相为代价，用"调包"的方法把第一个盒子搞到手是"软招"的话，那么，让郑明哲武装劫持运送仪器的卡车，就是不得已而出的"硬招"了。高雅兰已经拿到了郑明哲从劫持的仪器中取回的第二个钛金属盒，只要小慧这边不出问题，她两天后就可以返回美国。高雅兰一直拿不定主意走之前是否应该和冷峰打个招呼。如果说中国还有什么值得她留恋的，那么就只有冷峰，但为了安全起见，她决定不向冷峰辞行，就让她与他之间的这段经历在彼此的心中留下一个美好的回忆吧。高雅兰还不知道，她当初送给谢百灵的那个皮箱已经引起中国特工的注意，并且与从围剿毒贩现场搜到的那只特种皮箱联系在一起了。

　　这两只箱子有着相同的色泽、相同的款式和相同的工艺，放在一起，从外观根本就难以区分开来。冷峰推测，敌人是想用这只特殊的箱子装入要偷运的东西，混在众多外观和它完全相同的箱子中，避开仪器的检查，把东西偷运出境。

根据从谢百灵住处得到的那只皮箱上的标签，冷峰已派人连夜赶赴位于浙江的生产厂家调查。

温柔早上起来为雨儿和雪儿做好早餐，见已经到了上班的时间，就打了个电话给小曼替她请假。

"喂喂，这次用什么理由？"小曼问。

"这你也要问我？肚子痛！"温柔放下电话，来到雨儿和雪儿的房间叫她们起床吃早餐。

"柔姑姑早！"雨儿和雪儿向温柔问好，"爸爸昨晚又没有回家呀？"

"爸爸最近会很忙。"温柔帮雨儿和雪儿穿上衣服，"你们呢，以后就由柔姑姑来照顾，好不好啊？"

"好！"

"雨儿和雪儿真乖！你们刷完牙就立刻吃早餐，吃过早餐柔姑姑带你们去买书包、买文具、吃冰淇淋！好不好？"

"好啊，好啊！"雨儿和雪儿立刻跑去刷牙，吃早餐。

雨儿和雪儿吃早餐的时候，温柔在卫生间里把她们昨晚洗完澡换下的衣服洗净晾好。这时电话铃响了，她猜是冷峰打来的，因为冷峰总是这时打电话询问孩子的情况。

温柔擦干手从卫生间里跑出来，拿起话筒就说："雨儿和雪儿昨晚睡得很好，现在正在吃早餐，我打算一会儿……"

"什么？"电话那端问。

"爸！"温柔很意外，"怎么是你呀？"

"不是我，应该是谁呀？"于副部长在电话那端问。

"不是啊，我是说你怎么会知道我在这里呀？"

"你每天打十几个电话为冷峰那小子说情，连你妈都猜出你和这小子关系不一般啦！你昨晚是不是住在他家里？"

"是啊……不是啊，爸！"温柔连忙解释，"我是说，我昨晚是住在这里，可冷峰昨晚不在家。"

"我当然知道他不在家！否则我就不会打电话给你啦。"

温柔隐约感觉有点什么事，就小心翼翼地问："爸……你现在在哪儿？"

"在你干爹的办公室。"

"爸！你到东津啦？"

"我当然到东津了！怎么？不想我来？"

温柔仍然小心翼翼地问："你来……不会是为了看我吧？"

"我是来给冷峰那小子撑腰的，这回你满意了吧？"

"谢谢爸爸！你是最好的爸爸！最伟大的爸爸……"

"好啦，你不用给我灌迷魂汤。你听着，下午有很重要的会要开，在这之前我要私下和冷峰谈谈，你负责安排一下。"

"好，我马上联络他。"温柔欣喜若狂，"爸，你看在哪里见面方便？"

"就在他家吧。"

"好，我联络到冷峰就过去接您。"

"不用啦，你干爹知道地方，他陪我过去。"

温柔放下电话后立刻联络冷峰。冷峰接到温柔电话有些难以置信："于副部长要去我家和我谈谈？"

"你不会认为我是在和你开玩笑吧？"温柔问。

"好，我马上回去。"

于副部长和肖局长比冷峰提前到达。

"干爹！"温柔和肖局长打招呼。

"爷爷！"雨儿和雪儿一左一右亲热地抱住肖局长的大腿。

"嗯，怎么没人理我？是不是我长得很像坏人？"于副部长逗雨儿和雪儿。

"快叫爷爷。"温柔在一旁提示。

雨儿和雪儿立刻毕恭毕敬地给于副部长深鞠一躬："爷爷好！"

"唉，真乖！"于副部长蹲下来牵着雨儿和雪儿的小手，"这就是刘海山的女儿？"

"是啊，"肖局长说，"三年了，一直都是冷峰在带她们。他的这一举动在九处反响很大，大大地鼓舞了士气。"

"我听说啦。"于副部长说，"冷峰曾经对自己的手下说，如果有一天他们当中有人像刘海山一样英勇牺牲，他会像对雨儿和雪儿一样照顾他们的孩子。据说下面反响很好，很值得我们在工作中借鉴。"

于副部长和肖局长一边同雨儿和雪儿玩耍，一边等冷峰回来。

"你说的冷峰写的文章在哪里？"于副部长问温柔。

温柔打开冷峰的电脑，她相信爸爸是会懂得欣赏冷峰文章的，她要在老爸的面前充分展示冷峰的才华，但她又担心冷峰回来后看见她又动了他的电脑会不高兴，所以她的心中一直惴惴不安。于副部长和肖局长却丝毫没有留意温柔的感受，他们一边看着冷峰的文章，一边指点评价。冷峰最新一篇文章的内容是"执政党必须要抓好反腐败"。冷峰在他的文章中指出，20世纪40年代美国驻华大使司徒雷登曾经一针见血地说，共产党得天下的原因很多，但廉洁是其重要法宝之一。共产党是靠廉洁打败了国民党。这种廉洁不仅给党内带来了团结，也给老百姓树立了好的形象。抗战初期爱国华侨陈嘉庚回国，蒋介石请他吃八百元一桌的酒席，陈先生吃不下，而他到了延安，毛泽东用工作餐招待他，只花了几块钱，陈先生连声说好，并因此大发感慨，说共产党必得天下。

冷峰在文章中还说，早在1948年，刘少奇就曾不无忧虑地说过：中国是个落后的农业国家，一个村长、一个县委书记，就可以称王称霸。胜利后，一定会有人腐化，官僚化……

于副部长指着冷峰的文章对肖局长说："很有新意，但不合时宜。这种人只有在特殊岗位才能充分发挥出他的能量，所以一定不能让他离开国家安全系统。"

冷峰回来后，于副部长和肖局长立刻把他叫到跟前。温柔为他们沏好茶就关上门退了出去，她知道爸爸和冷峰他们有很多事情是她不方便听到的，虽然她很想听。温柔坐在客厅里陪雨儿和雪儿看动画片，不时听到屋里面传出三个男人爽朗的笑声，这说明爸爸很喜欢冷峰，他们谈得很投机。他们足足谈了一个多小时，最后她听见爸爸对冷峰说："好啦，你去忙吧，我们再在这里坐一会儿。"

温柔见冷峰从里屋走出来。

"爸爸，再见。"雨儿和雪儿也知道冷峰又要走了。

冷峰爱怜地捏了捏雨儿和雪儿的小鼻子，出门前又回过身真诚地对温柔说："谢谢你！"

这反而使温柔感到有些难为情，她垂着头，摆弄着手指："其实……我只是在尽力弥补我的错误，所以……千万不要谢我，否则，我会无地自容的。"

冷峰没有说话，只是对温柔笑笑，忽然又问："你为什么姓温？"

温柔知道冷峰是在问她为什么不姓于。

"我随母亲姓。"温柔答。

送走了冷峰，温柔进去收拾果皮，听到肖局长对爸爸说："冷峰这次全仗着你啦。"

"也不能这么说，"于副部长说，"主要还是这小子够机灵，懂得如何最大限度地为自己创造有利条件。他这次真正能成为把柄让人抓住不放的只有三件事。一是毒贩子那桩。好在他下面那些人很维护他。二是那一百二十万美金的去向。冷峰这小子为了保证'特情'的安全，宁肯自己被冤枉也不肯透露一个字，还真有点倔脾气！不过班子里的人大部分都认为情况特殊，没有必要小题大做。只是这第三项，"于副部长指了指冷峰的电脑，"他写的这些臭文章都是些标新立异的东西，这种事情本来就是可大可小的，就看你从哪个角度看。还好这小子及时地在那盒子的案子上有了突破，给我创造了一个为他讲几句话的机会。我在常委会上讲，现在不是讨论姓'社'还是姓'资'的时候，重要的是冷峰干的事情是否符合小平同志提出的'三个有利于'的标准。最后大家认为符合，至少符合'有利于我国综合国力提高'的标准，这才算是最终把这小子给保住啦，只是不知道他以后还会捅什么娄子！"

"经过这一次，他以后会小心的。"肖局长说。

"我看不一定。"于副部长说。

冷峰清楚地知道自己下一步应该做些什么，那就是要尽快把那两个钛金属盒挖出来。冷峰隐约感觉到那两个盒子已离他很近了。这两个盒子不但对国家很重要，对他本人也很重要，这是他事业中一次难得的机遇。于副部长已经暗示他，部党委正在考虑由他来接替年底就要从领导岗位上退下来的肖局长，而这次这桩影响巨大、惊动中央的案件能不能取得最后胜利，则是事情的关键。于副部长也说"一俊遮百丑"，只要能把这件事做得漂亮些，那么教训也是经验，没有人会再提那些原本就难以说清的事情；如果出现意外，那么……于副部长虽然没有明说，但冷峰已经很明白了。不过，冷峰喜欢这种危险与机遇并存的感觉：有压力，也有希望。

下午，肖局长通知冷峰，军队的一位将军和丁中校已到达东津，与他们一起到达的还有人民解放军的一个特种伞兵营。于副部长让冷峰去军营与他们会合，说是丁中校带来了新的线索。冷峰奉命来到东津郊外的一座军营，于副部长在这里宣布了一项命令——任命冷峰为"最后行动"总指挥，统一领导反间谍机关和军队保卫部门在东津的所有力量。

"将军让我一切听你指挥。"丁中校说，同时把一张合成画像交给冷峰，"我们在接到运送器材的卡车被劫持的消息后，又重新审查了上次携带资料到840研究所的那两名干事，其中一人承认在东津过夜时曾把一个女人带进过宾馆的房间，这就是那个女人的拼图。"

冷峰接过来看了看，拼图上是个很漂亮的姑娘，只是不知道这拼图和本人到底有几分相似。依照以往的经验，凭着这种画像拼图作为抓人的依据，十次有九次半要抓错。

"我会安排。"冷峰说。

傍晚，赶赴浙江调查那个皮箱生产厂家的侦查员发回消息：那种皮箱是厂家依照东津市汉光通商会社提供的样品为美国一家公司赶制的一批出口皮箱，按照合同规定，皮箱将于下周交货。

"马上调查汉光通商会社！"冷峰说。

有关汉光通商会社的资料很快就摆到了会议室的桌子上，但这些资料都是些公开资料，大多是从工商局的档案和银行的信息库中调来的。从这些资料中只能看出这是一家日资公司，是由一个五十岁的日本男子注册成立的，办公地点设在东津市国贸大厦，其他一些支离破碎的资料，没有多大利用价值。

"我需要更详细的资料。"冷峰说。

"我们正在查，只是公司的人都已经下班，调查起来有些困难，但我们会想办法。"

有关汉光通商会社的更多资料陆陆续续送到会议室，冷峰和十几名分析人员趴在桌子上对这些资料进行详细的研究，希望能够从中找出些蛛丝马迹。"哔哔、哔哔"，冷峰的传呼机响起来。冷峰低头一看，是唐静莹在呼他，他拿起电话。

"找我？"冷峰说。

"是啊，"唐静莹在电话里说，"我现在正和市委组织部的几个人一起吃饭，按照现在的气氛看，我十有八九要喝醉。我想知道，如果我喝醉了，你肯不肯来帮忙把我背回家呀？"

"知道会喝醉还要喝？就不能少喝点？"

"以前可以耍赖，这次不行！"唐静莹说，"你没听过现在老百姓有句顺口溜吗？叫作'能喝一斤喝八两，对不起人民对不起党。能喝八两喝一斤，党和人民才放心。能喝白酒喝啤酒，这样的干部赶紧走。能喝啤酒喝饮料，这样的干部不能要。'生在现在这个年代里，喝酒已经成了一种必不可少的社交手段，'酒量代表胆量，酒瓶代表水平，酒风代表作风，酒德代表品德！''酒是连接感情最便宜的纽带，酒是建立信任最直接的桥梁。'这关系到我能不能稳妥地坐上东津市公安局第一把交椅的大问题，你说我不喝行吗？"

"当局长就一定要先学会喝酒？"冷峰不屑地说，但他最后还是答应唐静莹，如果她喝醉了，他一定会去背她。"醉之前给我打传呼，只是不要醉得记不起我的传呼机号码才好。"冷峰嘱咐说。

"绝对不会！"唐静莹保证。

大约过了两个小时，唐静莹又给冷峰打传呼，留言让他半小时后到华都酒店去接她。冷峰看看表，从这里开车到华都酒店至少要二十分钟。冷峰拍拍朱文强的肩膀："我出去一下，一小时后回来。"

当冷峰驱车赶到华都酒店的时候，唐静莹已经醉态尽现了。冷峰还从未见过唐静莹醉成这种样子，不过和同桌的另外几个人比起来，她还算是清醒的，还可以从容地应付那几个已经喝得腿脚发软、舌头发硬、端着酒杯还要继续喝的家伙。冷峰不得不敬佩唐静莹这种舍生忘死的社交精神。唐静莹看见冷峰，立刻对那几个家伙提出："今天就到这里吧，咱们改日再好好聚聚！"

经过一场反反复复、絮絮叨叨、信誓旦旦的告别仪式后，唐静莹才算把所有的客人都送走了。冷峰注意到唐静莹为每一位醉醺醺的客人都安排了一个护送的人，这说明唐静莹事先为这次聚会做了很多准备工作，但她为什么没有也事先为自己安排一个护送的人，而是临时找到了他呢？是把自己忘了，还是对自己的酒量太有信心？冷峰看到唐静莹脚步稍微有些不稳地向他走来，打开车门坐进车里。

"你完全可以自己开车回家。"冷峰发动汽车。

"你在挖苦我?"

"是赞扬。你的状况比我预计的要好很多,我还以为真要背你回家呢。"

"你怕没机会背我?告诉你,我体内的酒精现在才刚刚开始发作,一会儿我让你停车时你要赶快靠路边停下,我不想吐到你车里。"

"你这又是何苦!"

"你以为我想这样?你以为我真的很想当这个局长?可我不当这个局长我又能干什么?我总得有点事情做吧?有时我真的感到很累、很累,我希望自己也会成为一只被关在笼子里的小鸟,永远被人保护着,宁愿失去自由,不用再飞,不用再去拼,这何尝不也是一种幸福?可是你……呜……"唐静莹捂住嘴巴,"快停车!"

冷峰马上把车停在路边,唐静莹立刻冲出车门,蹲在路边畅快淋漓地呕吐起来。冷峰下车为她捶背,并拿出从办公室出来前专门为她准备的一杯浓茶给她漱口。她吐完准备站起来的时候,突然身体一晃,险些栽倒在路旁,被冷峰伸手扶住。

一路上唐静莹又呕吐了三次,她虽没有吐到冷峰的车里,但是弄脏了自己的衣服,胸前弄了一大块污渍。冷峰拿出纸巾粗略地为她擦拭了一下。等冷峰把她送回家的时候,她已醉得不能动了,冷峰只好把她背上楼。

冷峰把唐静莹抱进卧室,放到床上,脱下她的脏衣服扔到洗衣机里。这时她突然又从床上跳起来,捂着嘴巴跟跟跄跄地跑进卫生间呕吐起来。冷峰泡好茶,跟进卫生间,却见她已靠在浴缸旁睡着了,呕吐物又弄脏了她的前胸和大腿。冷峰索性把她抱进浴缸,简单为她洗了个澡,然后把她抱上床。

冷峰不由自主地想到了高雅兰,想起他那晚送高雅兰回家的情形,那天高雅兰的状况和唐静莹今天的状况差不多……

"高雅兰!"冷峰的心中突然一震。

冷峰立刻丢下唐静莹火速赶回指挥部。

"我需要在汉光通商会社工作的所有职员的名单。"冷峰一边急匆匆地走进会议室,一边吩咐属下。

一名工作人员立刻把有关的资料都拿给冷峰,名单中没有发现高雅兰的名字,可是冷峰依稀记得高雅兰不但是"一二三"时装店的老板,还是这家汉光通商会社的高级职员。名单中为什么没有她呢?

冷峰靠在椅子背上,双臂抱在胸前沉思着。冷峰已经确定,他把喝醉了的高雅兰送回家那天是7月2日,正是马千里因为喝醉了酒在路边淹死的那一天。

据夜总会那个服务生回忆,那晚和马千里在一起的是个身材很好,戴着面纱，还很漂亮的女人。高雅兰的身材很好，模样也很漂亮，只是那晚冷峰在路边遇见醉得很厉害的高雅兰时，她的脸上没有蒙面纱，但面纱是可以丢掉的。

冷峰刚才忽然记起那晚送高雅兰回家，为她脱下脏衣服时的一个细节。被唐静莹抓到的那个有恋物癖的夜总会服务生供认，马千里死亡的那天晚上，他"收藏"了那个漂亮女人在夜总会的包房里遗落的一条穿过的内裤。而冷峰清晰地记得，那晚在为高雅兰换掉脏衣服时，她没有穿内裤！

"你们继续想办法！这份资料可能比较陈旧，我需要一份汉光通商会社最新的职员名单。"冷峰对手下说。

一小时后，侦查人员为冷峰送来了新的汉光通商会社职员名单，冷峰终于在高级职员一栏中找到了高雅兰的名字。从资料看，高雅兰实际上掌握着汉光通商会社所有的决策权，但她的名字却没有在任何政府管理机构文件中出现，这也是调查小组迟迟没有拿到有关高雅兰资料的主要原因。这份有高雅兰名字的职员名单，还是调查小组从国贸宾馆中的知情人那里迂回得到的。

"监视她。"冷峰用笔圈住高雅兰的名字，有些疲劳地说。

侦查人员有些为难："我们目前……还不知道她住在哪里。"

冷峰用铅笔在一张纸条上写下一个地址交给侦查人员："这里是她的家。"

侦查人员拿到地址后立刻展开行动。时间不长，他们从高雅兰的住处发回消息：高雅兰好像没在家。

第41章 ☆ 偷梁换柱

　　高雅兰离开住处是在她看到郑明哲发出的他身份已经暴露的警报之后。她在中国的使命即将完成，很快就能回到美国了，在这种情形下，她不愿意冒丝毫的危险，所以看到郑明哲发出的警报，就立刻改变了自己所有的生活习惯，包括那些原本为了迷惑对手而故意养成的习惯。高雅兰没有再回自己原来的住处，在东津市郊外一处偏僻的地方，以另一种身份租下一间小屋，她需要有一个绝对安全的处所等待即将返回美国的时刻。

　　那两个钛金属盒，高雅兰已经让小慧以古董的名义交给了金禾联合速递公司的那个业务科长。为了打消小慧和业务科长不必要的猜疑，高雅兰给他们机会看到了她声称要偷运的那两件"文物"，使他们确信她要偷运出境的确实是两件古玩。她是在最后时刻才把包装中的古玩巧妙地调换成钛金属盒的。但她绝不会毫无顾忌地把自己的鸡蛋安心地放入别人的篮子，所以她把那两个盒子交小慧带给金禾联合速递公司那个科长的同时，特别安排了郑明哲暗中保护那两个盒子。

　　几名特工看到下发的高雅兰的照片，立刻认出这人就是那个和谢百灵发生过同性恋关系的女人。情况报给冷峰，冷峰只是苦苦地一笑，这个消息现在已经不重要了。从高雅兰家中一条三角裤上取得的分泌物化验结果证明，高雅兰就是7月2日晚和马千里在一起的那个"身材很好，戴着面纱"的女人。

　　特工还在高雅兰家的地板下面找到一支无声手枪，与四川军事基地发生的抢劫案中五名歹徒使用的手枪型号完全相同。根据段世雄的交代，他共向"秃鹰"提供了六支这种型号的手枪，四川基地方面共缴获五支，高雅兰的这一支无疑就是那第六支。冷峰怀疑高雅兰就是那个狡猾的"秃鹰"。"秃鹰"向来以谨小慎微著称，所以冷峰无法猜测高雅兰的下一步会如何行动。

冷峰突然想到丁中校带来的那份拼图。冷峰起初并没有把拼图与小慧联系起来，因为他觉得拼图上画的姑娘要比小慧本人更漂亮。冷峰把拼图上的人和小慧联系在一起是在明确了对高雅兰的怀疑之后。他仔细分析了那个女人在五月花宾馆里对那个携带资料的干事实施的作案手法，认为与小慧帮唐静莹抓那个杀人犯时的风格有些相似。再加上小慧与高雅兰之间特别密切的关系，五月花宾馆里出现的那个女人很可能就是小慧！冷峰想，那个干事一定是被小慧迷昏了头，在心目中把小慧理想化了，所以他弄出的拼图才会比小慧本人还漂亮。为了防止出错，冷峰还是让丁中校把小慧的照片发到四川基地让那个干事仔细辨认一下。

小慧的照片得到那个干事的确认，冷峰立刻下令准备秘密逮捕小慧。在行动之前，他和丁中校首先到郊外的军营去向将军和于副部长汇报了近期的工作。冷峰很清楚，如果他这位"总指挥"没有幕后这两位大人物的支持，他将一事无成。

"我想应该在全国范围内通缉高雅兰。"冷峰拿出了自己的意见，"敌人打算利用那个防探测皮箱混在上千个外观相同的皮箱中把钛金属盒偷运出境的计划已经流产，我认为敌人继续使用这一方案的可能性很小，所以敌人在走投无路的情况下很可能铤而走险，携带钛金属盒偷越边境。"

将军和于副部长点了点头，他们表示同意冷峰的分析。

"这件事我们来安排。"将军说，"你认为他们从哪个方向越境的可能性比较大呢？"

"东南沿海或西南边境。"

这时九处方面给冷峰发来消息：经查实，高雅兰已在两天前将"一二三"时装店转到小慧的名下，小慧此刻正在店里忙着请人重新装饰店堂。

"我想立刻逮捕这个人，她很可能是高雅兰的助手。"冷峰征求于副部长和将军的意见。

"你自己决定好啦。"于副部长说。

冷峰汇报完工作立刻赶回市区，下令密捕小慧。冷峰感觉小慧在这个事件中所充当的角色有些古怪，有很多地方让他想不通。从理论上说，小慧和高雅兰应当属于同一个组织，高雅兰也可能是小慧的直接上司，所以高雅兰既然已经察觉到自己很可能会暴露，并采取了谨慎的防范措施，她就应该想到，她在这个时候把东西交给谁，谁立刻就会成为中国特工的重点怀疑对象。按道理说，像高雅兰这种做事一向谨慎的人是应该不会犯这种低级错误的，难道这其中有什么阴谋？想利用小慧来吸引特工人员的注意力？但这样做对她又有什么好处呢？这一切或许只有小慧可以回答。

有关小慧的背景资料情报九处目前掌握得还很少，只知道她是四川人，来东津市的时间并不长，身世不详。不过资料显示，小慧曾于两年前赴泰国旅行过四个月。现在看来小慧去泰国绝不是简单的旅行，很可能是在国内被美国中央情报局发展为间谍后，以赴泰国旅行为名，被CIA调到泰国进行间谍业务训练的。

"我可以卖自己，但我绝不会卖国！"这是小慧在听到审讯人员暗示她是在为外国间谍机构服务后的第一反应。

"我是贱！我卖自己！可我再贱也不能贱到把自己老祖宗都卖了吧？"小慧激动地辩驳，甚至有些大义凛然。

"你信不信她？"李石问冷峰。他们坐在另一间办公室内通过闭路电视注视审讯进程。

冷峰没有回答，在抱着双臂沉思。直觉告诉他，小慧说的很可能是真话。小慧为高雅兰工作，却不是间谍组织的成员。如果是这样，那么很多以前看来很不合理的事情就都能讲通了。

审讯人员问小慧，一个多月前是否曾从五月花宾馆一名男子的房间内调换了一只皮箱，小慧显得有些犹豫。

"到底有还是没有？"审讯人员厉声问。

"你那么凶干什么！"小慧也提高了调门，"是啊，我是把他的箱子调包啦！那又怎么样？你还能把我送去蹲监狱啊？"

"你知道那箱子里装的是什么吗？"

"不知道！"

"那箱里的东西涉及我国最高国家机密！"

"唏！你吓唬谁呀？"小慧不屑地一挥手，"里面只有几本书和一个铁盒子，你以为我真不知道？"

当小慧提及皮箱中有一个铁盒子时，坐在闭路电视前的冷峰、李石、丁中校都同时坐直了身子。

"给她看照片。"冷峰通过话筒给审讯人员下指示。

审讯人员向小慧出示了钛金属盒的照片："是这个盒子吗？"

冷峰从荧屏上注意到小慧在仔细地辨认照片，随后她面部的表情也逐渐变得严肃起来。她小心翼翼地指着照片问道："你说的'国家机密'不会就是指这个吧？"

"你要回答你见到的那个铁盒子是不是这个！"

小慧此刻已经意识到事情的严重性，有些胆怯地点点头："是……是这个。可是我当初并不知道箱子里是什么呀……"

小慧老老实实回答了审讯人员询问的其他问题，但每次涉及高雅兰时，她的回答总有些吞吞吐吐。

"把她带到小会议室去，"冷峰通过话筒对审讯人员说，"我和她谈。"

"你和他们是一伙的？"这是小慧看见冷峰后的第一句话。

冷峰微笑着点了点头。

"太可怕啦！"小慧像泄了气的皮球一样跌坐在沙发里，"你们这些人简直是无处不在！"

因为换了个环境，冷峰和小慧又很熟悉，所以小慧显得放松了许多。冷峰和小慧在小会议室里谈了很久，小慧从她如何遇到高雅兰开始讲起，讲了高雅兰送她去泰国学习的事。冷峰这时才弄清：实际上小慧去泰国，既不是旅行，也不是去接受间谍训练，而是在高雅兰安排下去向泰国那些经验丰富的妓女学习勾引男人和取悦男人的技巧，包括如何跳艳舞和怎样叫床。高雅兰这样做可谓是用心良苦，小慧自己都不清楚她是在为美国中央情报局工作，这可能是因为高雅兰一直不能确定小慧是否会因为爱财而出卖自己祖国的缘故吧。

小慧详细地向冷峰讲述了高雅兰让她做的每一件事：和元兴公安分局的一个姓白的女科长一起搞同性恋；在五月花宾馆把一个男人的皮箱调了包；安排市政府的姜秘书长给处女"开苞"；在火车上勾引840研究所后勤处的林处长；帮高雅兰拉关系偷运古董出境……

"你见过那些古董吗？"冷峰问。

"见过。是我亲手帮她把古董交给那个替她偷运的人的。"小慧答。

冷峰在本子上记录下来。实际上小慧说的每一句话都有人在隔壁用录音机录下来了，但冷峰还是喜欢用本子记录下所有的要点和自己思考的轨迹。讯问完毕后，冷峰叫人把小慧送回店里。

"高雅兰如果联络你，你知道应该怎么做。"冷峰把自己的联系方式交给小慧。

小慧点点头。她走出几步后，又迟疑地转回身，依旧难以置信地问冷峰："兰姐她……真的是间谍？"

冷峰望着小慧，毋庸置疑地点了点头。

"你真的相信我说的话？"小慧又问。

"相信！我相信小慧会卖自己，但不会卖国！"冷峰套用了一句小慧自己的话。小慧的眼睛潮湿了。

冷峰望着小慧远去的背影，对跟出来的李石说："派人暗中保护她。"

"是监视，还是保护？"李石问。

冷峰瞪了李石一眼："不监视怎么保护？"

李石正要离去，冷锋又叫住他："把元兴分局那个姓白的女人也监视起来。

如果没有意外，她应该就是我们正在找的'钉子'。"

中午，唐静莹打电话给冷峰约他一起吃午饭。

"我很忙。"冷峰说。

"但饭总要吃吧？吃饭不会耽搁你抓特务的。就这么说定啦，我去找你！"唐静莹坚持。

"那么……就在附近吃吧。"冷峰妥协。

"好的。在哪里吃并不重要，重要的是和谁一起吃！"唐静莹笑，"我这就过去。"

半小时后唐静莹开车来到运输公司楼下。

"去哪里吃？我请客！"她对冷峰说。

"到对面吧。"冷峰把唐静莹带进一家小饭店。

吃饭的时候，冷峰见唐静莹不时地揉着太阳穴，这无疑是她昨晚喝醉酒留下的后遗症。

"头还在痛？"他问。

"嗯。"唐静莹点点头。

"活该！"冷峰不客气地说。

"喂，你不要这么幸灾乐祸好不好？一点同情心都没有！"

冷峰低头狼吞虎咽地吃饭，不再做声。

"你很饿？"唐静莹问。

"也不是，只是我觉得能吃到炒菜是一种幸福。"

"是吗？"

"不信？你也可以吃三天方便面试试。"

"最近很忙？"

"还好。"

唐静莹当然知道冷峰不会和她说工作上的事，她也只是随口问问。沉默了片刻，唐静莹好似随便地问："昨晚……是你帮我脱的衣服吗？"

冷峰一边吃饭，一边含糊地哼了一声。

"那么……"唐静莹玩弄着手中的筷子，"昨晚你帮我脱衣服的时候有没有看到什么呀？"

冷峰差点把饭喷出来。他紧张地向四下看看，不知道女人为什么都喜欢问这种问题！好在四周的人都在忙着吃饭，并没有注意到唐静莹在说什么。冷峰见她还在等着回答，就说："没有。我当时是闭着眼睛的，什么也没看见。"

"真的？"唐静莹做了个颇具挑逗性的怀疑的表情。

此情此景使冷峰禁不住又想起了他和高雅兰在一起时的情景……他在心中

暗暗叹了口气。

"你真的没有看到我的裸体?"唐静莹追问道。

唐静莹提高了的声调招来很多好奇的目光。冷峰担心她会继续说出更"刺激性"的话来,连忙摆手:"拜托!不要那么大声好不好?"

"怕什么?我又没做亏心事。你是不是做了什么亏心事?"唐静莹把身子向冷峰这边探了探,"说!昨晚你真的什么都没看到?"

"姑奶奶,当然是假的啦!"冷峰告饶,"很多人在看呢!不要再开这种玩笑了好不好?大家会误会的!"

"有什么好误会的?"唐静莹无所谓地向四周好奇的人们望了望,"大不了也就是弄假成真呗。反正我现在也是没有男人要,你不用害怕败坏我的名声。"

"你不怕,我怕!"冷峰说,"这里的很多人都认识我,我那些手下也常到这里吃饭的,传到他们耳朵里,他们会以为我占了你多大便宜!"

"看都看过了,还说没有占到便宜?"唐静莹小声地抱怨着。

冷峰举手投降,一副"我怕你了"的模样。望着冷峰狼狈的样子,唐静莹忍不住"扑哧"一声笑出来:"好啦,不闹啦。说正经的,真要谢谢你昨晚送我回家。"

"不用谢,这是我应该做的。"冷峰例行公事地答。

"我现在是诚心向你致谢!"

"那又怎么样?"冷峰吃光自己碗里的饭,用纸巾擦了擦嘴,"你还要我跪下来对你说'小姐,请别客气'呀?"

"真受不了你!"唐静莹摇头。

"别说了,快吃饭吧!"

"我已经吃饱了,我们走吧。"

"吃这么少?"

唐静莹压低了声音说:"我在减肥。"

冷峰一脸的不屑:"真搞不懂你们这些女人!蛮好的身材,还减什么肥?"他伸手从唐静莹面前拿过她剩下的半碗饭。"浪费粮食是最大的犯罪!"他一边说着,一边把唐静莹剩下的半碗米饭也吃了下去。

唐静莹吃惊地看着冷峰吃下她的剩饭,感到自己的心脏在急剧地收缩,她感到……幸福!

"看什么看,没见过男人吃饭啊?少见多怪!"冷峰说。

"没有吃早饭?"唐静莹关切地问。

"是啊。晚饭还不知道什么时候能吃上呢,现在多吃点比较保险。"

吃过饭,冷峰陪唐静莹去取车,两个人一边走路,一边闲聊。

"你最近工作忙吗?"冷峰问。

"还好。上午巡警抓了一个偷破铜烂铁的，下午要请人来鉴定一下。"

"破铜烂铁？"

"是啊，就是古董，"唐静莹解释说，"我一向管那东西叫'破铜烂铁'。上午他们在巡逻时看见有个家伙慌慌张张地抱着个包，就上去盘问，结果那家伙做贼心虚，撒腿就跑。他们抓住他，从他包里搜出两件像是古董的东西，问他是从哪里弄来的，他说是在'一二三'时装店搞装修时在一个暗格里捡的，我想下午找个人鉴定一下……"

"等等！"冷峰突然站住，"你说是'一二三'时装店？"

"是，那家伙是说……"

"那两件古董什么样子？"

"我还没有见到。"

冷峰认为自己已经找到了问题的关键。"你马上回去把那两件东西拿到你的办公室，我马上派人去辨认！"冷峰一边说一边快步向运输公司走去。

唐静莹望着冷峰急三火四地穿过马路，一路小跑的背影，就知道这一定是件很重要的事情，因为她以前从未见冷峰如此匆忙过。

唐静莹回到局里，立刻让人把那两件古董送到她办公室来。东西很快送到，是一个香炉和一个铜鼎，唐静莹拿在手里仔细端详，始终没有看出名堂来，也不知冷峰为何会对这两件东西这么敏感。她坐在办公室里等冷峰。

十分钟后，冷峰带着小慧和几个警卫赶到唐静莹办公室。

"东西在哪里？"冷峰开门见山地问。

"在这儿。"唐静莹向办公桌上的布包一指，"看看是不是你想要的东西。"

冷峰打开布包，小慧上前看了一眼，说："就是它们！"

冷峰立刻拿起步话机非常简短地说："马上行动！"

冷峰离开的时候，唐静莹注意到跟在冷峰身后的那几个警卫的风衣下面都鼓出一块，他们都挎着折叠式冲锋枪。唐静莹站在窗口望着冷峰等人带着小慧走出办公楼，分别上了两辆小汽车。在冷峰等人乘坐的汽车开走时，唐静莹注意到不断有可疑的车辆跟在他们后面。这一情况令唐静莹心惊肉跳！她急忙给冷峰打传呼，并把电话机拽到窗口，焦急地等待冷峰回呼。

"快点儿呀！"唐静莹急得直跺脚。电话铃一响，唐静莹立刻抓起电话。

"找我什么事？"冷峰说。

"你注意后面！你被跟踪啦！"唐静莹把电话撤回办公桌，从抽屉里拿出手枪，又抓出两个上满子弹的弹夹，"现在你顺着正阳大街一直向前开，我立刻带人从侧面包抄过去。你的车速不要太快，在三岔口向左拐，不要向右，那里行人比较少，我在那里支援你……"

冷峰打断了唐静莹的话："你不要急，你听我说。"冷峰顿了顿，"跟在我后面的那些车……是我的人。"

唐静莹一手拿着电话，一手提着上了子弹的手枪愣愣地站在那里。

"喂?"冷峰没有听到唐静莹的声音。

"你为什么不早说?!"惊吓与委屈终于使唐静莹爆炸了，"你知不知道，你吓死我啦!"她对着电话吼着，同时两行不争气的泪水也委屈地流了出来，"你知不知道，人家有多担心你! 你今天带了那么多人，那么多枪……"

"抱歉。"冷峰说。唐静莹对他的关心让他感动，"今天让你担心啦。下次我再带人出来，一定先给你发个通知。"

唐静莹"扑哧"一声笑了，不好意思地说："对不起啊，我太过分啦。"

"傻瓜! 你也是好心嘛。放心吧，我死不了的。"

冷峰等人赶到金禾联合速递公司的时候，看见朱文强带着一队荷枪实弹的特工正从大楼里出来。

"货物已经全部运往机场，那个姓董的科长也随货物一起去了机场。"朱文强对冷峰说，并把一张表格递给他，"这是运送货物的三个航班时刻表。最近的一个航班二十分钟后起飞。"

冷峰扫了一眼时刻表，拿起步话机通知丁中校马上封锁机场，禁止所有航班起飞，同时搜捕那个负责货物发送的科长。早已在机场附近等候命令的丁中校立刻指挥数百名特种兵接管了机场，封锁了所有的出口。

冷峰在赶往机场的路上，通过加密的无线电将案件的进展情况详细地向等在军营里的于副部长和将军做了汇报："我判断盒子就夹藏在飞机搭载的货物中。"

"你确定么?"于副部长问。

"确定。"冷峰说，"以古董名义托运包裹的嫌疑人叫高雅兰，是在前天下午托付中间人小慧将包裹转交负责这次秘密偷运的关系人的。据中间人回忆，她在把包裹交给关系人时，关系人曾说'这东西我还要冒风险替你保管两天，你用什么来谢我'，所以我判断这个包裹的起运时间就是今天。"

"好! 你就大胆地干吧，"将军说，"我们会全力支持你的。"

冷峰一行到达机场。李石立刻跑来向冷峰报告："还没有找到那个科长。"

冷峰环视了一下四周，然后向身后一摆手，坐在后面汽车里等候命令的特工立刻全部钻出汽车。霎时间开关车门的声音此起彼伏，一排排荷枪实弹的特工由车队中走出，蔚为壮观。

"继续搜!"冷峰就不相信那家伙会钻到地底下去。"货物怎么样?"冷峰问。

"还在查。"李石答。

对于金禾联合速递公司托运的所有货物，技术人员都进行了反复的仔细检查，没有查到那两个盒子。冷峰摸着下巴陷入了沉思。这时，特工在已经登机

☆偷梁换柱

的旅客中找到了姓董的业务科长，并把他带到冷峰面前。

"说！那个包裹在哪里？"冷峰问。

"什么包裹？我不知道。"这个在日本受过教育的业务科长机灵地发现冷峰等人并未找到任何可以抓他的证据，立刻又神气起来，"我警告你们，你们这是侵犯人权！我要告你们！快放开我！"

冷峰示意两名特工放开他，然后走到他面前心平气和地问："那个包裹在哪里？"

"我不懂你在说什么！你们有什么了不起呀？"业务科长一边揉着被手铐勒痛的手腕，一边指着冷峰的鼻子大声叫嚣，"你最好马上放了我，否则我一定告倒你……"

神气的科长话音未落，冷峰一把抓住他指着鼻子的手，"噌"从身旁特工的腰间拔出一把匕首，把科长拖到一张桌子前，将他的手掌"嘭"地按在桌上，手起刀落，"噗"，匕首穿透手掌牢牢地扎在桌子上。

"哎呀妈呀——"神气活现的科长如杀猪般嚎叫着，"疼死我啦……"

冷峰掏出手帕擦了擦溅在手上的血迹，对刚才还神气活现，现在已威风扫地的科长说："我再问你一遍，东西在哪里？"

"在飞机上，编号是C1508，快给我止血呀，痛啊……"科长拼命地嚎着。

"给他止血。"冷峰对身边的特工说，转身向从飞机上卸下来的那堆货物走去。

技术人员从货物中找出C1508号包裹，使用仪器探测显示呈规则长方形图像，与钛金属盒的成像完全不同。

"打开。"冷峰说。

技术人员经过仔细操作，终于打开了包裹：里面整齐地摆放着四块砖头。

第42章 ☆ 跟踪追击

高雅兰没有想到中国特工的动作会这么迅速。她在庆幸自己运气好的同时，也惊出了一身的冷汗，幸亏她早有防范。今天上午，高雅兰冒充小慧的表嫂打电话找小慧，时装店里的店员告诉她小慧不在，说小慧出去为工人买汽水，好久了一直没有回来。高雅兰听到此话，一股不祥的预感立刻向她袭来。为了证实自己的这一预感，一小时后高雅兰又给时装店打电话，店员说小慧还没有回来，工人也在找她，可她就像在空气里消失了一样。当高雅兰听店员说店内正在搞装修时，她马上联想到了自己藏在店内暗格里的那两件铜器。是自己太疏忽啦！因为时间匆忙，她忘了把调换下来的"古董"丢到江里去！

"一定是出问题了！"

高雅兰马上与郑明哲联络，要求他立即终止利用速递公司运送钛金属盒出境的计划。郑明哲在得到高雅兰的指示后，趁速递公司的守卫换班的时间秘密潜入那个科长的办公室，用事先准备好的包裹调换了原来保存在科长保险柜里的那个包裹。

反间谍情报九处位于运输公司地下室内的办公室灯火通明，全体工作人员都在紧张地忙碌着，小会议室里坐着将军、于副部长和冷峰等人，他们都在焦急地等待国家情报总部和军队的顶尖密码专家组成的破译小组的工作结果。

郑明哲在这一天中，共使用他那部已经被中国特工二十四小时监控起来的手机打了三个电话，而这三部接听的电话又都是公用电话，这说明那个能够指挥郑明哲的人是通过寻呼机与郑明哲进行联系的。密码专家们此刻就是在对他们通话中使用的隐语代号进行破译，而冷峰怀疑这个在暗中指挥着郑明哲的人就是"秃鹰"。

从这三部公用电话所处的区域看，都在人口流动性很强的车站和商场附近，而且三处地点相距遥远，使人根本无法猜测出使用人可能居住的位置，这种谨小慎微的作风与"秃鹰"如出一辙。

凌晨两点钟，机要人员带着密码专家们得出的综合分析报告兴冲冲地跑进小会议室："破译出来了！"

郑明哲在哈尔滨火车站首次见到了在中国直接指挥他的上司——高雅兰。郑明哲做梦也没想到，他的顶头上司会是一个女的。高雅兰查看了郑明哲带来的包裹，在确定钛金属盒完好无损后，使用卫星电话与美国本土的美国中央情报局总部进行了联系，最后一次核对了从中国越境到俄罗斯的路线以及沿线各站组的安全情况。在得到CIA"绝对安全"的答复后，高雅兰坐上郑明哲弄来的汽车驶向距哈尔滨三百公里远的一个农场。

因为高雅兰预计中国国家安全部门一定会加强对南方边界的防范和堵截活动，所以决定从中国特工意想不到的北方越境，取道俄罗斯回美国。她和郑明哲经过近五小时的颠簸，于下午三点钟到达农场，并很快与CIA潜伏在这里的交通员取得联系。交通员把他们带到农场一个简易的停机坪，那里停着这个交通员承包的两架喷洒农药用的轻型飞机。这种单引擎"蜜蜂"系列轻型飞机有效负荷只有几百公斤，机舱内最多只能坐两个人。这种飞机结构简单，操作方便，非常适合低空飞行，越境时可以有效地躲避雷达的跟踪。

"我们黄昏后再飞。"高雅兰说。

等待夜幕降临还需要几个小时的时间。经过两天的奔波，高雅兰感到有些疲倦，坐在飞机旁边简陋的小屋里，靠着装有金属盒的背包不知不觉地睡着了，而且还做了一个梦。她梦见茂密的树林中有一条清幽的小溪，小溪的岸边开满了鲜花。她沿着小溪拼命奔跑，跳上巨石，穿过荆棘，虽然看不见追赶她的人，但她能够感觉到他们已经离她很近了。突然她的脚被水草缠住，她想甩开那些水草，可是无论怎么用力都甩不掉。追兵越来越近，只要伸出手就能抓住她。她绝望了，这时突然看见冷峰就站在不远处，想喊他为她解开水草，却喊不出声音来，她看见冷峰向她伸出了手，她想抓住冷峰伸出的手，但总也抓不到。冷峰的手好像离她很近，又好像离她很远。突然，一匹狼张开大嘴咬住她的喉咙……

高雅兰一惊，从梦中醒来，看到一条野狗正在她的颈部嗅来嗅去。她条件反射般迅速将无声手枪抵住野狗的下颌，并毫不犹豫地扣动了扳机。"噗"，野狗一头栽倒在地上，连哀号一声的机会都没有就死掉了。

高雅兰理了理额前有些凌乱的头发，惊魂未定地坐直了身子。她想，这两天一定是太紧张了，所以才会做这种梦，只是不知她为何会梦见冷峰。在最危难的时候想到的居然是冷峰，高雅兰禁不住哑然失笑，今后恐怕再也不会见到他了，他将成为一个美好的回忆。

"对不起！"高雅兰握着手枪对横在脚下的死狗说。她真的无心杀死它，对它开枪只是一种下意识的动作，是所受到的训练养成的一种自然反应。她很后悔刚才对这只狗开了枪，因为根本就没有杀死它的必要。不知为什么，她感到自己好像越来越容易多愁善感了，有时甚至还会心软，这在这一行中往往是最致命的……是因为厌倦了这种成天提心吊胆、疲于奔命的生活，还是其他的什么原因？她一时还不能给自己一个满意的答案。现在最重要的就是能够尽快平安回到美国。

高雅兰从屋角拿起一把铁锹，打算出去挖个坑把死狗葬了，以防有人从它头颅上的弹孔分析出她的行踪。这时她看见郑明哲在使用卫星电话。

"你干什么！"高雅兰冲了过去。

郑明哲连忙关了电话，支支吾吾地解释说："我只是给妻子通个话，我们毕竟在一起生活了三年，我的手机在这里收不到信号，所以我才……"

"你老婆的电话可能已经被中国特工窃听了，你这样做会暴露我们位置的！"

"我想我们就要走了，中国特工就是知道了我们现在的位置，他们也来不及追赶了。"太阳就要落山，他们很快就可以起飞了。

"还是小心些好。"高雅兰缓和了一下口气。不知为什么，她此刻好像十分理解郑明哲的心情，难道自己的心真的是变软啦？

高雅兰正准备转身的时候，瞥见郑明哲手里还拿着那部收不到信号的手机，突然心头一颤！她望着那部手机，脸色凝重地问郑明哲："你一路上都在用它？"

"这是一部新手机，两天前才启用，不会有问题的，出来后只在哈尔滨与联络站联系时用过一次……"

"Shit！"高雅兰用英语咒骂着，丢掉手里的铁锹，警觉地向四周的田野张望。她注意到远处公路的上空仿佛扬起了灰尘，立刻趴到地上，把耳朵贴在地面上仔细地分辨着，最后她得出结论：是大队车辆行进的声音！

"快！快发动飞机！"高雅兰从地上跳起来，冲进屋内，背起装有钛金属盒的背包。

郑明哲和那个交通员遵照高雅兰的命令立刻发动飞机，但越是着急，越是不顺，几次发动都没有成功。土路上扬起的滚滚烟尘越来越近，高雅兰已经能够清晰地听到大队汽车高速行驶的轰鸣声，并逐渐看到了车队的影子。这时飞机终于发动起来了，飞机在郑明哲的驾驶下缓慢地滑向土质的简易跑道，高雅兰立刻跳上飞机的后座。

看到大队车辆的逼近，交通员意识到自己也已暴露，处境十分危险。在帮助郑明哲和高雅兰起飞后，他立刻攀上另一架飞机。车队越来越近，可是他由于慌乱无法立刻发动飞机。等他终于将飞机发动起来，李石驾驶的越野车也已经开到了飞机的面前。

李石从飞驰的越野车上跃下，以肩着地，在地上一滚，单腿点地，举枪将正要起飞的交通员一枪击毙。李石攀上已开始缓缓滑行的飞机，将交通员的尸体拉出机舱，丢在地上，自己跃入驾驶舱。

这时冷峰也驾车赶到，他跳下汽车，追上正在跑道上滑行的飞机，爬上飞机的后座。飞机在李石的操纵下腾空而起，向郑明哲和高雅兰逃逸的方向追去。

冷峰和李石驾驶的飞机起飞不久，于副部长和将军乘坐的军用直升机就降落在农场的简易停机坪上。

"给我接军委！"将军听完丁中校的汇报对通信兵说。

几分钟后，黑龙江某空军基地的两架歼七战斗机紧急起飞，向农场的方向飞来。歼击机掠过农场的上空，并最终在前方发现正在做低空飞行的两架轻型飞机。歼击机飞行员通过塔台向将军汇报，并请示处置办法。

"迫使它降落，"将军说，"如果不降落，就给我打下来！"

李石和冷峰的飞机距离高雅兰和郑明哲的飞机始终保持着一段不远不近的距离，一个跑不快，一个追不近，这两架轻型飞机的速度都已经达到了极限。歼击机飞行员多次向高雅兰和郑明哲的飞机发出示警，李石也看出两架歼击机要对前面那架飞机动武了。

"他们不会打不准吧？"李石不无担心地问冷峰。

如果歼击机打不准的话，就很可能会误伤他们这架飞机。

高雅兰和郑明哲的飞机没有降落，反而突然爬升。

"他们要跳伞！"李石大声对冷峰说。

冷峰立刻把踩在脚下的伞包套在身上。李石低头找伞包的时候，才想起来伞包挂在被他打死的那个飞行员身上，已经被他连同死尸一起丢到外面去了。这时冷峰看见前面有一个人从飞机上跳了下去，那个人的手臂上好像还挂着一个背包，他立刻毫不犹豫地随着那人跳了下去，并在空中调整身体的姿态，加速向那人坠落的位置追去。可以看出下面那人是经过严格训练的，为了加快自己下降的速度，一直降到很低的高度才打开降落伞，冷峰也跟着打开了降落伞。

高雅兰知道有人追来，落地后立刻解开降落伞，藏身在树后。她看见一个人降落在距离她不远的地方，趁那人忙于解伞之际，纵身骑到他的身上，用枪抵住他的下颌，就要扣扳机时，突然看清了那人的脸，是冷峰！怎么会是他？她一时竟无法把那个风流倜傥的经理与眼前这个人联系起来。在这种时候见到她的梦中情人实在太意外了！

冷峰以为自己死定了，可是等了很久也没有听到子弹射穿自己头颅的声音，这时他看到骑在身上的是高雅兰。

"为什么还不开枪？"冷峰疑惑不解。

"你不要以为我不敢杀你！我只是不想杀你。"高雅兰把冷峰拖起来，用他佩带的手铐把他双手环抱着铐在身旁的一棵大树上，"我不能杀一个我曾经喜欢过的男人。"

高雅兰锁好冷峰转身就走，但走出两步她又折了回来，从背包里拿出一瓶药水洒在冷峰的身上："这是防蚊虫和毒蛇用的。我没打死你，但愿也不要让虫蛇咬死你。"

"我只知道你床上功夫很好，没想到你搏击身手也不凡。"冷峰调侃道。

"谢谢。再见！"

"等等！"冷峰对正要离开的高雅兰说。

"什么事？"高雅兰转回身。

"我想对你说，你是逃不掉的！"

"是吗？"高雅兰对他嫣然一笑，"咱们走着瞧！"

高雅兰走出去不远，前面有一条四米多深、两米多宽的沟。她正准备纵身跳过去的时候，忽然听到背后有人喊："不许动！举起手来！"

高雅兰回过头，惊讶地发现冷峰不知怎么打开了手铐，正举枪对着她。她惊慌地向后退了半步，脚下的土突然松动，她猛地坠向沟里，本能地抓住沟边伸出的一段树根。她看到冷峰急速地向她扑来，并迅速地抓住她的一只手。这时被她抓住的枯树根不堪重负，突然断裂，冷峰身边没有物体可以借力，他又抓着高雅兰不肯松手，结果两人一同坠到了沟底。

灰头土脸的高雅兰和冷峰顾不上掸一下身上的土，飞速爬了起来，同时把手枪对准了对方。两个人的眼睛对望着，由于尘土遮住了脸上的表情，只能从眼睛里观察对方的心理活动。如果不是截然不同的身份和背景使他们成为对头，仅从男人和女人的角度来看，他们是很般配的一对儿。然而此刻，责任和使命使得他们不得不枪口相向。就这样相持了很久，最后是高雅兰先放下手枪，一屁股坐在地上，揉着摔痛了的小腿说："算啦。反正你我都陷入了困境。"

"这就对了。识时务者为俊杰。"冷峰也放下枪。"盒子带来了吗？"

"你发现没有，这条沟是没有出口的。"高雅兰答非所问，拿出药水给自己刚才下坠时擦破的伤口消毒。

冷峰这时才发现他们坠落的这个地方与其说是一条沟，还不如说这是一口井，有二十多米长、两米多宽、四米多深，四周都是陡峭的，的确很难爬上去。

"'秃鹰'是你吗？"冷峰问。

"这个名字难听死了，如果由我决定，我一定不会选这个名字。"高雅兰承认她就是"秃鹰"。

"你为什么没有杀小慧?"这是冷峰最想不通的一点,小慧知道那么多的事情,如果他是高雅兰,早就把小慧杀了。

"因为我没想到你们会这么快,也是一时心软……世事本来就很难预料,这都是天意,谁能想象我们两个会是对手……"高雅兰仰头叹道。

"好了。那里有棵小树,我们由那里攀上去。"

高雅兰顺着冷峰的目光望去,果然沟边上长了一棵小树,但距离沟底也有近四米高。

"你真的以为我会飞呀?"高雅兰小声说。

"来,你先上,我托你上去。"

冷峰蹲下来让高雅兰踩他的肩膀,高雅兰正准备上的时候,冷峰提醒她:"你最好能把背包留下,这样我比较放心。"

"你怎么敢肯定盒子在背包里?"

"因为我刚才问你盒子时,你的神情已经说明盒子就在你身上,而你身上能放下盒子的地方只有这个背包。"

高雅兰顺从地从身上卸下背包,丢在地上:"可以了吗?"

"把枪也留下。"

高雅兰拿出手枪丢在地上:"现在可以啦?"

"可以啦。"冷峰首先用肩头托起高雅兰,接着又用双手托住高雅兰的脚,把她托过自己的头顶。高雅兰凭借冷峰的支撑,还差二十几厘米就能够抓住小树了,她抽出自己的腰带搭在小树上,扯着腰带抓住小树,并迅速攀到了沟顶。

冷峰本以为高雅兰会弃他而去,可不多时,一条降落伞的伞绳从上面顺了下来。"抓住绳子,我拉你。"高雅兰在上面喊。

冷峰抓着伞绳爬了上去。可他刚刚一抬头,一个黑洞洞的枪口就抵住了他的脑袋,这是一支非常漂亮的小手枪。

"你不会以为我身上只带了一支枪吧?"高雅兰缴了冷峰的枪,"不要轻举妄动,我会开枪的。"高雅兰警告冷峰。

"你不会开枪的,"冷峰肯定地说,"如果你想开枪,我早已经死了。"

"我是不会开枪。"高雅兰对冷峰狡黠地一笑,"但我还是想拿回我的背包。"

"抱歉,我把它留在下面啦。"

果然,高雅兰在冷峰身上没有看到她的那个背包。

"你不要得意,"高雅兰说,"我会先把你绑在树上,再下去把背包拿上来。"

高雅兰责令冷峰靠到一棵大树上,正准备动手捆绑他,郑明哲突然从对面的树林里蹿了出来,把枪口对准高雅兰。

"你疯啦!"高雅兰厉声质问。

"快把枪丢掉!"郑明哲冷笑道,"不要再演戏啦,你这个中国人的间谍!"

"我不是中国人的间谍。我是你的上司！"但高雅兰还是遵照郑明哲的话把枪丢在地上。

"你不是中国人的间谍？你为什么不杀死他？"郑明哲用左手指了指冷峰。

高雅兰无言以对。

"盒子在哪里？"郑明哲用枪指着高雅兰。

"在沟底。"

郑明哲小心地向下面看了看，那个背包果然在下面。

"我会说你是被中国人打死的。"郑明哲对高雅兰扣动了扳机。

就在这时，冷峰纵身挡在高雅兰身前，并将手中的匕首奋力掷向郑明哲。"噗"，子弹射进了冷峰的胸膛。"噗"，钢刀贯穿了郑明哲的脖子。郑明哲倒下了，冷峰也重重地摔倒在地上。

是冷峰用自己的生命保护了她！高雅兰扑上去一把将冷峰抱在怀里，使劲地摇着冷峰的身体："冷峰！你醒醒！冷峰，你不能死啊！"高雅兰真有些动了感情。

冷峰在高雅兰的摇晃中费力地睁开眼睛，对她说："别看我受伤了，你也逃不了，我们的人马上就到。咳！咳……"血从冷峰的嘴角流出。

"你伤到肺啦，你不会死吧？"高雅兰关切地问。

"我死了不要紧，只要能留住你，我死而无憾……"冷峰昏了过去。

高雅兰立刻对冷峰进行抢救，用上了她学到的所有野外救护知识，她要竭力延长冷峰的生命。无论冷峰是想救她，还是为了活捉她，冷峰毕竟是她生命中唯一肯为她而死的男人，她不能让他就这样死去！

忽然，高雅兰隐约听到直升机的轰鸣声，她为之一惊：一定是冷峰他们的人！高雅兰本能地站起身，但她随即又打消了逃跑的念头。毫无疑问，中国人此刻已经将这一地区团团包围了，无论她向哪个方向逃，都是白白送死。就在高雅兰犹豫不决的时候，两架直升机已经飞临土沟的上空，并发现了他们……

271

尾 声

　　这一年春节前夕，温柔在处理文件时见到一份紧急报告。报告中说，上午有一个女人到运输公司找过冷峰，她在被告知运输公司没有这个人后，为冷峰留下一张明信片。明信片上写着："我已离开CIA，现在香港的一家日本公司工作。"后面还附有她在香港的传真机号码和联系电话。明信片最后的落款为"高雅兰"。

　　温柔如平常一样，下班后的第一件事就是赶到冷峰家为冷峰和雨儿、雪儿烧几道精致的小菜，她的最新计划是：使冷峰习惯性地爱上她烧的菜，令他以后无法忍受其他女人的厨艺！

1998 年初冬于鸭绿江畔
2000 年正月修改于北京
2004 年初秋再改于丹东

后 记

按说，小说写完了，孰是孰非该由读者去评说，作者不必再拖这么一个"后记"的尾巴。但是有时还必须做些"画蛇添足"的事情，不然就可能出点什么麻烦。

小说正式出版之前，很多朋友传看过书稿，除了说些"故事很好看"之类鼓励的话，几乎都善意地提到几点注意事项，比如：是不是应该把书中写到的美国、韩国等国家用英文字母代替，免得引起"国际争端"。我想来想去，还是决定不用字母，不然就太"假"了。小说就是要把虚构的故事写得让人觉得像真的，引人入胜。如果书中不断出现用字母代替的国名，等于在不时提醒人们：你别看了，这是假的！

我手头有一本美国当代最优秀的军事小说家汤姆·克兰西创作的《追踪"红十月"号》，讲的是美国海军核潜艇和苏联海军核潜艇在海底追杀的故事。小说出版后，在美国引起轰动，连续七个月被列在《纽约时报》最畅销书的名单中。它不只是吸引了一般读者，还吸引了许多美国政府官员和国防部的高级将领，就连很少看小说的美国总统里根，也兴致勃勃地读完了这部四十多万字的小说，称它是一部非常好的小说，并请作者到白宫共进午餐，还告诉作者他如何被小说吸引，拿起来就放不下。

为什么会这样呢？我想，除了小说情节设置吸引人之外，还有一个不可忽视的因素，那就是与小说所写的对手是苏联有很大关系。试想，如果对手不是苏联，而是苏里南或者索马里，那会是什么效果？岂不如同大象踩蚂蚁一般没意思？所以，即使是假设敌，也要找个强有力的对手才能显示自己的不凡。《追踪"红十月"号》出版于20世纪80年代，后来还拍了电影，那时苏联尚未解体，一部几乎风靡全世界的小说和电影，苏联人不会不知道吧？可谁也没听说苏联人因此向美国人提抗议。人家知道，那不过是一部艺术作品而已，不必大动肝火。相比较之下，我们中国人的神经就要脆弱得多了，如果有人说我们几句风凉话，就要感冒打喷嚏。这回我给英雄的中国特工安排了一个强劲的对手——美国中央情报局特工，但愿不会惹出麻烦。也许人家美国人还没做出反应，倒是我们自己先神经过敏了。

还有人提出，书中的中国特工有时骂人说粗话，怕有关部门说歪曲和丑化中国特工形象。我不理解，为什么人家可以拿总统开涮，我们写个特工有点说粗话的缺点就不行？我认为，艺术形象必须要有个性，不能要求所有的人物一出场都温文尔雅。我认为李存葆的《高山下的花环》最成功的艺术形象不是忧国忧民的梁三喜，而是怪话粗话连篇的靳开来。为了维护本书人物的个性特征，我保留了那本来就很少的粗话。希望能得到有关人士的理解和谅解。

另外书中个别地方写到中国特工在情急之下，不得已采用了一些"过格"或者说"违规"的做法，也有人建议删掉。我思忖再三，觉得还是不必让作品中的人物那么循规蹈矩。只要不是正面提倡和张扬那些做法，也就不该将之视为"异端"。我不知道美国的巴顿将军在生活中是什么样子，但我看美国电影《巴顿》，觉得正是他的那些时常"出格"的行为使他的形象显出光彩，成为经典的电影艺术形象，从而成为受人尊敬的美国英雄。我在书中所表现的那些可能引起争议的地方，也是为了让人们能够记住我的小说人物，让人觉得他们可爱。四平八稳、没有争议的人物，大都是些平庸之辈，难有光彩。古今中外的事实都证明了这一点。

小说中的人物不能无所作为，既要反间谍，又要搞情报，而在小说中是不能用真实案例的（作者也无法得知那些真实的案例），只能从一些公开出版物上的外国案例中"借用"。有以色列的，有苏联的，有法国的，还有其他国家的。这些素材主要来自于"东方书谭网"、《间谍、情报纪实集粹》、《国家安全通讯》杂志等，只是把外国改成了"中国"而已。对此，美国中央情报局肯定是非常清楚的，绝不会因小说中把搞美国情报的别国特工改为中国特工，就以此为据找中国政府的麻烦。

在现实生活中，许多人对《国家安全法》所知甚少，保密观念淡薄，不经意间就对国家的安全造成危害。我在小说中专门就这个问题多花了一些笔墨。不知读者是否能够理解我的良苦用心。

最后，我不得不作如下声明：

本书中所有人物和情节都是虚构的，如果与任何人——活着的或死去的——相近似，那完全是巧合。本书中的姓名、事件、对话和表达的见解都是作者设想出来的，不能解释为真实如此；不能看作或解释为反映或描述了中国国家安全机关以及其他任何部门、机构的观点。

　　谢谢您的理解！

作　者
2006年4月9日

新版后记

　　我爱好文学，从二十年前开始，经常在工作之余写点自己觉得好玩儿的文字，陆续发表了几个中短篇小说，出版了四部长篇小说，加起来大约有一百五十万字吧！回头看看这二十年的创作历程，真可谓是误打误撞，坎坎坷坷，有苦也有甜。

　　令人欣慰的是，我创作的第一部长篇小说《隐形追踪》还没有正式出版，就被一家电视台看中，买走了电视剧的改编权。投资方不想用"隐形追踪"做剧名，请我帮助他们另想一个名字，我说，那就叫"国家机密"吧！这便是后来在中央电视台电视剧频道黄金时段首播的长篇电视连续剧《国家机密》。该剧在中央电视台连续播出多次，一直在收视率排行榜上名列前茅。由于该剧社会反响良好，提资方后来又拍摄了一部《国家机密2》。这个《国家机密2》我没看，据说一般，只是借用原来的片名而已，内容与《国家机密》没有任何关系，很多人以为是我写的，其实跟我没有任何关系，借此机会，做个说明。

　　《隐形追踪》电视改编权卖出去以后，对我是个不小的鼓励，于是我一鼓作气，又写了《隐形追踪》的"姊妹篇"《隐蔽出击》。接下来我有点"野心膨胀"：既然写了"姊妹篇"，何不写它一个三部曲？于是我又开始写《隐藏杀机》。

　　从某种程度上说，《隐藏杀机》写得最累，从构思到完稿，断断续续写了近四年。之所以写了这么久，其中一个重要原因是我不想重复自己。这等于是给自己出难题。解决难题需要时间。

　　《隐形追踪》和《隐蔽出击》首次出版时，曾被出版社冠以"新世纪生动展现我国隐蔽战线尖锐斗争的系列特情小说"的名头，随后在新浪等网站推出了两书的电子版，引发一波阅读狂潮。从网上的上万条读者留言可以看出，读者的口味非常杂，说什么的都有。开始我很在意读者的评论，后来时间一长，也就渐渐麻木了。我觉得读者说什么不重要，重要的是有很多人在看我的小说。如果只有几个人看，即便都说好，又有多大意义？不过对于那些提出中肯批评意见的朋友，我还是很感谢的，他们的意见对我以后的创作是一种提醒和鞭策。

太在意读者意见的作者，常常会失去自我；过于自大的作者，常常会失去读者。生活在这个世界上，做人做事最重要的是把握一个"度"，就像古人锻造宝剑时的淬火，欠一点会软，过一点会脆，恰到好处才效果最佳。文学创作不仅是个技术活儿，还是个检验个人修养高下的途径。我一直在努力，希望自己能达到一个更好的境界。也许这个愿望永远不能实现，但是一个人有了努力的方向，有了追求的目标，就会活得有劲头。人生需要有劲头地活着，这样每一天才能都充满新鲜感。

借辽宁人民出版社重新出版这三本书的机会，我对书稿做了一些修订，除完善内容外，把小标题也改得更整齐了，书名则均加了"国家机密之"，总名之曰"国家机密三部曲"。

顺便说一句，这三本书除了《隐形追踪》已改编为电视剧以外，《隐蔽出击》和《隐藏杀机》还都没有改编，如果有人对这个题材感兴趣，想拍电视剧，可与我的代理人联系。

E-mail: xgg555@sina.com

作　者
2015年11月18日

277

新版后记